EDGAR NOSKE

Der Bastard von Berg

Buch

Schloss Burg im Jahr 1225. Das Leben des siebzehnjährigen Martin wird über Nacht auf den Kopf gestellt. Denn eines Tages steht niemand Geringerer als Graf Engelbert von Berg vor seiner Hütte und nimmt ihn in seine Gefolgschaft auf. Der Pflegesohn eines armen Müllers avanciert zum Knappen des Grafen Engelbert von Berg, des Erzbischofs von Köln und Kaiserlichen Reichsverwesers. Martin ahnt nicht, dass er der uneheliche Sohn des Grafen ist, und sein Vater gibt sich die größte Mühe, sich nichts anmerken zu lassen. Er will Martin nicht unnötig in Gefahr bringen, und er hat kein Interesse daran, seine alte Liaison mit Martins Mutter bekannt zu machen. Vor Martin tut sich in Schloss Burg eine Welt auf, die er nur vom Hörensagen kannte: höfisches Leben, politische Ränke, rauschende Feste. Doch muss er auch erkennen, dass das Leben im Dienste des mächtigsten Mannes nördlich der Alpen eine äußerst gefährliche Seite hat. Denn Engelbert von Berg schlägt unbändiger Hass entgegen. Da sind die Fürsten, denen er Macht und Pfründe beschnitten hat. Da ist die Verwandtschaft, deren Erbansprüche er missachtet. Da sind die Bürger Kölns, denen er nicht nur untersagte, einen Rat zu bilden, sondern jetzt auch noch verbietet, Bier zu brauen. Und da ist noch etwas: eine finstere, unheimliche, aus dem Verborgenen operierende Kraft. Sie steckt hinter einer groß angelegten Verschwörung zur Ermordung Engelberts, des Letzten von Berg. Martin entdeckt den teuflischen Plan, doch seine Warnungen werden nicht ernst genommen …

Autor

Edgar Noske, geboren 1957, studierte Italienisch, Geschichte und Philosophie, machte eine Lehre als Industriekaufmann und jobbte als Taxifahrer, Hilfskrankenpfleger, Aushilfskoch und Kellner. Außerdem betrieb er einige Zeit ein Geschäft für Hemden und Krawatten und war Vertreter für Masten von Flutlichtanlagen. Seit 1991 lebt er als freier Autor in Niederkassel. Neben »Der Bastard von Berg« hat er noch zwei weitere fesselnde Mittelalter-Krimis geschrieben, die demnächst als Goldmann Taschenbücher erscheinen: »Lohengrins Grabgesang« und »Der Fall Hildegard von Bingen«.

Edgar Noske

Der Bastard von Berg

Ein Krimi aus dem Mittelalter

GOLDMANN

Umwelthinweis:
Alle bedruckten Materialien dieses Taschenbuches sind chlorfrei und umweltschonend.

Der Goldmann Verlag ist ein Unternehmen
der Verlagsgruppe Random House GmbH.

1. Auflage
Genehmigte Taschenbuchausgabe Dezember 2003

Ungekürzte Lizenzausgabe des gleichnamigen Romans
Umschlaggestaltung: Design Team München
Umschlagfoto: akg-images
Satz: DTP Service Apel, Hannover
Druck: Elsnerdruck, Berlin
Verlagsnummer: 45631
JE · Herstellung: Max Widmaier
Made in Germany
ISBN 3-442-45631-2
www.goldmann-verlag.de

Für meinen Großvater Karl
Für meinen Vater Alfred
Für meinen Sohn Norman

Der Dank des Autors gilt neben den üblichen Beteiligten diesmal im Besonderen

Tim Karberg
Birgitt Reitz

»Von Kölne werder bischof sint von schulden frô
ir hant dem rîche wol gedienet, und alsô
daz iuwer lop da enzwischen stîget und scheibet hô.
sî iuwer werdekeit dekeinen boesen zagen swaere,
fürsten meister, daz sî iu als ein unnütze drô.
getriuwer küneges pflegaere, ir sît hôher maere,
keisers êren trôst baz danne ie kanzelaere,
drîer künege und einlif tûsend megde kameraere.

Ihr werter Kölner Bischof seid von Schulden frei,
Habt dem Reiche wohl gedient und darum sei,
Dass Euer Lob hochsteiget alle Zeit.
Und sollte jemand Euren Wert zu schmälern trachten,
So, Fürstenmeister, sollt Ihr darauf nicht achten.
Getreuer Königspfleger, hoher Meister Ihr,
Seid doch des Kaisers Trost, sein Kanzler hier,
Dem auch als Kämmrer anbetrauen
Drei Könige und elftausend Jungfrauen.«

Walther von der Vogelweide über Erzbischof Engelbert
im Jahre 1222

»Den ich im Leben pries, des Tod muss ich beklagen:
Drum weh ihm, der den edlen Fürsten hat erschlagen
Von Köln! Oh weh, dass ihn die Erde noch mag tragen!
Ich kann ihm seiner Schuld gemäß noch keine Marter finden.
Ihm wäre zu gelind ein eichner Strang um seinen Kragen.
Ich will ihn auch nicht brennen, vierteln oder schinden,
Noch mit dem Rad zermalen, noch darüberbinden:
Ich hoff, er werde lebend noch den Weg zur Hölle finden.«

Walther von der Vogelweide nach Erzbischof Engelberts Ermordung
im Jahre 1225

Bastard mhd. *bastart* ›Mischling‹ (auch von Tieren) im Mhd. <frz., afrz. *bastard* ›der auf dem Sattel gezeugte‹ (provenz. alem. *bast* ›Maultiersattel‹); zunächst wie ugs. *Bankert* (↑ [1]*Bank*) **1** ›uneheliches Kind‹; seit Mhd. daneben allgemeiner **2** ›Mischling‹, auch von Tieren, Pflanzen und Substanzen, »der Weg zum Schimpfwort ist immer kurz« (Trü.).

Hermann Paul, Deutsches Wörterbuch

PROLOG

Als der Morgen graute, liebten sie sich zum zweiten Mal. Anschließend schmiegten sie sich eng aneinander und beobachteten die Sonne, die hellgelb hinter den Zypressen aufstieg.

»Musst du wirklich gehen?«

»Warum fragst du?«, sagte er. »Du weißt es doch.«

»Ich hatte gehofft, du hättest es dir noch einmal überlegt.«

»Es ist nicht meine Entscheidung.« Er bürstete ihre Brauen sanft gegen den Strich. »Ginge es nach mir, ich könnte mir durchaus vorstellen zu bleiben.«

»Und wenn du dich weigertest?«

»Unmöglich. Das entspräche nicht meiner Art.«

»Du bist ein Pflichtmensch.«

»Wenn du so willst.«

Sie fuhr mit dem Fingernagel seinen Rippenbogen entlang.

»Wann kommst du zurück?«, fragte sie.

»Ich weiß es nicht. Es kann sein, dass es diesmal länger dauert.«

»Wie lang ist länger?«

»Ich weiß es wirklich nicht. Lass dich überraschen.«

»Ich werde mich Tag und Nacht nach dir sehnen. Ich liebe dich so sehr.«

»Ich liebe dich auch«, sagte er und küsste ihre Tränen weg.

TEIL 1 – DER VATER

Es war eine bitterkalte, sternklare Januarnacht im Jahre 1225 nach Fleischwerdung des Herrn. Tagsüber hatte es eine Zeit lang geschneit, aber der Schnee lag höchstens fingerhoch. Die Fischer hatten ihre Boote an Land gezogen, stromaufwärts waren Eisschollen gesichtet worden. Zweifellos eine Nacht, die etliche Unbehauste und streunende Hunde Kölns das Leben kosten würde.

Unbill, von der im Empfangssaal des erzbischöflichen Palastes am Domhof nichts zu spüren war. Im Kamin, in dem fünf Männer aufrecht stehend Platz gefunden hätten, loderten balkendicke Scheite. Einige Schritte davor, in dem Bereich, in dem die Hitze langsam in behagliche Wärme überging, standen zwei Männer mit dem Rücken zum Feuer.

Der Ältere der beiden war hohlwangig, rothaarig und dermaßen pigmentschwach, dass er sogar die Wintersonne mied. Seine Kleidung bestand aus einem reich mit Stickereien verzierten Umhang, mehrfach geschlitzt, damit man einen Blick auf das Untergewand mit juwelenbesetzten Säumen werfen konnte. Auf seinem Kopf saß als Zeichen seiner Bischofswürde eine aufwendig gearbeitete Mitra. Sein Name war Walter von Carlisle, er war Engländer und von seinem König Heinrich dem Dritten in geheimer Mission an den Rhein gesandt worden.

Der andere Mann überragte den Engländer glatt um Haupteslänge, war schlank und gleichzeitig muskulös. Obwohl weitaus schlichter gekleidet – er trug einen hellen, bodenlangen Wollmantel und war barhäuptig –, wirkte er dem

Älteren von Herkunft und Stand überlegen. Das verdankte er einem männlich schönen Gesicht mit wahrhaft herrischen Zügen. Ein Gesicht wie geschaffen für die Stellung, die er bekleidete.

Als Engelbert der Zweite war er der Graf von Berg, und als Engelbert der Erste zugleich der amtierende Erzbischof von Köln. Des Weiteren war er von Kaiser Friedrich zum Vormund über dessen Sohn Heinrich und zum Reichsverweser ernannt worden. Eine Ämterhäufung, die Engelbert zum mächtigsten Mann nördlich der Alpen machte.

»Sind die Winter in Köln immer so erbarmungslos kalt?«, fragte Walter. »Ich will nicht behaupten, dass das Wetter in England besser ist, aber zumindest sind die Winter milder.«

»So mild, dass es ohne Unterlass regnet«, entgegnete Engelbert. »Und regnet es ausnahmsweise einmal nicht, müsst Ihr Euch durch Nebel dick wie Milchsuppe tasten.«

»Oh, wie ich sehe, seid Ihr im Bilde. Oder hattet Ihr bereits das Vergnügen, unsere Insel zu bereisen, und habt es mich nur nicht wissen lassen?«

»Keineswegs, teurer Walter. Aber je nachdem, welche Botschaft Ihr mir bringt, habe ich vielleicht schon bald die Gelegenheit dazu.«

»In der Tat, Engelbert, in der Tat. Ich denke, ich kann Euch, ohne vorab zu viel zu verraten, bereits jetzt mitteilen, dass Euer Vorschlag bei Hof auf Wohlwollen gestoßen ist.«

»Mit Verlaub, nichts anderes hatte ich erwartet. Wie weit seid Ihr, Stephan?«

Engelberts Frage galt einem kahlköpfigen, untersetzten Mann, der soeben die Tür zum Speisesaal geöffnet hatte. Stephan der Stumme, wie er genannt wurde, war als erzbischöflicher Truchsess verantwortlich für die Verwaltung des Palastes, ebenso oblag ihm die Aufsicht über Küche und Tafel. Da er nicht sprechen konnte, machte er ein Zeichen.

»Kommt, Walter, es ist angerichtet«, sagte Engelbert und

geleitete seinen Gast in den Nebenraum. »Nach der langen Reise seid Ihr gewiss hungrig.«

*

Der Speisesaal war nichts anderes als eine spiegelverkehrte Kopie des Empfangssaals. Auch hier hatte man eingeheizt, jedoch war das Feuer bereits heruntergebrannt. Der Boden war mit weißem Marmor ausgelegt, die Wände waren kreidegeschlämmt. Für die Beleuchtung sorgten Fackeln beidseits der Fenster. Ein einladender Raum, in dem eine üppig gedeckte Tafel wartete.

Es gab gekochten Salm, gefüllte und am Spieß gebratene Tauben mit Blaukraut, knusprige Hammelkeulen in Rotweintunke und einen glasierten Schweinskopf, alles angerichtet auf silbernen Platten. Daneben standen Körbe mit Brot und Krüge voll Bier und Wein.

An Esswerkzeugen lagen Messer und – eine wahre Neuheit – zweizinkige Gabeln bereit. Unfallträchtige Geräte, mit denen sich der Bischof von Mainz – ein Mann lebhafter Gesten – bei seinem letzten Besuch beinahe ein Auge ausgestochen hätte. Seitdem war der Truchsess angehalten, die Gäste vor dem ersten Bissen in der richtigen Handhabung zu unterweisen.

Anders, als man auf Grund seines schmächtigen Äußeren vermutet hätte, aß Walter von Carlisle mit großem Appetit. Es dauerte nicht lange, und das Leinentuch, das er sich zum Schutz seines Umhangs umgebunden hatte, legte farbiges Zeugnis der Speisenfolge ab. Dazu trank er becherweise Bier und Wein.

Engelbert hingegen hatte auf ein Tuch verzichtet, und trotzdem waren seine Kleider sauber geblieben. Allerdings hatte er als Befürworter eines enthaltsamen Lebenswandels nur sparsam gespeist. Ein wenig Fisch, einen Kanten Brot, und getrunken hatte er nur Wasser. Jetzt lehnte er sich bequem zurück, nahm eine der zahlreichen Katzen des Palastes auf den Schoß und kraulte das Tier zwischen den Ohren.

»Falls Ihr zwischen zwei Bissen Zeit findet, Walter, sagt mir doch, wie weit die Pläne Eures Königs bezüglich der Vermählung seiner Schwester mit dem Staufer gediehen sind.«

Walter spülte mit einem großen Schluck hinunter, was er im Mund hatte, wischte sich die Lippen ab und rülpste. »Ich nehme an, Eure Frage zielt auf die zu erwartende Mitgift.«

»Ich muss immer wieder feststellen, Ihr seid ein Mann, der nicht unnötig nach der Tür sucht, wenn er durchs Fenster eintreten kann.«

Ein Vergleich, der Walter gefiel. Er wieherte auf und zeigte, dass ihm bestenfalls die Hälfte seiner Zähne geblieben war. Genauso schnell wurde er wieder ernst.

»Bevor ich Euch Einzelheiten nenne, verehrter Engelbert, solltet Ihr mir – nur um allen Missverständnissen vorzubeugen – eine Frage beantworten: Mir wurde zugetragen, Ihr hättet Ende letzten Jahres mit einer Abgesandtschaft der Franzosen verhandelt.«

»Ich vermag darin keine Frage zu erkennen.«

»Dann will ich es so sagen: Habt Ihr oder habt Ihr nicht?«

Stille legte sich über die Tafel wie ein wattiertes Tuch. Eine ganze Weile war nur das Knistern des Feuers und das Schnurren der Katze zu hören.

»Allerdings habe ich«, sagte Engelbert schließlich. »Auf ausdrücklichen Wunsch des Kaisers. Er bat mich, seinen Sohn, unseren geliebten, aber noch sehr jungen und unerfahrenen König Heinrich, als Berater nach Toul an die Mosel zu begleiten. Dort standen Verhandlungen mit dem französischen König über eine möglichst enge politische Verbindung zwischen Frankreich und dem Deutschen Reich an. Diesem Wunsch habe ich selbstredend entsprochen.«

Walter griff nach seinem Becher, trank aber nicht, sondern betrachtete nur, wie sich die Fackeln in dem blank polierten Metall spiegelten. Dann hob er plötzlich den Blick und sah Engelbert unverwandt in die Augen.

»Ich hatte gehofft, dieses Gerücht würde nicht der Wahrheit entsprechen.«

Engelberts Brauen fuhren hoch. »Ihr erstaunt mich. Denkt Ihr ernsthaft, ich hätte unsere Pläne hintertrieben?«

»Versetzt Euch an meine Stelle. Wie würdet Ihr eine solche Botschaft aufnehmen?«

Wieder ließ Engelberts Antwort auf sich warten, kam dann aber sehr sonor. »Ich hätte vor allem mehr Vertrauen.«

»Seid doch nicht gleich beleidigt. Ihr müsst doch zugeben, dass es einen befremdlichen Eindruck macht, wenn Ihr unmittelbar nach unserer letzten Zusammenkunft mit unseren Gegnern in Verhandlung tretet.«

»Ihr enttäuscht mich, Walter, mehr noch als der Wein des letzten Jahres. Weniger wegen Eures Misstrauens als vielmehr wegen Eures mangelnden politischen Gespürs. Was stellt Ihr Euch vor? Hätte ich etwa des Kaisers Bitte abschlägig bescheiden sollen? Hätte ich zulassen sollen, dass ein anderer Berater statt meiner den jungen König begleitet? Nur dadurch, dass ich an den Verhandlungen teilnahm, konnte ich sie in unserem Sinn beeinflussen. Eine Weigerung hätte das Gegenteil bewirkt.«

Walter räusperte sich. »Nun ja, wie Ihr mir das darlegt, klingt das natürlich schlüssig. Dürfte ich denn fragen, zu welchem Ergebnis … äh … Ihr versteht schon.«

»Die Verhandlungen sind selbstverständlich gescheitert«, sagte Engelbert kalt. »Auf meinen Rat hin hat der König ihnen eine eindeutige Absage erteilt. Stellt Euch das zufrieden?«

Das Licht war fahl, aber trotzdem war unverkennbar, dass Walter von Carlisle kräftig errötete. Da ihm auf die Schnelle keine passende Antwort einfiel, leerte er erst einmal seinen Becher. Als der keinen Tropfen mehr enthielt, kam ihm der Truchsess zu Hilfe. Stephan stellte sich neben Engelbert und machte einige schnelle Gesten.

»Ein Bote?«, fragte Engelbert.

Stephan nickte.

»Und es ist wirklich wichtig?«

Stephan nickte erneut.

»Walter, Ihr müsst mich einen Augenblick entschuldigen«, sagte Engelbert und erhob sich. »Diener, schenk unserem Gast nach.«

*

Der Mann, der im Empfangssaal wartete, war weniger klein denn krumm. Da er nicht alt war, musste es eine Krankheit sein, die sein Rückgrat gebeugt hatte. Nur mit Mühe schaffte er es, seinen Kopf so weit zu heben, dass er zu Engelbert aufschauen konnte.

»Du bist Hans, das Faktotum des Klosters Dünnwald?«

»Ja-jawohl, Exzellenz«, stammelte der Bucklige. »Wer krumm ist wie ich, hat keine Schwierigkeiten, Unkraut zu jäten oder Unrat aufzuklauben oder –«

»Berichte, was man dir aufgetragen hat. Meine Zeit ist kostbar.«

Der Mann wand verlegen seine Hände. »Die Äbtissin schickt mich, Exzellenz. Ich soll Eure Exzellenz untertänigst bitten, so schnell wie möglich ins Kloster zu kommen. Die Äbtissin meint, die Zeit dränge.«

»Hat sie dir auch einen Grund genannt?«

»Jawohl, Exzellenz. Die Äbtissin lässt Euch ausrichten, Schwester Maria werde diese Nacht wohl nicht überstehen.«

Engelbert straffte sich. »Hat Schwester Maria selbst nach mir verlangt?«

»Oh, Exzellenz, das weiß ich nicht. Die Äbtissin meinte jedoch –«

»Schon gut, Hans. Warte in der Eingangshalle.«

Der Bucklige entfernte sich, und Engelbert winkte Stephan heran, der im Halbdunkel neben der Tür gewartet hatte.

»Hol meinen Pelz, lass mein bestes Pferd satteln und veranlasse, dass ein Gefolge aufsitzt. Vier Mann genügen.«

Stephan deutete fragend in Richtung Speisesaal.

»Kümmer dich um ihn«, sagte Engelbert. »Gib ihm zu trinken und was er sonst noch will.«

Als Stephan gegangen war, murmelte Engelbert: »Sag ihm, ich werde als Beichtvater gebraucht.«

Dabei starrte er geistesabwesend in das zur Glut gewordene Feuer.

Viele hundert Meilen weiter südlich in der heiligen Stadt am Tiber hatte den ganzen Tag eisiger Regen geherrscht, der von einem böigen Nordostwind durch die Straßen gepeitscht wurde. Bei den leichten Umhängen, die man hier im Süden trug, war man rasch nass bis auf die Haut, und der Körper begann auszukühlen. Beste Voraussetzungen, um sich eine elende Erkältung zuzuziehen.

Das war auch der Grund, warum Faustus di Lambrusco, ein ebenso kurzbeiniger wie übergewichtiger Mönch des Klosters San Benedetto, an diesem Abend noch an seinem Pult im Archiv des Lateranpalastes saß und arbeitete.

Bereits morgens, auf dem Weg in die Stadt – die Abtei lag eine knappe Fußstunde außerhalb der Mauern Roms an der Via Latina –, hatte ihn das Wetter gründlich gebeutelt. Im Lateran hatte er sich sofort abgetrocknet und die Kutte gewechselt, und wie es schien, hatte er noch mal Glück gehabt. Aber einen zweiten Fußmarsch durch das Unwetter würde er nicht unbeschadet überstehen, das wusste er aus Erfahrung.

Daher hatte er beschlossen, von der Möglichkeit Gebrauch zu machen, im Lateran zu übernachten. Dies wurde nur in Ausnahmefällen gestattet, zum Beispiel, wenn eine dringende Übersetzung Mehrarbeit erforderte. Diese stand nicht an, aber da seine Oberen des Aramäischen nicht mächtig waren, konnten sie ihm auch nicht das Gegenteil beweisen.

Um die nötige Zeit zu schinden, hatte Faustus die Übersetzung eines weiteren Briefes des Evangelisten Lukas an seinen Auftraggeber Theophilos in Angriff genommen. Kein sonderlich anspruchsvoller Text, Lukas schilderte in geschwätziger Form seine Erlebnisse anlässlich einer Reise nach Capharnaum in Galilea.

Offenbar handelte es sich um eine Art Rechenschaftsbericht, denn gleich im ersten Absatz bedankte sich Lukas für die Unterstützung der Reise. Danach ließ er sich zeilenlang über die schreckliche Dürre aus, die herrschte, um sich gleich darauf über jähe Wolkenbrüche zu beklagen, denen eine Mückenplage folgte. Der Mann wusste auch nicht, was er wollte.

Faustus warf einen Blick über die Schulter in den hinteren Teil des Saals. Dort lagerten nicht nur die kostbarsten Schriften des Archivs, die zumeist nach Art des Orients in mit Leder bespannten Brettern gebunden waren, sowie die wertvollsten Exemplare der Heiligen Schrift mit ihren goldverzierten und mit Edelsteinen besetzten hölzernen Einbänden.

Dort hinten wurden auch die hebräischen und aramäischen Schriftrollen aufbewahrt.

Auf Holzgestellen drängten sich mindestens fünfzig der irdenen, vasenförmigen Gefäße, die mit einem Deckel verschlossen waren, ungesichtetes Beutegut des Kreuzzuges 1189 bis 1192. Faustus' Brust entrang sich ein Seufzer: Hoffentlich war das übrige Material spannender.

Faustus war ein typischer Oblatus, ein Mönch, der nicht freiwillig ins Kloster eingetreten war, sondern den seine Familie dort untergebracht hatte, weil sie sonst nichts mit ihm anzufangen wusste. Denn außer dass er eine Begabung für Sprachen hatte, war er zu nichts zu gebrauchen. Entsprechend lax waren seine Einstellung und sein Umgang mit den Vorschriften.

Es herrschten zwar allenthalben raue Sitten, aber selbst unter den Liederlichsten nahm Faustus noch eine Spitzenstellung ein. So sorgte er sich im Augenblick einzig um seine Gesundheit, weil er für den nächsten Tag mit Freunden zu einem Zechgelage verabredet war.

Auch was er jetzt tat, um sich ein wenig Zerstreuung zu verschaffen, entsprach beileibe nicht dem Kodex. Er raffte seine Kutte und begann, an seinen Genitalien herumzuspielen. Dabei war er bereits zwei Mal erwischt worden und hatte vor Antonius Calabresis, den Leiter des päpstlichen Archivs, treten müssen. Die Strafen waren vergleichsweise milde ausgefallen – beide Male hundert Vaterunser –, aber Calabresis hatte gedroht, bei einem erneuten Vergehen dem Abt von San Benedetto darüber zu berichten. Und was das hieße, war klar: Eine Woche weder Ausgang noch Tischwein, dafür Latrinendienst. Wenn er nur an den Gestank der Kloake dachte, wurde Faustus übel.

Andererseits bedeutete die Gefahr des Erwischtwerdens aber auch eine nicht unerhebliche Steigerung seiner Lust. So fiel er denn auf seiner Sitzbank in einen eindeutigen Rhythmus, während er die nächste Zeile des Textes in Angriff nahm.

Er hatte es bereits bis zum Kavalierströpfchen gebracht, als er plötzlich wie vom Donner gerührt innehielt. Was schrieb Lukas da? Wen hatte er besucht? Faustus las die Stelle erneut.

Der Evangelist musste sich irren. Oder er war betrunken gewesen, als er die Zeilen schrieb. Oder er log seinem Gönner einfach etwas vor, um sich wichtig zu tun und so mehr Geld oder einen Anschlussauftrag herauszuschlagen.

Natürlich, nur so konnte es sein, denn was Lukas da niedergeschrieben hatte, war schlicht unmöglich. Es stand in völligem Widerspruch zum allgemein gültigen Wissen und zur gängigen Lehrmeinung. Mehr noch: Das war Gotteslästerung und damit strafbar.

Punkt. Aus. Ende.

Aber auch wenn es unmöglich war, es stand da. Eindeutig. Sooft Faustus die Stelle auch las, es blieb dabei. Zudem war Lukas dafür bekannt, derjenige der Evangelisten zu sein, der am gründlichsten geforscht hatte. Und seine bisherigen Angaben hatten immer allen Nachprüfungen standgehalten. Warum sollte er sich gerade hier geirrt haben?

Faustus wurde es abwechselnd siedend heiß und eiskalt, und in seinem Kopf begann sich alles zu drehen, als habe er ein Fässchen Wein allein geleert. Denn was war, wenn wirklich stimmte, was da stand? Wenn Lukas sich weder geirrt hatte, noch betrunken gewesen war, noch gelogen hatte? Wenn es einfach die Wahrheit und nichts als die Wahrheit war, was er geschrieben hatte?

Dann hielt Faustus zweifellos ein Schreiben in der Hand, dessen Inhalt die christliche Kirche in ihren Grundfesten erschüttern konnte. Wenn nicht Schlimmeres. Als er sich dessen bewusst wurde, ließ er die Schriftrolle fallen, als stünde sie plötzlich in Flammen.

Von welcher Seite er die Sache auch betrachtete, er würde nicht umhinkönnen, es seinem Vorgesetzten zu sagen. Oder sollte er ihn übergehen und sich sofort an den Kardinal wenden? Bedeutsam genug war es schließlich, was er entdeckt hatte.

Und auf einmal setzte sich ein verschlagenes Grinsen in Faustus' Gesicht fest. Wenn er es richtig anstellte, müsste bei der Sache eigentlich eine fette Belohnung herausspringen.

Das zügige Vorankommen verdankte die Gruppe ihren Pferden. Es war faszinierend, mit welcher Sicherheit die Tiere ihren Tritt auf den knochenhart gefrorenen und mit vereisten Pfützen bedeckten Wegen fanden. Und das in weitgehender Finsternis, denn inzwischen hatten von Nordosten aufziehende schwere Wolken den Sternenhimmel bedeckt. Das einzige Licht kam nunmehr von den beiden an der Spitze reitenden Fackelträgern. Trotzdem vergingen keine zwei Stunden, bis die Einfriedungsmauern des Klosters Dünnwald vor Engelbert und seinen Begleitern auftauchten.

Der Klöppel der Torglocke hatte kaum angeschlagen, als die Äbtissin persönlich die Pforte öffnete. Sie war eine ausgezehrte, zahnlose Frau mit trostlosen Augen, die die Fünfzig längst überschritten hatte. Beim Anblick des Erzbischofs kniete sie nieder, ergriff seine Hand und küsste seinen Ring.

»Der Herr möge Euch segnen, Exzellenz.«

»Erhebt Euch, Schwester in Christi.« Engelbert half ihr auf. »Ich hoffe, ich komme noch zur rechten Zeit.«

»Der Gnade des Herrn sei Dank, Exzellenz. Schwester Maria wurde noch nicht abberufen. Bitte folgt mir.«

Dünnwald, eine Gründung des Prämonstratenserordens und ein Tochterkloster von Steinfeld in der Eifel, war klein, keine zwanzig Nonnen lebten hier. Außerdem war die Gemeinschaft arm. So sehr sich die Schwestern auch abrackerten, um ausreichende Erträge zu erwirtschaften, die Versorgungslage war stets angespannt. Entsprechend jämmerlich war das Leben.

Während das Gefolge zurückblieb, folgte Engelbert der vorauseilenden Oberin eine Reihe verwinkelter, feuchtkalter Gänge entlang, die nur notdürftig von Talglichtern beleuchtet wurden. Zweifellos ging sie einen Umweg, damit die Schwestern ihn nicht zu Gesicht bekamen. Sie passierten einige massive Türen, die die Äbtissin aufschließen musste und hinter ihnen wieder zusperrte. Dann überquerten sie einen kleinen Hof und traten durch eine weitere unverschlossene Tür, um endlich in der Krankenstube zu stehen.

Der Raum war so armselig und kalt wie das ganze Kloster. Als Bodenbelag diente fest gestampfter Lehm mit Kieselsteinen, beides aus dem Mutzbach, der unmittelbar hinter dem Kloster vorbeifloss. Die Wände bestanden aus Bruchsteinsockeln und aus kalkverputztem Fachwerk, das stellenweise löchrig war. Durch die Löcher pfiff der Wind. Wer in dem Raum gesund werden wollte, brauchte einen starken Glauben.

Drei strohgepolsterte Pritschen standen mit nur wenig Abstand zueinander an der Wand. Die beiden ersten waren frei, auf der dritten lag Maria. An ihrer Seite saß eine Ordensschwester, die sich auf ein Zeichen der Äbtissin lautlos und mit gesenktem Kopf entfernte.

Erst jetzt konnte Engelbert Maria richtig sehen. Er erschrak, wie schmal sie geworden war. Schrecklich mager und sehr blass, fast weiß. Wie lange war es her, dass sie sich zuletzt gesehen hatten? Engelbert musste nachrechnen. Tatsächlich, siebzehn Jahre waren vergangen.

Auch ein Laie sah, wie nahe sie dem Tod war. Über den eingefallenen Wangen wirkten ihre Augen unnatürlich groß, die Lippen waren strichdünn und blau verfärbt. Ihr Atem ging stoßweise, sie warf den Kopf hin und her und knetete ihre über der Decke gefalteten Hände, die aussahen, als spanne sich die Haut nur über Knochen. Obwohl die Temperatur nur wenig über dem Gefrierpunkt lag, perlte Schweiß auf ihrem Gesicht.

Die Oberin nahm ein Tuch, beugte sich hinab und trocknete die Stirn der Kranken. Dazu murmelte sie einige lateinische Verse. Maria wurde ruhiger.

Dann sagte die Oberin laut: »Seine Exzellenz, der Erzbischof, ist gekommen, Maria.«

Langsam wandte Maria den Kopf in Engelberts Richtung. Einen Augenblick schien sie verunsichert, dann aber lächelte sie.

»Lasst uns allein.« Engelbert setzte sich und ergriff Marias Linke. Die Hand war kalt.

Die Äbtissin neigte sich zu Engelbert. »Soll ich nicht lieber …«

»Geht.«

Als die Tür ins Schloss fiel, blickten sie einander eine Weile nur an. Jeder versuchte in den Augen des anderen zu lesen, aber siebzehn Jahre waren eine lange Zeit.

»Wie geht es dir, Maria?«

Maria lächelte wieder. »Hat man Euch nicht gesagt, dass ich im Sterben liege, Exzellenz? Schon bald werde ich dieses irdische Jammertal verlassen. Ich befinde mich am Ende meines Lebenswegs.«

»Lass doch die Förmlichkeiten, Maria. Wir sind allein. Besteht denn keine Hoffnung auf Genesung?«

Sie schüttelte den Kopf. »Aber sei deswegen nicht betrübt.

Ich bin frei von jeder Furcht.« Leise setzte sie hinzu: »Jetzt, wo du da bist.«

»Ich werde dir die Sakramente erteilen.«

»Später. Zunächst musst du mich anhören. Ich habe dir etwas Wichtiges zu sagen.«

»Maria, die Sakramente –«

»Engelbert!«, fuhr sie auf, und ihre Finger krallten sich in seine Hand. »Verzeih, aber ich bin in Sorge, die mir verbleibende Zeit könnte nicht reichen. Ich habe sie überhaupt nur überstanden, weil ich wusste, du würdest kommen.«

Wie zum Beweis ihres Zustands erlitt sie einen Hustenanfall. Ihr Körper wand sich wie bei einer Kolik, und blutiger Schaum trat über ihre Lippen. Engelbert wischte ihr Mund und Kinn ab. Als sie schließlich wieder sprechen konnte, klang sie noch matter und müder als zuvor.

»Gib mir zu trinken, bitte. Dort auf dem Tisch, der Krug.«

Engelbert schenkte ein und hielt ihr den Becher an den Mund. Ein Großteil der Flüssigkeit lief ihre bebenden Lippen herab. Danach lag sie still und ruhte mit geschlossenen Lidern.

Plötzlich sagte sie, ohne die Augen zu öffnen: »Erinnerst du dich an das Turnier zu Neuss, wo wir uns zum ersten Mal begegneten? Es war im Jahre des Herrn 1207, gegen Ende des Sommers. Die Blätter begannen sich bereits zu verfärben.«

»Vage.« Engelbert räusperte sich. »Es ist ewig her.«

»Im darauf folgenden Jahr haben wir uns in Köln wieder gesehen.«

»Richtig«, sagte Engelbert und räusperte sich erneut. »Wie jung wir damals waren.«

»Zumindest ich«, sagte sie und schlug die Augen auf. »Du warst immerhin schon zweiundzwanzig und ein gestandener Mann, ich war gerade fünfzehn. Der Raubritter und das Mädchen. Mein Gott, schon bei unserer ersten Begegnung in Neuss hatte ich mich heillos in dich verliebt. Den ganzen

Winter lang konnte ich nichts anderes denken, als dich baldmöglichst wieder zu treffen. Als wir uns dann im Frühjahr erneut begegnet sind, war es endgültig um mich geschehen. Hättest du von mir verlangt, dich ans Ende der Welt zu begleiten, ich wäre dir ohne Zögern gefolgt.«

»Solch ein Ansinnen habe ich nie an dich gerichtet, Maria.«

»Natürlich nicht. Ich will damit sagen, dass alles, was in jenem Jahr geschah, mein Wille war. Was ich tat, tat ich gern. Du sollst nicht denken, ich hätte mich von dir in irgendeiner Weise gezwungen gefühlt. Verstehst du, was ich damit ausdrücken will?«

»Ich denke, ja. Du hast aus Liebe gehandelt.«

»Fühltest du nicht ebenso?«

Was auch immer in Engelberts Hals saß, war ausgesprochen hartnäckig. Diesmal räusperte er sich mit einer Gründlichkeit, dass fast der Putz von der Wand brach. »Zweifellos habe ich dich begehrt, Maria. Sonst … äh … hätte ich gewiss nicht … äh …«

»So ein schöner Mann, und so unbeholfen in diesen Dingen«, sagte Maria und klang auf einmal wie das junge Mädchen von damals. »Du hast dich nicht verändert.«

»Ich bin zur Keuschheit verpflichtet, Maria.«

»Das warst du damals auch schon.«

»Mit dem Unterschied, dass ich exkommuniziert war, als wir uns kennen lernten. Ich war im besten Mannesalter und tat mich noch schwer, die fleischliche Begierde im Zaum zu halten. Die nötige Beherrschung habe ich erst mit den Jahren erlernt.«

»Wie schön, dass du damals so unbeherrscht warst. Mir würden liebe Erinnerungen fehlen.«

»Maria, ich bitte dich! Das ist nun wirklich nicht der passende Gesprächsstoff. Bald wirst du dem Herrn von Angesicht zu Angesicht gegenüberstehen. Jetzt ist es an der Zeit, zu bereuen und Buße zu tun. Ich weiß gar nicht, warum du davon angefangen hast.«

Marias Züge wurden auf einmal ganz weich, ihre Augen erstrahlten in einem eigenartigen Glanz, der nicht vom Fieber herrührte. Für einen Augenblick war es, als sei ihre einstige Schönheit zurückgekehrt. Aber das war nur eine Illusion, wie das ewige Leben.

»Ahnst du das wirklich nicht?«

Engelberts Blick zeigte nur Unverständnis. Das Einzige, was ihm dazu einfiel, war unvorstellbar. Maria schien ihm anzusehen, was er dachte, und zwinkerte ihm aufmunternd zu.

»Soll das etwa heißen ...?«, fragte der Erzbischof und machte dazu ein Gesicht, als sei ihm ein Ziegel auf den Kopf gefallen.

Maria nickte und umfasste seine Hand mit ihren beiden. Dann zog sie sie an ihre Lippen, küsste sie und bettete sie auf ihrer Brust.

»Ich habe ihn Martin genannt, nach meinem verstorbenen Bruder. Ihm deinen Namen zu geben wagte ich nicht. Aber er ist dir sehr ähnlich. Weniger vom Äußeren, aber ihr gleicht euch im Wesen.«

Engelbert schüttelte fassungslos den Kopf. »Ich glaube es nicht. Warum erfahre ich das erst jetzt? Warum hast du mir nie etwas davon gesagt? Wo ist er? Was tut er?«

Maria wollte antworten, aber ein erneuter Anfall machte es ihr unmöglich. Ihr zarter Körper erbebte, und sie rang panisch nach Luft. Engelbert half ihr, sich aufzusetzen. Wieder spie sie blutigen Schleim. Als der Anfall vorüber war, sank sie schweißgebadet zurück. Engelbert trocknete ihre Stirn. Diesmal dauerte es sehr viel länger, bis sie wieder in der Lage war zu sprechen.

»Wir hätten nie zusammen sein können.« Maria sprach so leise, dass Engelbert sein Ohr nahe an ihren Mund bringen musste, um sie zu verstehen. »Wir hätten nie wie eine richtige Familie sein können. Diese Hoffnung gab es für uns nicht. Als ich schwanger wurde, hattest du dein Leben bereits dem Herrn geweiht. Davon durfte ich dich nicht abhalten.«

Die wenigen Sätze hatten sie derart ermattet, dass sie ausruhen musste. Dabei ging ihr Atem so flach, dass ihre Brust sich kaum noch hob. Lange würde ihre Kraft nicht mehr reichen.

»Weiß er – weiß Martin, wer sein Vater ist?«, hakte Engelbert behutsam nach.

Maria verneinte mit einer Kopfbewegung. »Er hat es nie erfahren.« Ihre Stimme war nurmehr ein Hauch.

»Wo ist er?«

»Ich gab ihn in Pflege, als er zwei Jahre alt war und ich in den Orden eintrat. Er lebt bei –«

Marias Körper bäumte sich in einem weiteren schweren Anfall. Sie war zu kraftlos, um zu husten, und keuchte und würgte zum Gotterbarmen. Diesmal verschaffte es ihr auch keine Erleichterung, dass Engelbert sie aufrecht setzte.

Da sie drohte, gleich wieder umzukippen, hielt er sie an den Schultern gepackt. Und so waren es seine Hände, mit denen er zuerst spürte, dass sie starb. Es war, als schmelze sie unter seinem Griff. Ihr Leben zerrann zwischen seinen Fingern.

»Maria!«

Er zog sie in seine Arme und umschlang sie, aber so fest er sie auch an sich drückte, er konnte sie nicht halten. Es blieb ihm nur die Hülle ihres Leibes, von der Seele verlassen.

Nach langer Zeit legte er sie zurück, schloss ihre Augen und erteilte ihr die letzte Ölung. Dann erst rief er die Äbtissin herein. Sie erkundigte sich, ob Maria, bevor sie entschlafen war, die Sterbesakramente erhalten hatte.

»Ja«, log er, ohne mit der Wimper zu zucken. »Im Sterben bat sie mich, mich ihres Sohnes anzunehmen. Sein Name soll Martin sein. Wisst Ihr, wo ich ihn finden kann?«

Der Äbtissin war anzusehen, dass sie noch einiges mehr wusste. Aber sie sagte Engelbert nur, wo Martin sich aufhielt und wie er zu ihm gelange. Letzteres war überflüssig. Engelbert kannte den Weg.

»Sta!« Der donnernde Ruf aus dem Dunkel hinter der Säule kam so plötzlich und unerwartet, dass Faustus beinahe der Herztod ereilt hätte.

Er kam heftig ins Stolpern und verlor die Schriftrolle, die er mit sich trug. Kaum hatte er sie aufgehoben, sah er sich einem baumlangen Angehörigen der päpstlichen Garde gegenüber.

»Bist du von Sinnen, mich so zu erschrecken?«, fauchte Faustus. »Ich hätte mir den Hals brechen können.«

»Spuck nicht so große Töne, Freundchen. Allerdings ist die Unversehrtheit deines Genicks wirklich in Gefahr, wenn du mir nicht auf der Stelle sagst, was du hier zu suchen hast.«

»Was geht dich das an, Postensteher? Ich bin in wichtiger Mission unterwegs. Lass mich gefälligst passieren.«

Mit einer Bewegung, die schneller war als das Auge, zog der Gardist sein Kurzschwert und setzte Faustus die Klinge an die Gurgel. »Dich kenn ich doch. Du bist eine dieser Kellerasseln aus der Bibliothek. Heißt du nicht Ferkulus oder so ähnlich?«

»Faustus«, fiepste der Mönch. »Verdammt, was soll das? Willst du mich abstechen?«

»Jetzt flucht die Assel auch noch. Hat dich dein Abt nicht gelehrt, dass du in der Hölle schmoren wirst wie die Schweinerippen am Spieß, wenn du das nicht unterlässt? Und jetzt sag mir endlich, was du in diesem Teil des Palastes zu suchen hast.«

»Ich muss Seine Eminenz, Kardinal Hugolinus, sprechen. Und zwar sofort.«

»Den Kardinal, soso. Wirst du denn von Seiner Eminenz erwartet?«

»Das nicht. Aber ich habe ihm eine Mitteilung von geradezu unerhörter Wichtigkeit zu machen.«

»Daraus wird nur leider nichts, Freundchen. Hier geht's für dich nicht weiter. Sieh zu, dass du wieder in deinen Keller kommst. Wenn du den Kardinal sprechen willst, halte dich gefälligst an die vorgeschriebenen Sprechzeiten.«

Faustus streckte dem Gardisten die Schriftrolle entgegen. »Hier – lies. Und wenn du danach noch immer glaubst, die Angelegenheit dränge nicht, dann gehe ich wieder. Aber dann trägst du die Verantwortung, wenn es auf Grund der Verzögerung zu einer Katastrophe kommt.«

Faustus' Taktik ging auf. Natürlich war der Gardist des Aramäischen nicht mächtig, sofern er überhaupt lesen konnte. Die Rolle verkehrt herum haltend starrte er auf die ihm unbekannten Schriftzeichen und wurde zunehmend unsicherer.

»Nun, wie lautet deine Entscheidung?«, fragte Faustus und wippte ungeduldig mit dem Fuß.

»Das ist eine Sprache, die ich nicht verstehe. Was steht da geschrieben?« Mit einem Gesicht, als gelte es die größte Verschwörung seit der zur Ermordung Caesars zu verhindern, flüsterte Faustus: »Aufgrund dieses Schreibens kann der Kardinal den derzeit gefährlichsten Ketzer weit und breit entlarven. Nur – Eile ist geboten.«

Das Wort Ketzer verfehlte seine unheilvolle Wirkung nicht. Womöglich durch Übereifer die Ergreifung eines Feindes der Kirche verhindert zu haben, noch dazu eines brandgefährlichen, dieses Risiko wollte der Gardist nun doch nicht auf sich nehmen. Er reichte Faustus die Schriftrolle zurück.

»Ich hoffe für dich, dass stimmt, was du behauptest. Solltest du gelogen haben, wirst du den Ratten im Kerker Gesellschaft leisten. Geh weiter und melde dich beim Wächter im Sekretariat des Kardinals. Der wird wissen, was zu tun ist.«

Mit triumphierend vorgerecktem Kinn setzte Faustus seinen Weg fort. Er war gerade zehn Schritte weit gekommen, als ihm ein erneutes »Sta!« durch Mark und Bein fuhr. Genervt drehte er sich um.

»Was ist denn nun noch?«

Grinsend deutete der Gardist auf Faustus' Unterleib. »Bevor du Seiner Eminenz gegenübertrittst, solltest du vielleicht deine Kutte runterlassen. Es sei denn, du willst, dass er beim Anblick deines jämmerlichen Gehänges einen Lachkrampf bekommt.«

Während Faustus mit vor Scham glühendem Kopf seine Kleidung ordnete, schwor er einen Meineid nach dem anderen: Er würde nie wieder die Unwahrheit sagen, er würde nie wieder Alkohol trinken, er würde nie wieder im Dienst seine Kutte hochraffen, er …

*

Zur selben Zeit lag Hugolinus Graf von Segni, Kardinalbischof von Ostia und engster und einflussreichster Berater von Papst Honorius dem Dritten, bäuchlings auf seinem Lieblingsplatz, einem mit unzähligen Teppichen und Kissen gepolsterten Podium, und suchte Entspannung nach einem anstrengenden Tag.

An seiner Seite hockten seine beiden Leibdiener, Orientalen mit olivfarbener Haut. Der eine spielte Flöte, eine getragene, schläfrig machende Melodie, während der andere des Kardinals Genick und Schultern mit geschickten Fingern massierte. Von wohligen Schauern durchrieselt war Hugolinus kurz vor dem Einnicken, als sein Kammerdiener den Saal betrat, am Rande des Podiums niederkniete und seinem Herrn etwas ins Ohr flüsterte.

»Schick ihn weg«, brummte Hugolinus, ohne die Augen zu öffnen.

»Der Bursche tritt ziemlich keck auf«, sagte der Diener. »Das könnte bedeuten, dass er tatsächlich etwas Wichtiges zu berichten hat.«

»Wer entscheidet hier, was wichtig ist?«

»Natürlich Ihr. Aber Ihr müsst zugeben, meine Ahnungen trügen selten.«

»Leider«, seufzte Hugolinus. »Sag diesem – wie heißt er noch?«

»Faustus.«

»Sag diesem Faustus, sollte sich, was er zu sagen hat, als Nichtigkeit erweisen, werde ich prüfen, ob er über Wasser laufen kann. Mit einem Mühlstein um den Hals. Wenn er trotzdem auf einem Empfang besteht, lasst ihn herein.«

»Eure Entscheidung zeichnet sich wie immer durch größtmögliche Weisheit aus.«

»Hinaus, Schleimer!«

*

Faustus kannte den Kardinal vom Sehen. Einmal hatte er einer Messe Seiner Eminenz in Santa Maria Maggiore beigewohnt, ein anderes Mal hatte er ihn anlässlich einer Prozession auf der Via Flaminia gesehen. Daher wusste er auch, dass Hugolinus groß gewachsen und hager war, Furcht einflößend stechende, schwarze Augen und eine wahrhaft caesarische Nase hatte. Und er kannte diese eigentümlich schnarrende Stimme, die einem – besonders wenn Hugolinus laut wurde – wie ein Messer in die Eingeweide fuhr.

Eigentlich keine angenehme Begegnung, die Faustus bevorstand, aber da er wusste, was ihn erwartete, war er ziemlich gelassen. Und die alberne Drohung mit dem Mühlstein hatte er ohnehin nicht ganz ernst genommen.

So betrat er den Saal recht schwungvoll – und von einem Augenblick zum anderen war seine Selbstsicherheit weg, als hätte ein Taschendieb sie ihm auf der Schwelle gestohlen. Auf einmal hatte er weiche Knie, einen rumorenden Darm und kalten Schweiß auf der Stirn.

Es war eben doch etwas anderes, ob man den zweitmächtigsten Mann der Kirche aus der Entfernung und geborgen im Gedränge einer Menschenmenge sah oder ob man ihm von Antlitz zu Antlitz gegenüberstand. Dazu kam die geradezu verschwenderische Pracht des Raumes, die Faustus einen Schock versetzte.

Marmor, Ebenholz, Elfenbein, Gold, Silber und Juwelen, wohin das Auge blickte. Selbst der Käfig der Ringeltauben war aus purem Gold und trug an seiner Spitze einen Rubin. Dazu diese Düfte. Überall standen Schälchen mit Kräutern und Räucherwerk und verströmten betörende Gerüche. So in etwa stellte sich Faustus das Paradies vor, abgesehen von den beiden Leibdienern; er würde weibliches Personal bevorzugen.

Auf ein Fingerschnipsen des Kardinals trollten sich die Diener und verschwanden hinter einem purpurnen Vorhang. Er selbst stand auf, verließ das Podium und kam auf Faustus zu. Der warf sich zu Boden und sagte die üblichen Floskeln zum Zeichen seiner Unterwürfigkeit auf. Hugolinus blieb jedoch nicht stehen, sondern ging an ihm vorbei und nahm etliche Schritte entfernt auf einem hochlehnigen Stuhl in der Nähe des Fensters Platz.

Faustus fluchte leise, denn er war eindeutig zu früh und

am falschen Platz in die Horizontale gegangen. Aber er traute sich auch nicht, unaufgefordert wieder aufzustehen, womöglich würde ihm das als Ungehorsam ausgelegt. Also kroch er dem Kardinal hinterher, begleitet vom Gekicher der durch den Vorhang spähenden Diener.

»Spielst du Hund, oder was machst du da?«, fragte Hugolinus scharf.

»O nein, Eminenz.«

»Dann steh gefälligst auf.«

»Sofort, Eminenz.«

Während sich Faustus hochrappelte, schnarrte Hugolinus: »Man sagte mir, du hättest im Rahmen deiner Übersetzungen eine wichtige Entdeckung gemacht.«

»So ist es, Eminenz«, schnaufte Faustus. »Wichtig und – höchst brisant.«

Hugolinus hob die linke Braue. »Hältst du dich für fähig, das zu beurteilen?«

»In dem Fall ... ich glaube, ja, Eminenz.«

»Ist das der Grund, weshalb du dich entschlossen hast, deinen Oberen zu übergehen, den gewohnten Weg zu missachten und dich umgehend an mich zu wenden?«

»Jawohl, Eminenz. So ist es.«

»Obwohl dir bekannt sein müsste, dass ich späte Störungen hasse wie das Fegefeuer?«

»Ich bitte um untertänigste Vergebung, Eminenz, aber –«

»Hat man dir wenigstens gesagt, was dich erwartet, solltest du dich als Wichtigtuer erweisen?«

Faustus schluckte, dass das Auskeilen seines Adamsapfels durch sämtliche Fettschichten seines Doppelkinns zu erkennen war. »Sehr wohl, Eminenz. Recht deutlich.«

Hugolinus streckte die Hand aus. »Dann reich mir die Schriftrolle.«

Das wollte Faustus auch, zog sie im letzten Augenblick aber wieder zurück. »Verzeiht, Eminenz. Das Schreiben ist auf Aramäisch abgefasst. Wenn Ihr erlaubt, werde ich Euch …«

Die weiteren Worte blieben Faustus im Halse stecken. Er spürte, wie ihn unter Hugolinus' Blick eine Art Lähmung überfiel.

»Für was hältst du dich eigentlich, elender Wurm?«, fragte Hugolinus mit einer Stimme, die so warm war wie eine Dezembernacht auf dem Aventin. »Denkst du etwa, du aufgeblasenes kleines fettes Nichts von einem Mönch, du wärest der Einzige, der des Aramäischen mächtig ist?«

Faustus wollte etwas erwidern, aber er brachte nur dieses Geräusch zu Stande, das ein Ziegenbock macht, wenn ihm die Kehle durchgeschnitten wird. Dann tapste er einen Schritt vorwärts und legte die Schriftrolle in die Hand des Kardinals.

Der entrollte sie und überflog den Text mit dem schnellen Blick des geübten Lesers. Dabei war seiner Miene nicht anzusehen, ob ihn der Inhalt interessierte oder langweilte. Das blieb selbst so, als er zu der Stelle kam, die bei Faustus die Sturmglocken hatte läuten lassen.

Je länger des Kardinals Gleichmut währte, desto mehr geriet Faustus in Panik. Nicht zum ersten Mal, seit er die Räume Seiner Eminenz betreten hatte, verfluchte er sich selbst, dass er die Sache nicht einfach auf sich hatte beruhen lassen. Auf Anerkennung und eine Belohnung war er aus gewesen, inzwischen wäre er schon froh, wenn er sein Leben nicht verwirkt hatte. Langsam, aber unaufhaltsam gaben seine Knie nach, als zöge bereits der Mühlstein an seinem Hals.

»Wer außer dir weiß von diesem Brief?«

Die Frage kam so überraschend, dass Faustus zusammenfuhr und erst einmal Speichel sammeln musste. »Nie-niemand, Eminenz.«

»Wirklich niemand?«

»Ehrlich, Eminenz. Das schwöre ich bei allem, was mir heilig ist.«

»Das dürfte in deinem Fall nicht allzu viel sein«, sagte Hugolinus kühl. »Aber gut, ich will dir glauben. Ist das der erste Brief des Lukas, den du übersetzt hast?«

»Das ist bereits der dritte.«

»Waren alle an den selben Empfänger gerichtet?«

»Ja, ohne Ausnahme.«

»Wurde diese Person, um die es hier geht, bereits in einem der anderen Briefe erwähnt?«

»Nein. Nein, sonst wäre ich früher zu Euch gekommen.«

»Bist du dir sicher?«

»Ja, vollauf.«

»Wie viele Briefe des Lukas befinden sich noch im Archiv?«

»Ich weiß nicht. Vielleicht keiner, vielleicht mehrere. Da stehen noch viele ungeöffnete Gefäße.«

»Überprüfe sie. Alle. Ich will wissen, ob dieser Name noch ein weiteres Mal erwähnt wird.«

»Das wird aber einige Zeit in Anspruch nehmen.«

»Niemand drängt dich, Faustus. Aber bis morgen Abend solltest du in der Lage sein, mir einen Bericht zu liefern.«

»Schon morgen? Wie stellt Ihr Euch das vor, Eminenz? Ich –«

»Ich weiß, ich kann mich auf dich verlassen«, sagte Hugolinus, stand auf und führte Faustus zur Tür. »Ach so, wir sollten besser einen Geheimnamen für diese Sache vereinbaren. Hast du einen Vorschlag?«

»Geheimname? Ich weiß nicht. Wie wäre es mit Samuel?«

»Schwachkopf! Doch nicht den richtigen Namen. Nein, nein, da muss etwas anderes her. – Ich hab's. Das Geheimwort lautet: Bastard.« Hugolinus ließ es über die Zunge perlen. »B-a-s-t-a-r-d. Das ist doch hervorragend. Oder findest du nicht?«

»Natürlich, Eminenz. Bastard. Gewiss, Eminenz. Hervorragend.«

»Und vergiss nicht: Du berichtest nur mir und bewahrst völliges Stillschweigen gegenüber jedermann. Denk immer daran: Die Feinde der Kirche lauern überall.«

»Jawohl, Eminenz. Natürlich. Keine Frage. Nur Euch. Sonst Stillschweigen.«

Katzbuckelnd schob Faustus sich rückwärts durch die Tür. Als sie zufiel, stand der Kammerdiener bereits an Hugolinus' Seite.

»Gib dies dem Sekretär, und sag ihm, er soll sie in den Geheimschrank schließen«, sagte der Kardinal und drückte dem Diener die Schriftrolle in die Hand. »Und dann lass Adrian kommen. Ich habe einen Auftrag für ihn.«

Dichter Nebel lag über der Aue, in der der Eifgenbach in die Dhünn mündet. Das Hufgeklapper der Pferde war zu hören, lange bevor Tiere und Reiter zu erkennen waren. Erst als sie sich bis auf zwanzig Schritte genähert hatten, lösten sich ihre Konturen aus dem Dunst.

Sie waren nur noch zu dritt. Zwar hatte die Gruppe geschlossen im Gasthaus zur Walkmühle in Dünnwald übernachtet, aber morgens hatte Engelbert zwei Mann des Gefolges mit Botschaften nach Köln und Burg gesandt. So ritten in seiner Begleitung nur noch Gumpert von Eller und Thietmar von Hummelsheim, die zu seinen ältesten und treuesten Weggefährten zählten.

Gumpert war ein schmächtiger Mann mit wachen Augen und fein geschnittenem Gesicht, der oftmals für einen des

Lesens Kundigen oder sonstigen Schöngeist – ein Weichei eben – gehalten wurde. Ein Irrtum, den mancher Gegner schon bitter bereut hatte.

Bei Thietmar hingegen stimmten Aussehen und Amt voll überein. Er war vierschrötig und kantig und hatte ein Gesicht, dessen Züge vor lauter Narben kaum auszumachen waren.

Das Kloster Altenberg hatten die drei ohne anzuhalten passiert, obwohl Engelbert kurz mit dem Gedanken gespielt hatte, in der Martinskapelle für Marias Seelenheil zu beten. Aber sein ihr gegebenes Versprechen einzulösen erschien ihm dann doch dringlicher, und so wandten sie sich nunmehr nach Norden und ritten das Eifgental hinauf, der Erzbischof vorneweg.

Hier war die Flussniederung schmaler, und der Wald reichte bis knapp an die Ufer. Der Nebel, der in diesem Tal der Heit genannt wurde, wurde immer undurchdringlicher. Sie hatten knapp eine Meile zurückgelegt, als Gumpert zu Engelbert aufschloss.

»Ich hatte Euch bereits früher an meiner Seite erwartet«, sagte der Erzbischof. »Es sind nur noch wenige hundert Schritte bis zur ehemaligen Eifgenburg.«

»Mich graust es noch heute, wenn ich daran denke«, entgegnete Gumpert und schauderte. »Ich bin gewiss kein Feigling, aber was zu viel ist, ist zu viel.«

»Was ist mit Thietmar? Er wirkt sehr ruhig.«

»Der hat es gut, er glaubt nicht an Geister. Die Ungläubigen sind immer die Furchtlosesten.«

»Trug der Geist tatsächlich seinen Kopf unter dem Arm?«

Gumpert schluckte. »Die Gestalt war über und über weiß, wie mit Mehl bestäubt. Haut, Haare und Kleidung. Nur die Augen leuchteten feuerrot. Als er mich ansprach und aufforderte einzutreten, bewegten sich die Lippen seines abgeschlagenen Kopfes.«

»Aber Ihr habt seiner Aufforderung nicht Folge geleistet?«

»Den Teufel hab ich getan.«

»Und dann sprengte ein schwarzer Ritter aus der Burg?«

»Kein schwarzer, sondern ein blutrot gekleideter auf einem pechschwarzen Pferd. Er trug Harnisch und Helm, aber kein Schwert. Genauer gesagt war er gar nicht bewaffnet, aber er stank nach Schwefel, und die Art, wie er auf mich zuritt, war so furchtbar, dass ich kehrtmachte und davonjagte.«

»Und er verfolgte Euch?«

»Ich weiß es nicht. Mag sein. Ich habe mich nicht mehr umgesehen.«

»Sagt, Gumpert, wie viele Krüge Wein hattet Ihr an jenem Abend eigentlich intus?«

»Oh, ich verstehe, Ihr glaubt mir nicht. Aber der Herr ist mein Zeuge. Der Geist stand an der Stelle, wo sich einst das Burgtor befand. Dort hat er schon meinem Vater und meinem Großvater aufgelauert. Heute lässt sich die Stelle kaum noch wieder finden, so zerfallen ist alles.«

Wie zur Bestätigung seiner Worte tauchten linker Hand zwischen den Buchenstämmen die Reste des Ringwalls auf, der die Flucht- und Schutzburg einst umgeben hatte. Von der Burg selbst war so gut wie nichts übrig geblieben. Was an Steinen und Balken noch brauchbar gewesen war, hatten die Mönche weggeschleppt und zum Bau des Altenberger Klosters verwandt.

»Wurden Eure Vorfahren denn ebenfalls von dem rot gewandeten Ritter verfolgt?«

Gumpert nickte. »Mein Großvater stürzte während der Hatz, und sein Pferd brach sich den Hals. Er konnte sich nur mit Mühe ins Kloster retten.«

»Dann handelt es sich sozusagen um einen Familiengeist«, sagte Engelbert. »Eine Geisterbegegnung, die vererbt wird. Habt Ihr Eurem Sohn das Wesen auch schon vorgestellt?«

»Macht Euch nur lustig über mich. Aber auch Euch wäre – mit Verlaub gesagt – der Arsch auf Grundeis gegangen, hättet Ihr erlebt, was ich erlebt habe.«

Plötzlich flog in der Nähe laut krächzend ein Schwarm Krähen auf. Gumpert zuckte zusammen, und selbst Engelbert konnte nicht leugnen, dass der Ort ein gewisses Unbehagen auslöste. Ohne dass sie sich abgesprochen hätten, trieb jeder sein Pferd an.

Der Erste, der die nächste Flussbiegung erreichte, war Thietmar.

*

Der Weg zog sich am Hang entlang, sodass sie sich der Rausmühle, der ältesten Mühle im Tal, von oben näherten. Schon aus der Entfernung war zu erkennen, in welch schlechtem Zustand sie sich befand.

Das Gebälk schimmerte durch das strohgedeckte Dach, der Lehmverputz war allenthalben rissig, und stellenweise lag sogar das darunter liegende Geflecht bloß. Die Fensteröffnungen waren ladenlos und wirkten so lebendig wie ausgestochene Augen. Außerdem sah das Bauwerk gefährlich instabil aus. Der erstbeste Frühjahrssturm würde es zusammenklappen lassen.

Engelbert wies seine Begleiter an, im Schutz der Bäume zu warten, schließlich sollte niemand durch das Auftauchen von gleich drei Rittern erschreckt werden. Während Gumpert und Thietmar es sich auf einem umgestürzten Baum bequem machten und die Brotbeutel öffneten, ritt er selbst hinunter ins Tal und umrundete die Mühle.

Die hölzerne Rinne, über die der Zulauf zum Rad erfolgte, war so morsch, dass sie zusammengebrochen war. Das Rad selbst war moosbewachsen, hatte einen Schlag und hing schief auf der Welle. Es war, wie es Engelbert zugetragen worden war: Hier wurde schon länger kein Getreide mehr gemahlen.

Erst auf den zweiten Blick entdeckte er Spuren menschlicher Anwesenheit. So sahen die neben dem Eingang gestapelten Brennholzscheite frisch gehackt aus. Auch lagen auf Maß gekürzte Strohbündel bereit, um das Dach zu flicken. Engelbert stieg aus dem Sattel und trat näher. Die Scharniere der Tür waren erst kürzlich gefettet worden.

In dem Augenblick schnaubte sein Pferd, und wie zur Entgegnung ertönte Schweinequieken aus einem Koben neben dem Lagerschuppen. Engelbert lauschte. Deutlich war jetzt auch das Gegacker von Hühnern zu vernehmen, obwohl er keinen Verschlag oder Käfig sah.

Zweifellos, die Mühle war bewohnt. Und hier wurde gewirtschaftet, wenn auch nicht mehr im ursprünglichen Sinn.

Auf sein Klopfen hin rührte sich nichts. Er rief den Müller und danach Martin, und als auch das unbeantwortet blieb, zog er am Griff und stellte fest, dass die Tür nur angelehnt war. Mit eingezogenem Kopf stieg er über die Schwelle.

Im Inneren war es dunkel wie in einer Bärenhöhle. Engelbert tastete sich die Wand entlang bis ans erste Fenster und schlug das steif gefrorene Schaffell zurück, das sowohl als Sicht- als auch als Wetterschutz diente. Das einfallende Tageslicht beleuchtete eine Einrichtung, die in ihrer Ärmlichkeit der einer Bauernkate in nichts nachstand.

Neben dem Grubenrad, das früher die Kraft der Mühlradwelle auf die lotrecht stehende Mahlachse übertragen hatte, und der Kiste, die einmal als Kornspeicher gedient hatte, drängten sich ein Tisch, ein Schemel und eine Pritsche. Ihrer Rohheit nach zu urteilen waren die Stücke von einem wenig begabten Handwerker gezimmert worden. Stroh und Decke auf der Pritsche waren noch warm. Lange konnte es nicht her sein, dass die Schlafstatt benutzt worden war.

In der Ecke hinter der Kornkiste, dem einzigen Platz, an dem der Boden aus Bruchsteinen und nicht aus fest gestampftem Lehm bestand, befand sich die Feuerstelle. Dort baumelte an einem Dreibein ein eiserner Kessel. In der Asche darunter glommen noch einzelne Späne. Engelbert sah in den Topf. Hirsebrei, ein Arme-Leute-Essen.

Unmittelbar neben der Tür führte eine Leiter ins Obergeschoss. Sie schien solide gefertigt, trotzdem prüfte Engelbert, ob sie sein Gewicht trug. Oben war es heller, durch die zahlreichen Löcher im Dach fiel Licht. Über eine Stiege kam man zum Fülltrichter, unter dem Trichter lagen die Mühlsteine.

Etwas abseits standen ein Kübel voll gefrorenem Lehm und ein Weidenkorb, in dem primitives Werkzeug lag. Das war alles. Engelbert stieg wieder herunter, nahm auf dem Schemel Platz und setzte den Helm ab. Er würde warten.

Kaum saß er untätig herum, kehrten die trübsinnigen Gedanken zurück, die ihn quälten, seit er von der Äbtissin erfahren hatte, wo Martin lebte. Ihm als Grafen von Berg war die Rausmühle bekannt, wenngleich er noch nie hier gewesen war. Genauso wohl bekannt wie die Klagen der Bauern aus dem Umland, der Müller sei ein unehrlicher Bursche. Außerdem ging das Gerücht um, in der Mühle spuke es. Aber Engelbert hatte noch von keiner Mühle gehört, von der das nicht behauptet wurde.

Was ihm eher Sorgen bereitete, waren die Berichte seines gräflichen Hausmeisters, denen zufolge der Müller an Aussatz litt. Das war auch der Grund, warum der Mühlenbetrieb vor knapp zwei Jahren eingestellt worden war. Die Mahlrechte hatte nun ein gewisser Markus inne, der weiter unten im Tal seine Mühle betrieb.

Engelbert stellte sich die bange Frage, ob Martin ebenfalls erkrankt war. Wenn man so auf Tuchfühlung lebte und arbeitete, konnte das kaum ausbleiben. Da stand er nun kurz vor der ersten Begegnung mit seinem Sohn, und wenn es der

Wille des Herrn war, würde er ihn nur als Aussätzigen kennen lernen. Mit Kopfschütteln versuchte Engelbert die Bilder von abfaulenden Gliedmaßen zu verscheuchen, die ihm plötzlich in den Sinn kamen.

Plötzlich knarrte die Tür in seinem Rücken, und ein Windstoß blähte den Mantel um seine Beine. Engelbert wollte sich umdrehen, gefasst auf jeden nur erdenklichen Anblick, den sein Sohn bieten mochte. Doch dazu hatte er keine Gelegenheit.

Das Holz traf ihn hart oberhalb des rechten Ohrs. Nicht so hart, dass es ihm den Schädel zerschmetterte, jedoch heftig genug, um ihn kopfüber in den tiefsten Brunnenschacht fallen zu lassen, der je von Menschenhand gegraben worden war.

Dunkelheit umfing ihn, aber ehe er auf dem Grund aufschlagen konnte, wurde ihm die Gnade einer tiefen Ohnmacht zuteil.

Das war der Augenblick, indem Engelbert vom Schemel kippte.

Der kleine rundliche Mann, der an diesem Morgen die päpstliche Privatkapelle Sancta Sanctorum mit schlurfendem Schritt und dem Blick eines bestraften Hundes verließ, war kein Geringerer als Seine Heiligkeit höchstpersönlich, Papst Honorius der Dritte.

Wieder einmal war die Frühmesse eine einzige Enttäuschung gewesen. Statt ihm die nötige spirituelle Kraft und Stärke für den Tag zu geben, hatte sie ihn zutiefst deprimiert.

Dass er zunehmend an Zerstreutheit und allgemeinem körperlichen Verfall litt, damit hatte sich Honorius angesichts seines Alters von vierundsiebzig Jahren abgefunden. Was ihn jedoch beunruhigte und quälte, war, dass im gleichen Maße, wie seine Kräfte schwanden, auch sein Glaube nachließ.

Die Ursache dafür sah er in seinem nunmehr seit Jahren vergeblichen Beten, Bitten und Flehen, der Herr möge ihm die Verwirklichung seines einzigen Lebenstraumes ermöglichen: die Durchführung des bereits von seinem Vorgänger, Innocenz dem Dritten, angekündigten Kreuzzuges.

Aber je inbrünstiger Honorius betete, desto mehr hatte er das Gefühl, dass seine flehenden Worte das Ohr des Herrn nicht erreichten. Fast kam es ihm vor, als bete er in einer dem Allmächtigen unverständlichen Sprache.

Zum anderen litt er an sich selbst, an seiner eigenen Schwäche. Mit einem tiefen Seufzer musste Honorius daran denken, was er alles hätte erreichen können, würde er nur über einen Bruchteil der Wesenszüge seines Vorgängers verfügen.

Der war ein Kirchenmann gewesen, wie man ihn sich nur hatte wünschen können. Von bestechender Intelligenz, unstillbarem Ehrgeiz und geradezu Furcht einflößender Willenskraft. Mit seinen Visionen und seiner Gestaltungskraft hatte Innocenz der Kirche zu großer Macht verholfen.

Eine Macht, die Honorius nicht bewahren konnte, die ihm zwischen den Fingern zerrann. Er war eben nur ein Verwalter des Heiligen Stuhls, mehr nicht. Gebildet, sanftmütig, beliebt und so gefürchtet wie ein Schmetterling.

Als Honorius um die nächste Ecke bog, merkte er, dass er sich verlaufen hatte. Er war so in Gedanken gewesen, dass er statt in seine Gemächer in Richtung Thronsaal spaziert war, also genau in die entgegengesetzte Richtung. Von hier aus noch vor dem Essen zurückzulaufen, war ihm zu anstrengend, und eine Sänfte war um diese Zeit auch nicht zu bekommen. Selbst die eigens für ihn angefertigte gläserne Papasänfte wurde neuerdings ständig von einem dieser fußkranken Wichtigtuer aus der Verwaltung benutzt, der sich damit kreuz und quer durch den Lateran tragen ließ.

So kletterte Honorius mit verdrießlicher Miene auf seinen Thron, ein mit Schnitzereien und Juwelen überladenes Monstrum, das vor allem eins war: unbequem.

*

»Eure Heiligkeit, schlaft Ihr?«

Honorius schreckte hoch. Er war tatsächlich eingenickt. Für einen Augenblick war er verwirrt und musste blinzeln, weil ihm die tief stehende Wintersonne ins Gesicht schien.

»Hugolinus, seid Ihr es?«

»Ja, Eure Heiligkeit, ich bin es«, sagte der Kardinal und trat zwischen Sonne und Papst.

»Ich habe schon hundert Mal gesagt, der Thron steht an der falschen Stelle«, nörgelte Honorius in seinem üblichen wehleidigen Tonfall. »Er gehört auf die andere Seite des Saals. Oder das Fenster müsste zugemauert werden.«

»Wollt Ihr, dass ich mich darum kümmere?«

»Ach, was soll's! Jetzt ärgere ich mich schon so lange darüber, da kann's auch so bleiben. Was führt Euch her? Gibt's Neuigkeiten bezüglich unseres Kreuzzuges?«

»Leider nein, Eure Heiligkeit. Ich kam zufällig vorbei, sah Euch hier sitzen und dachte, ich erkundige mich nach Eurem Wohlbefinden. Was macht Euer Fuß?«

Hugolinus' Frage betraf den Gichtanfall, den der Papst in der vergangenen Woche erlitten hatte. Für mehrere Tage hatte Seine Heiligkeit mit einem dick geschwollenen, feuerroten rechten Fuß das Bett hüten und fürchterliche Schmerzen erdulden müssen. Einzig kalte Umschläge hatten Linderung gebracht.

»Danke, schon besser. Ich kann wieder auftreten, auch wenn's manchmal noch zwackt.«

»Ich habe mit Bedauern vernommen, dass der Medicus, den ich Euch empfahl, nicht zu Eurer Zufriedenheit war.«

»Ein Quacksalber!«, rief Honorius und wedelte mit den Händen, als werde er von einem Schwarm Stechfliegen angegriffen. »Ein Scharlatan! Ich habe ihn umgehend entlassen.«

»Mir erschien er immer sehr fähig. Wie kam es, dass er Euer Missfallen erregte?«

»Pah, von wegen fähig! Behauptet der Wicht doch glatt, mein Harn sei zu sauer. Selten ist mir eine nichts sagendere und unmaßgeblichere Aussage zu Ohren gekommen. Schließlich scheide ich den Harn aus, da ist es ja wohl völlig gleichgültig, ob er nun süß oder sauer ist.«

»Nun ja …«

»Außerdem empfahl er mir, meinen Stuhl einer eingehenden Betrachtung zu unterziehen. Täglich sollte ich Beschaffenheit, Farbe und Geruch prüfen und ihm davon berichten. Da habe ich ihm klar gemacht, dass der Mensch seinen Kot nicht grundlos hinterrücks ausscheide. Denn wäre es im Sinne des Herrn, dass wir unsere Exkremente begutachten, hätte er uns zweifelsfrei mit einem zweiten Paar Augen am Hinterteil versehen.«

»So kann man es natürlich auch sehen«, murmelte Hugolinus. »Sei's drum, Hauptsache, Ihr seid wieder wohlauf. Seid Ihr denn so weit bei Kräften, um bei Bedarf eine Reise anzutreten?«

Honorius wurde kreidebleich, und seine Kinnlade klappte herunter. »Droht wieder ein Aufstand? Muss ich weg aus Rom?«

»Keine Angst, so weit ist es noch nicht. Allerdings kann ich nicht leugnen, dass Euer alter Gegenspieler, Senator Parentius, viel Zeit darauf verwendet, die Bürger Roms gegen Euch aufzuwiegeln. Mit welchem letztendlichen Erfolg, muss abgewartet werden. Noch ist die Mehrheit Euch zugeneigt.«

Mit jedem Wort war der Papst mehr in sich zusammengesackt, bis er auf dem riesigen Thron wie ein kleines Kind wirkte, das sich in die Welt der Erwachsenen verirrt hat.

»Wenn ich wirklich die Stadt verlassen muss, will ich aber nicht wieder nach Rieti. Der dortige Palast ist feucht, die Aussicht öde und das Essen eine Zumutung.«

»Wie wäre es mit Tivoli?«

»Das klingt schon besser. Ist Euch die dortige Küche bekannt?«

»Man hört nur Gutes. Übrigens, Eure Heiligkeit, ich hörte zufällig, man werde Euch heute Mittag Fasan reichen.«

»Fasan?« Der zusammengefallene Honorius nahm wieder Form an. »Das ist ja wunderbar. Vielleicht sogar mit getrockneten Pflaumen und Mandeln?«

»Wer weiß, wer weiß.« Hugolinus wiegte den Kopf. »Jedenfalls lassen die Düfte, die der Küche entsteigen, auf feinste Genüsse hoffen.«

»Haltet ein mit Eurer Rede, mir läuft schon das Wasser im Mund zusammen. Ach, dann nimmt der Tag ja doch noch eine Wende zum Guten.«

»Eure Freude ist meine Freude, Eure Heiligkeit. Da wäre nur noch eine Kleinigkeit.«

»Ja?«

»Ich brauche eine Vollmacht Eurer Heiligkeit, die mir erlaubt, in Eurem Namen Befragungen durchführen zu lassen.«

»Zu welchem Zweck?«

»Nichts von Bedeutung. Es geht lediglich um die Ergreifung eines Ketzers.«

»Oh! Etwa aus einer der namhaften Familien?«

»Noch ist über seine Abstammung nichts bekannt. Ich möchte nur auf jeden erdenklichen Fall vorbereitet sein.«

»Natürlich, natürlich«, sagte Honorius und stieg vom Thron, wozu ein kleiner Hüpfer notwendig war. »Bringt mir die Vollmacht nach dem Essen, dann werde ich sie unterzeichnen und siegeln.«

»Das wird nicht nötig sein, Eure Heiligkeit, ich habe alles Notwendige hier. Ihr könnt das Schreiben gleich unterzeichnen.«

»Typisch Hugolinus. Wie immer bestens vorbereitet.«

»Wozu soll ich Euch wegen einer derartigen Kleinigkeit ein zweites Mal belästigen? Ihr habt gewiss Wichtigeres zu tun.«

»Fürwahr.«

An einem der Tische überflog Honorius das Schreiben. Es war eine jener Vollmachten, wie er sie für den Kardinal schon dutzendfach unterzeichnet hatte. Der Inhalt war recht allgemein gehalten, verlieh jedoch enorme Befugnisse. Wenn Hugolinus gewollt hätte, hätte er damit den Petersdom verkaufen können.

Seine Heiligkeit setzte sein Zeichen unter den Text, Hugolinus tropfte Wachs auf das Pergament, in das wiederum der Papst seinen Ring drückte.

»Hoffentlich ist er gut abgehangen«, sagte Honorius nach Beendigung der kleinen Zeremonie.

»Wie? Oh, der Fasan. Natürlich. Der neue Koch versteht sein Handwerk. Soll ich Euch in den Speisesaal begleiten?«

»Nein, lasst es gut sein. Jagt lieber Euren Ketzer.«

»Ganz wie Eure Heiligkeit wünschen.«

Als Honorius davonschritt, blickte er etwas heiterer drein als nach der Messe. Zwar noch immer wie ein zur Ordnung gerufener Vierbeiner, aber auch wie einer, dem eingefallen ist, wo ein riesiger Knochen vergraben liegt.

*

Beim Betreten seines Arbeitszimmers hielt Hugolinus inne, denn sein Sekretär hatte nicht erwähnt, einen Besucher vorgelassen zu haben. Die Überraschung währte allerdings nur kurz, denn der Mann, der sich auf der gepolsterten Liege ausgestreckt hatte und schlief, war ihm bestens bekannt.

Wie stets war der Mann prächtig gekleidet. Heute trug er eine tiefblau gefärbte Kutte über einem weinroten, in Falten gepressten Obergewand mit Hängeärmeln. Seine unteren Extremitäten steckten in langen grünen Strümpfen und Lederschuhen, die an ihrer Spitze mit goldenen Nägelchen verziert waren. Das geölte schwarze Haar wurde mit Hilfe eines goldenen Stirnbandes zurückgehalten. Alle Stücke waren auf das Sorgfältigste gearbeitet, nirgendwo gab es eine schief sitzende Naht oder einen unsauberen Saum.

Im Kontrast zu der extravaganten Aufmachung stand das Gesicht des Mannes. Es war von einer Durchschnittlichkeit, die je nach Standpunkt beängstigen oder faszinieren konnte. Selbst Menschen, die ihn gut kannten, war es nahezu unmöglich, sein Äußeres zu beschreiben. Es gab einfach keine Merkmale, schon gar keine markanten. Jede einzelne Partie und damit das gesamte Gesicht war derart unauffällig, dass man bereits vergessen hatte, wie der Mann aussah, während er einem noch gegenüberstand.

Die einzige Ausnahme bildeten seine Augen. Braun und eigentlich sanftmütig, vermochten sie von einer Sekunde zur nächsten eine Härte auszustrahlen, als seien die Pupillen kristallisiert. Dann zeigten sie die eisige Skrupellosigkeit, zu der der Mann fähig war. Eine Eigenschaft, die der Kardinal neben vielen anderen an ihm schätzte, die ihn aber auch – obwohl er das niemals zugegeben hätte – gelegentlich frösteln ließ.

Hugolinus trat an die Liege, und im gleichen Augenblick hob der Mann die Lider. Seine Augen strahlten freundlich und warmherzig wie beim Anblick eines alten Freundes. Seine Worte aber jagten dem Kardinal einen Schauer über den Rücken.

»Ihr habt mich rufen lassen, Eminenz, und hier bin ich«, sagte Adrian und lächelte. »Wen darf ich diesmal für Euch töten?«

Die Ähnlichkeit war verblüffend. Obwohl Engelberts Schädel dröhnte und sein Blick getrübt war, wusste er sofort, wer der junge Mann war, der an seiner Seite hockte. Er hätte ihn unter hundert anderen erkannt, obwohl er ihn noch nie zuvor gesehen hatte, so sehr glich der junge seiner Mutter. Wie sie hatte er dunkle, leicht schräg stehende Augen mit für einen Mann unverschämt langen Wimpern und diese hoch liegenden Wangenknochen, die ihm ein beinahe slawisches Aussehen verliehen. Nur waren seine Locken schwarz und nicht blond. Wenigstens die Haarfarbe hatte er von seinem Vater geerbt.

Mit schnellem Blick suchte Engelbert Augenlider, Ohren, Lippen und dann auch die Finger, die eine Sichel umklammerten, nach verräterischen Spuren ab. Gott sei Dank, nirgendwo waren Anzeichen des Aussatzes zu entdecken. Der Junge war lediglich zu schmal für sein Alter. Außerdem hätten ihm ein Haarschnitt und ein Bad nicht geschadet.

»Was grinst Ihr?«, fragte Martin und setzte Engelbert die Spitze der Sichel an die Kehle. »Rechnet Ihr etwa mit der Hilfe Eurer beiden Spießgesellen, die sich oben zwischen den Bäumen versteckt halten? Die fressen geräucherten

Speck und haben noch gar nicht bemerkt, in welcher Lage Ihr Euch befindet.«

»In welcher Lage befinde ich mich denn?«

»Wenn Ihr Pech habt, habt Ihr Eure Henkersmahlzeit schon zu Euch genommen. Was wollt Ihr hier?«

Engelbert machte Anstalten, sich aufzusetzen, aber ein Stupser mit der Sichel ließ ihn wieder zurücksinken. Erst jetzt merkte er, dass seine Hände gefesselt waren.

»Was soll der Unfug?«, knurrte er. »Und warum habt Ihr mich niedergeschlagen? Ist das Eure Art, Besucher zu empfangen?«

»Ein Besucher wollt Ihr sein? Da lachen ja die Hühner. Jemanden wie Euch nenne ich einen Einbrecher. Ihr habt mein Haus ohne Erlaubnis betreten.«

»Scheinbar wisst Ihr nicht, wen Ihr vor Euch habt, sonst würdet Ihr nicht solch dreiste Reden führen.«

»Wie sollte ich? Habt Ihr Euch etwa vorgestellt?«

»Schlagt meinen Mantel zurück und schaut nach, welches Wappen ich auf dem Gewand führe.«

»Nicht nötig, das habe ich bereits. Die Wechselzinnen derer von Berg sind mir wohl bekannt.«

»Wie Ihr das sagt, klingt es verächtlich.«

»Da könntet Ihr Recht haben.«

»Dabei seid Ihr ein Untertan des Grafen.«

»Des Grafen gewiss. Nicht aber der Rotte, die in seinem Namen plündernd und mordend durchs Land zieht.«

»Was redet Ihr da für einen Unfug?«, schnaubte Engelbert. »Das Land ist befriedet, das Raubrittertum ist ausgemerzt. In ganz Berg zieht niemand mehr marodierend umher. Schon gar nicht in meinem Namen.«

Nun war es heraus. Martin zeigte sich überrascht, aber keineswegs beeindruckt.

»Solltet Ihr tatsächlich Graf Engelbert sein, so verzeiht«, sagte er. »Aber ich brauche einen Beweis.«

»Ich gebe Euch mein Ehrenwort als Erzbischof von Köln.«

»Verzeiht erneut, aber das Wort eines Mannes, der mir persönlich unbekannt ist, ist für mich wertlos.«

Langsam begann in Engelbert Zorn aufzusteigen angesichts der Unverfrorenheit des Jungen. Gleichzeitig erfüllte ihn aber Stolz, denn Martin hatte eigentlich Recht.

»Nun gut, wie wäre es damit: Ich weiß, dass Ihr Martin seid, der Sohn der Maria von Hagen.«

»Nicht schlecht«, sagte Martin gedehnt. »Meine Abstammung ist nur Wenigen bekannt. Ich frage mich, wieso ausgerechnet Ihr davon wisst.«

Engelbert zögerte einen Augenblick, dann sagte er, wobei er versuchte, ein wenig Wärme in seine Stimme zu legen: »Ich habe deiner Mutter gestern Abend die Sterbesakramente erteilt, mein Junge.«

Martin schrie nicht auf, er zuckte nicht einmal zusammen. Er weinte auch nicht, lediglich seine Wangenmuskulatur arbeitete.

»Sie ist tot?«

Engelbert nickte.

»Woran ist sie gestorben?«

»An Schwindsucht. Es tut mir Leid, Martin.«

»Musste sie sehr leiden?«

»Nein, nicht sehr. Der Herr war gnädig mit ihr.«

Martin murmelte ein paar unverständliche Worte und bekreuzigte sich. Dann fragte er: »War es Zufall, dass Ihr just zu dieser Zeit in Dünnwald wart?«

»Nein«, antwortete Engelbert. »Ich bin eigens hingeritten, als ich hörte, sie liege im Sterben.«

»Sagt Ihr mir, warum? Sie war doch nur eine einfache Nonne.«

»Binde mich zuerst los.«

Ohne zu zögern schnitt Martin den Hanfstrick durch,

stand auf und ließ sich auf seiner Pritsche nieder. Engelbert erhob sich ebenfalls und setzte sich, noch ein wenig schwindelig, gleich darauf auf den Schemel, den Martin wieder aufgestellt hatte.

»Schon unsere Väter waren Freunde«, sagte er und massierte seine tauben Handgelenke. »Harald von Hagen war einer der engsten Vertrauten meines Vaters Engelbert. Als mein Vater bei Kovin in Serbien starb, war Harald an seiner Seite. Eine Schuld, die ich nun begleichen konnte, indem ich deiner Mutter bei ihrem Ende zur Seite stand.«

Eine ziemlich dünne Erklärung, aber Martin war jung genug, sie zu glauben. Jedenfalls fragte er nicht weiter. Mit gesenktem Kopf und sacht wiegendem Oberkörper saß er da, als lausche er einer fernen Melodie.

Nach einer Weile wurde Engelbert das Schweigen unerträglich. »Wo ist der Müller? Ich hörte, er sei krank.«

Martin fuhr sich mit den Fingern über die Augen, bevor er den Kopf hob. »Mein Vater ist tot.«

»Dein Vater?« Engelbert ärgerte sich, weil Martins Satz ihm einen kleinen Stich versetzt hatte. »Ich dachte, der Müller hätte dich lediglich bei sich aufgenommen.«

»Und doch war er mein Vater.« Martin sah, wie Engelbert stutzte. »Was wundert Euch? Dass ich einen Mann, der mich nicht gezeugt hat, Vater nenne? Ich sage Euch, der Müller war mir tausend Mal mehr ein Vater als mein leiblicher, den ich nicht kenne und der sich nie um mich gekümmert hat.«

»Hat deine Mutter dir gegenüber nie erwähnt, von wessen Blut du bist?«

»Nein.«

»Wie oft habt ihr euch gesehen?«

»Einmal im Jahr und dann auch nur kurz. Unser Verhältnis war mehr das von Geschwistern als das von Mutter und Sohn. Sie hat mich ja bereits in meinem zweiten Lebensjahr weggegeben, und ich habe keine Erinnerung an die Zeit, als wir zusammen waren. Nun, jedenfalls hat mich der Müller jeden Herbst mit einem Sack Mehl zum Kloster geschickt. Für das Mehl haben die Schwestern dann um sein Wohl gebetet. Genützt hat es ihm allerdings wenig.«

»Du meinst, weil er trotzdem an Aussatz erkrankte?«

»Nein. Ich rede davon, dass Eure Leute ihn erschlagen haben wie einen tollen Hund.«

»Männer, die das Wappen von Berg führten?«

»Auf den Schabracken ihrer Rösser.«

»Nur auf den Schabracken? Nicht auf den Umhängen oder Gewändern?«

»Nein, die Umhänge waren weiß, die Gewänder schwarz.«

»Wann war das?«

»Im vergangenen Herbst. Kurz nach Erntedank.«

»Zum Teufel, das wirst du beweisen müssen«, rief Engelbert und sprang auf.

Martin grinste. »Was ist so lustig?«

»Den Erzbischof von Köln wie einen Schmied fluchen zu hören«, sagte Martin. »Beweisen kann ich nichts, denn außer mir gibt es keinen Zeugen. Aber ich würde den Mörder wieder erkennen, obwohl alle Nasalhelme trugen.«

»Alle? Wie viele waren es denn?«

»Drei. Getötet hat ihn aber nur einer.«

Engelbert ließ sich erneut auf dem Schemel nieder. »Erzähl mir, was sich zugetragen hat. Wie hieß er eigentlich, der Müller?«

Martin schmunzelte. »Nur Müller. Einmal habe ich gehört, wie ihn jemand Otto nannte. Ich selbst habe immer nur Müller zu ihm gesagt. Er wollte nicht, dass ich ihn Vater nenne. Dafür habe er zu wenig geleistet, sagte er.«

Als Martin weitersprach, wurde seine Miene düster.

»Wie Ihr bereits wisst, litt der Müller an Aussatz. Aber da wir hier äußerst abgeschieden leben, verzichtete er meist darauf, seine Glöckchen anzulegen. Genauer gesagt trug er sie nie. Seit seine Krankheit sichtbar geworden war, war der Mühlenbetrieb ohnehin eingestellt, und Besuch hatten wir nur selten.«

Hufschlag näherte sich der Mühle. Martin ließ sich davon aber nicht irritieren.

»An jenem Nachmittag saß der Müller auf der Bank vor dem Haus. Sein Tagewerk im Garten hatte er bereits vollbracht, und er vertrieb sich die Zeit mit Beinschnitzereien. Er fertigte kleine Apöstelchen, die ich gelegentlich als Reliquien an vorbeiziehende Pilger verkaufte. So konnten wir uns etwas dazuverdienen. Auf einmal kamen drei Reiter den Weg vom Hengstenberg heruntergeprescht. Da der Müller schon seit Jahren so gut wie taub war, nahm er sie erst wahr, als sie ihre Pferde unmittelbar vor ihm zügelten, und sprang erschrocken auf. Dabei stieg das Pferd des einen hoch und warf seinen Reiter ab.«

Martin begleitete seine Worte mit lebhaften Gesten.

»Ob das Tier vor dem Müller gescheut hatte oder vor einer Kreuzotter, ob der Reiter ungeschickt oder betrunken gewesen war, ich weiß es nicht. Die beiden anderen jedenfalls lachten schallend. Das erzürnte den Gestürzten. Er sprang auf und schrie seine Begleiter an, sie sollten ihre ungewaschenen Mäuler halten. Dann zog er sein Schwert, brüllte ›Wo sind deine Glöckchen?‹ und erschlug den Müller mit einem einzigen Streich.«

»Wo warst du, während sich das zutrug?«

Inzwischen schnaubten und wieherten die Pferde unmittelbar vor dem Haus. Martin blickte kurz zur Tür, setzte seine Erzählung aber fort.

»Im Stall. Ich war gerade dabei, die Schweine zu füttern. Durch ein Astloch in der Rückwand konnte ich alles beobachten. Ich bin sofort raus und im Schutz des Zauns zum Mühlteich gekrochen. Dort hab ich ein Schilfrohr zum Atmen abgebrochen und bin untergetaucht. Ich dachte, wenn die Kerle mich erwischen, töten sie mich auch.«

»Und den Mörder hast du gesehen?«

Martin nickte. »Er stand plötzlich am Ufer und beugte sich über den Teich. Mich konnte er nicht sehen, denn ich hatte mich in den Schlamm gewühlt wie ein Karpfen, und das Wasser war noch trübe. Ihn aber konnte ich vor dem Hintergrund des blauen Himmels deutlich erkennen.«

Martin fasste sich an die Stirn. »Noch heute sehe ich sein Gesicht, als habe es mir jemand ins Gedächtnis gemalt.«

»Hast du um Hilfe nachgesucht?«

»Wo sollte ich?«

»Bei Bodo von Bongard, meinem Hausmeister. Er ist der Mann, der solche Vergehen ahndet.«

Martin lachte unfroh auf. »Das ist ein Scherz! Ich sagte Euch doch, die Männer trugen Euer Wappen. Außerdem waren sie zu dritt. Welches Gewicht hätte da meine Aussage gehabt?«

Schwere Schritte kamen auf das Haus zugestapft, dann wurde die Tür aufgestoßen, und Thietmar und Gumpert trampelten herein. Ihr Atem dampfte wie der von Zugpferden.

»War es einer der beiden?«, fragte der Erzbischof.

Martin musterte die Eindringlinge eingehend. Dann schüttelte er den Kopf.

»Nein. Sie waren auch nicht die Begleiter.«

Engelberts Gefolgsleute blickten einander verständnislos an. Schließlich fasste sich Thietmar ein Herz.

»Dürfte man erfahren, um was es hier geht? Oder ist das ein Geheimnis zwischen Euch und dem Knaben?«

»Keineswegs«, sagte Engelbert. »Es ging lediglich um die Frage, ob einer von euch beiden ein feiger Mörder ist.«

»Wie? Was wollt Ihr damit sagen?«

»Zügelt Euch, ihr habt doch die Antwort des Jungen vernommen.« Engelbert wandte sich an Martin. »Schnür dein Bündel. Wir brechen auf.«

Jetzt war es an Martin, verdattert zu gucken. »Ich? Wieso? Wohin?«

»Ich habe deiner Mutter versprochen, mich deiner anzunehmen«, sagte der Erzbischof. »Und meine Versprechen pflege ich zu halten. Du wirst eine gute Lehre erhalten und danach als Knappe in meine Dienste treten. Widerspruch in dieser Sache dulde ich nicht. – Was gibt es schon wieder zu grinsen?«

»Nichts«, sagte Martin, und sein Grinsen wuchs zu einem Strahlen. »Zu Befehl, Eure Exzellenz.«

Die Orientalen hatten einen zweite gepolsterte Bank herbeigeschafft, sodass Hugolinus und sein Gast sich gegenüberlagen. Ein silbernes Tischchen mit Kuchen und Wein stand zwischen ihnen. »Wenn Euch nach etwas anderem gelüstet, scheut Euch nicht, Eure Wünsche zu äußern«, sagte der Kardinal und machte eine derart ausladende Geste, als könne Adrian sich ruhig ein Schälchen Sternenstaub bestellen. »Für Euch ist mir nichts zu kostspielig, wie Ihr wisst.«

»Das weiß ich zu schätzen, Eminenz. Aber ich bin zufrieden. Für den Augenblick jedenfalls.«

Beide nippten an ihren Kelchen. Der Wein war tiefrot, beinahe schwarz. Adrian lobte seine Samtigkeit und verglich sie mit Liebesdichtung. Das wiederum ließ den Kirchenfürsten zufrieden gucken, als habe er selbst den Tropfen gekeltert.

»Ich bin erstaunt, Euch bereits hier zu sehen. Ich wähnte Euch in Oberitalien.«

»Ich war in Ostia«, sagte Adrian. »Vor meiner Reise hatte ich Euren Sekretär benachrichtigt. Nur für alle Fälle. Wie man sieht, nicht unnütz.«

»Hattet Ihr dort ... einen Dienst zu tun?«

»Nichts Besonderes, wenn auch gut entlohnt. Als mich Euer Ruf ereilte, habe ich selbstverständlich alles stehen und liegen gelassen.« Adrian brach ein kleines Stück Kuchen ab und schob es in den Mund. Er hatte außergewöhnlich gut erhaltene Zähne. »Wo drückt Euch der Schuh, Eminenz? Euer Sekretär sagte nur, es sei sehr eilig. Ihr wäret bedrückt, wie er Euch noch nie gesehen habe. Näheres wollte er mir aber nicht mitteilen.«

»Näheres konnte er Euch nicht mitteilen – er weiß nämlich nichts. Daran mögt Ihr bereits erkennen, von welcher Brisanz die Angelegenheit ist, mit der wir es hier zu tun haben. Geheimhaltung ist das oberste Gebot. Ein einziges falsches Wort könnte einen Erdrutsch auslösen.«

»Der wen verschütten würde?«

Hugolinus machte ein Gesicht, als suche er nach den passenden Worten. Dem war aber nicht so. Eigentlich hatte er gerade das noch ein wenig zurückhalten wollen. Aber nun war es zu spät.

»Den Stuhl Petri«, sagte er schließlich so schwunglos, als glaube er selbst nicht daran.

»Oh, es geht also um die Kirche. Ich dachte, Euch plage eine persönliche Sorge.«

»Ich trenne da nicht. Die Kirche ist mein Leben, und mein Leben ist die Kirche.« Der Kardinal ergriff erneut seinen Kelch, trank aber nicht, sondern hielt ihn, als könne er sich an ihm wärmen. »Bisher wissen von der Angelegenheit nur zwei Personen. Die eine bin ich, die andere ist ein Mönch namens Faustus. Mit Euch sind es nun drei.«

»Ich fühle mich geehrt«, sagte Adrian mit einer Miene, der man nicht ansah, ob es ihm ernst war oder ob er spottete. »Aber macht es nicht so spannend.«

Hugolinus zögerte noch einen Augenblick, womit er nach eigenem Empfinden die Luft zum Knistern brachte. »Die Kirche wird von einem Unbekannten bedroht. Eure Aufgabe wird es sein, ihn zu finden und unschädlich zu machen.«

»Gibt es Anhaltspunkte zu seiner Person?«

»Gewiss doch. Die sind allerdings fast zwölfhundert Jahre alt.«

»Wie bitte?«

Hugolinus lächelte. Es war das Lächeln eines Kinderfängers. »Ihr habt recht gehört. Der einzige Hinweis datiert aus dem Jahr 55 nach Fleischwerdung des Herrn. Ihr werdet all Euren Verstand brauchen, um diese Aufgabe zu bewältigen.«

Adrian schüttelte kurz den Kopf, als habe er Wasser im Ohr. »Jüngere Hinweise gibt es nicht? So aus dem zweiten, vierten oder vielleicht achten Jahrhundert?«

»Es mag durchaus Hinweise aus jüngerer Zeit geben. Das ist sogar wahrscheinlich. Sie müssen nur gefunden werden.«

Jetzt war es an Adrian zu lächeln. Auch vor diesem Lächeln wäre jedes vernünftige Kind geflohen. »Eines kann man Euren Aufträgen wirklich nicht nachsagen – dass sie langweilig wären. Aber sagt, Eminenz, wie kann ein Unbekannter, dessen Dasein vor Jahrhunderten angedeutet wurde, eine Gefahr für die Kirche sein? Womöglich wurde er nie geboren.«

»Sollte das zutreffen, umso besser. Falls es ihn aber gibt, muss er unbedingt unschädlich gemacht werden.«

»Das war eindeutig. Wie seid Ihr auf seine Spur gekommen?«

In knappen Sätzen berichtete der Kardinal von dem Brief des Lukas. Zunächst hatte er erwogen, Adrian nur einen Teil der Geschichte zu erzählen, ihm Einzelheiten, insbesondere den Namen der Person und ihre Abstammung, vorzuenthalten. Aber dann setzte er ihn doch umfassend in Kenntnis, denn er wusste, nur so würde er effizient arbeiten können. Und auf Adrians Stillschweigen war bisher noch immer Verlass gewesen.

Als Hugolinus seinen Bericht beendet hatte, ließ Adrian sich zu einem anerkennenden Kopfnicken hinreißen. »Wirklich spannend. Was Ihr von mir erwartet, ist sozusagen das Gegenteil von Ahnenforschung. Eine Art Nachfahrenforschung.«

»So ist es. Bis in unsere Tage.«

»Denkbar wäre aber auch, dass die Blutlinie irgendwann endet.«

»Nichts würde ich mehr begrüßen. Aber in einem solchen Fall will ich den absolut zweifelsfreien Nachweis, dass dem so ist.«

»Ich verstehe. Glaubt Ihr, der Unbekannte, falls er überhaupt lebt, weiß um seine Herkunft?«

Hugolinus' Gesicht drückte Genuss und Qual zugleich aus. Wie Lustgewinn aus Zahnschmerzen. Dabei rang er nur um eine sorgsam abgewogene Antwort.

»Ich glaube es eher nicht«, sagte er, und seine Züge glätteten sich wieder. »Aber er könnte darauf kommen. Durch einen dummen Zufall, wie unser Freund Faustus. Das gilt es zu verhindern. Denn was das bedeuten würde, brauche ich Euch nicht zu sagen.«

Adrian ließ das eine Weile auf sich wirken.

Dann fragte er: »Welche Vollmachten habe ich?«

»Die üblichen.«

»Und die Bezahlung?«

»Desgleichen.«

Langsam und nachdrücklich schüttelte Adrian den Kopf. Das goldene Stirnband funkelte im Kerzenschein. »Das Doppelte.«

»Vergesst nicht, Ihr arbeitet für die Kirche«, sagte der Kardinal und mimte den Empörten. »Eigentlich müsste Euch Gottes Lohn genügen.«

»Ihr irrt, Eminenz. Ich arbeite für Euch. Und wenn ich den Fall richtig beurteile, hängt Eure persönliche Zukunft nicht unerheblich vom Ausgang meiner Ermittlungen ab. Also sollte Euch meine Arbeit durchaus etwas wert sein.«

»Ihr seid ein Erpresser!«

»Ich bin schlicht der Beste. Und das wisst Ihr.«

Hugolinus guckte weiter verdrießlich, aber seine hängenden Schultern zeigten, dass er aufgegeben hatte. Adrian grinste und leerte seinen Kelch mit einem Zug.

»Nachdem wir uns einig geworden sind, nehme ich gern Euer anfangs gemachtes Angebot an«, sagte er. »Mich gelüstet tatsächlich nach etwas anderem als Kuchen und Wein. Ich würde gern jemanden quälen.«

»Muss das sein?«

»Hattet Ihr nicht gesagt, ich habe freie Wahl?«

Hugolinus verdrehte die Augen. »Doch, doch. Was wollt Ihr? Einen Mann oder eine Frau?«

»Eine Frau. Frauen sind zäher.«

Der Kardinal schnipste mit den Fingern. Der ältere der beiden Leibdiener erschien. Hugolinus gab ihm geflüstert einige Anweisungen, woraufhin der Orientale nickte und sich lautlos entfernte.

»Eurem Wunsch wird entsprochen«, sagte Hugolinus und erhob sich von seinem Diwan. »Aber sorgt dafür, dass sie weniger Lärm macht als die letzte.«

»Es wird mir ein Vergnügen sein«, sagte Adrian und lächelte.

Die vier Reiter hatten den Höhenrücken und die auf ihm verlaufende Handelsstraße von Köln nach Dortmund überquert, waren auf der anderen Seite ins Tal geritten und folgten nun dem Lauf des Sengbachs. Hier war der Wald dichter und dunkler als im Eifgental, und hätte kein Schnee gelegen, hätten sie bereits die Fackeln anzünden müssen, obwohl erst Nachmittag war.

Thietmar und Gumpert bildeten die Vorhut, Engelbert und Martin folgten, wobei Engelbert sein Pferd wiederholt zügeln musste, damit Martins Maultier Schritt halten konnte. Das Tier, das den Namen Nebukadnezar trug, lief zwar ein für seine Verhältnisse hohes Tempo, aber da es zwei Ellen weniger Schulterhöhe maß als die Pferde, waren auch seine Beine entsprechend kürzer.

Schließlich verließen sie das enge, gewundene Tal und schlugen den Weg in Richtung Burg ein, vorbei an den drei Gespenstereichen. Wieder hielt Engelbert seinen Rappen zurück, bis Martin aufgeschlossen hatte.

»Als Erstes werden wir dir ein Pferd besorgen«, sagte er unwirsch. »Und zwar eins ohne babylonischen Namen. Mit dir kommt man ja überhaupt nicht vom Fleck.«

»Nebukadnezar ist eine treue Seele, die mich noch nie im Stich gelassen hat«, sagte Martin und tätschelte dem Langohr den Hals. »Ihr hättet auf mich hören und allein reiten sollen. Morgen wäre ich dann in aller Frühe mit meinem Viehzeug nach Burg gezogen.«

»Als mein angehender Knappe kannst du nicht wie ein Schweinehirte durch die Gegend laufen. Du wirst demnächst eine gewisse Stellung bekleiden. Eine Stellung, die ein entsprechendes Auftreten erfordert.«

»Ich mach mir aber Sorgen um meine Tiere. Sie sind alles, was ich besitze.«

»Gleich morgen lasse ich sie durch Bodo abholen. EineNacht werden sie's ja wohl ohne dich aushalten.«

»Die Schweine schon. Der einzige Bär, der sich ab und zu ins Tal verirrt, hält zurzeit Winterschlaf. Für die Hühner allerdings sehe ich schwarz. Zurzeit laufen hier eine Menge Füchse herum, denen die Rippen durchs Fell schauen.«

»Ich hoffe, du wirst dich demnächst genauso intensiv um deine Lehre sorgen.«

»Wenn ich wüsste, was auf mich zukommt, gewiss. Ich hab nur keinerlei Vorstellung.«

Ehe Engelbert darauf eingehen konnte, wurde der Weg schmaler, und sie mussten eine Zeit lang hintereinander reiten. Tannen statt Buchen standen nun am Rand. Der Schnee drückte die Äste teilweise so tief hinunter, dass Engelbert sich flach auf den Rücken seines Pferdes legen musste. Martin, der auf seinem Maultier sozusagen ein Geschoss tiefer saß, hatte da weniger Schwierigkeiten. Schließlich öffnete der Weg sich wieder.

»Für den üblichen Werdegang bist du bereits zu alt«, sagte der Erzbischof. »Deine höfische Erziehung hätte bereits im Alter von sieben oder acht Jahren beginnen müssen. Als Edelknabe hättest du zunächst Umgangsformen, Tanzen, Musizieren und ein Spiel namens Schach erlernt. Dann …«

»Schach spiel ich.«

»Was?«

»Ich kann Schach spielen. Der Müller hat es mir beigebracht.«

»Das ist ja interessant. Spielst du gut?«

»Das weiß ich nicht. Ich habe immer nur mit dem Müller gespielt. Ich müsste mich erst mit einem anderen messen.«

»Dazu wirst du bald Gelegenheit haben. Heinrich, der Mann meiner Nichte Irmgard, ist ein begeisterter Spieler. Daneben hättest du Reiten gelernt, Jagen und wärst an den Waffen ausgebildet worden. Hast du schon einmal ein Schwert geführt?«

»Nein. Ich versteh mich nur auf Pfeil und Bogen.«

»Hat dir das auch der Müller beigebracht?«

»Ja.«

»Er muss ein erstaunlicher Mann gewesen sein.«

»Das war er.«

»Hattest du nie das Verlangen, seinen Tod zu rächen?«

Martin zügelte sein Maultier. Das Tier stand auf der Stelle.

»Warum sagt Ihr nicht gleich, dass Ihr mich für einen Feigling haltet? Ein Vierteljahr ist bereits ins Land gezogen, und noch immer habe ich nichts unternommen, den Mörder zu finden, das meint Ihr doch. Aber ich sage Euch: Der Tag wird kommen.«

»Feiglinge erkenne ich auf den ersten Blick«, sagte Engelbert, der ebenfalls angehalten hatte. »Du gehörst gewiss nicht dazu, mein Junge. Außerdem ist mir der Unterschied zwischen Mut und Leichtsinn sowie zwischen Feigheit und Vorsicht sehr wohl bekannt.«

Der Anstieg wurde flacher, und der Wald begann, sich zu lichten. Von Westen blinzelte die untergehende Sonne durchs Geäst und ließ die Schneekristalle wie Edelsteine funkeln. Zum wiederholten Mal schraubte Martin seinen kleinen Finger in die Nasenlöcher, um die fest gefrorenen Härchen zu lösen.

»Wenn das, was Ihr den üblichen Werdegang genannt habt, für mich nicht mehr in Frage kommt, was habt Ihr dann mit mir vor?«

»Mir schwebt eine Art Schnellausbildung vor, die sich auf das beschränkt, was du noch nicht kannst und weißt. Reiten und Schach können wir uns ja bereits schenken. Aber wie ist es um deine Bildung bestellt? Kannst du lesen und schreiben? Verstehst du Latein? Was weißt du über die Religion? Nichts? Hm, das dachte ich mir. Wir müssen dir also einen Lehrer besorgen.«

Martin machte ein Gesicht, als hätte er Essig mit Wein verwechselt. »Haltet Ihr das wirklich für nötig?«

»Denk immer daran, dass das der letzte Wunsch deiner Mutter war. Den solltest du achten, so wie ich es tue. Handhabung der Waffen wie die Jagd wird dich Bodo von Bongard lehren. Einen Besseren kannst du dir dafür nicht wünschen. Spätestens im Herbst solltest du so weit sein, in meinen Dienst treten zu können.«

»Werde ich Euch auch nach Köln begleiten?«

»Nicht nur dorthin. Wir werden im ganzen Reich herumkommen. Welche Städte kennst du bereits?«

»Lennep. Und Wipperfürth.«

»Ist das alles? Warst du nie in Köln?«

»Nur bis Deutz. Und das auch nur einmal, vor zwei Jahren. An dem Tag fand eine dieser Feiern auf dem Platz am Brunnen statt, bei der sich jeder, der will, im Minnesang versuchen darf. Gefallen oder Missfallen drückte das umstehende Volk durch Beifall oder Würfe mit Pferdeäpfeln aus. Da flog der gesammelte Mist von Monaten.«

»Davon habe ich gehört. So richtig was für den Geschmack des Pöbels. Und Dungverschwendung obendrein.«

»Seid nicht zu ungnädig, Exzellenz. Mir hat's gefallen.«

»Hm. Nächstes Jahr werden wir außerdem eine Wallfahrt nach Santiago de Compostela unternehmen. Die habe ich schon seit langem geplant, musste sie aber immer wieder verschieben.«

»Was gibt's da zu sehen?«

Engelbert verdrehte die Augen und fragte sich im Stillen, ob sein Zeitplan bezüglich Martins Ausbildung nicht etwas zu optimistisch war.

»Dort befindet sich das Grab unseres Heiligen Jakobus, mein Junge.«

»Aha.«

Am Waldrand schlossen sie zu Gumpert und Thietmar auf. Vor ihnen erstreckte sich offenes, nur mit wenigen Büschen bewachsenes Gelände. Am Horizont sah man Burg auf seinem Bergsporn hoch über der Wupper. Trutzig ragte der Bergfried mit seiner Zuckergusshaube aus Schnee in den Himmel. Ein imposanter Anblick.

»Thietmar, du tauschst jetzt mit Martin das Tier«, sagte der Erzbischof.

Der Angesprochene machte ein Gesicht, als hätte der Erzbischof ihn aufgefordert, in siedendem Öl zu baden.

»Ich verstehe nicht ganz«, stammelte er. »Ihr meint doch nicht etwa …«

»Was gibt es da nicht zu verstehen? Martin reitet den Rest des Wegs auf Eurem Pferd, und Ihr reitet auf seinem Maultier.«

»Das ist ein Scherz, oder?«

»Keineswegs. Ich fände es wenig schicklich, wenn mein künftiger Knappe auf einem Maultier in die Burg einzöge. Das würde keinen guten Eindruck machen.«

»Und welchen Eindruck ich auf dieser … dieser Kreatur mache, ist Euch wohl gleich?«

»Ihr habt bereits so viel Ruhm erworben, Thietmar, dass Ihr auf einem Ochsen daherkommen könntet, und man würde Euch trotzdem mit dem gebührenden Respekt empfangen. Aber wenn Ihr Euch schämt, schlagt einen Bogen und klopft am Johannitertor.«

Kopfschüttelnd und Verwünschungen murmelnd stieg Thietmar aus dem Sattel. Auch Martin war der Tausch alles andere als angenehm. Er fühlte sich verantwortlich für die peinliche Lage, in der Thietmar sich nun befand. Zudem fürchtete er, der Vierschrötige könnte seinen Unmut an Nebukadnezar auslassen.

Als sie einander die Zügel übergaben, sagte der Erzbischof: »Zur Entschädigung werde ich heute Abend einen Fuder Wein ausgeben.«

»Wenn das so ist, dürft Ihr mich das nächste Mal auf eine Sau setzen«, rief Thietmar, schwang sich auf den Rücken des

Maultiers und legte ein Tempo vor, dem die anderen kaum folgen konnten.

*

Nur einmal, es musste sechs, sieben Jahre her sein, war Martin auf Burg gewesen. Damals war ein landauf landab bekannter Raubritter, Gotteslästerer, Frauenschänder und Säufer namens Plaat hingerichtet worden, und der Müller hatte gemeint, dass man auch so etwas einmal gesehen haben musste.

Drei Mann brauchte es, um den Sünder aufs Rad zu flechten, so tobte er. Als sie ihm schließlich mit einem Beil sämtliche Knochen zerschlugen, brüllte er wie ein Stier, der zum Ochsen gemacht wird. Martin und der Müller hörten ihn noch, als sie die Burg schon lange nicht mehr sehen konnten. So soll das drei Tage und Nächte gegangen sein, noch einmal besonders laut, als ihm ein Rabe die Augen auspickte. Dann fluchte er ein letztes Mal derart, dass zwei zufällig anwesende Klosterfrauen vor Scham in Ohnmacht fielen, und verschied.

Seitdem hatte sich vieles verändert. Die Handwerkersiedlung, mit dem die Burg sich den Bergrücken teilte, war gewaltig gewachsen. Dicht an dicht standen jetzt die kleinen Häuser. Ein Zuzug, der seinen Grund in den Umbaumaßnahmen hatte, die Engelbert in den letzten Jahren hatte durchführen lassen.

Von denen stach Martin besonders der neu errichtete Palas ins Auge, erheblich größer und eindrucksvoller als der alte. Seltsam mutete ihn nur das große Rad an, das sich am nördlichen Ende auf dem zwar noch eingerüsteten, aber ansonsten bis auf den Dachstuhl fertig gestellten Gebäude befand.

»Wozu habt Ihr das Mühlrad da raufschaffen lassen?«, fragte er den Erzbischof.

»Das ist kein Mühlrad, mein Junge, sondern ein Tretkran. Im Inneren des Rades steht ein Mann. Je nachdem, in welche Richtung er läuft, wird der Lastenkorb hochgezogen oder abgesenkt.«

»Das ist ja lustig«, sagte Martin. »Der Müller hat einmal etwas Ähnliches in klein gebastelt und einen Hamster hineingesperrt. Über eine kleine Welle wollte er damit einen Doppelflügel antreiben, um sich an heißen Tagen Luft zufächeln zu lassen. Das Ding hat's getan. Allerdings nur nachts, denn tagsüber hat der Hamster geschlafen.«

»Der Mann im Kranrad läuft am Tage, darauf kannst du dich verlassen. Alles andere würde ihm schlecht bekommen.« Engelbert zeigte nach vorn, stieg aus dem Sattel und überließ sein Pferd einem herbeigeeilten Stallburschen. »Da kommt Bodo. So lernst du ihn gleich kennen.«

Bodo von Bongard war kurz und kompakt und nahezu kahlköpfig. Wie zum Ausgleich für sein fehlendes Haupthaar kultivierte er einen gewaltigen schwarzen Schnauzbart, der seinen Mund völlig verdeckte, und ein Paar Brauen, die wie zwei fette schwarze Raupen über seinen Augen hingen. Bekleidet war er mit einem braunen Gewand und pelzbesetzten Schuhen. An seinem Gürtel hing ein Schwert, das wegen seiner Länge oder wegen der Kürze seines Trägers eine Spur in den Schnee zog.

Begleitet wurde er von einer versetzt hinter ihm gehenden Person, die ihr Geschlecht, Aussehen und Alter perfekt mit einem weiten Umhang mit Kapuze tarnte. Nur die Art, wie sie sich bewegte, ließ Martin darunter eine Frau vermuten.

»Seid willkommen daheim, Graf Engelbert«, sagte Bodo. »Wir haben Euch bereits erwartet.«

Engelbert stellte sie einander vor. Bei der anschließenden Begrüßung ging Martin beinahe in die Knie, was allerdings nichts mit Bodos zweifellos kräftigem Händedruck zu tun hatte.

Die Person in dem weiten Umhang hatte den Kopf gehoben, sodass ihr Gesicht nicht länger im Schatten der Kapuze lag. Engelberts künftiger Knappe hatte sich nicht getäuscht, die Person war weiblich.

Und wie.

Sie war noch sehr jung, jünger als Martin, und hatte ein ovales Gesicht, volle Lippen und eine Stupsnase. Ihre Augen waren himmelblau, ihr Haar flachsblond, und Martin wollte auf der Stelle Kunibert heißen, sollte er jemals einem schöneren Mädchen gegenübergestanden haben.

»Das ist Johanna, meine Tochter«, hörte er Bodo wie aus weiter Ferne sagen. »Kommt, Martin, ich zeige Euch Eure Kammer.«

Den ursprünglichen Namen der Taverne kannte niemand mehr, im Volksmund wurde sie nur »Das Saufloch« genannt. Sie lag in der Nähe des Colosseums in einer Seitengasse. Eingerichtet war sie mit dem, was andere Leute weggeworfen hatten. Als einziges Zugeständnis an die Sauberkeit wurde der Boden jeden Morgen mit Sand bestreut, der abends, wenn er verdreckt war, zusammengefegt wurde.

Wein und Essen waren billig, wenn auch von bedenklicher Qualität, und die Wirtin und ihre beiden Töchter waren drall und alles andere als prüde. Deswegen und weil der Ruf als üble Spelunke es höchst unwahrscheinlich machte, hier auf Kollegen aus dem Lateran oder gar Ordensbrüder zu treffen, hatte Faustus die Taverne zu seinem Stammlokal erkoren.

Faustus' Lieblingsplatz befand sich neben der Kochnische. Erstens war das Gemäuer dort wegen des Herdfeuers weniger feucht, und zweitens saß man im Blickfeld der Wirtin und brauchte nicht lange zu krakeelen, bis einem nachgeschenkt wurde.

Heute Mittag war er allerdings zu spät gekommen und hatte mit einem Platz auf einer Bank in der Nähe des Eingangs vorlieb nehmen müssen. Und das auch noch neben einem Fischhändler, der riechbar auf verdorbene Ware spezialisiert war.

Mit verdrießlicher Miene schlürfte Faustus dünnen Wein und kaute auf schwarz gebrutzelten, undefinierbaren Fleischbrocken herum. Wahrscheinlich hatte die Wirtin mal wieder eine der allenthalben streunenden Katzen verarbeitet, deren Felle sie zudem als Wärmewickel gegen Gicht verkaufte.

Aber es waren nicht allein das Essen, der falsche Platz und der Gestank, die Faustus die Laune verdarben. Die Arbeit, die ihm der Kardinal aufgehalst hatte, bereitete ihm gewaltiges Kopfzerbrechen. In der vergangenen Nacht hatte er kaum ein Auge zugetan, und war er doch mal eingenickt, hatten ihn fürchterliche Albträume gequält. Wieder und wieder hatte er sich mit einem Mühlstein um den Hals in den Fluten des Tibers versinken sehen.

Entsprechend zerschlagen hatte er sich frühmorgens an die Arbeit gemacht. Insgesamt waren dreiundfünfzig Tongefäße zu öffnen und die innen liegenden Schriftrollen auf eine Erwähnung der fraglichen Person zu prüfen. Dazu mussten die Texte zwar nicht Wort für Wort übersetzt werden, aber allein das Durchlesen kostete weitaus mehr Zeit, als Faustus angenommen hatte.

Bis zum Mittag hatte er gerade einmal den Inhalt von elf Gefäßen überprüft, und ihm brummte bereits der Schädel. Außerdem knurrte sein Magen zum Gotterbarmen. So beschloss er, trotz der Zeitknappheit erst einmal eine Pause zu machen. Gesättigt würde ihm die restliche Arbeit dann hoffentlich leichter von der Hand gehen.

Faustus wollte gerade seinen zweiten Krug Wein in Angriff nehmen, als die sackleinenen Vorhangstreifen, die das Türloch abdeckten, sich teilten. Herein trat ein Mann mittlerer Größe, der auf Grund seiner außergewöhnlichen Kleidung die Blicke sämtlicher Anwesenden auf sich zog.

Der Umhang, in den er gewandet war, leuchtete in kräftigem Purpur. Als der Mann ihn zurückschlug, konnte man sehen, dass er außerdem pelzgefüttert war, offenbar mit Hermelin. Darunter trug er ein goldgelbes, bodenlanges Gewand mit langen, engen Ärmeln, das von einem mit Edelsteinen besetzten Taillengürtel gerafft wurde.

Zwischen den Stammgästen wirkte der Mann wie ein Pfau inmitten einer Schar kotbeschmierter Hühner in der Mauser. Schlagartig verstummten alle Gespräche.

Der Mann ließ seinen Blick kurz durch den Raum schweifen und steuerte dann zielstrebig auf Faustus zu. Ohne einen Gruß zu entbieten, zog er einen Schemel heran und setzte sich ihm gegenüber.

»Da seid Ihr ja, alter Freund«, sagte Adrian, während Faustus vor Schreck fast seinen Wein über den Tisch gespuckt hätte. »Wenn Ihr die Zeit habt, hier zu zechen, müsst Ihr ja mit Eurer Arbeit prächtig vorangekommen sein. Oder solltet Ihr sie bereits erledigt haben?«

»Wer seid Ihr?« Faustus' Frage ging ein hörbarer Kiekser voraus. »Was wollt Ihr von mir? Schickt Euch der Kardinal?«

»Ich sage nur: Bastard.«

Während Faustus schreckensbleich die Hand vor den Mund schlug, griff Adrian nach dem Weinkrug und roch daran. »Was habt Ihr da? Pfui Teufel! Wirtin, bring mir Wasser. Aber wehe dir, es ist brackig.«

Er wandte sich wieder Faustus zu. »Wie Ihr sicher wisst, ist der Kardinal sehr beschäftigt und kann sich nicht mit jedem Firlefanz persönlich beschäftigen. Daher hat er mich beauftragt, Euch in dieser Angelegenheit zur Hand zu gehen.«

»Wie … wie muss ich das verstehen?«

Die Wirtin brachte das Wasser. Wie schon beim Wein prüfte Adrian den Geruch.

»Hast du darin deine Füße gewaschen?« Mit ausgestrecktem Arm schüttete er den Inhalt des Krugs auf den Boden. »Besorg mir gefälligst frisches.«

»Über das Wasser hat sich noch nie jemand beschwert«, maulte die Alte.

»Für andere mag dein Fußschweiß Labsal sein. Ich bestehe auf sauberem Wasser. Oder soll ich dem Präfekten Meldung machen, dass man in deiner Spelunke Gefahr läuft, sich zu vergiften?«

Hastig zog sich die Wirtin zurück und schickte die jüngere Tochter zu einem der Wasserhändler, die mit ihren Karren rund ums Colosseum standen. Bei der Bestellung würde sie draufzahlen.

»Was gibt es da groß zu verstehen, alter Freund?«, fuhr Adrian fort. »Ganz einfach: Euer Bericht geht an mich. Ich werde ihn auswerten und gleichzeitig dem Kardinal einen Vorschlag unterbreiten, wie er mit Euch verfahren soll.«

Faustus lief es eiskalt über den Rücken. »Verfahren? Wieso verfahren?«

»Sagt bloß, Ihr seid nicht auf eine Belohnung erpicht? Sollte ich Euch derart falsch eingeschätzt haben?«

Faustus ließ Luft ab. »Ach, so meint Ihr das. Nun ja … An welchen Betrag dachtet Ihr denn?«

»Das wiederum liegt im Ermessen des Kardinals. Ich weiß nur, dass er gute Arbeit zu schätzen weiß und sie zumeist großzügig entlohnt. Ihr habt es sozusagen selbst in der

Hand, die Größenordnung zu bestimmen. Wie weit seid Ihr denn nun mit Eurer Überprüfung?«

Faustus blies die Backen auf und machte eine vage Geste. »Es geht voran. Etwas mühseliger als erwartet, aber es geht. Ich schätze, ich habe knapp die Hälfte.«

In Adrians Augen gab es ein kurzes Unwetter. »Seit wann ist elf die Hälfte von dreiundfünfzig?«

»Elf?« Faustus entfuhr ein kleiner hysterischer Lacher. »Wie kommt Ihr auf elf?«

»Elf Tongefäße stehen zur Linken Eures Pultes, zweiundvierzig auf den Lagergestellen. Das macht wie viel?«

»Ihr wart im Keller? Im Archiv? An meinem Platz?«

»Ich war mir sicher, Euch dort anzutreffen.«

»Nun ja …« Faustus wedelte mit den Armen und guckte blöde. »Ich hatte Hunger. Mir war schon ganz flau.«

Plötzlich schoss ihm ein anderer Gedanke durch den Kopf. »Wie habt Ihr mich eigentlich gefunden? Hier, meine ich.«

»Ich bin Eurer Spur gefolgt«, antwortete Adrian, und auf einmal wirkten seine haselnussbraunen Augen hart wie Achate.

»Spur?«, krächzte Faustus. »Was für eine Spur?«

»Jeder Mensch hinterlässt Spuren. Auch wenn er sie vielleicht selbst nicht sieht. Ich sehe sie.«

»Das ist ja unheimlich. Und geradezu gotteslästerlich.«

»Unfug, es ist einfach nur geschickt. So kann mir niemand entkommen. Wen auch immer ich suche, den finde ich.«

»Gütiger Himmel! Aber wer sagt mir eigentlich, dass Ihr wirklich der seid, für den Ihr Euch ausgebt? Ihr könntet ja irgendwer sein. Ich weiß nicht einmal Euren Namen.«

»Die Tatsache, dass ich weiß, woran Ihr arbeitet, und das Geheimwort des Vorgangs kenne, sollte Euch Beweis genug sein, dass ich ein Bevollmächtigter des Kardinals bin. Denn wer außer ihm und Euch weiß sonst von der Geschichte?«

»Natürlich niemand«, beeilte sich Faustus zu sagen. »Zwischen dem Kardinal und mir war absolute Vertraulichkeit vereinbart. Daher bin ich auch etwas verunsichert, dass mit Euch nun ein Dritter eingeweiht ist. Versteht Ihr?«

»Gewiss doch, alter Freund. Darüber hinaus bin ich natürlich auch noch im Besitz einer Vollmacht. Besteht Ihr darauf, dass ich sie Euch zeige?«

Faustus schluckte und schüttelte den Kopf. Das sähe ja aus, als würde er dem Mann misstrauen. Und damit auch dem Kardinal. Aber unheimlich war ihm der Fremde schon. Einer, der unsichtbaren Spuren zu folgen vermochte. Und dann diese Augen. Im Stillen verfluchte Faustus sich erneut, die Geschichte überhaupt ins Rollen gebracht zu haben. Belohnung hin oder her.

»Gut«, sagte Adrian und lächelte auf eine Art, dass es Faustus angst und bange wurde. »Dann werde ich Euch jetzt sagen, wie wir vorgehen werden. Ihr werdet die restlichen Schriftrollen überprüfen. Allerdings etwas zügiger als die ersten elf. Noch heute Abend will ich Ergebnisse sehen. Solltet Ihr nicht fertig werden, könnt Ihr nicht nur die Belohnung in den Wind schreiben – Ihr hättet mit einer recht empfindlichen Strafe zu rechnen. Habt Ihr das verstanden?«

Faustus konnte nur nicken, so trocken war sein Hals.

»Inzwischen werde ich sämtliche Grundbesitzlisten aus dem Galilea jener Tage durchsehen«, fuhr Adrian fort. »Der Archivar ist bereits dabei, sie herauszusuchen. Auf Grund der damals üblichen Filiationsangaben sollte es möglich sein, die Person zu bestimmen.«

»Ja … aber wozu?«

»Dreimal dürft Ihr raten, alter Freund. Natürlich um herauszufinden, ob Euer Briefschreiber ein Spinner war oder nicht. Taucht die von ihm erwähnte Person in den Listen auf, hätten wir eine Bestätigung für ihr Dasein. Erhebt Euch, die Zeit drängt.«

Faustus stopfte sich noch schnell einen Fleischbrocken in den Mund und spülte ihn mit einem Schluck Wein hinunter. Dann eilte er dem purpurnen Umhang nach. An der Tür trafen sie auf die Wirtstochter, die gerade mit einem Krug Wasser hereinkam.

Adrian schnupperte wie gehabt, nickte diesmal aber zufrieden und bedeutete dem Mädchen, ihm das Nass über die Hände zu gießen. Sie war irritiert und zögerte, tat dann aber, wie ihr geheißen. Adrian wusch seine Hände, schüttelte sie kräftig aus und fuhr sich mit den noch feuchten Fingern übers Haar.

»Aber«, stammelte die Wirtin, die inzwischen dazugetreten war, »ich dachte, Ihr …«

»Da hast du falsch gedacht«, sagte Adrian und schlug den Leinenvorhang zur Seite. Die Gasse lag im gleißenden Licht der kalten Wintersonne. »Ich trinke niemals Wasser.«

Martins neues Zuhause war eine Dachkammer im Kemenatenbau, dem einzigen Teil der Burg, der im Winter durchgängig beheizt wurde. Das galt allerdings nur für die beiden unteren Geschosse, unter dem Dach musste man schon reichlich Fantasie aufbringen, um von den Kaminfeuern noch etwas zu spüren.

Die Kammer war klein, sie maß keine drei mal drei Doppelschritte, und davon ging auch noch die Dachschräge ab. Als Schlafstatt diente allerdings ein richtiges Bett, das mit strohgefüllten Leinensäcken ausgepolstert war. Gegen die Kälte lagen mehrere Schafs- und sogar ein Bärenfell bereit.

Unter dem Bett stand ein Nachttopf. Ferner gab es einen Tisch, auf dem ein müdes Talglicht brannte, einen Hocker sowie eine Truhe, in die Martin seine Sachen räumte.

Die Fensteröffnung war mit einer hölzernen Doppellade verschlossen. Martin löste den Riegel und stieß sie auf. Die Aussicht war überwältigend. Der Blick ging nach Westen, wo die Sonne einen fingerbreiten, blutroten Streifen über den schneegepuderten, bewaldeten Höhenrücken zurückgelassen hatte. Fast sah es aus, als loderten Flammen hinter dem Horizont.

Die Handwerkersiedlung am Fuß der Burg lag bereits im Dunkeln. Nur der Schnee auf den Dächern erlaubte, die Umrisse der Gebäude auszumachen. In welchem der Häuser wohl Johanna wohnen mochte? Vielleicht in dem bei der Kirche, aus dessen Schornstein gerade Funken sprühten wie ein Schwarm Glühwürmchen auf der Flucht.

Das jenseits der Siedlung liegende Tal der Wupper war zu dieser vorgerückten Stunde nur mehr ein schwarzer Schlund. Ein stummer zudem, kein Plätschern oder Gurgeln war zu hören. Die Wupper war zugefroren.

Schon seit Stunden verspürte Martin Hunger, inzwischen quälend, denn bis auf den Hirsebrei am Morgen hatte er nichts zu sich genommen. Bodo hatte ihm gesagt, er könne sich jederzeit etwas aus der Burgküche holen, die unter der Herrschaft von Bodos Frau Helene stand. Also nahm Martin das Talglicht und stieg über die schmale und halsbrecherisch steile Holztreppe nach unten.

Am Fuß der Stiege zweigte linker Hand ein niedriger, feucht müffelnder Gang ab, rechts ein anderer, in dem es zwar nicht besser roch, der aber etwas weniger düster war. Martin war sich nicht mehr sicher, aus welcher Richtung sie gekommen waren, beim Aufstieg war er einfach hinter Bodo hergestiefelt. Er entschied sich für rechts, aber bereits nach der ersten Biegung mündete der Gang in ein Wendeltreppenhaus. Von unten pfiff ein Strom eiskalter Luft herauf. Daran konnte Martin sich nun überhaupt nicht erinnern. Also machte er kehrt und versuchte es in der anderen Richtung.

Auch hier führte der Gang zu einer Treppe mit ausgetretenen Stufen. Nachdem Martin zwei Mal schmerzhaft erfahren hatte, wie niedrig die Decke war, nahm er den Kopf tiefer zwischen die Schultern. Die Wand war mit Schießscharten durchbrochen, durch die der Wind heulte wie ein liebestoller Wolf. Das war der Weg, den sie genommen hatten. Unten angekommen trat er durch eine schwere Holztür mit eisernen Beschlägen und stand dann im Vorraum zur Kapelle, der von einem an einer Kette hängenden siebenarmigen Kerzenleuchter erhellt wurde.

Die gegenüberliegende Wand verhüllte ein Teppich; dargestellt war ein Reiter, der aus vollem Galopp eine Wildsau aufspießt. Das geknüpfte Stück sah verdammt nach einem Geschenk für den Erzbischof aus, das Gesicht des Reiters trug eindeutig Engelberts Züge.

Links lag die breite Treppe, die ins Untergeschoss und weiter zur Küche führte, rechts die Tür, hinter der sich die beheizten Gemächer des Burgherrn befanden. Martin hatte schon den Fuß auf der obersten Stufe, als er plötzlich laute, erregte Stimmen aus der Kemenate hörte. Und wenn er sich nicht täuschte, war sein Name gefallen.

Tapfer überhörte er den Ruf seines Magens, schlich zur Tür und legte sein Ohr ans Holz. Das war eindeutig Engelberts Stimme, nur war unverständlich, was Martins Schutzherr sagte.

Lauschen war unanständig, das wusste Martin. Andererseits war offenbar er der Anlass für einen heftigen Streit. Und als Fremder in einem fremden Haus konnte es nicht schaden, wenn man wusste, was das zu bedeuten hatte.

Vorsichtig drückte er die Tür einen Spalt auf, bereit, bei

dem leisesten Knarren innezuhalten. Zu sehen gab es nichts, denn von innen hing zum Schutz gegen Zugluft ein Teppich vor der Tür. Aber er hörte jetzt mehr. Eine Martin unbekannte männliche Stimme führte gerade das Wort.

»... unverschämte Bevormundung«, polterte der Mann. »Ihr hättet meine Zustimmung einholen müssen. Noch habe ich das Recht des Hausherrn inne.«

»Niemand will Euch Euer Recht streitig machen, verehrter Heinrich.« Engelberts Stimme triefte vor Sarkasmus. »Aber es ist nun mal ein sehr beschränktes Recht. Falls Ihr daran zweifelt, empfehle ich Euch, den Vertrag über den Vergleich zu studieren, den ich mit Eurem Vater Walram geschlossen habe. Fälle wie der vorliegende sind darin eindeutig geregelt. Solltet Ihr noch immer Schwierigkeiten mit dem Lesen haben, wird Euch meine liebe Nichte sicher gern den Inhalt vortragen.«

»Onkel, ich bitte Euch!«, sagte eine piepsige Frauenstimme.

»Lass nur, Irmgard«, sagte Heinrich von Limburg, der draußen im Land nur der »Schöne Heinrich« hieß. »Die ungehobelte Art deines Onkels ist mir nur zu vertraut. Wäre er plötzlich höflich, würde mir glatt etwas fehlen. Es gibt aber noch einen anderen Punkt, den ich ansprechen möchte, verehrter Engelbert. Bei all Eurer Selbstherrlichkeit, und so gern Ihr das Recht auch beugen mögt, es gibt ein Gesetz, über das selbst Ihr Euch nicht hinwegsetzen könnt: Priester-, Diakonen- und Bauernsöhne sind bereits seit vierzig Jahren vom Rittertum ausgeschlossen.« Er kicherte. »Verzeiht, ich vergaß: Müllerssöhne natürlich ebenso.«

»Wo Ihr Recht habt, habt Ihr Recht. Wäre Martin nur ein einfacher Müllerssohn, hätte ich ihn vielleicht als Stallburschen in meine Dienste genommen, zumal er ein Händchen für Tiere aller Art zu haben scheint. Aber –«

»Vor allem für Maultiere«, höhnte Heinrich. »Ich kenne

Thietmars Pferd. Mich könnt Ihr nicht hinters Licht führen.«

Als Engelbert weitersprach, dröhnte seine Stimme, als verkünde er ein Urteil. »Aber Martin ist nicht der Sohn irgendeines unbedeutenden Müllers, sondern von adliger Abstammung. Insofern steht ihm der Weg zum Ritterstand offen.«

Es entstand eine Stille, in der man einen Floh hätte husten hören können. Selbst Martin hielt den Atem an. Das lauteste Geräusch war sein Herzklopfen.

»Adlig?«, stotterte Heinrich. »Was heißt adlig? Woher? Welcher Abstammung soll der Bursche sein?«

»Davon wussten wir ja gar nichts«, sagte Irmgard.

»Du hältst dich da raus!«, fuhr Heinrich ihr über den Mund. »Das wird Engelbert erst beweisen müssen.«

»Martin ist der Enkelsohn Harald von Hagens, einer der engsten Vertrauten meines Vaters Engelbert. Wie Ihr sicher wisst, folgten sie gemeinsam Friedrich Barbarossa auf seinem Kreuzzug gegen die Sarazenen. Mit dem bekannt unglücklichen Ausgang für den Kaiser wie für meinen Vater.«

»Entschuldigt, dass ich mich erneut einmische, Onkel«, sagte Irmgard. »Soweit ich weiß, sind die von Hagens im Mannesstamme ausgestorben. Martin, der einzige Sohn des Harald, verstarb bereits als Kind. Übrig blieb nur eine Tochter.«

»Maria von Hagen«, sagte Engelbert. »Martin ist ihr Sohn.«

»Wo befindet sie sich derzeit?«, fragte Heinrich.

»Im Reiche Christi. Sie ist gestern verstorben.«

»Wie geschickt. Eine Überprüfung Eurer Aussage ist mithin unmöglich.«

»Falls erforderlich, kann die Äbtissin des Klosters Dünnwald dies bezeugen. Maria lebte dort während der vergangenen fünfzehn Jahre.«

»Die armen Weiber von Dünnwald? Die würden doch alles tun, um es sich nicht mit Euch zu verderben.«

»Hütet Eure Zunge, Heinrich!«, fuhr Engelbert ihn an. »Meine Laune wächst, Euch mittels einer Tracht Prügel ein wenig Mores zu lehren.«

»Das würdet Ihr nicht wagen!«

»Wollt Ihr es darauf ankommen lassen, Erbschleicher?«

»Hast du das gehört, Irmgard?« Etwas fiel laut polternd um, dass Martin vor Schreck beinahe die Tür zugeschlagen hätte. »Er hat schon wieder Erbschleicher zu mir gesagt.«

»Schluss jetzt!«, schrie Irmgard. »Setz dich wieder hin, Heinrich. Diesmal hat Onkel Engelbert Recht. Manchmal ist es wahrhaft eine Schande, zu was du dich hinreißen lässt. Die redlichen Klosterfrauen einer Verschwörung zu verdächtigen. Und dich, Onkel, bitte ich, nicht immer wieder in noch schwärenden Wunden zu stochern.«

Eine Weile herrschte eisiges Schweigen. So kalt, dass es Martin auf seinem Horchposten tatsächlich fröstelte. Außerdem musste er dringend pinkeln.

»Bleibt die Frage nach dem Vater des Burschen«, sagte Heinrich plötzlich. »Wer hat ihn gezeugt, vielleicht der Heilige Geist?«

Engelbert seufzte. »Ein Ritter von tadellosem Leumund. Da Martin ihn selbst nicht kennt, sehe ich keine Veranlassung, Euch den Namen zu nennen.«

»Wenn Ihr es wünscht, werde ich selbstverständlich gegenüber Martin schweigen. Gleiches gilt für Irmgard.«

»Ich vermag nicht zu sehen, welchen Nutzen Ihr hättet, den Namen zu kennen.«

»Wisst Ihr denn nicht gern, mit wem Ihr es zu tun habt? Zumal, wenn Ihr mit dem Betreffenden unter einem Dach leben müsst?«

Martin konnte sein Wasser kaum noch halten, aber er beschloss, eher innerlich zu ersaufen, als jetzt dem Drang nachzugeben. Dabei wollte er noch heute Morgen ums Verrecken nicht wissen, wer sein Erzeuger war. Die letzten Stunden hatten doch verdammt viel verändert.

Engelbert stieß einen weiteren Seufzer aus, wie ihn sonst nur Bettler vor Wallfahrtskirchen zu Stande bringen. »Nun gut, ich denke, als Gegenleistung für eine freundliche Aufnahme und eine wohlwollende Betreuung des Martin habt Ihr ein Anrecht auf die gewünschte Auskunft. Aber Ihr solltet, wie Ihr es bereits angeboten habt, dem Jungen gegenüber schweigen. Ich nehme an, sein Vater wird sich ihm selbst erklären wollen.«

»Dann lebt er also noch?«

»Selbstverständlich. Er strotzt vor Gesundheit.«

»Macht es nicht so spannend. Wer ist es? Kennen wir ihn?«

Wieder legte der Erzbischof eine kunstvolle Pause ein. Martin biss sich auf die Unterlippe. Sein Harn drängte nach draußen.

»Allerdings«, sagte Engelbert. »Es ist Thietmar.«

Heinrichs Reaktion bekam Martin nicht mehr mit, denn da sauste er bereits, sein edelstes Körperteil zusammenkneifend, die Treppe hinunter, stürzte in den Innenhof, hob die Tunika und erleichterte sich gegen die erstbeste Mauer.

Erst als er fertig war, bemerkte er, dass er nur um eine Elle einen an der Wand sitzenden Betrunkenen verfehlt hatte, der hier seinen Rausch ausschlief. Er zog dem Schnarchenden die Kapuze vom Kopf.

»Grüß dich, Vater«, sagte Martin.

Nackt, wie seine Mutter ihn geboren hatte, trat Adrian an das Marmorbecken, setzte sich auf den Rand und ließ seinen sehnigen Körper ins Wasser gleiten. Langsam und vorsichtig, damit sein Kopf nicht untertauchte. Die Temperatur war angenehm. Dazu war das Wasser mit verschiedenen wohlduftenden Ölen angereichert, die ihm einen weichen, beinahe anschmiegsamen Charakter gaben.

»Ihr kommt spät«, sagte Hugolinus, dessen Kopf einen Klafter weiter rechts aus dem Wasser ragte. Seine schrumpeligen Hände und Füße bezeugten, dass er schon länger wartete.

»Es tut mir Leid, Eminenz. Es ging nicht eher. Das Schriftgut, das zu prüfen war, ist zu umfangreich.«

»Seid Ihr wenigstens zu einem Ergebnis gekommen?«

»In der Tat.« Adrian deutete mit dem Kopf auf ein an der Seite des Kardinals dümpelndes silbernes Tablettschiffchen. »Habt Ihr bereits gespeist?«

»Nur ein wenig Obst. Wünscht Ihr etwas?«

»Ein Stück Braten und ein Kelch Wein wären mir recht.«

Auf eine unmerkliche Kopfbewegung seines Herrn hin erhob sich der Diener, der am anderen Ende des Beckens gekniet hatte, und verschwand in einem der Nebenräume.

»Ihr habt eine schreckliche Sauerei hinterlassen«, nahm Hugolinus die Unterhaltung wieder auf.

»Wie meint Ihr?«

»Die Frau, die ich Euch zuführen ließ. Habt Ihr sie geschlachtet? Das ganze Zimmer war voller Blut.«

»In der Tat, sie hat sehr stark geblutet. Ich war selbst überrascht. So etwas hatte ich noch nie gesehen. Aber sie war sehr leise, das müsst Ihr zugeben.«

»Manchmal ekelt Ihr mich regelrecht an«, sagte der Kardinal und paddelte ein wenig mehr zur Seite. »Wo habt Ihr sie hingebracht?«

»Euer Sekretär war so freundlich, einen Arzt zu rufen. Der wird sie mitgenommen haben.«

Der Orientale kehrte mit einem Tablett in Form einer Dau, deren Mast der Weinkelch war, zurück. Er ließ das Schiff zu Wasser und gab ihm einen leichten Stoß. Sanft schaukelnd und Bratenduft verströmend trieb es auf die Badenden zu.

»Schweinelende im Kräutermantel?«, fragte Adrian, als das Tablett noch eine ganze Körperlänge entfernt war.

»Ihr verfügt über die Nase eines Spürhundes«, sagte Hugolinus. »Aber lasst endlich hören, was Ihr ermittelt habt.«

Adrian wartete mit seinem Bericht, bis das Tablett in Reichweite war und er einen Schluck getrunken hatte. Der Wein war süß und schwer.

»Eine Schmeichelei, die ich Euch im übertragenen Sinn zurückgeben kann, Eminenz«, sagte er. »Euer Hinweis, die Grundbesitzlisten aus jener Zeit zu überprüfen, hat sich als goldrichtig erwiesen.«

Hugolinus' Züge entspannten sich und spiegelten eine tiefe Zufriedenheit wider. Weniger wegen des Kompliments als vielmehr, weil er gerade urinierte. Seine Oberschenkel wurden von einem warmen Schwall gestreichelt.

»Soll das heißen, Ihr habt eine Bestätigung für das Bestehen dieser Person gefunden?«

»So ist es, Eminenz. Dank der genauen Abstammungsangaben bereitete es nicht einmal besondere Schwierigkeiten. Vorausgesetzt natürlich, man weiß, wonach man zu suchen hat. Name und Wohnort dieser Person stimmen mit den Angaben im Brief des Lukas überein.«

»Konntet Ihr Hinweise auf Nachkommen finden?«

»In einer späteren Liste wurde ein Sohn namens Aaron erwähnt. Für weiterführende Ermittlungen war die Zeit zu knapp.«

»Wir müssen unbedingt alles wissen!«, zischte Hugolinus.

»Und zwar umgehend. Begreift Ihr denn nicht die Tragweite dieser Angelegenheit?«

»Natürlich, Eminenz, aber seid unbesorgt. Ich werde meine Arbeit gleich morgen fortsetzen.«

Der Kardinal paddelte mit den Händen, um sich in eine andere Position zu bringen. Prompt geriet das Bratenschiffchen bedenklich ins Schlingern. Adrian packte die Dau am Bug und konnte gerade noch ihr Kentern verhindern.

»Was ist mit diesem fetten Mönch?«, fragte Hugolinus, nachdem er sich mit den Oberarmen auf den Beckenrand gestützt hatte. »Hat er die restlichen Schriftrollen überprüft?«

»Im Rahmen dessen, was sein Erbsenhirn zulässt, hat er sein Bestes getan. Ganz ohne meine Hilfe ging es dann aber doch nicht. Die letzten zehn Rollen haben wir gemeinsam studiert.«

»Und?«

»Nichts.«

»Gut. Wo steckt er nun?«

»Ich habe ihm etwas Geld gegeben und ihm erlaubt, in die Stadt zu gehen.«

»Ihr habt was!?« Augenblicklich herrschte ein Orkan im Becken. Die Dau lief voll und schlug um. Die Schweinelende ertrank. »Er wird sich besaufen und dann damit angeben, was er heute gesehen und gehört hat. Was seid Ihr nur für ein Narr!«

Adrian ließ sich von dem Ausbruch des Kardinals nicht beeindrucken. Geradezu belustigt beobachtete er, wie sein sonst so beherrschter Auftraggeber die Fassung verlor.

»Was sitzt Ihr noch hier herum? Aus dem Wasser mit Euch, und findet diese Kreatur, bevor er irgendwelches Unheil anrichten kann.«

Mit aufreizender Langsamkeit verließ Adrian das Becken. »Wollt Ihr, dass ich ihn einsperre?«

»Ja«, antwortete der Kardinal unwirsch. »Und dann werft den Schlüssel weg.«

*

Den Tag würde Faustus so schnell nicht vergessen. Dieser Adrian musste in einem früheren Leben als Antreiber auf einer Galeere gearbeitet haben, solch ein Gehetze hatte er veranstaltet. Einfach gnadenlos.

Andererseits musste Faustus ihm zugute halten, dass er sich selbst nicht geschont hatte. Wie schnell der Mann lesen konnte, war überwältigend. Und das über Stunden, ohne ein Anzeichen von Zerstreutheit oder gar Erschöpfung.

Anfangs hatte Faustus gedacht, Adrian täusche seine Aramäischkenntnisse nur vor, so unwahrscheinlich war ihm vorgekommen, welche Mengen der Bevollmächtigte des Kardinals in kürzester Zeit bewältigt hatte. Um ihn zu prüfen, bat er ihn deshalb an einer unleserlichen Stelle um seine Auslegung. Ohne zu zögern lieferte Adrian eine einwandfreie Übersetzung des Abschnitts.

Im gleichen Maß, wie Faustus' Achtung vor Adrian gewachsen war, hatte er auch seine Scheu ihm gegenüber verloren. Sicher, ganz geheuer war ihm der Mann noch immer nicht. Vor allem, wenn er ihm in die Augen sah, hatte Faustus das Gefühl, der Kerl blicke ihm bis auf den Grund seiner Seele. Aber als sie sich abends trennten und Adrian ihm einige Silberdenare Vorschuss auf die Belohnung in die Hand drückte, kam es Faustus vor, als verabschiede er sich von einem Freund.

Mit dem unerwarteten Reichtum in der Tasche hatte er sich schnurstracks zum Saufloch begeben, wo seine drei Freunde bereits zechten. Der jüngste hieß Angelo und war einer von Faustus' zahlreichen Vettern und Besitzer einer schlecht gehenden Wäscherei. Rufo, den sie wegen seiner

Hagerkeit nur den Ausgezehrten nannten, arbeitete als Laufbursche im Bankenviertel. Der Dritte im Bunde war Carlo, ein Heilkräuter- und Salbenhändler, der sich ständig auf der Flucht vor geprellten Kunden befand.

Um ihren Vorsprung nicht zu groß werden zu lassen, becherte Faustus, was er schlucken konnte. Es dauerte nicht lange, und sein Schädel glänzte im gleichen fiebrigen Rot wie die Häupter seiner Trinkkumpane. Von Becher zu Becher juckte es ihn natürlich mehr, hinauszuposaunen, welches Abenteuer er in den letzten Stunden erlebt hatte. Insbesondere, da die Freunde ihn pausenlos löcherten zu erzählen, woher er das Geld hatte, mit dem er eine Runde nach der anderen schmiss. Aber noch hielt Faustus dicht. Allerdings weniger wegen der angedrohten Bestrafung, sondern um die Spannung zu steigern.

Irgendwann waren sie das Saufloch leid, und Rufo machte den Vorschlag, in Richtung Tiber zu ziehen, wo es unterhalb des Palazzo Orsini eine neue Taverne geben sollte, in der die Bedienungen zu vorgerückter Stunde nur mit Schürzen bekleidet herumliefen. Betrunken und geil wie die Eber machte sich das Quartett auf den Weg.

Die Nacht war sternenklar und lausig kalt, wovon sie aber dank ihrer Trunkenheit nichts spürten. Genauso wenig, wie sie bemerkten, dass sie verfolgt wurden. Von einem einzelnen Mann, der es geschickt verstand, immer wieder mit den Schatten von Hauseingängen und Mauervorsprüngen zu verschmelzen.

In der Oben-ohne-Taverne, die übrigens »Zu den süßesten Früchten« hieß, ging es hoch her. Die eine Hälfte der Gäste sang schmutzige Lieder, die andere tanzte auf den Tischen. Handgreiflich gegen das Personal wurden beide. Faustus war begeistert. Dumm war nur, dass ihn die Blase drückte.

Während seine Freunde sich in das Gewühl stürzten, verschwand Faustus kurz in der Gasse, die das Wirtshaus von der daneben liegenden Weinhandlung trennte. Recht finster war sie und mit groben Steinen gepflastert, auf denen man leicht ins Stolpern kam. Aber der Gestank signalisierte, dass er hier richtig war.

Faustus raffte die Kutte und ließ es rauschen. Da er auf dem unebenen Untergrund ins Schwanken kam, lehnte er sich mit der Stirn gegen die Hauswand. Sein Strahl schillerte im Mondlicht bläulich.

Plötzlich wurde sein Kopf nach hinten gerissen, und er bekam keine Luft mehr. Für einen Augenblick dachte Faustus, er bilde sich das nur ein. Als er begriff, dass die Atemnot echt war, vermutete er zunächst, sein Körper wehre sich gegen das Übermaß an Alkohol. Erst als seine Zunge dick wie eine Wurst aus dem Mund hing, erkannte er, dass er gerade erdrosselt wurde.

Faustus schlug und trat um sich, aber die Gasse war zu eng, er riss sich nur die Knöchel an der Mauer auf. Dann wollte er einen Hüpfer machen, um sich gleich anschließend auf die Knie fallen zu lassen. Er kam nicht einmal vom Boden weg. Was er auch tat, es war vergebens.

Diese plötzliche Erkenntnis lähmte ihn derart, dass er sich einfach hängen ließ und in sein Schicksal ergab. Kurz vor dem Ende, als er das Gefühl hatte, sein Schädel müsse nun endlich zerspringen, spürte er, dass er eine Erektion bekam.

Wie sinnlos, hätte er so gern noch gesagt, wenn er gekonnt hätte. Wie sinnlos das alles. Dann zuckte Faustus di Lambrusco noch ein letztes Mal und hauchte sein liederliches Leben aus.

Nachdem sein Opfer erschlafft war, ließ Adrian den Strick los. Der Leichnam sank zu Boden und kullerte in die Harnlache. Geschwind durchsuchte Adrian die Kutte und nahm die verbliebenen Denare an sich.

Dann blickte er sich um. Niemand hatte den Mord gesehen. So verschwand Adrian, wie er gekommen war.

Unheimlich.

Welch ein Getöse! Martins erster Gedanke war, feindliche Horden wollten die Burg erstürmen und trieben dazu einen Rammbock gegen das Tor. Noch im Halbschlaf sprang er mit einem Satz aus dem Bett und stand unvermutet einer breitschultrigen, rotgesichtigen Magd gegenüber, die einen Knüppel in der Hand hielt.

»Was wollt Ihr?«, fragte Martin und wich vorsichtshalber einen Schritt zurück, womit er sich angesichts der Enge des Raums bereits mit dem Rücken an der Wand befand.

»Hann i Euch doch uffg'weckt«, sagte die Dicke in einer Sprache, die Martin noch mehr erschreckte als ihre Anwesenheit.

Betont langsam wanderte ihr Blick an ihm hinunter und – nachdem er einen Augenblick unterhalb seiner Gürtellinie verharrt hatte – wieder hinauf. Martin blickte ebenfalls an sich hinunter – und schlug die Hände vor seine Scham.

Die Dicke grinste und schwenkte den Knüppel. »'s Fenschterlädle war feschtg'frore. I han's uffg'schlage.«

Martin verstand kein Wort, nickte aber und machte, dass er wieder unter sein Bärenfell kam. Aus sicherer Deckung starrte er die unheimliche Weibsperson an. Die kam auch gleich einen Schritt näher. Am liebsten hätte Martin sich das Fell über den Kopf gezogen.

»'s Morgebrot isch au scho nog'richtet«, sagte sie. »Mr hän

a Flädlesupp kocht. Und an Rescht vom Ochsemaulsalat von geschtere isch au no da.«

Was auch immer das bedeuten sollte, Martin wollte es nicht wissen. Mit einer Hand machte er die Geste, die fürs Verscheuchen von Fliegen wie Menschen gleichermaßen taugt.

Die Dicke ließ die Mundwinkel hängen, trollte sich aber. Einen Augenblick später ertönten Rammstöße aus der benachbarten Kammer.

*

In der Küche herrschte bereits laute Betriebsamkeit. Eine Magd war dabei, Körner in einem riesigen Mörser zu zerstoßen. Eine andere stand am Hackstock und zerlegte den Brustkorb eines Schweins mit dem Beil. Beide sahen nur kurz auf, als Martin eintrat, unterbrachen aber ihre Arbeit nicht. Dafür winkte ihn die ältere Frau, die mit einem Holzlöffel am Herd in verschiedenen Töpfen rührte, zu sich.

Sie war nicht groß und alles andere als schlank, bewegte sich aber flink wie ein Wiesel. Bekleidet war sie mit einem unbegreiflich sauberen Leinenkittel und einer ebensolchen pilzförmigen Haube. Lediglich das rot gesprenkelte Tuch, das an ihrem Gürtel hing, verriet, dass nicht alle Geschöpfe, die sich gestern Abend auf Burg zur Ruhe begeben hatten, den heutigen Sonnenaufgang erlebt hatten. Eins davon war das Huhn, das in einem der Suppentöpfe vor sich hin köchelte.

»Ihr müsst Martin sein, der neue Knappe des Erzbischofs«, sagte sie und strahlte, dass ihre Augen unter einer Woge rosigen Wangenspecks verschwanden. »Ich bin Helene, Bodos Weib. Setzt Euch, ich bring Euch einen Teller Suppe.«

»Ich bin noch kein Knappe.«

»Wir wollen mal nicht päpstlicher sein als der Papst. Nehmt Platz.« Martin setzte sich rittlings auf eine der Bänke. So konnte er sich umsehen, ohne sich den Hals zu verrenken.

Der Raum maß mindestens doppelte Mannshöhe und hatte eine Grundfläche, die an die der Mühle heranreichte. Ausgestattet war er, um eine kleinere Streitmacht zu verköstigen. Allein der unter dem Fenster zum Hof angebrachte Herd hatte sechs Feuerstellen nebeneinander. Dazu kam noch das offene Feuer für Bratspieß oder Hängetopf. Letzterer war an einer schweren Kette befestigt und mittels eines Flaschenzuges, der unterhalb der Esse montiert war, höhenverstellbar.

Schüsseln, Töpfe und Pfannen unterschiedlichster Größe hatten ihren Platz an der Wand. Daneben baumelte ein bienenkorbförmiges Gebilde aus Weidengeflecht, in dem Messer, Spieße, Löffel und anderes Werkzeug steckten. Ein steinernes Wasserbecken, das von seinen Ausmaßen bequem zum Baden gereicht hätte, und eine ganze Reihe hölzerner Schöpfeimer standen an der Außenwand.

Martins Blick wanderte hoch zur rußgeschwärzten Decke. Zwei der Querbalken waren mit Haken gespickt, an denen Würste und Schinken hingen, aber auch ein Fasan, einige Tauben und mindestens ein Dutzend mit den Füßen zu Pärchen zusammengebundene Drosseln. Krammetsvögel, eine regionale Spezialität.

»So, lasst es Euch schmecken.« Helene stellte einen dampfenden Teller vor Martin auf den Tisch. »Das ist was Besonderes. Unsere Bärbel hat uns das beigebracht.«

»Ist das die, die wie eine Barbarin spricht?«

Helene lachte. »Sie hat's vom Neckar hierher verschlagen. Aber sie ist ein guter Mensch.«

Martin pustete, verbrannte sich den Mund, pustete noch einmal und kostete. »Schmeckt tatsächlich. Was ist das?«

»Fleischsuppe mit eingelegten Eierteigstreifen. Die gibt Kraft. Ihr könnt's brauchen, Ihr seid ja noch im Wachstum.«

Und wie Martin das konnte. Vor Hunger war ihm bereits ganz flau. Kein Wunder, hatte er doch am Vorabend nichts mehr zu essen bekommen.

Bis er den volltrunkenen Thietmar, der schwer war wie eine Ochsenhälfte, endlich in die Kammer geschleppt hatte, war die Küchentür bereits verschlossen gewesen. Gut, eine weitere halbe Stunde hatte er noch damit vertrödelt, den schnarchenden Recken anzustarren. So sehr er sich auch bemühte, in dem zerschlagenen Gesicht eine Verwandtschaft zu entdecken, es war ihm unmöglich. Andererseits hatte der Müller immer gesagt, er schlage nach seiner Mutter. Wie auch immer, das kam alles zu überraschend, als dass Martin sich hätte freuen können.

Drei Teller Suppe, zwei Schnitten Brot und ein daumendickes Stück Räucherspeck brachten ihn wieder in Form. Dafür meldete sich jetzt sein Gedärm und verlangte sein Recht. Helene sah, wie er sich umblickte.

»Ihr sucht sicher den Abtritt«, sagte sie.

»Wie?«

»Das heimliche Gemach.«

»Heimliches Gemach?«, fragte Martin. »Ich verstehe nicht.«

»Na, das Scheißhaus.«

»Oh, ja. Natürlich. Genau.«

»Geht über den Hof und hinauf zum Wehrgang an der Schildmauer. Dort seht Ihr es schon. Dann müsst Ihr Euer Wasser nicht wieder im Hof abschlagen.«

Martin merkte, wie ihm das Blut in die Wangen schoss, und machte, dass er rauskam.

*

Zu jeder Tür und zu jedem Zugang hatten die Wachen von der Mitte des Burginnenhofs Wege freigeschaufelt. Neben den Wegen türmte sich der Schnee einen halben Klafter hoch. Vom Bergfried oben sah das Ganze aus wie ein riesiges Wagenrad.

Auf dem Rückweg nahm Martin Anlauf und schlidderte mit seinen schweinsledernen Sohlen den vereisten Weg entlang. Dabei stieß er mit voller Geschwindigkeit mit einem Mann zusammen, der plötzlich aus dem Nichts vor ihm aufgetaucht war. Nur indem sie sich aneinander klammerten, konnten beide einen Sturz vermeiden.

Der Mann hatte in etwa Martins Größe, war aber entschieden kräftiger gebaut. Blonde Locken umrahmten ein Gesicht, das nach regelmäßigen Stürzen vom Pferd aussah. Der Mund saß schief, und die Nase war verbogen. Bartstoppeln verdeckten nur mühsam Schrammen am Kinn. Überhaupt passte die eine Gesichtshälfte nicht zur anderen. Während die linke Seite pausbackig war, war die rechte hager, fast eingefallen. Hängende Augenlider verliehen dem Ganzen etwas trügerisch Träges.

»Verzeiht«, entschuldigte sich Martin. »Ich war zu schnell.«

»Was heißt hier verzeiht?«, fuhr ihn der Mann an und pustete ihm sauren Bieratem ins Gesicht. Martin erkannte den Blonden an seiner Stimme. Vor ihm stand der Schöne Heinrich, der Gatte von Engelberts Nichte. »Hast du keine Augen im Kopf, Bursche?«

»Seid gegrüßt. Ich bin Martin.«

Heinrich schob Martin auf Armeslänge von sich und musterte ihn belustigt von oben bis unten.

»Da hat der verehrte Engelbert sich ja einen feinen Knappen zugelegt«, sagte er und wieherte los. Aus der Ferne kam leise die Antwort eines Pferdes. »Bongard ist um seine Aufgabe wahrhaft nicht zu beneiden. Du siehst aus, als seiest du bestenfalls zum Gänsehüten zu gebrauchen.«

»Na ja«, sagte Martin, »unter dem Schönen Heinrich hab ich mir auch was anderes vorgestellt. Ihr seid ja ein erschreckend hässlicher Vogel.«

Der Satz war wie von selbst herausgesprudelt. Kein Gedanke, dass Martin das hatte sagen wollen. Aber so war das nun mal, wenn man ein loses Mundwerk hatte. Dass es nun Ärger geben würde, war klar.

Heinrichs Gesicht versteinerte denn auch schlagartig. »Was hast du da gesagt, elender Hundsfott? Dir werd ich den Spott schon austreiben!«

Wie eine Keilerei zwischen ihnen ausgehen würde, darüber machte Martin sich wenig Illusionen, zumal Heinrich mit seinem Gesicht nichts zu verlieren hatte. Also machte er auf dem Absatz kehrt und rannte zurück in Richtung Schildmauer. Heinrich hinterher.

»Bleib stehen, feiger Hund!«, schrie der Limburger, als Martin die Treppe zum Wehrgang hinaufstürmte. »Wache! Haltet den Kerl!« Auf der obersten Stufe erschien eine Wache mit Eisenhut und Hellebarde. Er blickte etwas irritiert.

»Lasst ihn nicht vorbei!«, brüllte Heinrich, packte beide Geländer und zog sich die Stufen hoch. »Jetzt hab ich dich, Freundchen.«

Das sah Martin auch so. Er saß in der Falle. Oben stand die Wache, die zweifellos tun würde, was der Burgherr ihm befahl, und von unten kam der wütende Heinrich herauf. Langsam und mit unverhohlener Vorfreude im Gesicht.

»Was regt Ihr Euch denn gleich so auf?«, sagte Martin. »Kennt Ihr keinen Frohmut? – Schon gut, schon gut. Woher sollte ich denn wissen, dass der Schöne Heinrich ein Spottname ist? Wollt Ihr, dass ich mich entschuldige?«

Heinrich war nur noch vier Stufen entfernt. »Jetzt geht dir wohl die Muffe, wie?«

»Das könnte Euch so passen«, sagte Martin und flankte übers Geländer.

Der freie Fall endete in einem Schneehaufen. Bis zu den Hüften steckte Martin in der weißen Pracht, was das Hinauskommen erschwerte. Er schaffte es gerade noch, ehe der Limburger ihn packen konnte.

»Bleib stehen und kämpfe gefälligst, feige Kröte!«

»Womit?«, rief Martin über die Schulter, während er in Richtung Haupttor rannte. »Ich habe keine Waffe.«

»Dann prügle dich!«

»Damit ich danach aussehe wie Ihr?«

»Roooaaar!«

Das Haupttor war verschlossen. Verzweifelt rüttelte Martin an der ins Tor eingelassenen Tür. Gott sei Dank, sie ließ sich öffnen. Aber davor stand eine weitere Wache, erschrocken, dass der Feind von hinten kam.

»Haltet ihn auf!«, brüllte Heinrich.

Martin entriss der verdatterten Wache die Hellebarde und warf die Tür wieder zu. Mit gesenkter Waffe hielt er Heinrich von sich weg.

»Bleibt, wo Ihr seid. Sonst jag ich Euch den Spieß in den Wanst.«

»Das wagst du nicht, du Wurm.«

»Lasst es besser nicht darauf ankommen.«

Heinrich machte einen Ausfallschritt, und Martin fiel darauf herein. Im nächsten Augenblick hatte Heinrich die Hellebarde an Barte und Haken gepackt.

»Was sagst du nun?«

Hand über Hand, Stück für Stück zog Heinrich die Hellebarde zu sich heran. Martin versuchte, dagegenzuhalten – vergeblich. Es war wie das Kräftemessen mit einem Kaltblüter. Loslassen wollte er aber auch nicht.

Wohin sollte er auch? In dem engen Torbogen kam er nicht an Heinrich vorbei. So ließ er sich Schritt für Schritt rüberziehen. Noch einen, und sie würden sich gegenüberstehen. Martin roch schon den Bieratem.

»Hat es dir die Sprache verschlagen, Bürschchen?«

Martin sah nur einen Ausweg. Der war weder ehrenvoll noch ritterlich, aber wenn er den nicht wählte, würde Heinrich Kleinholz aus ihm machen. Wütend genug war er noch immer.

Martin packte den Schaft so fest er konnte und zog mit einem plötzlichen Ruck daran. Damit hatte Heinrich nicht gerechnet. Er kam aus dem Gleichgewicht und taumelte auf Martin zu. Der peilte kurz – und trat dem Limburger voll in die Weichteile.

Einen Augenblick lang passierte überhaupt nichts. Dann machte Heinrich ein Geräusch wie eine Kuh beim Kalben, verdrehte die Augen und sank auf die Knie. Die Gelegenheit war günstig, ihm noch schnell eins auf die Nase zu geben, aber so weit wollte Martin dann doch nicht gehen. Er beließ es dabei, Heinrich an der Schulter anzutippen, woraufhin der zur Seite kippte. Wie ein Riesenwurm ringelte er sich im matschigen Schnee.

»Was ist denn hier los?«, polterte Engelbert, der plötzlich um die Ecke kam. »Euer Geschrei hört man ja bis in den Rittersaal.«

»Ein Missverständnis«, sagte Martin.

»So sieht das auch aus«, brummte der Erzbischof, und wie es Martin schien, konnte er sich ein Grinsen nur mühsam verkneifen. »Einerlei, so habt ihr euch immerhin bekannt gemacht. Komm mit rein, ich habe mit dir zu reden. Die Wachen sollen sich um Heinrich kümmern.«

»Ich weiß nicht«, sagte Martin. »Wollt Ihr ihn wirklich so liegen lassen? Ich fühle mich in gewisser Weise für seinen Zustand verantwortlich.«

»Na schön. Bringen wir ihn nach oben.«

Der Schöne Heinrich war schlecht zu packen, zumal er den Drang hatte, sich zu krümmen. Aber schließlich schafften sie es und schleppten ihn die Treppen hoch in die Kemenate. Dort lernte Martin auch gleich Irmgard kennen, ein blasses, blutarmes Frauenzimmer, deren Gesicht von unzähligen Eiterpusteln übersät war.

Irgendwie hatte er das Gefühl, dass er ihr nicht sonderlich behagte.

Beim Anblick des Rittersaals musste Martin erst einmal tief durchatmen. Mit schätzungsweise fünfzig Schritt Länge und fünfundzwanzig Schritt Breite stellte er den größten umbauten Raum dar, den er je gesehen hatte. Beeindruckend waren zudem die vier mächtigen Säulen, die die Balkendecke trugen. Da musste eine Buche schon lange wachsen, um so einen Durchmesser zu erreichen.

Die Wände waren zur Hälfte holzvertäfelt. Den oberen Teil verzierten Malereien, die hauptsächlich Szenen höfischen Lebens darstellten; der Holzboden war in einem Helldunkel-Spiel schachbrettartig verlegt.

Eingerichtet war der Raum nur sparsam, hier stand mal eine Truhe, dort mal ein Tisch. Dafür waren die Fenster aus richtigem Glas. Martin klopfte vorsichtig gegen eine der Scheiben. Sie hielt. Ein Reichtum, der sich sonst nur in großen Kirchen und prächtigen Palästen fand.

Auf einem der beiden Tische stand ein seltsames Gebilde. Auf den ersten Blick erinnerte es an einen umgestülpten henkellosen Kochtopf, auf dessen Boden ein weiterer, etwas kleinerer Topf ebenfalls umgedreht stand. Das Gebilde war ganz aus Messing gefertigt und kunstvoll verziert. Aus dem dickeren Topf schaute vorn ein dünnes Rohr heraus, auf dem ein kleiner Spieß steckte. Martin versuchte den Spieß zu drehen, aber er ließ sich nicht bewegen.

»Was ist das?«, fragte er.

»Eine Klepshydra«, sagte der Erzbischof. »Eine Wasseruhr. Einer meiner Vorfahren hat sie aus dem Orient mitgebracht. Im Verlauf eines Tages wandert der Zeiger einmal herum. Und hier« – Engelbert zeigte auf den hinteren Teil des Gehäuses, der offen war – »siehst du die zwölf Metallkugeln? In regelmäßigen Abständen fällt eine runter und schlägt hier unten auf diese Zimbel. Dann macht es ping!«

Martin war begeistert. »Könnt Ihr sie einmal zum Klingen bringen?«

»Sie ist eingefroren. Deshalb steht sie ja hier. In meinem Gemach war es zu kalt.«

»Wozu braucht man eigentlich eine Uhr?«

Engelbert zuckte die Schultern. »Für Blinde ist sie zweifellos von Nutzen. Sie sehen ja nicht, wann es hell und dunkel wird. Für unsereinen ist so etwas ein hübsches Spielzeug.«

Sie nahmen in einer der Fensternischen Platz. Obwohl in beiden Kaminen des Saals die Scheite loderten, war es kühl. In den Ecken der Scheiben hielten sich sogar noch Eisblumen.

»Bevor ich nach Köln zurückreite«, sagte der Erzbischof, »will ich dir noch rasch sagen, was dich in den kommenden Wochen erwartet.«

»Ihr verlasst Burg schon wieder?« Martin war enttäuscht. »Ich dachte …«

»Auf mich warten dringende Geschäfte, mein Junge.«

Engelbert tätschelte Martins Knie. Es war die erste Berührung zwischen ihnen, abgesehen davon, dass Martin den Erzbischof niedergeschlagen und gefesselt hatte.

»An dich werden in der nächsten Zeit hohe Anforderungen gestellt werden. Zum einen von Bodo, der täglich mit dir üben wird. Er wird dir auch ein vernünftiges Pferd besorgen. Aber du wirst ebenso geistig gefordert werden. Auf dem Rückweg werde ich am Kloster Altenberg Halt machen und den Abt bitten, einen der Brüder zu deiner Erziehung abzustellen.«

»Werde ich weiterhin hier wohnen?«

»Selbstverständlich, denn das ist der dritte Zweig deiner Lehre. Hier bei Hofe wirst du ein Mindestmaß an Benimm und Anstand lernen.« Erst jetzt bemerkte der Erzbischof Martins fast verzweifelten Blick. »Deine Frage bezog sich auf den Zwischenfall mit Heinrich?«

Martin nickte.

»Ich werde ihn, bevor ich reite, noch einmal ins Gebet nehmen. Er wird es nicht wagen, seinen Unmut an dir auszulassen. Sollte er dich wider Erwarten dennoch schlecht behandeln, wende dich an Bodo. Er genießt mein vollstes Vertrauen und weiß immer, was zu tun ist.«

»Wann sehe ich Euch wieder?«

»Das hängt davon ab, welche Fortschritte die Verhandlungen machen, in denen ich zurzeit stehe. Ich werde mir auf jeden Fall ständig über deine Fortschritte Bericht erstatten lassen. Sollte alles gut gehen, könntest du vielleicht zum Osterfest nach Köln kommen. Aber das werden wir noch sehen.« Der Erzbischof stand auf, ergriff seinen Umhang und warf ihn sich über. »Hast du sonst noch Fragen, mein Junge?«

Martin trat ebenfalls aus der Nische. »Was ist mit Thietmar?«

»Was soll mit ihm sein?«

»Begleitet er Euch? Reitet er mit Euch nach Köln?«

»Selbstverständlich. Er ist Mitglied der erzbischöflichen Wachschar. Wieso fragst du?«

»Nur so.«

Engelbert entfernte sich einige Schritte, schüttelte den

Kopf und kam noch einmal zurück. »Das Talglicht, das ich gestern Abend im Vorraum der Kapelle auf der Truhe gesehen habe, war das zufällig deins?«

Martin hob die Brauen und kniff sich ins Ohrläppchen.

»Ihr meint ein Talglicht? So ein ganz schlichtes Talglicht? Hm – denkbar.«

»Was hast du gehört? Lass dein Ohr in Ruhe, es ist ja schon ganz rot. Also, was?«

»Nun ja, nicht viel. Nur dass …«

»Was?«

»Na was schon? Dass Thietmar mein Vater sein soll. Dass ich ein von Hummelsheim bin.«

Engelbert führte Martin zurück zu der Nische, legte ihm die Hände auf die Schultern und drückte ihn auf die Bank. Er selbst blieb stehen.

»Pass auf, Martin. Was du gestern gehört hast, solltest du schnell vergessen. Und zwar alles. Thietmar ist nicht dein Vater. Ich habe das nur gesagt, um dir das Leben auf Burg nicht unnötig zu erschweren. Dir nützt es, und Thietmar wird es gleich sein.«

»Weiß er denn davon?«

»Ich werde es ihm auf dem Ritt nach Köln sagen. Er wird es belustigend finden.«

Martin schüttelte Engelberts Hände ab und sprang auf. »So, er wird es also belustigend finden? Ich möchte wissen, was an dieser Lüge lustig sein soll.«

»Wozu die Aufregung, mein Junge? Nur, weil ich dich zum Sohn eines Edelmannes gemacht habe? Ich kenne eine Menge Burschen, die froh wären, so einen wie Thietmar zum Vater zu haben.«

»Ich aber nicht. Ich komme mir bei der Geschichte verschachert vor. Verdammt noch mal, ich bin doch auch wer. Ich brauche keinen falschen Vater, um zurechtzukommen.«

»Du bist noch zu jung, um das beurteilen zu können.

Überall lauern Neider und Missgünstige, das wirst auch du noch zu spüren bekommen. Da darf man keine unnötige Angriffsfläche bieten.«

»Der Zweck heiligt die Mittel, wie? In solch einem Fall ist sogar einem Kirchenmann das Lügen erlaubt.«

Engelbert trat dicht vor Martin. So dicht, dass der, hätte er die Zeit gehabt, die erzbischöflichen Wimpern hätte zählen können.

»Ich war nie und ich werde nie ein Mann der Kirche sein«, sagte Engelbert mit sehr leiser, aber rauer Stimme. »Ich bin ein Mann Gottes, und ich bin ein Mann des Kaisers. Und nicht zuletzt bin ich mein eigener Mann. Vergiss das nie.«

Damit drehte er sich um und schritt davon. Bis Martin eine gescheite Entgegnung eingefallen war, war er bereits verschwunden.

»Jeder für sich«, murmelte Martin. »So also geht das Spiel.«

*

Inzwischen war es hell geworden, dass heißt, so hell es im Winter im Bergischen werden kann. Martin hätte nichts dagegen gehabt, hätte ihm jemand eine Laterne in die Hand gedrückt. Aber der tief verhangene Himmel hatte auch seinen Vorteil: Die Kälte war weniger beißend als am Vortag.

Bodo von Bongards Haus war das mittlere und größte von drei Ministerialenhäusern, die unmittelbar an der südlichen Burgmauer standen. Der Sockel war aus Natursteinen gemauert, der Rest bestand aus Fachwerk. Das Dach sah aus, als sei es mit Holzschindeln gedeckt, was auf Grund der Schneehaube aber nicht eindeutig zu erkennen war. Jedenfalls hatte es kein Strohdach.

Martin klopfte und warf, während er wartete, immer wieder bange Blicke zu den an der Dachkante hängenden Eiszapfen. Manche waren armdick und fast vier Ellen lang.

Eine runzlige Frau öffnete, die kaum größer war als ein achtjähriges Kind. Ihre Stimme war sehr hell und hatte den angestrengten Tonfall, der Kleinwüchsigen oft eigen ist. Martin stellte sich vor und fragte nach Bodo.

»Kommt herein, junger Herr«, sagte die Alte. »Bodo ist fortgeritten, aber Johanna und das Kind sind in der Küche.«

In der Küche war es dunkel wie in einer Grotte. Ohne das Herdfeuer wäre Martin auf seinen Tastsinn angewiesen gewesen. Nur schemenhaft konnte er Johanna ausmachen, die vor einem vielleicht zweijährigen Bengel hockte und ihm den Wams schnürte. Dann zog sie ihm noch einen Gugel mit einem Glöckchen am Zipfel über, was aus ihm einen Hofnarren in Kleinausfertigung machte, und entließ ihn mit einem Klaps. Der Junge blieb vor Martin stehen, steckte den Daumen in den Mund und sah zu ihm auf.

»Na?«, sagte Martin gequält. Er hatte angenommen, Johanna sei noch ledig. Und jetzt hatte sie bereits ein Kind. »Wie heißt du denn?«

Der Kleine sagte nichts, glotzte nur und bimmelte leise mit seiner Zipfelmütze.

»Er heißt Adolf«, sagte Johanna.

Sie trug ein dunkel gefärbtes, gegürtetes Wollgewand. Dadurch wirkten ihre Haare noch heller. Mit verschränkten Händen stand sie da und schien ein wenig verlegen.

»Ihr wollt sicher zu meinem Vater«, sagte sie.

»So ist es.«

»Er ist mit zwei Männern zur Rausmühle geritten und holt Eure Tiere. Habt Ihr das vergessen?«

»Oh!« Auf einmal war Martin dankbar, dass es in der Küche derart finster war. So konnten Johanna und die Alte nicht sehen, wie seine Wangen glühten.

»Nun, dann werde ich wohl wieder …«

»Adolf und ich wollten gerade einen Spaziergang machen«, sagte Johanna. »Er braucht frische Luft. Wenn Ihr

Lust habt, begleitet uns doch. Ich könnte Euch bei der Gelegenheit ein wenig herumführen.«

»Gern, aber eigentlich wollte ich nach meinem Maultier sehen.«

»Das lässt sich einrichten, wir kommen an den Ställen vorbei.« Sie schlüpfte in den Umhang, in dem Martin sie bereits gestern gesehen hatte. »Kommt.«

Sie ging voran, den bimmelnden kleinen Narren an der Hand. Und der große Narr marschierte hinterher.

*

Am beeindruckendsten war der Gestank, der aus dem zwischen den Häusern verlaufenden Abwassergraben aufstieg, eine Mischung aus Kot, Küchenabfällen und Waschwasser. Dabei war Winter. Martin fragte sich, wie es wohl erst im Sommer riechen mochte. Aber das hatte der Müller schon immer gesagt: Leben mehr als zehn Menschen auf einem Haufen, dann stinkt's. In Köln wohnten angeblich zwanzigtausend.

Es war unglaublich, wer sich alles auf Burg angesiedelt hatte. Alle Martin bekannten Handwerkerberufe wie Böttcher, Brauer, Korbflechter, Schmied, Schneider, Stellmacher, Steinmetz, Töpfer und Weber waren vertreten. Daneben gab es Händler, die Geschirr, Holzkohle, Geflügel, Gewürze, Käse und Wein feilboten, sowie einen Bäcker namens Hans.

Der bot ein lustig aussehendes Gebäck an. Martin hatte die Gelegenheit, ihm bei der Herstellung zuzuschauen. Zunächst rollte Hans eine Teigwurst von einer Elle Länge aus, die in der Mitte etwas dicker war als außen. Dann packte er die beiden Enden und schlang sie in der Mitte zusammen. So erhielt das Gebäck quasi die Form einer Acht. Bevor er es in den Ofen schob, bepinselte Hans den Teig noch mit einer

Flüssigkeit und bestreute ihn mit grobem Salz. Martin erwarb ein Stück und biss hinein.

»Das ist eine ganz besondere Leckerei«, erklärte Johanna. »Die gibt es nur bei Hans zu kaufen. Er nennt sie Brezel, nach seiner Frau. Wie schmeckt sie Euch?«

»Wenn ich ehrlich sein soll – fad. Die Dinger werden es nicht weit bringen.«

»Sagt das nicht. Ich mache mir zwar auch nicht viel aus ihnen, aber bei den Durchreisenden sind Burger Brezeln sehr gefragt. Hans glaubt jedenfalls fest daran, dass sich das Gebäck durchsetzen wird.«

Der kleine Adolf war weniger anspruchsvoll und stopfte sich den Rest in den Mund.

»Wie viele Leute leben hier?«, fragte Martin.

»Ich weiß nicht, ob der Graf sie je hat zählen lassen. Da müsste ich meinen Vater fragen. Aber ich schätze, hundertfünfzig sind es bestimmt.«

Martin machte einen Schneeball und pfefferte ihn über die Häuser ins Tal hinunter. Sie näherten sich der Johanniterkirche.

»Jeden Freitag ist Markt«, erzählte Johanna. »Da ist viel mehr los. Manchmal kommen sogar Gaukler. Und letzten Sommer hatten wir einen richtigen Tanzbären hier. Weißt du das noch, Adolf?«

So wie Adolf guckte, erinnerte er sich nicht einmal daran, was er morgens gegessen hatte. Überhaupt fand Martin, dass das Kind im Gegensatz zu seiner Mutter einen ausgesprochen blöden Eindruck machte.

Johanna fasste den Knirps an den Händen und drehte ihn im Kreis herum. »Eins-zwei. So hat der Bär getanzt. Eins-zwei, eins-zwei.«

Jetzt juchzte Adolf und bimmelte dazu mit seinen Gugelglöckchen.

Hinter der Kirche lag der kleine Gottesacker der Bruderschaft. Achtundvierzig steinerne Kreuze zählte Martin. Die eingemeißelten Jahreszahlen belegten, dass allein die Hälfte aller Verstorbenen in den letzten drei Jahren begraben worden war.

Johanna wies auf den kleinen Turm am Ende der westlichen Umfassungsmauer. »Das ist der Diebesturm. Zurzeit sitzt niemand ein, weil man darin erfrieren würde. Aber im Frühjahr müssen zwei Hühnerdiebe ihre Strafe nachholen.«

Sie spazierten zurück, am Palas vorbei und durch das Mitteltor. Die Torwache hatte sich im Bogen an die Wand gedrückt und schlief im Stehen. Schräg gegenüber lagen die Pferdeställe. Davor brannte in einem Kessel ein Feuer, das der Gehilfe des Hufschmieds immer wieder schürte. Der Schmied selbst war gerade dabei, einen Falben zu beschlagen.

Martin war an dem gelblichen Gaul bereits vorbeigegangen, als er plötzlich wie vom Donner gerührt stehen blieb. Das war nicht irgendein Falbe. Er kannte das Pferd. Es war der Falbe!

Es war das Pferd, das der Mörder des Müllers geritten hatte!

Johanna nahm den kleinen Adolf auf den Arm, zeigte zu einem der Fenster des Kemenatenbaus hinauf und half ihm beim Winken.

Wie aus der Ferne hörte Martin sie sagen: »Schau, Adolf, da ist deine Mama.«

Gefühle, wie sie unterschiedlicher nicht sein konnten, durchströmten Martins Brust, beschleunigten seinen Herzschlag und ließen ihn nach Atem ringen.

Unbändige Freude, dass Johanna nicht die Mutter des Kleinen war, sondern Irmgard, die an einem der Fenster stand und winkte. Kalte Rachsucht, weil er endlich auf eine Spur des feigen Mörders gestoßen war.

»Wisst Ihr, wem das Pferd gehört?«, hörte Martin sich mit fremder Stimme fragen.

»Wie?« Der Hufschmied sah auf. »Meint Ihr mich?«

Martin wiederholte seine Frage.

»Dem Grafen Heinrich. Aber er reitet das Tier nie selbst. Es steht für seine Gäste bereit.«

Martins Blick wanderte noch einmal die Mauer hinauf. Irmgard war nicht länger allein. Heinrich war neben sie getreten.

Als sich die Blicke der beiden Männer trafen, deutete der Limburger mit der Handkante einen Schlag vor den Hals an.

Die Geste war Martin neu. Aber er verstand sie trotzdem.

War das früher die Folterkammer?«, fragte Martin. Der Raum war unterhalb der Küche in den Fels geschlagen worden und so einladend wie eine Bärenhöhle. Mittendrin stand ein Zuber, aus dem es dampfte wie aus der Hölle. Und in ihm saß Martin.

»Das ist sie noch immer.« Helene von Bongard schüttete einen weiteren Kübel kochendes Wasser dazu, dass Martin quiekte wie ein Eber, der bei lebendigem Leibe gesengt wird. »Jedenfalls für solche Schmutzfinken wie Euch. So, das reicht fürs Erste. Hier, nehmt das.«

Sie hielt ihm einen kinderfaustgroßen, hellgelben Klumpen hin.

»Was ist das?«

»Tierfett, Holzasche und Soda – zu Deutsch Seife. Wie habt Ihr Euch denn bisher gewaschen?«

»Wenn wir gebadet haben, dann in warmem Wasser mit Duftöl.«

»Mit Duftöl! So etwas kann sich auch nur ein Müller leisten.« Helene drückte ihm den glitschigen Klumpen in die Hand. »Hier geht es zwar weniger fürstlich, dafür aber bestimmt sauberer zu. So, nun seift Euch ein. – Was ist?«

»Nun ja … Ich bin es nicht gewohnt, in Gegenwart einer Frau zu baden.«

»Gott, wie schamhaft! Aber gut, wenn ich mich darauf verlassen kann, dass Ihr Euch ordentlich schrubbt, lasse ich Euch allein. Und vergesst nicht, Eure Fingernägel zu säubern.«

Als sie den Raum verlassen hatte, stand Martin auf und seifte sich vom Kopf bis zu den Füßen ein. Dann setzte er sich wieder, hielt die Luft an und tauchte unter. Kurze Zeit später kam er prustend wieder hoch – und hätte beinahe geschrien.

»Ihr müsst Euch net uffrege«, sagte Bärbel, die mit einem Messer, das zum Entmannen eines Hirsches getaugt hätte, vor dem Zuber stand. »I will nur Euer Hoar a bissle z'rechtschneide.«

»Bleibt mir vom Leib.« Martin streckte die Hände abwehrend vor. »Keinen Schritt näher.«

»'s Helene hat abber g'moint, d' Hoar seiet z'lang.«

»Raus mit Euch!«

Mit der gleichen betretenen Miene wie am Morgen trat Bärbel den Rückzug an. Kaum war sie verschwunden, stand Helene von Bongard wieder im Rahmen.

»Ihr seid mir ein schöner Jammerlappen. Aber von mir aus lauft weiter mit Eurer Mähne herum. Nur durchkämmen müssen wir die Haare, sonst verfilzen sie völlig. – Guckt nicht schon wieder, als ob es Euch an den Kragen ginge. Vorher werden sie eingeölt, dann ziept es nicht.«

Sie warf ein Bündel Kleider auf die Bank, auf der auch Martins Sachen lagen.

»Die sind von Bodo, die werdet Ihr vorerst tragen. Morgen könnt Ihr dann zum Schneider spazieren und Euch etwas Passendes anfertigen lassen.«

»Danke, dass Ihr meine Sachen waschen wollt.«

»Waschen? Die kommen ins Feuer, verlaust, wie sie sind.« Mit weit ausgestrecktem Arm hielt sie Martins Gewand von sich. »Gütiger Himmel, das lebt ja schier. Und Ihr seht zu, dass Ihr beizeiten aus dem Zuber kommt. Die Burschen sind bereits zu Gange, die Tafel einzudecken.«

*

Trotz der Mahnung kam Martin zu spät, weil er schnell noch nach seinen Schweinen und Hühnern gesehen hatte, die Bodo zunächst bei seinen eigenen Tieren untergebracht hatte. Als er den Speisesaal betrat, verstummten für einen Augenblick sämtliche Gespräche, und alle starrten ihn an, als habe er zwei Köpfe. Martin nickte freundlich in die Runde, wohl wissend, dass sie nur glotzten, weil er neu war und eine Abwechslung darstellte. Die Einzigen, die ihn betont übersahen, waren Heinrich und Irmgard.

Wer nicht beizeiten kommt, muss nehmen, was er kriegt. Martin blieb nur ein Platz am unteren Ende der Tafel. Der hatte immerhin den Vorteil, dass er sämtliche Anwesenden im Blick hatte. Der Tisch des Burgherrn war der einzige, der mit einem Leinentuch gedeckt war und an dem man auf Stühlen saß. Außer Heinrich und Irmgard, die in der Mitte unter einem mit den Wappen beider Geschlechter geschmückten Baldachin thronten, saßen dort drei Männer, denen man ihre Bedeutung durchweg ansah.

Der Dicke war Gero von Ueberholz, der Baumeister, der den Umbau von Burg seit drei Jahren leitete, nachdem sein Vorgänger beim Baden in der Wupper ertrunken war. Böse Zungen behaupteten, der dicke Fisch, der den alten Baumeister ins Bein gebissen und unter Wasser gezogen hatte, hätte ausgesehen wie Gero. Dabei gab es in der Wupper überhaupt keine Fische von dieser Größe.

Der Ziegenbart hieß Hugo von Klistier und war der ortsansässige Quacksalber und Bader. Niemand, der ernsthafte Beschwerden hatte, suchte ihn auf. In so einem Fall wandte man sich an eine wissende Frau, die in Unterburg wohnte. Einzig Irmgard vertraute ihm blind. Entsprechend war sein Einfluss auf die junge Gräfin.

Diese trug einen bestimmt zwei Ellen langen Hennin, eine Spitzhaube mit Schleier, mit dem sie aussah wie die böse Fee, von der man sich besser nichts wünscht.

Der Dritte im Bunde war Bodo, der Hausmeister und Verwalter. Er saß etwas abseits. Das mochte daran liegen, dass der Stuhl des Johanniterpriors unbesetzt war. Ebenso gut konnte es aber auch ein Zeichen dafür sein, wie es zwischen Heinrich und ihm stand.

Martin musste die Bank mit einem zahnlosen Knöttersack teilen, dem die Haare in dicken Büscheln aus den Ohren sprießten und der sich als Hasso von Tyvern vorstellte. Bevor Martin richtig saß, hatte der Alte ihm bereits seine halbe Lebensgeschichte erzählt.

Von Tyvern war ein verarmter Adliger vom Niederrhein, der denen von Berg gegen Kost, Unterkunft und Schutz seine Ländereien abgetreten hatte. Gewissermaßen erhielt er auf Burg sein Gnadenbrot. Mit schriller Stimme beklagte er, dass sein Platz nicht mehr an der gräflichen Tafel war, sondern er die harte Bank der Unbedeutenden drücken musste. Das einzige Gut, das ihm verblieben war und das er meistbietend an den Mann zu bringen gedachte, saß Martin gegenüber. Es war brünett, ebenso vollbusig wie kuhäugig und hörte auf den Namen Camilla.

Martin schien ihr recht begehrenswert zu sein, denn ganz gleich, wie er sich auch setzte, immer wieder kamen sich ihre Beine ins Gehege. Als weiteren Beweis wertete Martin, dass Camilla ständig ihre Zungenspitze über die Lippen huschen ließ. Sicher war die Luft trocken, aber so trocken nun auch wieder nicht. Außerdem hätte sie einen Schluck trinken können.

Die Annäherungsversuche stellte sie schlagartig ein, als Helene und Johanna erschienen und neben Martin auf die Bank rutschten. Sie hatten bis zuletzt in der Küche gestanden. Was Camilla mit all ihren Schenkelspielchen nicht vermocht hatte, gelang Johanna mit einem einzigen Blick. Martins Pulsschlag erhöhte sich.

Aufgetragen wurde von zwei Burschen, die ungefähr zehn oder zwölf Jahre alt waren und wie Brüder aussahen. Um die Ähnlichkeit zu unterstreichen, trugen die beiden gleichfarbige Gewänder und Kappen.

Während die Knirpse plattenweise Krustenbraten und Wacholderdrosseln, gekochte Karpfen und Hechte und krügeweise Ingwerwein und braunes Bier – dessen Rezeptur angeblich aus einem Dorf an der Düssel stammte und das auf Burg nur das »Alte Bier« genannt wurde, obwohl es durchaus frisch schmeckte – heranschafften, studierte Martin so unauffällig wie möglich die Gesichter der anwesenden Männer.

Er ließ sich Zeit und sah genau hin. Sein Blick glitt über Bärtige und Rasierte, Kahlköpfige und Vollhaarige, Dicke und Dünne, Narbige und Unversehrte. Einmal blieb er hängen, weil Martin dachte, der Hagere am Nebentisch, der könnte es sein. Aber als der Mann sich ins Profil drehte, wurde klar, dass er es doch nicht war. Nein, der Mörder des Müllers saß hier nicht zu Tisch.

Plötzlich wurde Martin am Ellbogen angestoßen. Es war einer von Heinrichs Hunden. Ein graues, zotteliges und langbeiniges Tier, das wie die beiden anderen bettelnd um die Tische strich. Martin kraulte ihn am Hals und warf ihm ein Stück knusprige Schwarte hin. Der Graue zerbiss die Schwarte unter lautem Krachen, bis er auf einmal die Ohren aufstellte und den Kopf in Richtung der gräflichen Tafel drehte. Martin folgte seinem Blick.

Ein Diener war an Heinrichs Seite getreten und flüsterte ihm etwas ins Ohr. Sofort erhob sich der Limburger und verließ schnellen Schrittes den Saal. Wie auf Befehl stürmten die drei Hunde hinterher.

Ein Raunen ging durch die Reihen, drang aber nicht bis ans Ende des Tisches vor, an dem Martin saß. Also wandte er sich an den alten von Tyvern, obwohl er sich vor dessen Redeschwall fürchtete. Der hatte aber auch nicht verstanden, worum es ging. Camilla sprang in die Bresche.

»Der Graf von Kleve ist eingetroffen«, sagte sie derart feierlich, als stünden Papst und Kaiser gemeinsam vor dem Tor. »Deshalb hat Heinrich die Tafel vorzeitig verlassen.«

»Der traut sich auch nur her, wenn Graf Engelbert nicht da ist«, sagte Helene.

»Wundert Euch das?« Offenbar hatte Camilla ein Herz für den Klever. »So wie Engelbert ihn während des Erbstreits behandelt hat.«

»Geht dich das was an?«

»Sie regt sich doch nur so auf, weil sie in den Grafen Dietrich verschossen ist«, sagte Johanna.

»Pass bloß auf, was du sagst, du Luder«, fauchte Camilla. »Sonst kratz ich dir die Augen aus.«

»Versuch es, und ich versohl dir wie damals mit dem Plättschlägel den Hintern. Dann kannst du wieder eine Woche lang nicht sitzen.«

»Na, na, na, nun reißt euch aber zusammen«, fuhr Helene dazwischen. »Was soll Martin von euch denken?«

Der amüsierte sich prächtig. »Schließlich bin ich hier, um Sitte und Anstand zu lernen.«

»Keifende Weiber gehören zum Hof wie raufende Burschen«, sagte Johanna trocken. »Besser, Ihr gewöhnt Euch gleich daran.«

»Von dem Erbstreit habe ich noch nie gehört. Worum ging es dabei?«

Camilla setzte an, aber Helene schnitt ihr mit einer Geste das Wort ab. »Es würde zu weit führen, Euch das hier und jetzt auseinander zu setzen. Ich denke, Bodo wird Euch die Hintergründe bei Gelegenheit erläutern. So lange müsst Ihr Euch gedulden.«

»Aber mit Heinrich versteht der Klever sich gut?«

»Bestens«, sagte Helene in einem Tonfall, der vor Missbilligung nur so troff. »Die beiden sind sich sehr ähnlich. Wesensgleich, wenn Ihr versteht, was ich meine.«

»Ich entwickle so eine Ahnung«, sagte Martin. »Weilt der Graf von Kleve denn oft auf Burg?«

»Für meinen Geschmack zu oft. Camilla sieht das wahrscheinlich anders.«

Die Angesprochene tat, als hätte sie nichts gehört.

»Wäre es denkbar, dass er bei diesen Gelegenheiten auch einmal eines von Heinrichs Pferden reitet?«

»Warum nicht? Aber wenn Ihr Genaues wissen wollt, müsst Ihr Euch an Bodo wenden. Wieso fragt Ihr?«

»Nur so«, sagte Martin und stand auf. »Entschuldigt mich bitte.«

Wohin Heinrich und sein Gast sich begeben hatten, konnte Martin nur vermuten. Er hätte eine der Wachen fragen können, aber wie die meisten Leute, die langweilige Arbeit verrichten, waren sie bestimmt geschwätzig und würden ihn bei der nächstbesten Gelegenheit verpetzen. Da konnte er die beiden auch gleich vom Bergfried ausrufen lassen.

In der Annahme, dass man sich bei dem saumäßigen Wetter am liebsten da aufhält, wo es warm ist, schlich Martin die Treppe hinauf in den Vorraum zur Kapelle. Wieder öffnete er die Tür der Kemenate mit der gebotenen Vorsicht, aber anders als am Vorabend waren diesmal keine Stimmen zu hören. Langsam und umsichtig, als betrete er eine Natterngrube, schob er sich an dem Teppich vorbei in den Raum. Das laute Knacken eines Buchenscheites im Kamin ließ ihn zusammenfahren. Aber niemand war anwesend.

In ihrer Grundausstattung entsprach die Kemenate dem Rittersaal. Nur standen hier, obwohl sie erheblich kleiner war, drei Mal so viele Tische und Stühle wie zwei Räume weiter. Insgesamt gab es drei Sitzgruppen, die aus jeweils einem Tisch und vier lederbespannten Sesseln bestanden. So war Platz genug für die verschiedenen Tätigkeiten, mit denen sich die Burgbewohner die Abende vertrieben.

Auf einem der Tische war ein Schachspiel aufgebaut. Martin nahm den weißen König in die Hand. Er war aus einem sehr hellen und glatten Holz geschnitzt, das Martin noch nie gesehen hatte. Er hielt sich die Figur unter die Nase. Sie roch seltsamerweise nach verbranntem Haar. Der nächste Tisch war der der Burgherrin. Hier lagen ein Stickrahmen, Nadeln aus Horn und Wollfäden in unterschiedlichen Farben. Zurzeit war ein Kissenbezug in Arbeit. Rosen auf weißem Grund. Dass das Irmgards Werk war, sah man sofort. Die Rosen hatten besonders lange Stacheln.

An der Wand hing ein rundes Holzbrett, das wegen der aufgemalten Striche aussah wie ein geteilter Kuchen. Jedes Kuchenstück war mit einer Zahl versehen. Die einzelnen Stücke galt es aus einer festgelegten Entfernung mit Wurfpfeilen zu treffen, die an ihrem Ende mit Gänsefedern bestückt waren. Von dem Spiel hatte Martin schon gehört. Angeblich waren die Engländer ganz wild danach.

Die Fensternische war der Ort für die geistige Erbauung.

Hier lag eine ledergebundene Bibel. Martin konnte zwar nicht lesen, aber die in die Texte eingefügten Bilder bestätigten, dass es sich um die Heilige Schrift handelte. Evas Haare waren so lang, dass sie ihre Brüste und ihre Scham bedeckten.

Martin war noch bei der Vorstellung, wie sie wohl mit kürzeren Haaren aussehen mochte, als er plötzlich Schritte hörte. Die Bibel zuklappen und zur Tür sausen war eins. Nur wählte er die falsche Tür. Jemand verließ gerade die Kapelle und kam auf die Kemenate zu.

Leise fluchend rannte Martin zu der anderen Tür, durch die man in den kleinen Empfangsraum zwischen Kemenate und Rittersaal gelangte. Er hatte den Türriegel schon in der Hand, als ihn lähmendes Entsetzen überkam. Auch auf diesen Zugang kamen schwere Tritte zu.

Er saß in der Falle. Den Raum konnte man nur durch eine der beiden Türen verlassen. Einen Sprung aus dem Fenster würde er nicht überleben, selbst wenn er in einer Schneewehe landen würde. Panisch flog sein Blick auf der Suche nach einem Versteck durch den Raum.

Die kapellenseitige Tür wurde geöffnet. Jetzt deckte ihn nur noch der Teppich. Aber auch der bewegte sich bereits.

Der Tisch mit den Handarbeiten! Er war der einzige, auf dem eine Decke lag. Und die reichte bis zum Boden.

Zwei Riesensätze und ein Sprung ließen Martin auf sein Versteck zufliegen. Glücklicherweise war sein Gewand aus Wolle und der Holzboden spiegelglatt. So rutschte er mit dem Kopf voran unter den Tisch, während beide Türen zufielen.

Jetzt konnte er nur in die Fingerknöchel beißen und versuchen, seine Atmung unter Kontrolle zu bringen. Und natürlich beten, dass niemand seine Rutschpartie bemerkt hatte.

»Da seid Ihr ja, Dietrich«, hörte er den einen rufen. »Seid

gegrüßt! Der Diener meldete mir, Ihr würdet in der Küche warten.«

Heinrich!

Martin musste schlucken. Hoffentlich hatte der Limburger seine Hunde nicht dabei. Die würden ihn auf jeden Fall entdecken.

»Seid ebenfalls gegrüßt, Heinrich. Nachdem ich mich mit Brot und Wein gestärkt hatte, dürstete mich nach Zwiesprache mit dem Herrn. Daher begab ich mich zum Gebet in Eure Kapelle.«

»So haben wir uns verpasst.« Den Geräuschen nach umarmten sie einander und klopften sich dabei auf die Schultern. »Nehmt Platz!«

Sessel wurden gerückt, Metall landete scheppernd auf dem Boden, und einer der beiden zog geräuschvoll Rotz hoch.

Dann wurde ausgespien, und Heinrich sagte: »Treffer!«, woraufhin beide herzlich lachten. Heinrich war unschwer an seinem anzüglichen Gekicher zu erkennen. Demnach war das heisere Keuchen Dietrichs Art, seine Heiterkeit kundzutun.

Martin erschauerte. Dieses Lachen hatte er schon einmal gehört. Im vergangenen Jahr, kurz nach Erntedank. So hatte einer der beiden Reiter gelacht, als der Mörder des Müllers aus dem Sattel gestürzt war.

Um ganz sicher zu sein, musste Martin einen Blick auf den Mann werfen. Das war einfacher gesagt als getan, denn er lag mit dem Kopf zur Wand unter dem Tisch, die beiden befanden sich also hinter ihm.

Während Martin sich langsam auf den Rücken drehte, um sich anschließend aufzusetzen, wurden Heinrich und Dietrich wieder ernst.

»Ihr habt Glück, Dietrich«, sagte der Limburger. »Noch heute Morgen weilte der Erzbischof hier auf Burg. Gestern tauchte er ähnlich überraschend auf wie jetzt Ihr. Ich nehme an, an einer Begegnung mit ihm wäre Euch wenig gelegen gewesen.«

»Fürwahr.« Dietrich schnaubte. »Beim Anblick des Raubritters bin ich jedes Mal kurz davor, die Beherrschung zu verlieren. Wenn ich nur an diesen Hochmut in seinem Blick denke. – Wisst Ihr, was ich von unserem Kölner Gewährsmann erfahren habe? Wie erst neulich bekannt wurde, hat der Erzbischof die Feier zu seinem neununddreißigsten Geburtstag im November letzten Jahres auf Kosten der Stadt ausgerichtet. Als das beanstandet wurde, hat er die Kritiker öffentlich als ›Arschlöcher‹ beschimpft. Hat man da noch Töne?«

»Das passt zu ihm. Genau wie die Geschichte, dass er für sein von der Stadt gemietetes Privathaus eine viel zu geringe Miete entrichtet und obendrein verfügt hat, dass die nebenstehenden Gebäude leer zu stehen haben. Und das bei der Wohnungsnot in Köln.«

»Ich sage es ja, es gibt hundert gute Gründe, ihm an den Kragen zu gehen.«

»Trotzdem, gerade angesichts Eurer Erregung, für die ich natürlich vollstes Verständnis habe, solltet Ihr Euer Kommen zukünftig ankündigen. Ich kann dann im Falle einer Anwesenheit Engelberts Vorkehrungen treffen, damit Ihr einander nicht über den Weg lauft. Das Letzte, was wir gebrauchen können, ist ein Streit zur falschen Zeit. Solch eine Auseinandersetzung könnte unsere Pläne in höchste Gefahr bringen.«

»Ich weiß, ich weiß. Aber es ist ja noch einmal gut gegangen. Wie weit seid Ihr eigentlich gekommen? Habt Ihr unsere Geldnot inzwischen behoben?«

Heinrich schnaubte wie ein Gaul, der bei der Auswahl zum Deckhengst mal wieder übergangen worden war. »Ich wollte, es wäre so. Ich habe den Boden der Geheimkammer bis auf den Fels freilegen lassen. Das Geld ist einfach nicht zu finden.«

»Unfassbar. Ich dachte, Euer Weib sei sich sicher, dass der Schatz dort versteckt ist.«

»Hört mir bloß auf mit der! Die hört doch nie richtig zu. Als ihr Vater ihr von dem Versteck erzählt hat, hat sie wahrscheinlich Gänseblümchen gezählt.«

»Dann solltet Ihr sie Euch noch einmal vornehmen«, sagte Dietrich und klopfte dabei auf die Sessellehne. »Und zwar gehörig. Hier geht es schließlich nicht um eine verlegte Haarnadel, sondern um fünfhundert Silberlinge. So eine Sache vergisst man doch nicht!«

Martin bekam Rhabarberohren. Fünfhundert Denare! Das war mehr, als man in einem Müllerleben verdienen konnte. Und die sollten hier irgendwo auf Burg versteckt sein?

»Habt Ihr eigentlich schon einmal daran gedacht, ob sie Euch nicht in die falsche Richtung schickt?«, fragte Dietrich.

»Wie meint Ihr das?«

Meine Güte, bist du schwer von Begriff, dachte Martin. Er meint, dass die Pustelliese genau weiß, wo die Silberlinge verscharrt sind, sie aber für sich behalten will.

»Vielleicht will Eure Angetraute nicht, dass Ihr den Schatz findet.«

»Das ist doch Unsinn«, rief Heinrich, sprang auf und lief hin und her. »Warum sollte sie das nicht wollen?«

»Vielleicht missfallen ihr unsere Pläne.« Dietrichs Tonfall war ketzerisch.

Heinrich kam auf den Tisch zu, und Martin hielt den Atem an. Das Holz begann zu ächzen, offenbar stützte sich der Limburger auf die Platte. Martin zog vorsichtshalber die Hände zurück. Es fehlte noch, dass Heinrich ihm auf die Finger trat.

Eins war Martin klar: Wenn die beiden ihn finden würden, würden sie Hackfleisch aus ihm machen. Denn was er unfreiwillig mit anhörte, klang nach einer hundsgemeinen Verschwörung. Und dabei sind Mitwisser für gewöhnlich unerwünscht.

»Missfallen!« Heinrich schlug auf den Tisch, dass Martins Herz für einen Augenblick aus dem Tritt kam. »Warum sollten ihr Pläne missfallen, die ihrem Mann zu seinem guten Recht verhelfen?«

»Der Erzbischof ist immerhin ihr Onkel, vergesst das nicht.«

Also gegen Engelbert waren die Pläne gerichtet. Aber was hatten die beiden vor?

Heinrich ging zurück zu seinem Sessel und setzte sich wieder. »Ich werde das mit Irmgard klären.«

»Das solltet Ihr aber beizeiten tun. Denn ohne Geldzufuhr –«

»Auf Eure klugscheißerigen Ratschläge kann ich verzichten«, kläffte Heinrich. »Ich weiß selber, was ich zu tun habe. Kümmert Euch lieber um Euren Teil der Vereinbarung. Da liegt noch manches im Argen.«

»Lenkt nicht von Euren Versäumnissen ab, Heinrich. Übrigens, kann ich jetzt die Geheimkammer sehen?«

»Wie?«

»Bei meinem letzten Besuch habt Ihr mir zugesagt, mich hinunterzuführen. Wollt Ihr Euer Versprechen etwa brechen?«

»Natürlich nicht. Ich vermag nur nicht zu erkennen, was Euch eine Besichtigung der leeren Räume bringen soll. Es sei denn, Ihr misstraut mir.«

»Wenn Ihr es unbedingt so sehen wollt. Können wir?«

»Zum Teufel mit Euch. Aber meinetwegen.«

Die beiden entfernten sich. Dann vernahm Martin ein Geräusch, als würde ein Sack Mehl über den Boden geschleift, und ein kalter Windzug fuhr unter den Tisch. Er beeilte sich, in Bauchlage zu kommen, denn er wollte noch schnell einen Blick auf Dietrich werfen. Aber er war zu langsam.

Die beiden waren verschwunden, wie vom Erdboden verschluckt. Dabei hatte Martin keine Tür gehört. Wie war das möglich? Gab es einen weiteren Ausgang, den er bisher übersehen hatte?

Heinrich und Dietrich wollten eine Geheimkammer besichtigen, das hatte er gehört. Zu der führte folgerichtig ein geheimer Gang. Und wie gelangte man in einen solchen Gang? Natürlich durch eine Geheimtür. Also kroch Martin unter dem Tisch hervor und suchte die Wände ab.

Stück für Stück untersuchte er die Holzvertäfelung und achtete dabei auf Spalten, die auf eine eingelassene Tür hinweisen könnten. Gleichzeitig klopfte er leise gegen die Wand, um einen möglichen Hohlraum auszumachen.

Nichts.

Er hatte gerade den bodenlangen Wandteppich erreicht, als er wieder Schritte im Empfangsraum vernahm. Die Person hatte es verdammt eilig. Zu eilig, als dass Martin sein Versteck hätte erreichen können. Ihm blieb nur, sich hinter dem Wandteppich zu verbergen.

Dort drückte er sich möglichst dicht an die Wand, zog den Bauch ein und hielt mal wieder die Luft an.

Die Person, die durch die Kemenate trippelte, war eindeutig eine Frau. Vermutlich Irmgard selbst. Martin schloss das aus dem Liedchen, das sie trällerte. Darin ging es um ein holdes Burgfräulein, das sich im Burggarten von ihrem Liebsten verabschieden muss. Bei der Gelegenheit schenkt er ihr eine Rose, woraufhin sie ihn von diesem Augenblick an nur noch den Rosenritter nennt. Wenn Martin sich recht erinnerte, entsprach das der landesweit bekannten Mär von Heinrichs und Irmgards erstem Stelldichein.

Leider waren mit dem Kehrreim weder die Geschichte noch das Lied zu Ende. Es folgten weitere Verse, die von einem Turnier handelten, bei welchem dem Sieger als erster Preis die holde Jungfrau winkte. Der Rosenritter war natürlich auch dabei und haute einen Gegner nach dem anderen vom Pferd. Für jeden Gegner gab es einen eigenen Vers. Sie waren unzählig.

Martin drohten langsam die Sinne zu schwinden. Die Luft hinter dem Teppich war alles andere als frisch, außerdem atmete er nur äußerst sparsam. Wenn er hier nicht bald herauskäme, würde es ein Unglück geben.

Zudem wurden seine Beine taub. Um sich möglichst eng an die Wand pressen zu können, war er ein wenig in die Knie gegangen. Nur so passten seine Schultern unter den oberen, erhabenen Rand der Holzvertäfelung. Wollte er nicht über kurz oder lang zusammenbrechen, musste er sich strecken.

Martin drückte die Knie durch und stemmte dadurch gleichzeitig die Schultern unter den Rand der Vertäfelung. Der gab plötzlich mit einem leisen »Knack!« nach, die Wand klappte weg, und Martin kippte nach hinten.

Unter ohrenbetäubendem Lärm ging er rückwärts zu Boden. Das empfand aber offenbar nur er so, denn Irmgard trällerte unverdrossen weiter. Gerade purzelte der zehnte oder elfte Gegner des Rosenritters aus dem Sattel.

Martin nahm die Beine aus dem Weg, die Tür schwang wieder zu und verursachte dabei das Geräusch eines über den Boden gezogenen Mehlsacks. Als er sich umdrehte, blickte er eine steile Treppe hinunter in ein dunkles Loch.

Kein Zweifel, er hatte den Geheimgang entdeckt.

Keine Fackel, kein Talglicht, lediglich ein schmaler Streifen Helligkeit, der durch eine der Mauerritzen drang, erleichterte Martin anfangs den Abstieg. Aber bereits nach zehn Stufen war es auch damit vorbei, und eine tiefe Schwärze umfing ihn.

Nun war Tastsinn gefragt. Während Martin sich mit den Händen an den Wänden des schmalen Gangs abstützte, erfühlte er mit dem Fuß die jeweils nächste Stufe, stets bereit, ihn zurückzuziehen, sollte er unvermutet vor einem Abgrund stehen.

Ein Abgrund blieb ihm erspart, aber es dauerte eine kleine Ewigkeit, bis er die vierunddreißig Stufen der Wendeltreppe hinuntergestiegen war.

Unten angekommen, hatte Martin die Wahl zwischen links und rechts. Normalerweise schätzte er es, nicht vorgeschrieben zu bekommen, wohin er zu gehen hatte, aber in dem Fall hätte er gern auf diese Freiheit verzichtet. So lauschte er erst einmal. Zu hören war nichts, nicht einmal das Quieken einer Ratte. Dafür glaubte er, von rechts schwach den Geruch einer Pechfackel wahrzunehmen. Damit war die Entscheidung gefallen. Rechts ging es lang.

Zu beiden Seiten befanden sich immer wieder kleine Nischen. Der Hauptgang wurde immer niedriger und schmaler. Hatte Martin anfangs noch aufrecht gehen können, lief er nun krumm wie eine Kräuterhexe. Gleichzeitig rückten die Wände so nahe, dass sie seine Schultern berührten. Schließlich ging es nur noch auf allen vieren voran.

Martin hatte keine Ahnung, in welche Richtung er sich bewegte. Nur von der Entfernung, die er bereits zurückgelegt hatte, hatte er eine Vorstellung. Führte der Gang nach Süden oder Osten, musste er jeden Augenblick auf die Fundamente der äußeren Burgmauer stoßen. Bewegte er sich in eine der anderen Himmelsrichtungen, hatte es damit noch Zeit.

Plötzlich beschrieb der Gang eine scharfe Biegung nach rechts, um nach wenigen Schritten wieder nach links zu zacken. Hinter der zweiten Ecke flackerte in vielleicht zwanzig Schritt Entfernung ein Licht. Dort gewann der Gang auch wieder an Höhe und Breite. Außerdem hörte Martin die Stimmen zweier Männer. Dass es sich um Heinrich und Dietrich handelte, hätte er nicht beschwören können. Aber wer sonst sollte hier unten sein?

Langsam und peinlich darauf bedacht, jedes Geräusch zu vermeiden, kroch Martin voran. Noch war der Gang zu niedrig und zu schmal, als dass er sich hätte umdrehen können. Sollten sie ihn in diesem Augenblick überraschen, würde er rückwärts krabbelnd fliehen müssen. Wie das ausginge, malte er sich lieber nicht aus.

Endlich konnte er wieder sich wieder aufrichten. Auf dem felsigen Untergrund hatten seine Unterarme und Knie erheblich gelitten. Dicht an die Wand gedrängt schlich er weiter.

Die Fackel, die den Gang erleuchtete, steckte in einem eisernen Wandfuß. Unmittelbar dahinter befand sich ein Loch in der Wand, in Schulterhöhe und von der Größe, dass ein nicht zu dicker Mann sich hindurchzwängen konnte. Unterhalb des Lochs lehnte eine kleine, viersprossige Leiter an der Wand. Sie sah ein wenig morsch aus, aber offenbar hatte sie das Gewicht der beiden Männer ausgehalten. Also würde sie auch Martin tragen. Behutsam stieg er hoch und blickte durch die Öffnung.

Das Erste, was er sah, waren zuckende, gespenstisch anmutende Schatten auf den Wänden eines nahezu quadratischen Raums. Erst als er seinen Kopf weiter vorschob, erkannte er Heinrich, dessen eine Gesichtshälfte vom flackernden Schein einer Fackel in blutrotes Licht getaucht wurde, während die andere in völligem Schatten lag, eine Beleuchtung, die seine Entstellung noch unterstrich. So hatte Martin sich immer den Wächter am Eingang zur Hölle vorgestellt. Der, der die Leute rein-, nicht aber wieder rauslässt.

Der zweite Mann wurde fast vollständig von Heinrich verdeckt. Martin konnte lediglich erkennen, dass er schulterlanges, hellblondes, beinahe weißes Haar hatte.

»Seid Ihr nun zufrieden?«, fragte Heinrich und machte mit der Fackel eine so weitschweifige Geste, als hätten sie gerade die Krak de Chevaliers besichtigt.

»Was ist mit den Wänden?«, fragte Dietrich. »Habt Ihr sie abklopfen lassen?«

»Selbstverständlich. Da ist nichts.«

»Verdammt und zugenäht! Wo könnten die Münzen denn sonst versteckt sein? Denkt nach!«

»Nicht in diesem Ton, ja? Man könnte meinen, es handele sich um Euer Geld. Noch gehört es denen von Berg.«

»Da ich der Vater unseres Planes bin, beanspruche ich das Geld tatsächlich. Allerdings nicht für mich, sondern für unsere gemeinsame Sache. Außerdem scheint Ihr zu vergessen, dass der Betrag nach Gelingen unseres Planes zigfach zurückfließen wird. Die fünfhundert Denare sind nichts weiter als eine Leihgabe.«

»Alles gut und schön, aber fasst mal einem nackten Mann in die Tasche.«

»Dann müsst Ihr eben mit Eurem Vater Walram sprechen.«

»Dieser Ausbund an Rechtschaffenheit wird mir was husten«, sagte Heinrich und nahm die Fackel in die andere Hand. »Eher lässt er mich verhungern, als den Vertrag mit dem Erzbischof zu brechen.«

»Ihr solltet es dennoch versuchen. Unsere Sache ist es wert.«

Jetzt war auch das Gesicht des zweiten Mannes zu erkennen. Es war rund und ziemlich platt. Die strähnigen Haare endeten so knapp über den Augen, dass ungewiss blieb, ob der Mann Brauen hatte oder nicht. Dadurch wirkte die Stirn sehr niedrig und der Mann beschränkt. Außerdem hatte er die Nase eines Schweins. Keine Frage, Dietrich von Kleve war einer der beiden Begleiter des Mörders gewesen.

Martin wunderte sich, wie gelassen er beim Anblick des Mannes blieb. Er hatte erwartet, dass er vor Hass kochen und dem Kerl ohne Rücksicht auf Verluste an die Gurgel gehen würde. Stattdessen spürte er eine große Erleichterung, ja Genugtuung, dass er endlich eine Spur gefunden hatte.

Zum wiederholten Mal knurrte Martins Magen. Diesmal so laut wie ein übellauniger Kettenhund. Vorsichtshalber zog er seinen Kopf aus dem Durchbruch. Genau in dem Augenblick brach die Leitersprosse, auf der er stand.

»Habt Ihr das gehört?«, rief Dietrich.

»Ich bin ja nicht taub«, sagte Heinrich. »Wer da? Losung!«

Martin war auf seinem Hosenboden gelandet. Mit einem Satz sprang er wieder auf und riss die Fackel aus ihrer Halterung. An eine schnelle Flucht war ohne Licht nicht zu denken. Kein bisschen zu früh, denn schon tauchte Dietrichs Kopf in dem Durchbruch auf.

»Gebt Euch zu erkennen«, brüllte er. »Sonst setzt es Saures!«

Ohne zu zögern schlug Martin mit der Fackel zu, woraufhin der Klever heulend zurückwich. Dann machte er, dass er wegkam. Wie eine Ratte in ihrem Loch verschwand er in dem Kriechgang. In der Enge nahm ihm das qualmende Pech schier den Atem. Halb erstickt und mit aufgeschürften Händen erreichte er den Teil des Gangs, in dem er sich wenigstens wieder gebückt bewegen konnte.

Erst als der Gang wieder Mannshöhe erreicht hatte, blieb Martin stehen. Er lauschte mit angehaltenem Atem. Keine Frage, sie waren hinter ihm. Jetzt sah Martin auch den Schein ihrer Fackel. Noch steckten sie in dem Teil, in dem man kriechen musste. Aber ein sicherer Vorsprung war etwas anderes.

Außerdem stellte er sich die bange Frage, wohin er eigentlich fliehen sollte. Etwa die vierunddreißig Stufen hinauf in die Kemenate? Abgesehen davon, dass er nicht wusste, wie die Geheimtür vom Gang aus zu öffnen war, wäre er dort Irmgard in die Arme gelaufen. Genau das aber wollte er nicht. Denn er war sich ziemlich sicher, dass bis jetzt weder Dietrich noch Heinrich wussten, hinter wem sie herjagten. Gelänge ihm die Flucht, bliebe er unerkannt. Und nur so würde er in der Lage sein, Engelbert vor den Verschwörern zu warnen.

Martin setzte sich wieder in Bewegung, ließ die Wendeltreppe links liegen und rannte weiter den Gang entlang, wohin auch immer der führen mochte. Hauptsache, er war kein Sack.

Genau das war er aber. Nach nicht einmal fünfzig Schritten stand Martin vor einer Wand. Er blickte sich um. Die Verfolger hatten die Treppe noch nicht passiert, aber sie waren ihr näher als er. Ein Zurück gab es nicht.

Martin dachte kurz nach und kam zu dem Ergebnis, dass ihm nur noch ein Vaterunser blieb. Reumütig hob er den Blick gegen den unsichtbaren Himmel.

Über ihm befand sich ein Schacht, ähnlich einem Kaminabzug. Martin leuchtete mit der Fackel hinauf. Weiter oben waren Steigeisen in die Wand eingelassen. Allerdings erst ab einer Höhe, die Martin auch mit einem Sprung nicht erreichen konnte. Er würde bis zur ersten Sprosse an der felsigen Wand hinaufklettern müssen, aber das schien ihm machbar zu sein. Der Stein war nicht glatt, sondern voller Risse und Spalten. Blieb nur die Ungewissheit, was ihn oben erwartete. Was auch immer es war, es konnte nicht schlimmer sein als die zwei wutschnaubenden Recken, die ihm auf den Fersen waren.

Martin ließ die Fackel fallen, suchte und fand mit den Fingern Halt und zog sich hoch. Wie eine Eidechse klebte er an der Wand. Das erste Stück war beschwerlich, aber von dem Augenblick an, als er das unterste Eisen zu fassen bekam, war es ein Kinderspiel. In Windeseile gewann er an Höhe. Gerade rechtzeitig, denn die Verfolger trafen schon an der Sohle ein.

»Da ist der Kerl!«, brüllte Heinrich und zeigte nach oben.

»Ich werde mein Schwert hochschleudern«, rief Dietrich.

»Lasst den Blödsinn. Es fällt Euch nur auf den Kopf.«

»Dann steigen wir ihm nach. Los, verschränkt Eure Hände und helft mir hoch.«

»Spart Eure Kraft. Der Schacht ist eine Falle. Er kann oben nicht raus.«

»Endet er blind?«

»Das nicht. Es gibt einen Zugang von oben, aber der ist von außen verriegelt. Entweder er steigt wieder runter, oder er verhungert.«

Martin hörte zwar, dass die beiden miteinander sprachen, verstand aber nicht, was sie sagten. Sein Glück, denn sonst hätte ihn die Aussichtslosigkeit gelähmt.

»Wenn der Bursche zäh ist, kann es ein paar Tage dauern, bis er verreckt«, sagte Dietrich. »Ich schlage vor, einer von uns bleibt hier, und der andere geht hinauf. Dann nehmen wir ihn in die Zange.«

»Das könnte Aufsehen erregen. Der Schacht mündet in Irmgards Gemach.«

»Na und? Dürft Ihr das nicht betreten?«

»Ihre Kammerjungfer könnte anwesend sein.«

»Was soll's?«

»Sie ist von Bongards Tochter.«

Dietrich seufzte. »Habt Ihr eine bessere Idee?«

»Wir werden ihn ausräuchern«, sagte Heinrich. »Da vorn an der Treppe sind Hölzer gestapelt, mit denen der Gang zeitweilig abgestützt war.« Inzwischen hatte Martin das letzte Steigeisen erreicht. Einen kurzen schrecklichen Augenblick lang dachte er, es gebe überhaupt keinen Ausstieg, bis er die Wände abgetastet hatte und zu seiner Linken auf eine hölzerne Tür stieß. Sie war ziemlich niedrig. Bestenfalls der kleine Adolf hätte aufrecht durchgepasst.

Schlimmer war jedoch, dass die Tür verriegelt war. Und zwar von der anderen Seite. Martin drückte gegen das Holz. Es gab keinen Deut nach. Er warf einen Blick nach unten.

Noch immer hatte sich keiner der Verfolger an den Aufstieg gemacht. Was hatten die beiden vor? Wollten sie warten, bis er einschlief und runterfiel?

Auf einmal wurde es hell, und Martin verstand sofort, was sie da unten trieben. Sie hatten Holz gestapelt und in Brand gesteckt. Sie wollten ihn ausräuchern wie eine Krähe im Kamin. Mit dem kleinen Unterschied, dass er nicht wegfliegen konnte.

Die Flammen züngelten die Wände hoch, und im Nu war der Schacht voller Qualm. Martin erlitt einen ersten Hustenanfall.

Verdammt noch mal, er musste hier raus!

Die Enge des Schachts hatte einen einzigen Vorteil. Martin stemmte seine Schultern gegen die Tür und gleichzeitig die Füße gegen die gegenüberliegende Wand. So konnte er den größten Druck ausüben. Er presste und presste, dass ihm beinahe der Schädel platzte. Es war vergeblich. Genauso gut hätte er die Tür besprechen können. Sie knarrte nicht einmal.

Sein nächster Atemzug machte ihm klar, wie ausweglos seine Lage inzwischen war. Was er einsog, war kaum noch Luft. Er hustete und spuckte, dass ihm die Augen aus dem Kopf traten. Voller Verzweiflung schlug er nach hinten gegen die Tür. Er hämmerte und hämmerte, und mit jedem Schlag wurde er kraftloser.

Er wollte schreien. Aber wer hustet, kann nicht schreien. Er wollte noch einmal gegen die Tür schlagen. Aber wer erstickt, greift sich eher an die Kehle. Die Augen brannten und tränten. Langsam lösten sich seine Finger von dem obersten Eisen. Es war nur noch eine Frage von wenigen Herzschlägen, bis er abstürzen würde.

Zuerst wollte er nicht glauben, was ihn plötzlich traf. Eine Woge kam über ihn. Kühle, reine, nach Leben schmeckende Luft. Gleichzeitig wurde es hell. Einzelheiten vermochte Martin nicht zu erkennen, denn alle Umrisse verschwammen hinter den Tränen. Aber das war ihm gleichgültig, er wollte nur eins: atmen, atmen, atmen …

Arme packten ihn unter den Achseln und zogen ihn aus dem Schacht. Er selbst hätte dazu nicht mehr die Kraft gehabt. Keuchend sank er zu Boden und sog immer wieder Luft ein bis auf den Grund seiner Lungen.

Seinen Lebensretter sah Martin zunächst nur von hinten, als der die Kriechtür zum Schacht verriegelte und einen kleinen Schrank davor schob. Er trug einen dunklen weiten Umhang mit Kapuze, der Martin sofort an Johanna erinnerte.

Hatte etwa sie ihm das Leben gerettet? Das wäre ja wie im Märchen. Zumindest beinahe. Genauer gesagt anders herum, denn eigentlich muss ja der Prinz die Prinzessin retten.

Martins Lippen formten bereits ihren Namen, als sein Retter sich zu ihm umwandte. Es war tatsächlich eine Frau. Aber es war nicht Johanna. Die Frau war Camilla.

Rasch! Hier entlang!« Camilla huschte den Gang hinunter, lautlos und schnell wie ein erfahrenes Gespenst. Martin blieb nichts anderes übrig, als ihr nachzulaufen. So leise wie seine Retterin war er allerdings nicht. Hier und da ächzte eine Bohle unter seinen Sohlen. An der Treppe hatte er sie eingeholt.

»Was war das für ein Raum, in dem wir waren?«, fragte er. »Das Gemach der Gräfin?«

»Psst! Später. Wir verstecken uns am besten in Eurer Kammer.«

»Bei mir? Ja, aber –«

»Kommt!«

In Windeseile lief sie die Treppe hoch. Martin nahm zwei Stufen auf einmal und hatte trotzdem Mühe, ihr zu folgen. Oben angekommen steuerte Camilla ohne zu zögern seine Tür an, wartete dann allerdings, bis Martin sie ihr aufhielt. Die Läden standen offen, Schnee war hereingeweht. Kälter konnte es nur im Grab sein.

Ein wenig unbeholfen standen sie sich gegenüber. Wie zwei Fremde, die sich an einem Steg begegnen, der nur für einen breit genug ist. Martin spielte kurz mit dem Gedanken, Camilla den Hocker anzubieten, aber dann erschien er ihm zu schäbig. Außerdem wollten sie sich ja nur kurz verbergen und nicht häuslich niederlassen.

»Ich weiß gar nicht, wie ich Euch danken soll«, sagte Martin, als die Stille gar zu schwer wurde.

»Darüber macht Euch mal keine Gedanken.« Camilla klimperte mit den Wimpern. »Mir ist bisher noch immer etwas eingefallen.«

»Schön. Sagt mir Bescheid, wenn es so weit ist.«

»Wie wäre es, wenn Ihr zunächst einmal die Läden schließen würdet?«

»Die Fensterläden? Dann ist es hier drin stockfinster.«

»Das macht doch nichts.«

Martin zuckte die Achseln. »Wie Ihr meint.«

Er schloss die Läden und blieb am Fenster stehen, bis sich seine Augen an die Dunkelheit gewöhnt hatten. Dann sah er, dass Camilla ihren Umhang abgelegt und sich auf dem Bett niedergelassen hatte.

»Kommt her«, sagte sie und klopfte neben sich. »Hier ist noch Platz.«

Die Geschichte nahm eine Entwicklung, von der Martin nicht wusste, ob sie ihm recht war. Aber er wollte auch nicht unhöflich sein, schließlich verdankte er Camilla, dass er sich überhaupt noch solche Gedanken machen konnte.

Kaum saß er neben ihr, sank sie zurück.

»Legt Euch zu mir«, flüsterte sie, »und wärmt mich.«

Auch dagegen war wenig einzuwenden, es war wirklich lausekalt. Außerdem fühlte Martin sich als Bewohner der Kammer gewissermaßen verantwortlich für die Raumtemperatur. Wenn er daran schon nichts ändern konnte, war es geradezu ein Gebot der Höflichkeit, seiner Retterin Wärme zu spenden.

Also streckte Martin sich an Camillas Seite aus und umschlang sie. Eine ihrer kalten Hände spürte er im Nacken. Er fragte sich noch, wo die andere wohl sein mochte, als er plötzlich ihren Griff im Schritt spürte.

»Oh, oh«, sagte er und kniff die Beine zusammen. »Was ich Euch noch fragen wollte: Welch glücklicher Fügung hab ich es eigentlich zu verdanken, dass Ihr Euch gerade in jenem Zimmer aufhieltet? Das ist doch das Gemach der Gräfin, oder nicht?«

Camilla seufzte. Ihr Atem roch nach Zimt.

»Früher war ich ihre Kammerjungfer. So lange, bis diese – ach, lassen wir das. Nehmt es einfach als gottgegeben hin, dass ich noch immer Zutritt zu ihren Gemächern habe. Sollte Euch allerdings jemand danach fragen, seid verschwiegen. Habt Ihr verstanden?«

»Selbstverständlich. Sonst müsste ich ja auch zugeben, in dem Schacht gesteckt zu haben.«

Camilla kuschelte sich enger an ihn. »Feiern wir Eure Rettung.«

»Ich weiß nicht recht …«, murmelte Martin.

»Wie bitte?« In ihrer Stimme schwang nun ein bissiger, leicht keifender Unterton mit. »Ob es Euch passt oder nicht, Euch wird nicht viel anderes übrig bleiben. Heinrich wird die ganze Burg nach dem Flüchtigen absuchen lassen. Euer einziger Ausweg besteht darin, ihm glaubhaft zu machen, dass Ihr, seit Ihr die Tafel verlassen habt, hier bei mir liegt. Also zeigt gefälligst etwas mehr Einsatzwillen.«

»Wie könnt Ihr wissen, dass Heinrich mich nicht erkannt hat? Und woher wisst Ihr überhaupt, dass er es war, der hinter mir her war?«

»Köpfchen, mein Lieber. Hätte er Euch erkannt, hättet Ihr alles daran gesetzt, aus der Burg rauszukommen. Und zu Eurer zweiten Frage: Den Geheimgang kennen nur Heinrich, Irmgard und ich. Da ich nicht annehme, dass Irmgard Euch auf den Fersen war …«

»Ihr seid schlau«, sagte Martin. »Alle Ehre.«

»Besser, Ihr vergesst das nie. So, und nun küsst mich. Ich höre Schritte.«

Martin tat sein Bestes. Und prompt, obwohl er es eigentlich gar nicht wollte, durchlief seine Lenden ein Prickeln. Deswegen hatte er auch auf einmal nichts mehr gegen Camillas Handgriffe einzuwenden. Ganz im Gegenteil.

Plötzlich flog die Tür auf. Martin fuhr herum. Den Rahmen füllte eine Person aus, die eine Kerze in Händen hielt.

»Was fällt Euch ein«, schnauzte Martin. »Könnt Ihr nicht anklopfen?«

»I han net g'wusst, dass Ihr d'hoim seid«, ertönte es nur allzu bekannt. »Mr suchet nämlich 's Kloin-Adolfle. Ihr habt's net zufällig g'sehe?«

»Nein«, knurrte Martin. »Schließt die Tür. Aber von außen.«

»Isch recht.«

Bärbel trat zurück, und Martin sah, dass sie nicht allein war. Als er erkannte, wer neben ihr stand, war ihm, als werde er mit Eiswasser übergossen.

»Da bin i scho baff«, hörte Martin Bärbel sagen, während sie die Tür zuzog. »Oder hätscht du denkt, dass der Martin so a geils Böckle isch?«

Gnädigerweise fiel in dem Augenblick die Tür ins Schloss. So war nicht zu verstehen, was Johanna antwortete. Falls sie überhaupt etwas sagte.

*

Martin stand am offenen Fenster. Schneeflocken wehten ihm ins Gesicht, schmolzen und sammelten sich zu kleinen Rinnsalen, die ihm über den Hals liefen.

Am liebsten hätte er einfach in den Sack gehauen. Bündel schnüren, Nebukadnezar satteln und zurück zur Rausmühle. Zurück zu Einsamkeit und schlechtem Essen, aber auch zu Frieden und Freiheit. Denn was man ihm in den vergangenen Stunden zugemutet hatte, war mehr, als ein einzelner Mensch ertragen konnte. Und er konnte auch nicht glauben, dass seine Mutter ihm ein solches Schicksal gewünscht hatte. Sie hatte sicherlich andere Vorstellungen vom Leben im Dienste des Erzbischofs gehabt.

Nur, hatte er überhaupt noch die Wahl, davonzulaufen?

Da war Engelbert, der beschlossen hatte, ihm ohne Rücksicht auf Verluste Gutes zu tun. Er würde kaum zulassen, dass Martin sich einfach davonstahl. Schließlich stand er bei Maria von Hagen im Wort. Das würde er halten, zur Not auch mit Gewalt.

Dann war da Heinrich. Den hatte sich Martin dummerweise gleich bei der ersten Begegnung zum Feind gemacht. Zurück in der Mühle würde Martin seiner Rache schutzlos ausgeliefert sein. So unglaublich das war, aber hier auf Burg, keine paar Schritte von seinem Widersacher entfernt, schützte ihn Engelberts Hand. Draußen im Eifgental konnte der Erzbischof ihm nicht helfen.

Der Nächste war Dietrich von Kleve. Mit ihm als einem der Verschwörer hatte Martin endlich eine Spur, die ihn, wie er hoffte, zum Mörder des Müllers führen würde. Daraus würde aber nur etwas werden, wenn er sich nicht in den Wäldern verkroch, sondern auf Burg blieb. Hellwach und mit kühlem Kopf.

Johanna.

Mit aller Macht versuchte Martin zum wiederholten Mal, den Gedanken an sie zu verdrängen, aber diesmal half es nichts. Was war er nur für ein Esel! Musste er sich ausgerechnet von ihr mit Camilla erwischen lassen. Sie würde ihm doch für den Rest seiner Tage kein Wort mehr glauben.

Und Camilla? Sie hatte ihn in der Hand. Ein Wort von ihr, und Martin wäre geliefert. Da würde ihm auch seine Stellung als Günstling des Erzbischofs nichts mehr nützen. Nachdem Bärbel und Johanna ihnen den benötigten Unschuldsbeweis beschert hatten, hatte sich Camilla zwar widerspruchslos wegschicken lassen, gleichzeitig aber angedeutet, dass Martin ihr nicht so ohne weiteres davonkäme. Wie sollte er Johanna das bloß klar machen?

Vier Geschosse unter ihm stapfte Bodo von Bongard durch das Mitteltor und hinüber zu den Stallungen. Als Martin ihn sah, dachte er wieder an die Verschwörung, die Heinrich und Dietrich anzetteln wollten. Er würde Bodo davon unterrichten müssen, denn allein konnte er es nicht wagen, sich mit den beiden anzulegen. Bodo als Vertrauter des Erzbischofs würde sicher wissen, was zu tun war.

Und vielleicht ergäbe sich so die Gelegenheit, Johanna zu erklären, was wirklich vorgefallen war.

*

Bodo striegelte einen Rappen, der etwas Panisches im Blick hatte. Mit ruhigen, langsamen, aber kraftvollen Bewegungen strich er ihm über Kruppe und Flanke. Das Fell des Tieres glänzte wie nasser Schiefer. Ein segelohriger Stallbursche stand daneben, kaute auf einem Strohhalm herum und glotzte mit der Gelassenheit eines Stumpfsinnigen.

»So musst du das machen, Egelmer«, sagte Bodo. »Nicht zu wild und nie gegen den Strich.«

»Mach ich«, sagte Egelmer. »Bei allen Pferden so?«

»Bei allen Pferden so.«

Martin bemerkte, dass Bodo ein mehrfach geflicktes Gewand trug. Das eindeutig bessere hatte Helene ihm gegeben. So guckte der Hausmeister denn auch ein wenig wehmütig, als er Martin bemerkte. Den Striegel überließ er dem Segelohrigen.

»Ihr wollt Euch sicher Euer Pferd ansehen.« Bodo führte Martin einige Verschläge weiter. »Da, den Braunen habe ich für Euch ausgesucht.«

Der Braune hatte eine lange gelbliche Mähne, die ihn verwegen aussehen ließ. Martin tätschelte seinen Hals.

»Er hat Feuer und ist trotzdem gutmütig«, sagte Bodo. »Mit ihm werdet Ihr keine Schwierigkeiten haben. Soll ich ihn gleich satteln lassen?«

»Nein. Nein, danke.«

»Was ist mit Euch? Ihr wirkt so bedrückt. Macht Ihr Euch noch immer Sorgen wegen der Rauferei mit dem Grafen?«

»Das ist es nicht.« Martin blickte sich um. Abgesehen von Egelmer waren sie allein. »Ich muss mit Euch sprechen. Dringend und vertraulich.«

»Nur zu.«

»Kann uns hier jemand hören?«

»Eigentlich nicht. Aber wenn Ihr wollt, gehen wir nach draußen.«

»Könnten wir nicht zu Euch gehen?«

»Auch das.«

In Bodos Haus waren sie allerdings auch nicht ungestört. Die runzelige Zwergin wuselte herum, knetete Teig und formte daraus längliche Laibe. Dabei summte sie ein eintöniges Lied. Von Johanna war nichts zu sehen. Bodo bemerkte Martins Blick.

»Sie ist bei der Gräfin. Nachmittags hütet sie immer den kleinen Adolf. Besonders jetzt, da Irmgard ihr zweites Kind erwartet.«

»Das sieht man ihr gar nicht an. Irmgard meine ich.«

»Das war schon beim ersten Kind so. Morgen wird sie uns übrigens verlassen. Irmgard will das Kind auf Limburg zur Welt bringen. Das ist der Stammsitz ihres Schwiegervaters.«

»Und Heinrich?«

»Ich komme gerade von ihm. Er hat sich überraschend entschieden, sie zu begleiten. Ich vermute, ihn zieht es nach Luxemburg. Die Grafschaft zählt ebenfalls zum Besitz der Limburger, und aus ihr stehen Heinrich regelmäßige Einkünfte zu. Ihr seht, Ihr solltet Euch keine unnötigen Gedanken über ihn machen. Frühestens im Sommer werdet Ihr ihn wieder sehen. Bis dahin wird über so manches Gras gewachsen sein.«

»Davon hat Graf Engelbert mir nichts gesagt. Er meinte, Heinrich und Irmgard sollten meine höfische Ausbildung übernehmen.«

»Auch der Erzbischof ist nicht allwissend.« Bodo hielt Martin die Tür zum Nebenraum auf. »Tretet ein.«

Sie befanden sich in der Stube. Der Raum hatte einen Kamin, der sich den Abzug mit dem Küchenofen teilte. Obwohl nur ein sehr kleines Feuer brannte, war es angenehm warm. Das war den Wollteppichen zu verdanken, die alle vier Wände bedeckten. Zwei Truhen, ein Schrank, ein Tisch und vier Stühle vervollständigten die Ausstattung. Den von Bongards schien es nicht schlecht zu gehen.

Sie setzten sich, und Bodo griff nach dem Krug, der auf dem Tisch stand. »Wollt Ihr Wein?«

»Nein, danke.«

Sich selbst schenkte er großzügig ein und nahm einen kräftigen Schluck. »Nun erzählt, was Euch bedrückt.«

»Ich weiß gar nicht, wo ich anfangen soll«, sagte Martin. »Mir geht so vieles im Kopf herum.«

»Beginnt einfach irgendwo.«

»Eine Frage muss ich aber zunächst stellen.«

»Nur zu.«

»Im letzten Jahr, in den Tagen nach Erntedank, hat sich Dietrich von Kleve auf Burg aufgehalten. Könnt Ihr Euch erinnern, wer damals in seiner Begleitung war? Der Mann, nach dem ich frage, hat den Falben geritten.«

»Unseren Falben?«

Martin nickte.

Bodo war anzusehen, dass er gewissenhaft nachdachte. Leider ohne Ergebnis. »Zu der Zeit war ich selbst nicht hier. Im Herbst ist immer viel zu tun. Überall wird geschlachtet, und ich muss den Zins eintreiben. Aber ich erinnere mich, dass man mir berichtete, der Klever und auch andere seien zu Besuch gewesen. Wenn es Euch wichtig ist, ziehe ich genauere Erkundigungen ein.«

»Vermeidet nach Möglichkeit, mich zu erwähnen.«

»Das versteht sich. Aber nun sagt, was Ihr auf dem Herzen habt.«

Martin erzählte der Reihe nach. Wie er die Tafel verlassen hatte, um Heinrich und Dietrich zu suchen. Wie er mehr oder weniger unfreiwillig Zeuge ihrer Unterredung geworden war. Wie er die Geheimtür und die Gänge unter der Burg entdeckt hatte. Und was er über den versteckten Schatz und die geplante Verschwörung erfahren hatte. Lediglich Camillas Anteil an seiner Rettung ließ er weg.

Bodo hörte aufmerksam zu. Nicht einmal seinen Becher mit Wein rührte er an.

Als Martin seine Geschichte zu Ende gebracht hatte, hatte er den Eindruck, dass Bodo grinste. Wegen des gewaltigen Schnauzbarts ließ sich das aber nicht mit Bestimmtheit sagen.

»Donnerklotz!«, sagte Bodo. »Ihr also habt diesen Wirbel verursacht. Alles war in hellster Aufregung. Erst hieß es, ein Dieb hätte zwei Schinken aus der Vorratskammer entwendet. Dann ging das Gerücht um, der Gräfin sei mal wieder Schmuck gestohlen worden. Ich habe weder das eine noch das andere geglaubt.« Er lachte. »Jetzt verstehe ich auch, warum Heinrich die Wachen hat verdoppeln lassen.«

Da er sich weiter nicht äußerte, fragte Martin: »Ist das alles, was Ihr dazu zu sagen habt? Habt Ihr mich nicht verstanden? Der Erzbischof ist in Gefahr.«

»Nun mal langsam, mein Junge. Wenn ich Euch aufzählen sollte, wer alles allein in den letzten sechs Jahren, seit ich Hausmeister auf Burg bin, versucht hat, Graf Engelbert ans Leder zu gehen, säßen wir wahrscheinlich morgen Früh noch hier. Ein Mann in seiner Stellung hat zwangsläufig Feinde zuhauf. Dass Heinrich ihm nicht wohlgesinnt ist, ist dem Erzbischof seit langem bekannt.«

»Wieso eigentlich?«

»Nach dem Tod Adolf des Dritten, Engelberts älterem Bruder, hätte die Grafschaft Berg eigentlich an Irmgard fallen müssen. Dadurch hätte das Geschlecht der Limburger aber einen für den Geschmack des Erzbischofs zu großen Einfluss bekommen. Also hat er die Grafschaft selbst in Besitz genommen. Wenn Ihr mich fragt, eine sehr vernünftige Entscheidung.«

»Aber das war doch ein Bruch des Erbrechts.«

Bodo schüttelte den Kopf. »Was ist schon Recht? Das Schwert ist noch immer das beste Argument. Außerdem haben sich der Erzbischof und die von Limburg schon früher befehdet. Da ging es um eigenmächtigen Burgenbau und Ähnliches. Auch mit dem Grafen von Kleve hadert der Erzbischof seit bald zehn Jahren. Es wird zwar immer wieder ein Vergleich oder Frieden geschlossen, aber unterschwellig gärt es weiter. Bis zum nächsten Knall.«

»Dann glaubt Ihr also, Graf Engelbert weiß von der geplanten Verschwörung?«

»Selbst wenn er die neuesten Begebenheiten nicht kennt, so weiß er doch, was er von den beiden zu erwarten hat, und ist entsprechend auf der Hut. Trotzdem werde ich ihm bei unserem nächsten Zusammentreffen mitteilen, was Ihr in Erfahrung gebracht habt.« Bodo kniff die Augen zusammen. »Gänzlich neu ist mir hingegen die Geschichte von dem Geheimgang und den fünfhundert Denaren. Ich bin nicht einmal sicher, ob der Erzbischof davon weiß.«

Beide machten sich schweigend ihre Gedanken. Die einzigen Geräusche kamen aus der Küche, wo die Kleinwüchsige Brot buk.

»Eins habe ich aber nicht verstanden«, sagte Bodo nach einer Weile. »Wieso seid Ihr den beiden überhaupt nachgegangen?«

Mit der Frage hatte Martin schon die ganze Zeit gerechnet.

»Mir wäre es recht, Ihr würdet nicht auf einer Antwort bestehen.«

Bodos Stirn legte sich zwar in Falten, aber er gab sich damit zufrieden. »Ihr werdet Eure Gründe haben. Übrigens – morgen bei Sonnenaufgang beginnen wir mit Reiten und Schwertkampf.«

»Schon?«

»Ein Tag Ruhe muss reichen.«

»Schöne Ruhe.«

Bodo stand auf. »Und jetzt müsst Ihr mich entschuldigen. Es ist noch allerlei vorzubereiten für die Abreise des hochwohlgeborenen Paars. Auch Johannas Sachen wollen gepackt sein.«

Martins Mund war auf einmal trocken, als hätte er einen Klumpen Mürbeteig verspeist. »Geht sie etwa mit nach Limburg?«

»Hatte ich das eben nicht erwähnt? Heute Vormittag wollte sie noch bleiben, aber eben, kurz bevor Ihr kamt, hat sie mir mitgeteilt, sie begleite Irmgard doch. Verstehe einer die Frauen.« Bodo zwinkerte. »Ich kann Euch nur raten: Haltet Euch die Weibsbilder so lange wie möglich vom Hals. Das Leben ist so schon schwierig genug.«

Den Eindruck hatte Martin auch.

Der Kardinal wartete auf dem Dach des Lateran. Eingehüllt in einen wollenen Mantel mit Kapuze und zusätzlich geschützt durch eine Decke, hatte er es sich auf einem der Langstühle bequem gemacht. Das halbstündige Dampfbad im palasteigenen Badehaus mit anschließendem Tauchgang im Eiswasserbecken hatte seinen Blutfluss in Schwung gebracht. Jetzt ruhte er, genoss die kalte, klare Abendluft und lauschte seinem langsam ruhiger werdenden Herzschlag.

Da die Dachterrasse von einer hüfthohen Mauer eingefasst wurde, war von der Stadt nichts zu sehen. Aber Hugolinus kannte sein Rom gut genug, um bei Bedarf jedes bedeutsame Gebäude, jeden Platz und jede Straße vor seinem inneren Auge erscheinen zu lassen.

An diesem Abend machte er im Geist einen Spaziergang durch das Rom der Antike; er durchwandelte die Stadt, wie sie zur Kaiserzeit ausgesehen hatte, mit unversehrten Prachtbauten. Nach einem ausgiebigen Besuch der Traiansthermen umrundete er das Colosseum und folgte der Via Sacra. Vorbei an der Basilica Constantini, am Friedenstempel mit der angegliederten Bibliothek und dem Tempel des Romulus kam er zum Forum Romanum, wo er unter seinen Füßen deutlich das Rauschen der Cloaca Maxima spürte. Dann wandte er sich nach links und ging an der Basilica Julia vorbei den Vicus Jugarius entlang, passierte das Capitol und gelangte so an die Gestaden des Tiber.

Der Bilderfluss aus der Vergangenheit wurde abgelöst von Visionen. Die verlorene Pracht der ehemaligen Weltreichhauptstadt würde wieder erstehen, diesmal jedoch christlich geprägt. Hugolinus hatte ganz klare Vorstellungen, wie ›sein‹ Rom der Zukunft aussehen würde. Von dem Tag, an dem er den Platz des greisen Honorius einnähme, würde er die Stadt nach seinen Plänen umgestalten lassen. Er würde Rom wieder zu seiner ihm zustehenden Macht und Größe verhelfen.

Meine Güte, dachte er, gerade mal dreißigtausend Menschen leben innerhalb der Mauern Roms. Dabei böte die Stadt Platz für die vielfache Menge.

Rom hatte wahrlich Besseres verdient. Die ewige Stadt war das Zentrum des christlichen Glaubens und damit der Mittelpunkt der Welt. Gemäß diesem Anspruch und dieser Bedeutung hatte sie sich auch zu geben. Da zählte kein Glanz vergangener Tage, zumal dieser stumpf und von Patina überzogen war.

Du tust wieder den zweiten Schritt vor dem ersten, ermahnte der Kardinal sich selbst. Zunächst einmal galt es, Vorsorge zu treffen, dass wirklich er und kein anderer zum kommenden Papst gewählt werden würde. Bisher war es ihm gelungen, alle möglichen Gegenspieler aus dem Weg zu räumen, sei es durch Verleumdung, sei es durch Versetzung auf ferne, unbedeutende Stellen, einmal sogar durch einen Unfall. Schließlich musste täglich mit dem Ableben des Amtsinhabers gerechnet werden. Hugolinus befand sich in einem Zustand pausenloser Bereitschaft. Und das zehrte.

Ausgerechnet jetzt kam ihm die Geschichte in die Quere, die dieser Faustus ausgegraben hatte. Sollte etwas davon ruchbar werden, könnte er seine Aufstiegspläne zu den Akten legen. Niemand würde dann noch für ihn stimmen. Mit dem anderen bekäme er einen Widersacher, dem er nicht gewachsen wäre.

»Ich muss ihn finden, ich muss ihn zuerst finden.« Hugolinus krallte seine Finger derart in die Armlehnen des Langstuhls, dass Blut unter den Nägeln hervorquoll.

Nachdem er seine Hände gesäubert hatte, wandte er sich an den Gardisten, der den Abgang von der Terrasse sicherte. »Hat Adrian sich bereits gemeldet?«

Bevor der Mann antworten konnte, schoss eine Gestalt an ihm vorbei. Der Ankömmling war gekleidet wie ein Fürst aus einer fernen Zeit.

»Hier bin ich, Eminenz«, rief Adrian ein wenig atemlos. »Wie immer zu Euren Diensten.«

*

Adrians Umhang war im Grunde sehr schlicht. Bis auf einen Stehkragen war er herkömmlich geschnitten und dunkelblau gefärbt. Ein wahrer Blickfang aber waren die Hunderte, vielleicht sogar Tausende aufgenähter Perlmuttscheibchen. Jede Bewegung des Trägers hatte ein glitzerndes Wogen zur Folge, das aus dem Kleidungsstück einen Ozean voller Edelsteine werden ließ.

»Gebt Ihr eigentlich Euer gesamtes Geld für Gewänder aus?«, fragte der Kardinal.

Adrian wertete das als Bewunderung, vielleicht sogar Neid. »Zumindest einen nicht unerheblichen Teil. Ich liebe die Abwechslung. Darf ich?«

»Sicher, nehmt Platz.« Hugolinus wies auf den Stuhl zu seiner Rechten. »Euer nächstes Gewand wird allerdings etwas schlichter ausfallen, fürchte ich. Die Frau, mit der Ihr Euch vor zwei Nächten zu vergnügen beliebtet, ist gestorben. Ich werde sie von Eurem Lohn abziehen.«

»Ihr könnt aber auch kleinlich sein, Eminenz. Hattet Ihr damit nicht gerechnet? Ihr kennt doch meine Spielchen.«

»Was Ihr in Euren eigenen vier Wänden treibt, ist mir gleichgültig. Aber als Gast des päpstlichen Palastes habt Ihr Euch an gewisse Spielregeln zu halten. Und die schließen solche unglaublichen Schweinereien nun einmal aus.«

Adrian grinste und machte gleichzeitig ein unverständliches Zeichen mit den Fingern. »Ich gelobe Besserung, Eminenz.« Da der Kardinal weiter bockig schwieg, sprach er weiter. »Wieso sitzt Ihr eigentlich mitten im Winter auf dem Dach? Ist Euch nicht zu kalt?«

»Hier lässt es sich vorzüglich nachdenken.«

»Hättet Ihr etwas dagegen, wenn wir hinuntergingen? Ich friere wie ein geschorenes Schaf.«

»Das ist Euer Problem.« Hugolinus genoss seinen kleinen Triumph. »Wie kommt Ihr voran?«

Adrian ärgerte sich, dass er sich diese Blöße gegeben hatte. Betont gelassen legte er deshalb die Füße hoch. »Ich hatte ein sehr ausführliches Gespräch mit Antonius Calabresis, dem Leiter des Archivs. Gemeinsam haben wir überlegt, wie wir Euren höchst widersprüchlichen Vorgaben Rechnung tragen können: schnellstmöglich ein Ergebnis zu liefern und dennoch lückenlos zu arbeiten. Ich denke, wir haben eine annehmbare Lösung gefunden.«

»Ihr habt Calabresis doch hoffentlich nicht eingeweiht?«

»Nur so weit unumgänglich. Die wahren Hintergründe kennt er nicht.«

»Nehmt Euch vor ihm in Acht. Er ist schlau.«

»Das habe ich während unseres Gesprächs gemerkt.«

»Wie wollt Ihr vorgehen?«

»Calabresis schlug vor, mit den Schriften des Josephus Flavius zu beginnen. Wir werden ein halbes Dutzend des Griechischen mächtige Historiker an die Werke setzen. Ich denke, dass sie in drei bis vier Tagen brauchbare Ereignisse liefern können. Eine zweite Gruppe wird die Durchsicht der Zensuslisten vornehmen. Von dieser zweisträngigen Vorgehensweise versprechen wir uns den größten Erfolg.«

»Das gefällt mir nicht«, brummte Hugolinus. »Das gefällt mir ganz und gar nicht. – Zunächst einmal könnt Ihr Euch die Arbeit an den Zensuslisten sparen. In ihnen wurden lediglich römische Vollbürger zum Zwecke der Besteuerung berücksichtigt. Die Bürger der Provinzen wurden von den jeweiligen Präfekten pauschal besteuert. Listen von Bürgern gab es nur in Provinzen mit kommunaler Selbstverwaltung. Das war aber in Judäa nicht der Fall.« Der Kardinal machte eine abfällige Geste. »Das alles sind doch Fakten, die Calabresis bekannt sein müssten. Ist er inzwischen dermaßen verkalkt, dass er das vergessen hat?«

»Eure Belesenheit ist eben unvergleichlich«, sagte Adrian.

Inzwischen war es zu dunkel, um zu erkennen, ob er dabei grinste. Selbst wenn, Hugolinus wäre es wahrscheinlich gleichgültig gewesen.

»Nein, nein«, fuhr der Kardinal fort. »So geht das nicht. – Da fällt mir etwas ein: Um jene Zeit herum muss es eine Volkszählung gegeben haben, die das gesamte Reichsgebiet umfasste. Wenn ich mich recht entsinne, unter Vespasian. Da könnte man ansetzen. Bei jener Volkszählung wurden sämtliche Einwohner erfasst. Auch die ohne römisches Bürgerrecht.«

»Seid Ihr sicher, dass diese Unterlagen hier archiviert sind?«

»Wenn nicht hier, wo sonst? Calabresis sollte wissen, wo sie lagern. Sofern ihm das nicht auch entfallen ist.« Der Kardinal schnaubte. »Außerdem sind mir zu viele Leute darin verwickelt. Ein halbes Dutzend hier, ein halbes Dutzend da, das wächst rasch ins Unermessliche. Nicht umsonst habe ich Euch rufen lassen. Mir wäre lieb, Ihr würdet das allein erledigen.«

War das leises Zähneklappern, was da aus dem Nebenstuhl zu vernehmen war? Da Adrian völlig furchtlos war, fror er jetzt anscheinend richtig. Am liebsten hätte sich Hugolinus auf die Schenkel geklopft.

»Wie stellt Ihr Euch das vor?« Jetzt sprach Adrian auch noch schneller. Ein typisches Anzeichen. Hinzu kam ein leichtes Vibrieren seiner Stimme. »Ihr habt mich einmal als meisterhaften Geist bezeichnet. Das mag zutreffen, aber auch ein solcher hat seine Grenzen. Sollte ich all diese Texte allein durcharbeiten, dürft Ihr getrost ein bis zwei Monate ansetzen, bis ich Euch ein brauchbares Ergebnis vorlegen kann. Zumal Griechisch nicht gerade zu meinen Stärken gehört.«

»Das wäre entschieden zu lang. Eine, maximal zwei Wochen kann ich Euch zugestehen. Und auch das nur ungern.«

»Dann kommen wir nicht umhin, diese Leute einzusetzen. Zumindest die Hälfte von ihnen. Wenn es Euch beruhigt, beseitige ich sie nach Abschluss ihrer Arbeit.«

»Darüber sprechen wir noch.« Der Kopf des Kardinals ruckte herum. »Womit wir bei einem anderen Punkt wären. Der Befehlshaber der Päpstlichen Wache hat mir bei seinem allabendlichen Bericht mitgeteilt, dass heute Früh im Stadtgebiet vier Leichen gefunden wurden. Alle Opfer wurden erdrosselt und vermutlich beraubt. Eines davon ist unser Freund Faustus. Der zweite ist ein Betrüger namens Carlo, nach dem schon seit langem gesucht wird. Habt Ihr eine Vorstellung, wer die beiden anderen sein könnten?«

Adrian wollte mit den Schultern zucken, aber heraus kam etwas, das wie ein Anfall von Schüttellähmung aussah. »Sie sind mir unbekannt, genau wie dieser Carlo. Bei den dreien handelt es sich um Zechbrüder unseres Mönches. Zunächst hatte ich mich nur um ihn gekümmert. Gewissermaßen den Schlüssel weggeworfen, wie Ihr es gewünscht hattet. Dann befürchtete ich aber doch, unser Freund könnte geplaudert haben. Als ich den vieren folgte, waren sie in sehr ausgelassener Stimmung. Also habe ich mich sicherheitshalber auch noch der anderen angenommen.«

»Ihr hättet sie nur nicht herumliegen lassen dürfen.« Der Tadel in der Stimme des Kardinals war unüberhörbar. »Ab in den Tiber mit ihnen oder sonst wohin. In der Stadt geht sonst sofort wieder Furcht vor einem tollen Raubmörder um, wie wir ihn vor einigen Jahren einmal hatten. Ich bin also gezwungen, dem Volk einen Schuldigen zu liefern. Jede Unruhe spielt nur Parentius in die Hand.«

»Stänkert er schon wieder?«

»Nicht zu knapp.«

»Wie wäre es mit Eurem Sekretär?«

»Wie?«

»Als Mörder. Dann seid Ihr ihn quitt.«

Es dauerte noch einen Augenblick, bis Hugolinus endlich verstand. Dann lachte er aus ganzem Herzen.

»Wunderbar, wunderbar«, rief er, stand auf und wischte sich die Tränen ab. »Aber nein, so leid bin ich ihn doch noch nicht. Aber Ihr dürft ihm gern diesen Vorschlag unterbreiten. Natürlich nur in meinem Beisein, damit ich sein Gesicht sehen kann. Einfach wunderbar.«

Hugolinus' Lachen war noch zu hören, als er die Terrasse

bereits verlassen hatte. Adrian blieb liegen, obwohl seine Gliedmaßen vor Kälte bereits steif waren. Hatte er es letztendlich doch länger ausgehalten als der Kardinal.

Nur ein beschissener kleiner Sieg. Aber auch der zählte.

Martin rieb den Braunen gründlich ab und führte ihn in seinen Verschlag. Anschließend stattete er Nebukadnezar einen Besuch ab.

Der hatte Gesellschaft in Gestalt eines mausgrauen Esels bekommen. Kaum erblickte das Maultier seinen Herrn, schnaubte es.

Martin gab beiden eine Hand voll Hafer und klopfte ihnen den Hals. Der Esel staubte wie ein Stoppelfeld bei Sturm. Um der Wolke zu entgehen, machte Martin einen Schritt nach hinten und wäre dabei beinahe über ein Paar Beine gestolpert, das aus dem Stroh ragte.

Die Füße waren unbestrumpft und steckten in Sandalen. Die Waden waren kurz und knödelig und mit schwarzen Borsten gespickt. Weiter oben verschwanden die Beine unter einer Kutte aus ungebleichter Schafwolle. Der Rest des Leibes lag unsichtbar im Schatten der Stallwand.

»Was guckt Ihr so?«, knurrte es aus dem Dunkeln. »Habt Ihr noch nie Mönchshaxen gesehen?«

»Ihr seid gekleidet, als sei Sommer«, sagte Martin. »Ist Euch nicht kalt?«

»Wer den rechten Glauben hat, friert nicht. Sagt unser Abt.«

»Demnach müsste ich der König der Heiden sein.«

Der Mönch setzte sich auf. Aus dem Schatten löste sich ein kantiger Schädel, üppig bewachsen von struppigem Haar und einem krausen Vollbart. Alle Haare waren feuerrot. Wegen der Tonsur wirkte die Frisur wie ein schlampig gebautes Vogelnest. Aus dem Gesicht ragte ein blau geäderter Zinken, ein Paar listige Äuglein rundete die Erscheinung ab. Der Mann sah aus wie ein Kobold.

»Dafür seid Ihr zu jung«, sagte der Mönch. »Aber Ihr könntet der Sohn des Königs sein.«

»Weder noch. Ich bin Martin, vormals Müllergehilfe und nunmehr angehender Knappe.«

Der Ordensbruder streckte seine Hand aus. Martin ergriff sie und zog ihn auf die Beine. Der kauzige Kerl hatte auch die Körpergröße eines Kobolds.

»Das trifft sich gut. Ich bin Eberhard, Fra des Klosters Altenberg und auserwählt, Euch zu unterrichten.«

»Ihr seid mein Lehrer?«

»Passt Euch das nicht?«

»Ich bin nur überrascht.«

»Weil ich ein Zwerg bin?«

»Nein. Aber was liegt Ihr hier im Stroh? Hättet Ihr Euch in der Burg gemeldet, hätte man Euch eine Kammer zugewiesen.«

Eberhard klaubte einen Strohhalm aus seinem Schopf.

»Ich war am Tor«, sagte er. »Die Wachen haben mich in die Küche geschickt. Dort hat man mir einen Kanten Brot in die Hand gedrückt und mir gesagt, ich solle mich erst wieder melden, wenn der Limburger abgereist ist. Vorher habe man keine Zeit, sich um mich zu kümmern.«

»Wer hat das gesagt?«

»Eine große, rotgesichtige Frau, die spricht, als käme sie aus einer anderen Welt.«

»Das ist Bärbel. Hat sie denn auch gesagt, wann Heinrich abzureisen gedenkt?«

»Gegen Mittag. Ich wollte mir die Zeit bis dahin eigentlich mit Dösen und Denken vertreiben. Aber da wir uns getroffen haben, können wir auch gleich mit dem Unterricht beginnen.«

»Gemach, gemach«, sagte Martin. »Für heute habe ich genug geleistet.«

»Es ist noch nicht einmal Mittag, und da wollt Ihr bereits ein Tagewerk vollbracht haben? Ihr scherzt!«

»Kurz nach Sonnenaufgang ging es mit Schwertkampf los. Die Dinger sind schwer wie Baumstämme, sage ich Euch. Wenn Ihr wüsstet, wie meine Arme und Schultern schmerzen. Außerdem habe ich am ganzen Körper blaue Flecken. Überall da, wo mein Lehrmeister mich getroffen hat.«

»Wer unterrichtet Euch? Bodo von Bongard?«

Martin bejahte. »Kennt Ihr ihn?«

»Ein guter Mann. Er hat doch bestimmt nur mit der flachen Klinge zugeschlagen.«

»Sicher, aber es hat mir auch so gereicht.« Martin rieb sich den Arm. »Das tut weh wie Prügel mit einem Knüppel. Danach war Reiten an der Reihe. Bis eben. Ohne Pause. Und jetzt wollt Ihr mich auch noch quälen.«

»Wieso quälen? Geistige Betätigung kann erfrischend sein.«

»Lesen und Schreiben, wie? Das ist doch was für Weiber.«

»Ihr solltet ein wenig darauf Acht geben, was Ihr sagt«, sagte Eberhard. »Sehe ich etwa aus wie ein Weib?«

»Natürlich nicht. Also für Weiber und Mönche.«

»Und Könige und Kardinäle und Kaufleute und und und. Eigentlich für alle, deren Kopf größer ist als ihr Magen.«

»Pah!«

Eberhard blickte sich um, entdeckte eine Leiter und kletterte flink wie ein Eichhörnchen auf den Heuschober. Kaum war er oben, kamen auch schon zwei Ballen heruntergeflogen.

»Schiebt sie hintereinander«, sagte er, während er runterstieg. »Dann macht den Oberkörper frei und legt Euch bäuchlings auf die Ballen.«

Martin machte ein verdutztes Gesicht. »Was habt Ihr vor?«

»Lasst Euch überraschen.«

Kopfschüttelnd zog Martin das Gewand über den Kopf und streckte sich aus. Er lag noch nicht ganz, als ein Wirbel von Handkantenschlägen auf seinen Rücken niederprasselte. Die Wirbelsäule entlang, vom Genick bis runter zum Gesäß.

»Was macht Ihr da?« Martin bäumte sich auf. »Wollt Ihr mich in Stücke schlagen?«

»Seid still und entspannt Euch«, sagte Eberhard und drückte seinen Schüler zurück auf den Ballen. »Schließt die Augen und denkt an was Schönes.«

Eberhard begann, Martins Nacken zu kneten. Kräftig griff der kleine Mönch zu, zupfte und walkte die verspannte Muskulatur, bis sie geschmeidig wurde. Dann bearbeitete er die Schultern und schließlich den Rücken. Martin wurde von einer wohltuenden Schläfrigkeit heimgesucht.

Nur wenn die Finger des Mönchs einen Knoten ertasteten und diesen mit druckvollen kreisenden Bewegungen auflösten, quiekte er kurz auf. Gleich anschließend räkelte er sich aber wieder mit der Behaglichkeit eines gekraulten Katers. Keine Frage, Eberhard hatte heilende Hände.

»Das war's!«

Ein Klatsch mit der flachen Hand ließ Martin hochschrecken. Er war doch tatsächlich eingenickt.

»Nun, wie fühlt Ihr Euch?«, fragte Eberhard.

Martin stand auf und dehnte und streckte sich in alle Richtungen. Nirgendwo zerrte und zwickte es mehr.

»Wie neu geboren«, sagte er. »Wo habt Ihr das gelernt?«

»Ich habe den Körper des Menschen studiert.« Aus Eberhards Mund klang das so selbstverständlich, wie andere Leute über das Sammeln von Bucheckern reden. »Dabei habe ich gelernt, dass sich überanstrengte Muskeln verhärten. Um sie wieder zu lockern, muss man sie weich kneten.«

»So etwas geht in Ordnung«, sagte Martin und kleidete sich wieder an. »Das hat nichts mit Lesen und Schreiben zu tun.«

»Lesen und Schreiben allein sind natürlich nicht alles. Aber sie sind unerlässliche Hilfsmittel. Zum Beispiel wenn Ihr verstehen wollt, welche Gedanken sich Hidalgo del Forestier über den menschlichen Körper gemacht hat.«

»Ich könnte doch auch zu ihm hinreiten und mit ihm reden.«

Eberhard verdrehte die Augen. »Er ist seit fünfzig Jahren tot.«

»Oh!« Martin kniff sich ins Ohrläppchen. Eine Geste, die er gern machte, wenn er verlegen war. »War er ein berühmter Arzt?«

»Er war Mönch in Morimond.«

»Muss man den Ort kennen?«

»Als Altenberger bleibt einem nicht viel anderes übrig. Morimond ist unser Stammkloster. Es liegt im Quellgebiet der Maas.«

Eberhard erkannte an Martins Gesichtsausdruck, dass es eines Zusatzes bedurfte. »Die Maas ist ein großer Fluss, der in Frankreich entspringt. Später fließt er in den Rhein.«

»Ihr wisst eine Menge«, sagte Martin und legte seinen Gürtel an. »Es steht außer Frage, dass ich das bewundere. Aber sagt selbst, was nützt Euch all Euer Wissen, wenn Euch zwei bewaffnete Räuber im Wald auflauern? Ich glaube kaum, dass die sich vom Aufsagen französischer Flussnamen beeindrucken lassen. In so einer Lage ist das Schwert gefordert.«

»Oder der Kopf«, sagte Eberhard.

»Ihr sprecht in Rätseln.«

»Keineswegs. Mein Kopf hat mir schon oft geholfen, körperlich überlegene Gegner zu bezwingen.«

»Indem Ihr sie wie ein Bock gerammt habt?«

»Deshalb nennt man mich auch Bruder Eisenschädel«, sagte Eberhard und grinste. »Spaß beiseite. Ihr habt natürlich Recht. In dem genannten Fall muss man ohne zu zögern handeln. Wenn man dann erst anfangen würde zu denken, wäre man verloren. Das muss vorher erledigt sein. Und was man sich ausgedacht hat, muss man natürlich auch üben.«

»Ich bin weiter ganz Ohr.«

Eberhard setzte sich auf einen der Ballen und ließ die Beine baumeln. »Was glaubt Ihr, welche Aussichten ich mit meiner Körpergröße bei einem herkömmlich geführten Kampf hätte? Damit meine ich einen Ringkampf, einen Faustkampf oder eine Auseinandersetzung mit Schlagwaffen.«

»Ich will nicht unhöflich sein«, sagte Martin. »Ihr habt mich immerhin von meinem verspannten Rücken erlöst. Aber …«

»Keine Scheu.«

»Ich sage mal – geringe.«

»Ihr hättet ruhig keine sagen können. In Kraft und Reichweite bin ich jedem Gegner, der älter als zwölf Jahre ist, unterlegen. Daher hab ich mir einen Kampfstil ausgedacht, der das ausgleicht. Der eben nicht auf den üblichen Voraussetzungen fußt, sondern bei dem ich meine ganz persönlichen Begabungen zum Einsatz bringen kann. Ein schnelles Auge, eine sichere Hand und meine Kenntnisse über Massenkräfte.«

Langsam spürte Martin Wut auf den koboldigen Mann aufsteigen. Wieder einmal blieb ihm nichts anderes, als verständnislos zu gucken.

»Massenkräfte?«

Eberhard nickte anerkennend, als hätte Martin bereits dadurch, dass er das Wort fehlerfrei aussprach, etwas verstanden.

»Ich gebe Euch ein Beispiel: Was tut Ihr, wenn jemand nach Euch schlägt?«

»Was schon? Ich blocke den Schlag ab.«

»Seht Ihr, genau das meine ich. Ihr haltet dagegen. Ihr setzt Kraft ein, um Kraft abzuwehren. Ich mache das nicht.«

»Dann trifft er Euch doch.«

»Nicht, wenn ich ausweiche.«

»Ihr könnt doch nicht immer nur ausweichen. Ein, zwei Mal mag Euch das gelingen. Beim dritten Mal ist der Gegner darauf gefasst und erwischt Euch doch.«

Eberhard verneinte mit wackelndem Zeigefinger. »Irrtum. In der Regel gibt es keinen zweiten oder dritten Angriff. Ich mache mir gleich beim ersten Mal den gegnerischen Schwung zu Nutze, indem ich ihn sogar noch verstärke. Damit rechnen Angreifer am allerwenigsten. Und schon liegen sie auf der Erde, wo ich sie blitzschnell unschädlich machen kann. – Ihr guckt, als hieltet Ihr mich für einen Aufschneider.«

»Mit Verlaub, was Ihr sagt, klingt sehr unwahrscheinlich.«

»Das liegt daran, dass Ihr es Euch nicht vorzustellen vermögt. Ihr leidet an mangelnder Vorstellungskraft, an geistiger Unbeweglichkeit.«

»Warum beleidigt Ihr mich? Vielleicht liegt es auch daran, dass Ihr es nicht vernünftig vermitteln könnt.«

Eberhard sprang so ansatzlos auf, wie der Korken aus dem Flaschenhals ploppt, sobald der Most die Gärreife erreicht hat.

»Da hilft nur ein Exemplum«, rief er und zeigte zur Stallwand, an der die Geräte lehnten. »Schnappt Euch die Mistforke und folgt mir.«

Sie verließen die Stallungen. Eberhard schritt voran zu der jetzt kahlen Linde, die neben der Freitreppe stand. Zwar war auch dort die Schneedecke festgetrampelt, aber wenigstens nicht von Pferdeäpfeln verschmutzt.

»Ich stelle mich hierhin, und Ihr nehmt dort drüben Aufstellung«, sagte der kleine Mönch. »Seid Ihr bereit? – Gut, dann greift an.«

»Ihr wollt doch nicht ernsthaft, dass ich Euch mit der Forke angreife?«

»Und ob. Ihr könnt sie wie einen Spieß oder Knüppel benutzen oder wie ein Schwert führen. Ganz gleich. Ich warte.«

»Das mache ich nicht«, sagte Martin. »Das wäre ungerecht. Ihr seid nur halb so groß wie ich und unbewaffnet.«

In dem Augenblick erscholl ein Ruf. Eine der Wachen am Mitteltor hatte ihn ausgestoßen. Um was es ging, konnte Martin nicht verstehen, aber da die beiden Männer Haltung annahmen, musste es sich um etwas Wichtiges handeln.

Vier Reiter in voller Rüstung sprengten heraus, gefolgt von einem einzelnen Mann auf einem Rappen. Heinrich mit Helm und Harnisch und umspielt von seiner kläffenden Hundemeute. Dann kamen zwei Wagen. Der erste war ein schwerer einachsiger hoch beladener Karren mit Vollscheibenrädern, der von einem Ochsengespann gezogen wurde. In seinem Windschatten rollte ein vierrädriger Prachtwagen mit einer weinroten Plane und kunstvoll bemalten Ladewänden. Den Abschluss des Zuges bildeten noch einmal vier bewaffnete Reiter. Der Auszug der Kinder Limburg aus Burg, schoss es Martin durch den Kopf.

»Wollt Ihr, dass ich auf der Stelle anfriere, damit Ihr leichteres Spiel habt?«, rief Eberhard. »Oder ist da jemand, dem Ihr gern winken würdet?«

Johanna und Irmgard saßen bestimmt auf dem prächtigen Planwagen. Für ein Wort war es jedenfalls zu spät. Also konnte Martin auch den Kobold verdreschen.

Er hob die Forke über den Kopf und schritt auf Eberhard

zu. Hätte er ein Schwert in der Hand, wäre der kleine Mönch in wenigen Augenblicken halbiert, von oben bis unten gespalten. So aber würden ihm nur die Zinken auf den Kopf knallen. Die Beule würde dem Kerl eine Lehre sein, derart große Töne zu spucken.

Martin schlug zu. Im allerletzten Augenblick wich Eberhard aus, drehte sich um, packte Martins rechten Arm und zog daran. Martin flog im Bogen über den Kobold hinweg und landete rücklings im Schnee. Bevor er überhaupt wusste, wie ihm geschah, war Eberhard über ihm und deutete einen Faustschlag auf seinen Kehlkopf an.

»Versteht Ihr nun, was ich mit einer Verstärkung des gegnerischen Schwungs meine?«

Martin hörte Eberhards Frage, und gleichzeitig vernahm er Gelächter. Er hob den Kopf.

Die Frauen hatten die Heckplane zurückgeschlagen. Martin erkannte Irmgard, Johanna und überraschenderweise Camilla. Dass auch sie mit nach Limburg reisen würde, hatte er nicht gewusst. Alle drei hatten offensichtlich ihren Spaß, weil er sich von einem Zwerg hatte aufs Kreuz legen lassen.

»Haut bloß ab, ihr blöden Weiber«, murmelte Martin. »Es gibt Wichtigeres als euch.«

Zum Beispiel, dachte er, mit dem Kopf kämpfen zu lernen.

»Tiefer! Noch tiefer! Ja, gut so.« Während die Handwerker die letzten Befestigungspunkte markierten, stieg Hugolinus vom Papstthron herab. Das Ding war wirklich eine Zumutung. Wenn seine Zeit gekommen war, würde er als Erstes eine neue Polsterung in Auftrag geben.

Ein dreifaches, betont langsames Händeklatschen veranlasste den Kardinal, sich umzudrehen. Im Schatten der Säule neben dem Mittelfenster stand ein Mann in einem braunen, mit einem weißen Strick gegürteten Habit. Ein Mönch, dessen Gesicht auf Grund der Lichtverhältnisse kaum zu erkennen war.

»Ihr macht Euch gut dort oben«, sagte der Mann. »Habt Ihr schon mal Maß genommen?«

Hugolinus kniff die Augen zusammen. Die Stimme kam ihm bekannt vor, aber ... Tatsächlich, der vermeintliche Bettelmönch war niemand anderes als Adrian. Keine vier Tage waren vergangen, seit sie sich zuletzt gesehen hatten, und beinahe hätte er ihn nicht wieder erkannt. Adrians Wangen waren eingefallen, und die Augen lagen tief in ihren Höhlen und waren zudem schwarzblau unterlaufen. Er sah völlig geschafft aus, als hätte er seit seiner Kindheit nicht mehr geschlafen. Dazu kam die ungewohnt schlichte Aufmachung.

»Von wegen«, sagte Hugolinus. »Seine Heiligkeit hat morgen einen mehrstündigen Empfang zu bewältigen. Damit ihm dabei nicht die ganze Zeit die Sonne ins Gesicht scheint, habe ich an den Fenstern Blenden anbringen lassen.«

»Ihr braucht Euch doch nicht zu rechtfertigen. Meine Bemerkung sollte ein Scherz sein.«

Da ihm auf die Schnelle keine passende Erwiderung einfallen wollte, wechselte der Kardinal das Thema. »Ihr seht abgespannt aus, alter Freund. Ich hoffe, das ist ein gutes Zeichen.«

»Ihr werdet gleich in zweifacher Hinsicht zufrieden sein, Eminenz. Zum einen, weil ich Euch ein Ergebnis präsentieren kann. Zum anderen, weil es ein Ergebnis nach Eurem Geschmack ist.«

»Aber nicht hier«, sagte Hugolinus mit Blick auf die

Handwerker und führte Adrian am Arm zu einer Tür in der Seitenwand. »Dort sind wir ungestört.«

In dem Raum, den sie betraten, bereitete sich normalerweise der Heilige Vater auf seine Auftritte im Thronsaal vor. Hier sammelte er noch einmal Kraft im Gebet, weswegen es auch einen kleinen, transportablen Altar gab. Es war derselbe, den Honorius mitnahm, wenn er auf Reisen ging oder mal wieder aus Rom fliehen musste. Ansonsten bestand die Einrichtung aus einer Liege, einer Truhe, einem Tisch und zwei Stühlen. Hugolinus ließ sich auf einem der Stühle nieder und bot Adrian den zweiten an.

Der schüttelte den Kopf. »Ich habe seit drei Tagen nicht geschlafen. Ich bin nur noch wach, weil ich es will. Würde ich mich setzen, schliefe ich sofort ein. Daher würde ich auch gern ohne Umschweife zur Sache kommen.«

»Dann soll mir Euer Wunsch ausnahmsweise einmal Befehl sein«, sagte Hugolinus. »Ich höre.«

Adrian wagte es nicht einmal, sich gegen die Wand zu lehnen. Vielmehr spazierte er langsam, aber stetig auf und ab, um sein Blut in Fluss zu halten.

»Um es vorauszuschicken: Es war ein gewaltiges Stück Arbeit«, begann er. »Ich habe in den vergangenen Tagen mehr gelesen als in meinem ganzen bisherigen Leben. In den nächsten Wochen werde ich kein Schriftstück mehr anfassen. Jedenfalls nicht freiwillig. Aber wenigstens hat es sich gelohnt. So bin ich nicht enttäuscht, sondern nur erschöpft.«

Adrian hielt kurz inne, berührte seine Nasenspitze mit dem Zeigefinger und nickte, als er seine Gedanken für die weiteren Ausführungen geordnet hatte.

»Unsere Suche war von Anfang an auf Aaron ausgerichtet, den Sohn des Getreidehändlers Samuel. Zunächst schien uns unerwartet schneller Erfolg beschieden. Gleich in der ersten Josephus-Handschrift, die ich überprüfte, tauchte ein Mann gleichen Namens wie der Gesuchte auf. Er war einer der Rädelsführer des jüdischen Aufstandes im Jahr 69 in Joppe, also Jaffa. Bedauerlicherweise handelte es sich bei dem Mann um einen der Wenigen, die Josephus ohne Vatersnamen angab. Wir waren also gezwungen, die Volkszählungsunterlagen nach Angaben zu seiner Abstammung zu durchforsten. – Ihr lagt mit Eurer Vermutung übrigens völlig richtig: Die Zählung fand im Jahr 74 des Herrn unter Kaiser Vespasian statt. – Diese Nachforschungen kosteten uns beinahe zwei Tage. Das Ergebnis war niederschmetternd. Der Erwähnte konnte niemals unser Mann sein.«

Bisher hatte Hugolinus seinen Blick nicht von Adrian gewandt. Aber dessen monotones Hin- und Hergeschlurfe hatte eine geradezu hypnotisierende Wirkung auf ihn. Kurz bevor er in Trance fiel, gab er sich einen Ruck und zwang sich, seine Fingernägel zu inspizieren.

»Einen Vorteil hatte unser Misserfolg dennoch«, fuhr Adrian fort. »Wir hatten gelernt, die teilweise verwirrenden Unterlagen der Zählung schnell und fachkundig zu sichten. Diese Arbeit führte Calabresis mit einem der Mönche fort, die wir hinzugezogen hatten, während ein zweiter Mönch und ich uns erneut auf die Schriften des Josephus stürzten. Ein weiterer Tag verging ergebnislos, bis wir den Gesuchten endlich entdeckten. Dabei hätten wir ihn beinahe noch übersehen. – Als sein Name auftauchte, nahm der Mönch an, es handele sich erneut um den Rädelsführer des Aufstandes in Jaffa, und legte die Schriftrolle zur Seite. Spät abends, als der Mann bereits erschöpft eingeschlafen war, nahm ich die Rolle noch einmal zur Hand, weil ich mir nicht sicher war, ob er sie überprüft hatte. Gleich als ich den Namen las, wusste ich, dass wir den Richtigen gefunden hatten.«

»Samuel«, flüsterte der Kardinal und machte dabei ein Gesicht, als spreche er vom Leibhaftigen.

Adrian nickte. »Unser Mann. Zu seiner Zeit war Aaron übrigens eine kleine Berühmtheit. Als Josephus' Stellvertreter war er maßgeblich an der Einnahme der jüdischen Festung Jotapata beteiligt. Zum Dank für die Aufgabe erhielt er genau wie sein Vorgesetzter nicht nur das römische Bürgerrecht, sondern wurde später sogar vom damaligen Befehlshaber der römischen Orientarmee, dem späteren Kaiser Vespasian, adoptiert. Ein Vorgang, der in den Akten der besagten Reichsvolkszählung belegt ist.«

»Er wurde also ein römischer Bürger. Von da an müsste sich seine Spur doch geradezu mit Leichtigkeit verfolgen lassen. Er hat doch gewiss auch einen römischen Familiennamen angenommen. Habt Ihr herausgefunden, welchen?«

»Nach seiner Einbürgerung taucht er natürlich regelmäßig in den Zensuslisten auf. Unter dem Namen Samuel Claudius.«

»Interessant. Fahrt fort.«

»Die Blutlinie lässt sich tatsächlich ohne größere Schwierigkeiten verfolgen. Deshalb will ich Euch nicht mit der Aufzählung sämtlicher Nachkommen langweilen. Interessant wird es wieder im Jahr 431. Da übersiedelte der Letzte der Sippe, ein Baumeister namens Marcus Claudius, von Kleinasien nach Rom.«

»Wie kam es dazu?«

»Der damalige Papst Coelestin der Erste hat ihn als eine Art Andenken vom Konzil in Ephesus mitgebracht. Der Mann musste dort in seinem Fach Beachtliches geleistet haben. Jedenfalls wurde er aufgefordert, nach Rom überzusiedeln und hier zu wirken. Unter Coelestins Nachfolger Papst Sixtus hat Marcus dann unter anderem den Neubau der Basilika des Liberius entworfen.«

»War das nicht der erste Tempel Roms, der der Mutter Gottes geweiht wurde?«

»So ist es«, sagte Adrian, ohne seinen Marsch zu unterbrechen oder den Kardinal anzusehen. »In den folgenden Jahrzehnten traten immer mal wieder Familienmitglieder als

Baumeister oder auch Kaufleute in Erscheinung, ohne dass jedoch einer von ihnen es zu besonderer Berühmtheit gebracht hätte. Diese Gens Claudia war offenbar eine eher mittelmäßige Sippe, was ihr aber das Überleben erleichterte, weil sie keinen Neid auf sich zog. Nur der Pest des Jahres 590 wäre sie beinahe vollzählig zum Opfer gefallen. Laut den Unterlagen überlebte von fast hundert Angehörigen nur ein einziger männlicher Nachkomme den Schwarzen Tod.«

»Mist!«, murmelte Hugolinus.

»Laut den Annalen der Stadt gelangte die Familie erst wieder im Jahr 791 durch einen gewissen Antonius zu Ansehen und Ruhm. Erstaunlicherweise war auch er Baumeister, das scheint der Sippe im Blut zu liegen. Er erwarb sich zunächst große Verdienste beim Bau der Hadrianischen Mauern, um später – nomen est omen – die Restaurierung der Claudia zu leiten, des bedeutendsten Aquädukts Roms. Übrigens starb dieser Antonius zur gleichen Zeit wie Papst Hadrian, an Weihnachten 795.«

Hugolinus blickte auf. Adrian hatte nicht nur aufgehört zu reden, er war sogar stehen geblieben. In Sorge, er könnte in Schlaf fallen, fragte der Kardinal schnell:

»Und? Lässt sich die Spur dieser Familie bis in unsere Tage verfolgen? Lebt sie noch immer hier in der Stadt?«

Adrian drehte sich langsam zu Hugolinus um. Vor dem Hintergrund des hellen Fensters wirkte seine Silhouette wie ein Scherenschnitt.

»Nein«, sagte er. »Zweimal nein.«

»Was heißt das? Habt Ihr die Spur etwa verloren?«

Adrian überging die Frage. »Antonius hatte einen einzigen Sohn. Sein Name war Egmont. Im Jahr 800, in dem Jahr, als Karl der Große sich hier in Rom zum Kaiser krönen ließ, verließ Egmont die Stadt und trat in ein Kloster ein.«

»In welches?«

»St. Gallen.«

»Seid Ihr sicher, dass dieser Egmont der einzige und letzte Nachkomme aus der Linie des Samuel beziehungsweise Aaron war?«

Adrian nickte. »Es sei denn, jemand hätte sich die Mühe gemacht, die Unterlagen über Jahrhunderte zu fälschen.«

Hugolinus hielt es nicht länger auf seinem Stuhl. Aufgekratzt und händereibend lief er im Kreis um den Tisch, während Adrian sich nun doch an die Marmorwand lehnte.

»Das hört sich gut an«, sagte der Kardinal und schnalzte mit der Zunge. »Das hört sich sehr gut an. Aber wir müssen trotzdem sichergehen. Ihr werdet nach St. Gallen reisen und herausfinden, was aus diesem Egmont geworden ist.«

»Das hatte ich vorausgesehen«, sagte Adrian derart schleppend, als sei er nur für diesen Satz noch einmal wach geworden. »Daher auch mein bescheidenes Habit. Ich denke, als Mönch falle ich weniger auf als in meiner gewöhnlichen Aufmachung.«

»In der Tat. Wann gedenkt Ihr abzureisen?«

»Morgen.«

»Sehr gut«, sagte Hugolinus. »Ich werde Euch dann meine neueste Errungenschaft mitgeben. Durch sie können wir auch über größte Entfernungen in Verbindung bleiben.«

Adrian wollte noch fragen, was das denn sei. Dazu kam er aber nicht mehr, denn er war im Stehen eingeschlafen.

Der Kardinal schüttelte nur den Kopf. Erst als er die Tür hinter sich zuzog, sagte er: »Wie ein Pferd.«

TEIL 2 – DER SOHN

Ende Mai war es geworden im Lande derer von Berg, und der Sommer kündigte sich an. Die Fenster der Kemenate auf Burg standen weit offen. Warmes Sonnenlicht fiel herein und färbte den Holzboden golden. Dazu wehte ein laues Lüftchen, das Blütendüfte voller Verheißungen mit sich trug. Zumindest solange es aus Süden kam. Aber wehe, der Wind sprang auf östliche Richtungen um. Dann blies er den Gestank der aufgetauten Exkremente aus dem Burggraben in die Gemäuer.

Martin saß an dem Tisch, an dem früher Irmgard ihre Handarbeiten erledigt hatte, und werkelte an seinem Kettenhemd. Mehr als tausend Ringe hatte er schon ineinander gefügt und genietet. Also fehlten bis zur Fertigstellung nur noch schlappe vierundzwanzigtausend. Bei seinem Arbeitseifer hieß das, auf ernsthafte Streitigkeiten konnte er sich frühestens im Sommer nächsten Jahres einlassen.

Aber es lag nicht allein an dem unfertigen Hemd, dass Martin für einen Kampf noch nicht bereit war. Zwar hatte er auf Grund der täglichen Übungen und Helenes guter Küche ordentlich an Muskeln und Gewicht zugelegt, aber er hatte nach wie vor erhebliche Schwächen im Schwertkampf, insbesondere zu Ross. Gleichzeitig ein Pferd zu führen und eine Waffe zu handhaben war eine Kunst, die er noch nicht beherrschte. Während der Übungsstunden haute von Bongard ihn regelmäßig aus dem Sattel.

Beim Kampf zu Fuß stellte er sich schon geschickter an, gleich, ob es nun mit Schwert oder Streitaxt zur Sache ging. Das lag hauptsächlich an seinen schnellen Beinen, aber auch an seiner überlegenen Reichweite. Schon mehrfach war es ihm gelungen, von Bongard in ernste Bedrängnis zu bringen. Glücklicherweise nahm der ihm das nicht krumm. Im Gegenteil, er freute sich über jeden Fortschritt, den Martin machte.

Lanzenstechen würde er erst dann lernen, wenn er das Schwert beherrschte, hin und wieder ließ ihn Bodo aber schon mit einer Holzlanze üben. Auch der Morgenstern war tabu, so gern Martin ihn auch ausprobiert hätte. Laut von Bongard war er eine Waffe, die eines Ritters unwürdig war. So blieb ihm nur seine Sichel, die er nach wie vor am Gürtel trug, und zuletzt der Umgang mit Pfeil und Bogen.

Als Martin bei seiner Ankunft geäußert hatte, er verstehe ganz ordentlich damit umzugehen, hatte er, wie sich schnell herausstellte, maßlos untertrieben. Auf ganz Burg gab es keinen, der sich mit ihm messen konnte – ausgenommen Eberhard. Neben seinen zahlreichen anderen erstaunlichen Fähigkeiten verfügte der kleine Mönch auch über einen treffsicheren Schuss. Immer wieder lieferten die beiden sich begeisternde Wettkämpfe.

Überhaupt verbrachte Martin sehr viel Zeit mit Eberhard. Weitaus mehr als mit Bodo von Bongard, der neben Martins Ausbildung noch andere Pflichten hatte.

Bereits frühmorgens trafen sie sich in der Burgküche. Eberhard, der nur zwei Mal am Tag und zudem kein Fleisch essen durfte, langte dabei deutlich kräftiger zu als Martin. Danach ging jeder seines Weges. Während Martin seinen Körper stählte, las Eberhard die Heilige Schrift, bereitete den nachmittäglichen Unterricht vor oder trieb irgendwelche geheimnisvollen Studien.

Das Mittagessen nahm Martin gemeinsam mit den Burgbediensteten ein. Anschließend zog er sich für eine Stunde zurück und arbeitete an seinem Hemd. Fünfzig Ringe täglich. Danach ging es zum Unterricht.

Sofern das Wetter es zuließ, unternahmen Eberhard und Martin Spaziergänge in der näheren Umgebung der Burg. Unterricht in Bewegung nannte das der Mönch. Er sprach über Dinge, die er am Wegesrand entdeckte, und im Anschluss stellte Martin seine Fragen.

Seine Erläuterungen unterstützte Eberhard gern durch in Sand gemalte Zeichnungen. Kleine Meisterwerke, nur gedacht für den Augenblick. War das Thema besprochen, waren sie auch schon vom Wind verweht. Hin und wieder ließ er sich dazu überreden, Martin in einige Geheimnisse seiner Kampftechnik einzuweihen. Allerdings tat er das ausgesprochen widerwillig und nur, wenn Martin sein Soll erfüllt hatte.

Die freie Zeit nach dem Abendessen verbrachten sie in der Kemenate, wo sie Schach oder mit den Wurfpfeilen spielten, Erlebnisse des Tages rekapitulierten oder über Gott und die Welt sprachen. Manchmal, wenn es seine Zeit erlaubte, war auch von Bongard dabei.

So waren Martins Tage ausgefüllt, und von Langeweile konnte keine Rede sein. Vor allem aber verlebte er die unbeschwerteste Zeit seines Lebens. Er war jung, gesund und hatte keine Probleme, sah man einmal davon ab, dass er bei der Suche nach dem Mörder des Müllers noch keinen Schritt vorangekommen war. An die anderen, Engelbert, die Limburger oder selbst Johanna, dachte er so oft wie Frösche an Himbeeren.

Das einzige Ereignis, welches dem Burgchronisten in jenen Tagen bedeutsam genug erschien, festgehalten zu werden, war das skurrile Ableben des alten von Tyvern. Der hatte bei einem gewaltigen Frühjahrsgewitter nichts Besseres zu tun gehabt, als in voller Rüstung auf dem Felsplateau herumzuwandern. Prompt war ihm ein Blitz in den Helm geschlagen und hatte ihn gefällt wie eine morsche Eiche. Flammen schlugen aus dem Visier, und noch nach Stunden qualmte die Rüstung aus allen Ritzen wie eine undichte Räucherkammer.

Erst am nächsten Tag wagten es der Schmied und sein ältester Sohn, sich dem Verblichenen zu nähern. Als sie das Visier hochklappten, sahen sie, dass Hasso von Tyvern in seiner Rüstung regelrecht geröstet worden war. Dazu stank er nach Schwefel, dass es kaum auszuhalten war.

Der herbeigerufene Geistliche weigerte sich denn auch, dem Verstorbenen die letzte Ölung zu geben. Angeblich war der Schwefelgestank ein Beweis dafür, dass von Tyvern der Teufel in den Leib gefahren war. Erst als Eberhard ihm drohte, er werde ihn wegen seines heidnischen Geschwätzes beim Erzbischof anschwärzen, gab der Pfaffe nach. So erhielt von Tyvern doch noch ein christliches Begräbnis. Begraben wurde er allerdings mit seiner Rüstung und in der hintersten Ecke des Friedhofs.

Vor den Fenstern ertönte ein Pfiff und riss Martin aus seinen Gedanken. Sein Lehrer wartete.

*

»Hier müsste sie stehen«, sagte Eberhard. »Genau hier.«

Sie befanden sich am Ende der Gasse, die zwischen dem Haus des Steinmetzes Arnulf und dem des Bäckers Hans zur westlichen Mauer führte. Martin half Eberhard beim Aufstieg auf die Mauerkrone und kletterte dann selbst hinauf. Nahm man den Mönch als Maß, war die Mauer mannslang dick. Von hier oben hatte man einen prächtigen Blick in das Tal der Wupper. Im frühnachmittäglichen Sonnenlicht glitzerte der Fluss wie flüssiges Silber.

»Wovon sprecht Ihr?«, fragte Martin.

»Zwei Drittel der Zeit kommt der Wind aus westlichen Richtungen. Das haben meine täglichen Wetterbeobachtungen ergeben. Hier ist der einzig richtige Standplatz.«

»Schön und gut. Aber was soll hier stehen?«

Eberhard beantwortete die Frage, wie er es am liebsten tat – mit einer Gegenfrage. »Woran denkt Ihr bei dem Wort Wind?«

»An einen Ritt im Galopp, bei dem die Haare fliegen.«

»Das ist nur der Winddruck, der bei schneller Bewegung entsteht. Ich spreche vom himmlischen Wind, auf den wir keinen Einfluss haben.«

»Na schön. Also – an herumwirbelndes Laub im Herbst.«

»Nicht schlecht. Wenn der Wind in der Lage ist, Gegenstände herumzuwirbeln, sie gewissermaßen anzutreiben, dann ist er eine – na, was?«

»Eine Kraft?«

»Ihr seid wahrhaftig ein gelehriger Schüler.«

»Das nützt mir wenig. Ich weiß noch immer nicht, worauf Ihr hinauswollt.«

Eberhard guckte verschmitzt, als habe er gerade einem Wallfahrer seine alten Socken als Reliquien angedreht.

»Erinnert Euch an Eure Zeit im Eifgental«, sagte der Mönch. »Wozu habt Ihr da die Kraft des Wassers genutzt?«

»Zum Antrieb des Mühlrades und damit der Mahlsteine.«

»Hervorragend. Und nun mengt die verschiedenen Zutaten mal zu einem Brei.«

Martin setzte sich und ließ die Beine über den Abgrund baumeln. Da Eberhard stehen blieb, waren sie so mehr oder weniger gleich groß.

»Der Brei trägt den Namen W i n d m ü h l e«, sagte Martin nach einer Weile. »Ist es das, was Ihr meint?«

»Er hat's! Er hat's!«, rief Eberhard und tanzte auf der Mauerkrone im Kreis herum. Dabei kam er mehr als einmal der Kante bedenklich nahe. Vorsichtshalber streckte Martin den Arm aus.

»Nun beruhigt Euch mal wieder«, sagte er. »Der Name allein sagt mir gar nichts.«

Eberhard beendete seinen Tanz. Er war reichlich außer Atem.

»Wie in Flandern«, japste er. »Die Idee mit den Windmühlen stammt aus Flandern.«

»Sagt bloß, Ihr wart schon einmal dort?«

Eberhard ließ sich an Martins Seite nieder und zuckte die Achseln. »Ihr wisst doch, wie das mit uns gebürtigen Lennepern ist. Sind wir mal weiter als eine Tagesreise von zu Hause weg, kriegen wir gleich Heimweh. Zum Ausgleich dafür haben wir den durchdringenden Blick.«

»Der euch das Kreuzfettmännchen ersetzt, oder was?«

»Kreuzfettmännchen! Das ist doch Heidenkram.«

Martin griff in sein Gewand und zog eine Kupfermünze hervor, die in der Mitte ein Loch aufwies. Er warf sie hoch, fing sie wieder auf und hielt sie Eberhard hin.

»Die hat der Müller mir hinterlassen. Wenn Ihr einen Blick durch das Loch werft, seht Ihr alles frei von Blendwerk. Ganz gleich, ob Mensch, Tier oder Ding. Die Gespenster tragen dann auf einmal keine Gesichtslarven mehr.«

Zögernd und vorsichtig, als sei sie giftig, nahm der Mönch die Münze zwischen Daumen und Zeigefinger. Dann guckte er einmal schnell durch das Loch, gab sie Martin zurück und bekreuzigte sich vorsichtshalber.

»Hier gibt's natürlich nichts zu sehen«, sagte Martin und steckte die Münze wieder weg. »Da müsst Ihr schon nach Hexenodenthal gehen. Nachts, wenn auf dem Friedhof getanzt wird. Dann könnt Ihr sehen, wer sich hinter den Fratzen verbirgt.«

Eberhard schüttelte sich. »Die Frage ist, ob ich das überhaupt wissen will. Und wer weiß, was mein Abt dazu sagen würde.«

»Habt Ihr denn keine kleinen Geheimnisse?«

»Geheimnisse sind verboten. Kleine wie große.«

»Aber Ihr habt trotzdem welche?«

»Gewiss doch. Das mit meinen Augen weiß er zum Beispiel nicht.«

»Was seht Ihr denn, was andere nicht sehen?«

»An manchen Tagen kann ich durch Menschen hindurchblicken. Ich erkenne dann, ob sie eine schwarze Seele haben.«

»Und das können alle Lenneper?«

»So heißt es zumindest.«

Martin dachte, dass die Gabe zwar kein Kreuzfettmännchen ersetzen konnte, aber sicherlich auch ihren Reiz hatte. Dann erinnerte er sich, worüber sie sich ursprünglich unterhalten hatten.

»Was hat es nun mit diesen Windmühlen aus Flandern auf sich?«, fragte er.

»In Flandern ist es so flach, dass Ihr bereits morgens sehen könnt, wer nachmittags zu Besuch kommt. So eine Gegend ist natürlich wie geschaffen für Windmühlen. Aber auch hier, auf einem Bergsporn, würde eine Windmühle Sinn machen. Das Getreide könnte im Schutz der Burgmauer gemahlen werden und müsste nicht länger zu den Wassermühlen ins Tal geschafft werden.«

»Erzählt das den Müllern, und sie werden Euch am nächstbesten Baum aufknüpfen«, sagte Martin. »Ihr würdet sie um Ihr Brot bringen. Aber sagt erst einmal, wie so eine Mühle überhaupt aussieht.«

Aus einer der Mauerspalten guckte eine kleine Eidechse hervor. Bei Eberhards weit ausholender Geste fiel der Schatten seines Arms auf sie, und sie verschwand.

»Stellt Euch einen Turm vor, ungefähr halb so hoch wie der Bergfried. Oben, knapp unter der Spitze, guckt eine Welle raus. Auf der sitzt ein Kranz mit vier Flügelarmen, jeder Arm etwa zehn Klafter lang. Die Flügelblätter selbst stehen ein wenig schräg. So wird der von vorn kommende Winddruck eingefangen und versetzt die Welle in Bewegung. Ist das nicht himmlisch?«

Eberhard glühte vor Eifer. Umso enttäuschter blickte er, als Martin, statt in Begeisterung auszubrechen, schlicht fragte: »Woraus bestehen die Flügelblätter? Aus Holz?«

Eberhard kniff die Lippen zusammen und verneinte. »Dann wären sie zu schwer. Zumindest bei den Abmessungen, die ich Euch genannt habe. Die Blätter der Flamen bestehen angeblich aus großen, in Rahmen gespannten Tüchern. Ähnlich Bootssegeln. Eine Lösung, die auch ich bevorzuge.«

Martin sah ihn weiterhin skeptisch an. »Ich sehe da noch eine Vielzahl ungelöster Probleme. Wasser fließt immer in eine Richtung. Das Rad wird einmal anhand des Bachlaufs ausgerichtet und fertig. Wind, selbst wenn er überwiegend aus Westen kommt, springt um. Wenn Ihr Pech habt, steht Eure Mühle nur drei Tage im Jahr so günstig, dass sie richtig geht. Außerdem kennen Bäche keine Flaute.«

Jetzt strahlte der kleine Kobold wieder. »Ich sehe, mein Unterricht trägt Früchte. Ihr habt genau die Punkte angesprochen, um die es geht. Deswegen steht der Turm auf einem Bock, mit dem er über einen Drehkranz verbunden ist. Ändert der Wind nun seine Richtung, wird der Turm entsprechend gedreht. Und was dem Wind seine Flaute, ist dem Bach sein Hochwasser im Frühjahr, sein Niedrigstand im Sommer und sein Zufrieren im Winter. Da frage ich mich, was wohl mehr Arbeit macht.«

»Der Bauer frisst nur, was er kennt. Das gilt im übertragenen Sinn auch für den Müller. Außerdem sind die meisten Müller schrullige Kerle. Die lieben die Abgeschiedenheit der Täler.«

»Solche Veränderungen sind nicht aufzuhalten. Die Wassermühle selbst ist eines der besten Beispiele dafür. Sie hat die Handmühle abgelöst und die wiederum das Zerstoßen der Körner im Mörser.«

Martin schmunzelte. »Wenn ich nicht wüsste, dass Ihr ein Mönch seid, ich würde Euch für sonst was halten.«

»Sonst was?«

»So eine Art Gelehrten für alles.«

»Ich sage Euch etwas, Martin, durch die Beschäftigung mit all diesen Dingen ist mein Glaube sogar noch stärker geworden. Für mich gibt es da nicht den geringsten Widerspruch.«

»Das dürfte die Kirche und insbesondere Euer Abt anders sehen.«

»Darauf pfeife ich, solange der Erzbischof meine Überlegungen zu schätzen weiß.«

»Dann tragt ihm den Plan mit der Windmühle vor.«

»Das werde ich auch. Gleich morgen.«

»Morgen? Wieso morgen? Kommt er etwa her?«

»Hat Bodo Euch nichts davon gesagt?«

»Ich hab ihn heute noch nicht gesehen. Er ist gestern, gleich nach unseren Übungen, weggeritten.«

»Dann habt Ihr ja heute gar nicht geübt.«

»Doch, an der Quintane.«

Eberhard zog die Brauen hoch. »Was ist eine Quintane?«

Martin war beinahe noch erstaunter als der Mönch. »Und ich dachte, Ihr wisst einfach alles. Kommt, ich zeig sie Euch.«

»Man lernt eben nie aus«, sagte Eberhard.

Das geheimnisvolle Gerät stand im Schlosshof. Es war nichts weiter als ein Pfosten von gut anderthalb Mannslängen, auf dessen Spitze ein zweiarmiges Drehkreuz angebracht war. Am Ende des einen Arms befand sich ein hölzerner Schild, an dem anderen hing ein mit Sand gefüllter Sack.

»Es gilt, im Galopp anzureiten und mit der Lanze den Schild zu treffen«, sagte Martin. »Dabei muss man höllisch aufpassen, dass man den Sandsack nicht ins Kreuz kriegt. Wollt Ihr eine Kostprobe?«

»Nur zu«, sagte Eberhard. »Zeigt mir Eure Künste.«

Martin schnappte sich die Holzlanze, stieg in den Sattel des Braunen und ritt in die Ausgangsstellung. Einen Augenblick ließ er das Pferd auf der Stelle tänzeln, dann trieb er es mit einem energischen Fersendruck in die Flanken an.

Die Hufe hämmerten auf den Boden, Martin senkte die Lanze, zielte und – traf. Das Drehkreuz begann zu rotieren, und Martin zog den Kopf ein, um nicht getroffen zu werden.

Einen Hauch zu spät.

Der herumschwingende Sandsack knallte ihm zwischen die Schulterblätter und katapultierte ihn aus dem Sattel. Nur um Haaresbreite verfehlte Martin die Brunnenmauer, überschlug sich ein paar Mal und blieb in einer sich langsam senkenden Staubwolke liegen.

Genau in dem Augenblick ritten zwei Reiter in den Burghof ein. Der eine war Bodo von Bongard. Er machte ein Gesicht, als hätte er soeben erfahren, dass in diesem Jahr der Sommer ausfällt. Die Person in dem langen Umhang zu seiner Linken war Johanna.

Martin konnte es nicht fassen. Monatelang hatten sie sich nicht gesehen, und er begrüßte sie, wie er sie verabschiedet hatte. Mit der Nase im Dreck. Doch diesmal lachte Johanna nicht. Vielmehr sah sie aus, als würde sie gleich in Tränen ausbrechen.

Wo ist sie?«, rief Hugolinus. »Dort vorn, Eminenz«, keuchte der Gärtner, der Mühe hatte, mit dem Kardinal Schritt zu halten. »Unter den Fenstern des Refektoriums.«

Hugolinus hastete die Gartenwege entlang, dass der Kies nur so spritzte. Als er den angegebenen Platz erreicht hatte, nahm er eine geradezu ehrfürchtige Haltung an.

»Eine malvenfarbene«, sagte er. »Wunderschön.«

Der Gärtner konnte wegen akutem Seitenstechen nur abgehackt sprechen. »So früh – im Jahr – haben – die Stockrosen – noch nie – geblüht.«

»In der Tat. Und der Duft. Welche Blütenfarben erwartet Ihr noch?« Der Mann mit der sonnengegerbten Haut atmete einmal tief durch. »Ein Blutrot, das aus der Entfernung fast schwarz wirkt. Weiterhin ein Eierschalenweiß. Dann natürlich unser altbekanntes Zartrosa. Und, wenn es mit der Kreuzung geklappt hat, ein leuchtendes Rot.«

»Ausgezeichnet. Ich hoffe nur, Ihr bindet sie diesmal besser fest als im vergangenen Jahr. Sobald sich die obersten Blüten öffnen, sind die Stöcke so kopflastig, dass sie bereits bei leichtem Wind umknicken.«

»Selbstverständlich, Eminenz. Ich werde ein besonderes Auge auf sie haben.«

»Ich verlasse mich auf Euch.« Wie Hugolinus das sagte, konnte man das durchaus als Drohung verstehen.

Den Unterton hatte der Gärtner bemerkt. Zwar war ihm nichts über Hinrichtungen päpstlicher Gärtner bekannt, aber es gab ja für alles ein erstes Mal. Jedenfalls beschloss er, bei Sturm persönlich neben den Stockrosen Wache zu stehen und sie zur Not festzuhalten.

Hugolinus entließ den Gärtner mit einem Wink, genoss noch eine Weile Anblick und Aroma seines kleinen Lieblings und spazierte dann gemächlich zurück. Es war bereits so warm, dass er den Schatten der Pinien als angenehm empfand. Die Luft roch würzig, die Natur war wieder einmal im Aufbruch. Kein Vergleich zu der stickigen Luft in seinem Arbeitszimmer.

So beschloss Hugolinus, noch ein wenig im Freien zu verweilen. Er umrundete den Teich mit der künstlichen Insel und nahm auf einer der Steinbänke Platz. Büsche und Bäume standen so dicht, dass vom Lateran nichts mehr zu sehen war. Zu seinen Füßen stritten zwei Vögel um einen Wurm. Ein anderer sammelte Halme. Ein Feuersalamander fegte über den Weg. Rom war fern.

Der Kardinal schloss die Augen und atmete tief durch. Einmal. Zweimal. Dreimal. Mit jedem Atemzug spürte er, wie die Anspannung, unter der er in den letzten Wochen zunehmend gelitten hatte, von ihm abfiel.

Da war die unsichere Lage in Rom, hervorgerufen durch die Fehde der Kurie mit dem Senat. Da war Honorius' Dauerzwist mit Kaiser Friedrich, weil dieser sich immer wieder mit List vor dem zugesagten Kreuzzug zu drücken verstand. Da war der Papst selbst, den Langeweile plagte und der sich deshalb ständig ins Tagesgeschäft einmischte. Und da war nicht zuletzt das Ausbleiben einer Botschaft von Adrian.

Vor nunmehr drei Monaten war er abgereist und hatte sich wie vereinbart nach einer Woche aus Pisa und einer weiteren aus Pavia gemeldet. Beide Male hatten die Tauben ihren Schlag auf dem Dach des Lateran unversehrt erreicht.

Aber es hätten bereits zwei weitere Tiere eintreffen müssen. Denn selbst im Winter betrug die normale Reisezeit von Rom nach St. Gallen keinesfalls länger als einen Monat. Adrian musste etwas zugestoßen sein. Warum hatte er in diesen unsicheren Zeiten auch darauf bestanden, allein zu reisen?

Der Kardinal seufzte. Ihm blieb nur die Hoffnung, dass es an den Tauben lag. Vielleicht waren die Alpen einfach zu hoch für sie. Oder ein Raubvogel hatte sie erwischt. An der Entfernung konnte es nicht liegen. In Arabien, woher er die Idee mit den Brieftauben hatte, legten die Tauben zuverlässig Entfernungen von mehr als tausend Meilen zurück.

Hugolinus beschloss, noch eine weitere Woche zu warten. Sollte bis dahin noch immer keine Botschaft eingetroffen sein, würde er Nachforschungen anstellen lassen. Einen Misserfolg durfte es bei diesem Unternehmen nicht geben.

Sonnenstrahlen stahlen sich durch das Blattwerk und wanderten immer wieder tastend über sein Gesicht. Hugolinus war, als werde er von einer zarten Hand gekost. Genussvoll hob er den Kopf. Jetzt kraulte ihn das warme Licht am Kinn. Er war kurz davor zu schnurren.

Plötzlich näherten sich schlurfende Schritte, begleitet von eintönigem Gemurmel. Der Kardinal traute seinen Ohren nicht. Das war ohne Zweifel der Papst. Hatte man vor ihm denn nirgendwo mehr Ruhe? Er hielt einfach die Augen geschlossen, bangend wie ein Kind, das glaubt, unsichtbar zu sein, wenn es selbst nichts sieht. Die schleppenden Schritte kamen näher und näher und verharrten dann unmittelbar vor ihm. Hugolinus blinzelte. Wahrhaftig, da stand Seine Heiligkeit. Mit gefalteten Händen und einem verdrückten Gesicht, als habe er seit Tagen nicht abgeführt.

»Psst!«, machte der Papst. »Schlaft Ihr?«

Ein kurzen Augenblick spielte Hugolinus mit dem Gedanken, laut schreiend aufzuspringen und den Heiligen Vater zu Tode zu erschrecken. Aber dann fiel ihm ein, dass er ihn möglicherweise noch brauchte. Wenn alles schief ging, musste er jemanden haben, den er dem Pöbel zum Fraß vorwerfen konnte.

Also hob er träge die Lider, tat dann überrascht und stand auf. »Eure Heiligkeit! Was macht Ihr denn hier? Wie geht es Eurem Fuß?«

»Fragt nicht immer nach meinem Fuß! Das ist Monate her.«

»Verzeiht. Ich war in Gedanken. Wollt Ihr Euch nicht setzen?«

»Ich habe Euch gesucht«, sagte Honorius und fügte hinzu, als sei das eine besondere Leistung: »Und gefunden.«

»In der Tat. Nehmt doch Platz.«

»Die Bänke sind mir zu hart. Außerdem will ich noch ein wenig spazieren. Begleitet mich.«

»Mit Vergnügen.«

An den Blumenbeeten vorbei gingen sie hinüber zu dem Gartenstück, wo der Gärtner versuchte, Dattelpalmen zu ziehen. Die Setzlinge sahen kümmerlich aus. Irgendetwas machte der Kerl falsch.

Da der Papst keinen Ton von sich gab, fasste Hugolinus nach. »Hattet Ihr nicht eben geäußert, Ihr hättet mich gesucht? Wie kann ich Euch zu Diensten sein?«

»Von wem stammt der Satz: Botschaften sind Bringschuld?«, bellte Honorius in einer Lautstärke, dass der Kardinal einen Satz zur Seite machte.

»Von mir, Eure Heiligkeit. Bei aller Bescheidenheit.«

»Warum haltet Ihr Euch dann nicht an Eure eigenen Regeln?«

»Ich verstehe nicht –«

»Warum weiß ich nicht, was in Rom vor sich geht?«

»Aber Eure Heiligkeit –«

»Ich verlange umgehend in Kenntnis gesetzt zu werden«, rief Honorius und stampfte mit dem Fuß auf. »Schließlich geht es um meinen Kopf. Das scheint Ihr zu vergessen.«

»Sachte, sachte«, sagte Hugolinus gefährlich leise. »Es gab eine Zeit, da habe ich Euch alle Einzelheiten vorgebracht. Was war die Folge? Sobald die Lage heikel wurde, habt Ihr Euch im Bett verkrochen und konntet Euren Verpflichtungen nicht mehr nachkommen. Damit habt Ihr sowohl dem Heiligen Stuhl als auch mir einen wahren Bärendienst erwiesen. Die Kirche braucht Euch bei Gesundheit, und die ist nur gewährleistet, wenn Ihr nur das erfahrt, was Euch keine Angst macht.«

Honorius guckte fassungslos. »Dann steht es also wieder schlimm?«

»Nicht schlimmer als sonst«, sagte Hugolinus kalt. »Conti und Parentius machen eine Menge Wirbel, aber noch können wir auf die Unterstützung der Familie der Savelli zählen. Wir könnten unsere Gegner natürlich geschickt ins Leere laufen lassen, indem Ihr nach Rieti ausweicht.«

»Rieti? Wieso Rieti? Wenn überhaupt war doch die Rede von Tivoli.«

»Meine Güte, dann eben nach Tivoli. Nur aus der Stadt verschwinden solltet Ihr. Und zwar bald.«

»Das sagt Ihr mir einfach so auf den Kopf zu? Ohne Vorbereitung?«

»Ihr wolltet doch umfassend in Kenntnis gesetzt werden. Das habe ich hiermit getan.«

»Gütiger Himmel. Und für wie lange?«

»Das weiß ich nicht. Auf jeden Fall solltet Ihr entweder mit dem Kaiser oder dem Senat Frieden schließen. Wenigstens einen Verbündeten braucht Ihr.«

»Wie soll ich denn das bewerkstelligen?«, fragte Honorius. Er war jetzt wieder das kleinlaute, willfährige Häufchen Elend, das Hugolinus so schätzte.

»Verlasst Euch ganz auf mich«, sagte er. »Ich bringe das schon wieder in Ordnung.«

Auf dem Rückweg musste er den Papst stützen. Seiner Heiligkeit war im wahrsten Sinne des Wortes der Schreck in die Glieder gefahren.

Als sie sich dem Palast näherten, zeigte Honorius mit einer müden Geste nach oben. »Was hat es eigentlich mit diesen Tauben auf sich?«

Hugolinus hob den Blick. Kein einziger Vogel war in der Luft. »Welche Tauben meint Ihr, Eure Heiligkeit?«

»Na, die in dem Häuschen auf dem Dach. Als ich vorhin

oben war, ist eine gelandet. Ich dachte, Ihr wüsstet darüber Bescheid.«

Schlagartig durchflutete Hugolinus eine Hitze, als werde ihm ein Einlauf mit heißem Öl gemacht. Sein Herz begann zu jagen, und am ganzen Körper brach ihm der Schweiß aus. Gleichzeitig war sein Mund so trocken, dass er nur noch mühsam sprechen konnte.

»Ist das Tier in seinen Schlag gegangen?«

»Ja, durch die Klappe.«

»Entschuldigt, Eure Heiligkeit, aber es ist wichtig«, rief Hugolinus und eilte davon.

»Natürlich, natürlich.« Als der Kardinal bereits außer Hörweite war, rief Honorius ihm nach: »Ist das auch so eine Sache, von der ich besser nichts weiß?«

*

Die Taube war blaugrau mit einer weißen Brust und einer weißen Halskrause. Sie wirkte rechtschaffen müde, und so hatte Hugolinus keine Mühe, sie zu greifen. Er löste den winzigen Riemen unter ihrem Leib und nahm das daran befestigte silberne Röhrchen an sich. Dann durfte sie wieder an die Futterschale.

Hugolinus entfernte die Verschlusskappe und zog aus dem Röhrchen ein zusammengerolltes Stück Pergament, das entfaltet nicht einmal die Größe seines Handtellers hatte. Es war vollständig mit eng stehenden Buchstaben beschrieben. Der Text ergab keinerlei Sinn. Es sei denn, man las ihn von hinten und dann auch nur jeden dritten Buchstaben.

»Sturz vom Pferd. Beide Beine gebrochen. Rettung durch Bergbauern. Musste Tauwetter abwarten. Alle Tauben bis auf die eine gegessen, um zu überleben. Morgen Ankunft in St. Gallen. Adrian.«

Hugolinus trat an die Brüstung. Unten vor dem Eingang

stand der Papst, klein wie ein Käfer. Er winkte schüchtern, aber dafür hatte der Kardinal kein Auge. Sein Blick schweifte über die Hügel Roms.

Zugegeben, der Zeitplan war in Verzug geraten. Aber er hielt die Fäden noch immer in der Hand. Das war das Wichtigste.

Bärbel war allein in der Küche. Sie hockte auf der Bank wie ein großes, trauriges Tier. Als Martin näher trat, sah er, dass sie geweint hatte.

»Was ist los?«, fragte er und setzte sich zu ihr. »Ist dir das Salzfass in die Suppe gefallen?«

Ihre Antwort bestand aus einem Seufzer, der einen Henker zu Tränen gerührt hätte.

»Nun sag schon.« Ihn überfiel eine düstere Ahnung. »Ist irgendetwas mit Johanna?«

Bärbel nickte und biss sich auf die Unterlippe, sagte aber keinen Ton.

»Verdammt noch mal, lass dir doch nicht jedes Wort aus der Nase ziehen.«

»Sie soll g'stohle habe«, schniefte sie. »Ihr Vadder wird se wohl in de Diebesturm neisperre müsse.«

»Was?« Martin sprang derart stürmisch auf, dass beinahe die Bank umstürzte. »Johanna eine Diebin? Wer behauptet das?«

»Die Gräfin Irmgard.«

»Hat sie sie dabei erwischt?«

»Des wohl niet. Aber mr hat de g'schtohlene Schmuck bei

d'r Johanna g'funde. Des arme Mädle. I kann's niet verschtehe.«

»Wo ist sie jetzt?«

Bärbel zuckte die Achseln. »Dahoim, denk i.«

*

Bodos Gebrüll hörte man schon vor dem Haus. Ein Wunder, dass die greise Kleinwüchsige Martins Klopfen überhaupt mitbekam.

»Gut, dass Ihr kommt«, stammelte sie und zitterte am ganzen Leib. »Ich fürchte, er schlägt sie tot.«

Martin stürmte in die Küche. Johanna hatte sich in die Nische neben dem Herd geflüchtet. Helene stand schützend vor ihr wie eine riesige Glucke. Mitten im Raum schwang Bodo einen Riemen.

»Geh mir aus dem Weg, Weib«, brüllte er. »Diese Schande muss bestraft werden.«

»Du bist kein Richter«, schrie Helene.

»Aber ich weiß, was rechtens ist!«

»Haltet ein, Bodo«, rief Martin. »So geht das nicht.«

Drei Köpfe flogen gleichzeitig zu ihm herum. Alle starrten ihn an, als hätte er es gewagt, die Heilige Messe zu stören.

Da war was dran. Martin war sich der Gefahr durchaus bewusst. Nicht selten bezog der, der in einem ausufernden Streit vermitteln wollte, Prügel von allen Beteiligten. Auch von denen, denen er beistehen wollte.

Das Funkeln in Bodos Augen verhieß nichts Gutes, und als er sprach, bebte die schwarze Bürste unter seiner Nase. »Haltet Euch da raus, Martin. Dies ist mein Haus, über das meine Tochter Schande gebracht hat.«

»Aber wenn ich doch unschuldig bin«, rief Johanna.

»Schweig!«, schnauzte Bodo und hob wieder den Arm.

»Füge nicht dem Frevel des Diebstahls noch den Frevel der Lüge hinzu.«

»Was ist, wenn sie tatsächlich keine Diebin ist?«, fragte Martin. »Dann versündigt Ihr Euch.«

»Es gibt Zeugen.«

»Die was gesehen haben?«

»Schmuckstücke aus dem Besitz der Gräfin. Ringe, Ketten, Spangen. Das alles wurde in der Kammer meiner Tochter zwischen der Wäsche gefunden.«

»Hat auch jemand gesehen, wie sie es an sich genommen hat?«

»Wie?«

»Ob jemand Zeuge des Diebstahls war.«

»Das ist in dem Fall ja wohl überflüssig.«

»Ganz und gar nicht«, sagte Martin und wandte sich an Johanna. »Habt Ihr Eure Kammer immer verschlossen gehalten?«

»Sie war nicht zu verschließen. Sie hatte nur einen Riegel, und den konnte man auch nur von innen vorlegen.«

»Da hört Ihr's. Jeder hätte den Schmuck zwischen die Wäsche stecken können.«

»Was seid Ihr?«, knurrte Bodo und bekam schmale Augen. »Ein Anwalt? Einer, der mit Diebsgesindel gemeinsame Sache macht?«

»Ich will verhindern, dass Ihr Eure Tochter schlagt. Das ist alles.«

»Vielleicht sollte ich zunächst einmal Euch eine Tracht Prügel verabreichen. Was haltet Ihr davon?«

»Bodo!«, rief Helene.

Und Martin fragte. »Warum?«

»Weil ich mich nicht gern in meinem eigenen Haus zum Gespött machen lasse. Schon gar nicht von einem neunmalklugen Bengel. Eine Frage habt Ihr nämlich zu stellen vergessen, Ihr selbst ernannter Anwalt: Wer hatte Zutritt zu den

Gemächern der Gräfin? Die Aufzählung ist sehr kurz. Sie umfasst nur zwei Personen. Die Gräfin selbst und meine Tochter.«

Als Martin sich erneut an Johanna wandte, klang er schon weniger forsch. »Ist das wahr?«

Sie nickte stumm, den Tränen nahe.

»Das heißt also, die gräflichen Gemächer waren verschlossen, und Ihr hattet einen Schlüssel. Wo habt Ihr ihn aufbewahrt?«

»An einer Kette um den Hals«, sagte Johanna und fasste sich in den Ausschnitt, als ruhe er noch immer da.

»Habt Ihr ihn nie abgelegt?«

»Nein, nie.«

»Auch nicht zum Baden?«

»Nun ist aber Schluss!«, zischte Bodo. »Eure Fragen werden mir zu persönlich, junger Freund. Verlasst mein Haus.«

»Aber er hat Recht, Vater«, rief Johanna. »Im Bad hab ich den Schlüssel natürlich nicht getragen.«

»Das ist doch alles Haarspalterei!« Bodo lief erneut rot an. Diesmal dunkel wie Stierblut. »Ihr verdreht die Tatsachen so lange, bis am Ende noch herauskommt, die Gräfin habe sich selbst bestohlen. Ihr würdet es sogar fertig bringen, den Leuten weiszumachen, nicht die Erde sei der Mittelpunkt der Schöpfung, sondern ein anderes Gestirn.«

»Zum Beispiel die Sonne«, sagte Martin und grinste.

Das war als Scherz gedacht, um der Situation ein wenig Schärfe zu nehmen. Anscheinend hatten Martin und Bodo jedoch unterschiedliche Vorstellungen von Humor, oder Martin hatte einfach nur den falschen Zeitpunkt erwischt. Jedenfalls knallte Bodo ihm die Faust an den Schädel, dass er quer durch die Küche flog.

Bevor Martin überhaupt begriff, was mit ihm passiert war, war der wütende Hausmeister schon wieder über ihm, packte ihn am Wams und schleuderte ihn erneut durch den Raum.

Diesmal segelte Martin über den Tisch und prallte gegen den Schrank. Die Türen sprangen auf, und auf Martin ging ein wahrer Regen aus Zinnbechern und Keramikgeschirr nieder.

Als der letzte Becher fiel, war auch Bodo wieder da. Seinem Gesichtsausdruck nach wollte er Martin diesmal den Garaus machen. Daraus wurde jedoch nichts.

Eine energische Stimme rief: »Genug!«, und dann ertönte ein Gong, im Klang ähnlich dem, mit dem die Fratres von Altenberg zu Tisch und zum Gebet gerufen wurden. Nur, dass der vermeintliche Gong in der Küche des Ministerialenhauses zu Burg eine eiserne Bratpfanne war, die Helene ihrem Mann an den Hinterkopf schlug.

Bodo stürzte wie gefällt und begrub Martin unter sich.

*

Beim Anblick von Johannas Haaren musste Martin an die Goldfäden aus der Geschichte mit dem Kobold denken, der sie aus Stroh spinnen konnte. Zwar wusste er nicht mehr, um was es bei der Erzählung ging, aber das mit den Goldfäden war ihm im Gedächtnis geblieben.

Sie hatten ihn auf eine Pritsche gelegt, und Johanna saß an seiner Seite. Zum wiederholten Male wrang sie ein nasses Tuch aus und legte es ihm auf die Stirn. Martin sah sich vorsichtig um. Offensichtlich waren sie allein im Raum.

»Wie geht es Eurem Vater?«, fragte er.

»Weniger gut. Er hat am Hinterkopf eine Beule von der Größe eines Gänseeis. Außerdem musste er sich übergeben.«

»Ach, das war das Geräusch. Ich dachte, da röhrt ein Hirsch.«

»Seid nicht so frech«, sagte Johanna, lächelte aber schelmisch. »Auf jeden Fall danke ich Euch für Eure uneigennützige Hilfe.«

»Wer sagt Euch, dass sie uneigennützig war?«

»Hattet Ihr etwa Hintergedanken?«

»Die hab ich noch«, sagte Martin, setzte sich auf und küsste sie. Nicht zu wild, aber auch nicht flau. Selbstverständlich tat sie empört.

»Was fällt Euch ein? Nennt Ihr das ritterlich?«

»Ich bin kein Ritter. Ich bin nicht einmal ein Knappe.«

»Wenn Ihr so weitermacht, werdet Ihr auch keiner«, sagte sie und machte Anstalten, aufzustehen. Das tat sie allerdings ausgesprochen langsam, und als Martin sie zurückhielt, sträubte sie sich nicht unnötig.

»Nun habt Euch doch nicht gleich so«, sagte Martin. »Was ist gegen einen Kuss einzuwenden?«

»Eigentlich nichts, auch wenn meine Mutter immer sagt, ich sei noch zu jung dafür. Aber ich habe Euch mit Camilla gesehen.«

»Das war nur – vorgetäuscht.«

»Vorgetäuscht? Wieso?«

»Das kann ich Euch nicht sagen.«

Johanna machte ein Gesicht, als habe man ihr bei den Getränken nur die Wahl zwischen zwei Essigsorten gelassen.

»Ich kann nicht behaupten, dass Ihr es einem unnötig leicht macht, Euch zu vertrauen.«

»Wenn es aber nun mal so ist?«, fragte Martin und küsste sie noch einmal. Diesmal dauerte der Kuss entschieden länger. Als sie schließlich voneinander abließen, hatten beide gerötete Wangen.

»Du musst mir noch ein paar Fragen beantworten«, sagte er nach einer Weile atemloser Stille und tiefer Blicke.

»Wegen des Schlüssels?«

Er nickte. »Wenn du gebadet hast, wo war er dann?«

»Bei meiner Kleidung. Auf Limburg gibt es vor dem eigentlichen Frauenbad mit den Zubern einen Entkleidungsraum.«

»Wer konnte den betreten?«

»Eigentlich jeder.«

»Auch Männer?«

»Nein, natürlich nicht. Die Aufseherin war Furcht einflößend. Sie hätte jeden Mann erschlagen, der es versucht hätte.«

»Aber jede Frau hatte ungehinderten Zutritt?«

»Gewiss.« Johanna seufzte. »Ach, selbst wenn du das beweisen könntest, es wäre zwecklos. Irmgard wurde ja nicht nur auf Limburg bestohlen. Bereits hier auf Burg vermisste sie eine Brosche und einen Ring. Auch diese Sachen hat man in meiner Kammer gefunden. Für ihre hiesigen Gemächer gibt es nur einen einzigen Schlüssel. Den trägt sie immer bei sich. Wenn ich etwas für sie holen sollte, hat sie ihn mir natürlich gegeben. Aber außer ihr und mir hat niemand die Räumlichkeiten betreten.«

»Das denkst aber auch nur du«, sagte Martin und schwang die Beine von der Pritsche. »Komm, ich muss mit deinem Vater reden.«

»Nicht schon wieder!«

Bodo machte einen reichlich mitgenommenen Eindruck. Als er Martin erkannte, strahlte er nicht gerade, aber er wurde auch nicht böse. Dafür ging es ihm wohl noch zu schlecht.

»Ihr müsst mir versprechen, dass der Vorfall unter uns bleibt«, krächzte er. »In der ganzen Grafschaft hätte niemand mehr Achtung vor mir, wenn bekannt würde, dass ich mit einer Pfanne niedergestreckt wurde.«

»Von mir erfährt keiner etwas«, sagte Martin. »Da könnt Ihr sicher sein.«

Das dankbare Nicken übernahm Helene stellvertretend für ihren Mann. Ansonsten saß sie auf der Bettkante, hielt seine Hand und guckte so schuldbewusst wie eine Sünderin, die der Pfarrer am Abend der Beichte erneut im Heu erwischt hat.

»Wir müssen noch einmal auf die Beschuldigungen gegen Eure Tochter zu sprechen kommen«, sagte Martin. »Ich glaube, ich kenne die wahre Diebin und kann sie überführen.«

Mit dem letzten Satz hatte er die uneingeschränkte Aufmerksamkeit aller.

»Ich habe Euch doch von meiner Flucht vor Heinrich von Limburg und Dietrich von Kleve erzählt«, fuhr er fort.

Bodo nickte. Der Schlag hatte ihn also nicht das Gedächtnis gekostet. Die beiden Frauen, die davon nichts gewusst hatten, machten große Augen.

»Im letzten Augenblick konnte ich durch einen Schacht entkommen, der vom Geheimgang hinauf zu Irmgards Gemach führt. Vom Schacht in das Gemach gelangt man durch eine Kriechtür.« Martin machte eine kunstvolle Pause. »Die Tür kann nur vom Gemach aus geöffnet werden. Außerdem ist sie durch einen Schrank verstellt.«

Johanna kam als Erste drauf. »Euch ist jemand zur Hilfe gekommen, nicht wahr?«

»Eine Frau in einem dunklen Umhang, ähnlich dem, den du besitzt. Deshalb dachte ich zunächst auch, du hättest mich gerettet.«

»Nun macht es nicht so spannend«, brummte Bodo, wohl auch wegen der vertraulichen Anrede zwischen Johanna und Martin.

»Die Frau war Camilla«, sagte Martin. »Damals habe ich mir nichts dabei gedacht, dass sie sich im Gemach der Gräfin aufhielt. Wir vereinbarten Stillschweigen und dass wir uns gegenseitig decken würden.«

»Das also meintest du mit vorgetäuscht«, flüsterte Johanna.

»Ja«, sagte Martin.

»Was hat sie gesagt?«, fragte Bodo.

»Nichts. Camilla erwähnte noch, dass sie früher die Kammerjungfer der Gräfin war.«

»Die Gräfin war unzufrieden mit ihr«, sagte Johanna.

»Deshalb hat sie sie entlassen und mich genommen. Camilla hat mir das nie verziehen. Sie dachte, ich hätte gegen sie Ränke geschmiedet. Wir konnten uns schon als Kinder nicht leiden.«

»Ihr dürft nichts gegen Camilla sagen«, warf Bodo ein. »Ihr würdet damit gleichzeitig zugeben, dass Ihr derjenige wart, der Heinrich und Dietrich belauscht hat. Euer Leben wäre keinen Pfifferling mehr wert.«

»Glaubt Ihr etwa, ich fürchte mich vor den beiden?«

»Nein, mutig seid Ihr. Aber es ist der unbekümmerte Mut der Jugend. Hättet Ihr meine Jahre auf dem Buckel, würdet Ihr nüchterner denken.«

»Ihr erwartet doch nicht ernsthaft, dass ich tatenlos zusehe, wie Johanna in den Diebesturm gesperrt wird?«

»Doch. Mir hat Graf Engelbert die Verantwortung für Eure Sicherheit übertragen. Ich kann nicht zulassen, dass Ihr Euch leichtsinnig in Gefahr begebt.«

»Pah!«, rief Martin. »Wenn das der Preis für meine Ausbildung ist, dann pfeife ich darauf. Da verkriech ich mich doch lieber in den Wäldern.«

»Die Wälder, die tief genug sind, damit die beiden Euch nicht finden, müssen erst noch gepflanzt werden«, sagte Bodo und erhob sich von seinem Lager. Er schwankte ein wenig. »Aber ich mache Euch einen Vorschlag zur Güte. Wir werden die Angelegenheit Graf Engelbert vortragen, ihn um Rat bitten und uns seiner Entscheidung beugen. Morgen wird er hier eintreffen. Bis dahin bewahrt Ihr Stillschweigen.«

»So lange braucht ihr nicht zu warten«, sagte Helene, die ans Fenster getreten war. »Er ist bereits da.«

Der Abt gehörte ganz gewiss nicht zu denjenigen, die bei den Mahlzeiten ständig der Heiligen Schrift lauschten und lieber den Geist als den Körper sättigten. Dafür war er schlicht zu dick. Seine Haut war schneeweiß und völlig haarlos, und seine Hände waren die einer Frau. Adrian hätte jede Wette gehalten, dass sich der Fettsack in seinem Leben noch keinen Tag körperlich betätigt hatte. Wahrscheinlich stammte er aus begütertem Hause und hatte sich das Amt des Abtes gekauft.

Aber er hatte seine Prinzipien.

»Eure Vollmacht ist beeindruckend«, sagte er in dem rachenlastigen Tonfall, wie er hauptsächlich im Gebiet um den Vierwaldstätter See gepflegt wird. »Aber Ihr befindet Euch in St. Gallen und nicht in Rom. Ich fürchte, dieses Schreiben hat hier keinen allzu großen Wert.«

»Ihr weigert Euch also, einem päpstlichen Legaten die ihm zustehende Unterstützung zu gewähren?«

Adrians Stimme war von schneidender Kälte. Den Abt beeindruckte das wenig. Er war es gewohnt, mit Gletscherwasser zu gurgeln.

»Der springende Punkt ist, dass von zustehend keine Rede sein kann. Auf meine freiwillige Unterstützung kann Rom natürlich jederzeit zählen.«

»Der Heilige Vater wird Euer Entgegenkommen zu schätzen wissen. Also gewährt mir, in Gottes Namen, Einsicht in die Mönchlisten.«

Der Abt lehnte sich in seinem Sessel zurück, verschränkte die Hände über dem Wanst und ließ seine Daumen umeinander rotieren.

»Werter Mann, Ihr scheint mich nicht verstehen zu wollen. Ich sagte Euch bereits, die Mönchlisten werden in der Bibliothek aufbewahrt. Diese liegt im religiösen Trakt des Klosters, der aus Kirche und Klausur besteht. Der Zutritt zu diesem Bereich ist nur mir und den Mitgliedern des Konvents gestattet.«

»Was wäre, wenn ich in das Kloster einträte?«

»Das bleibt Euch unbenommen. Nach einer zweiwöchigen Prüfungs- und Eingewöhnungszeit, die Ihr im Gästehaus zu verbringen hättet, würdet Ihr als Novize unter Aufsicht eines älteren Mönches in der cella noviciorum leben. Dort würde Euch drei Mal, einmal nach zwei, einmal nach acht und noch einmal nach zwölf Monaten Aufenthalt die Benediktregel verlesen. Nach diesem Jahr würdet Ihr den Profess leisten, das heißt versprechen, im Kloster zu bleiben, wir nennen es stabilitas loci, einen sittlichen Lebenswandel zu führen, conversatio morum, und zu gehorchen, oboedientia. Danach würde man Euch die Mönchskleidung anlegen, und Ihr wäret ein volles Mitglied der Gemeinschaft. – Und dann hättet Ihr Zugang zur Bibliothek.«

Adrian juckte es, aufzuspringen und diesem sarkastischen Fettwanst die Faust ins Gesicht zu dreschen. Bevor er diese Torheit jedoch begehen konnte, fiel sein Blick auf die beiden selbst geschnitzten Krücken, die am Tisch lehnten und auf die er noch immer angewiesen war. Außerdem traute er dem Abt durchaus zu, einen Dolch unter der Kutte zu tragen. Gründe genug, sich zu beherrschen.

»Ich hatte mehr daran gedacht, heute einzutreten und morgen wieder hinausgeworfen zu werden«, sagte er mit einem verbindlichen Lächeln. »Beides in einem stark verkürzten Verfahren und gegen eine – sagen wir mal – nicht unerhebliche Spende.«

Der Abt schien interessiert. Jedenfalls sah er auf einmal hellwach aus.

»Ich denke, wir sollten uns einigen. Ihr leistet Eure Spende und sagt mir gleichzeitig, welche Angaben Ihr benötigt. Der für die Verwaltung der Listen zuständige Bruder wird sie dann heraussuchen, und ich teile Euch morgen das Ergebnis mit. Betrachtet Euch solange als unser Gast und quartiert Euch im Haus der vornehmen Gäste ein. Was haltet Ihr davon?«

»Ich deutete ja bereits an, dass die Angelegenheit ein Höchstmaß an Verschwiegenheit erfordert.«

»Ihr solltet wissen, dass wir nicht zu den Geschwätzigen der Erde zählen. Nur der beauftragte Bruder und ich würden von dem Vorgang wissen.«

»Ließe es sich einrichten, dass jener Bruder morgen anwesend ist, wenn Ihr mir das Resultat mitteilt?«

»Ich vermag nicht zu erkennen, welchen Nutzen –«

»Nur für den Fall von Nachfragen.«

»Natürlich. Ich denke, das lässt sich einrichten. Ihr seid also einverstanden?«

»Mehr als das«, sagte Adrian und zückte den Beutel mit den Münzen. »Ich bin zufrieden.«

*

Als Adrian erwachte, fühlte er sich wie zerschlagen. Wenn er zwei Stunden geschlafen hatte, war es viel.

Gleich nach der Komplet, dem Abendgebet, als Nachtruhe einkehrte, hatte er mit seinen Vorbereitungen für den nächsten Tag begonnen. Konzentriert und mit ruhiger Hand hatte er aus dem guten Dutzend Essenzen und Pülverchen, die er in kleinen Fläschchen mit sich führte und von denen Tollkirsche und Fingerhut noch die harmlosesten waren, eine bräunliche Tinktur angerührt. Diese hatte er dann in zwei Hohlnadeln gefüllt, deren Spitzen er mit Wachs verschloss.

Anschließend hatte er immer wieder das Ziehen und Laden des Blasrohrs geübt, bis er lahme Arme bekam und ihm die Augen zufielen. Kaum lag er jedoch im Bett, kam Sturm auf. Wie eine Horde Gespenster heulte er um die Hausecken und den Windfang des Kamins und rappelte an den Fensterläden. An Schlaf war nicht zu denken. Erst als das Unwetter gegen Morgen nachließ, fand Adrian ein wenig Ruhe.

Wie vereinbart humpelte er unmittelbar nach der Terz zum Haus des Abtes. Der gleiche Mönch wie am Vortag führte ihn in das Arbeitszimmer, aber weder der Klostervorsteher noch sonst jemand war anwesend. Adrian nahm Platz, überprüfte noch einmal die Erreichbarkeit des Blasrohrs und wartete.

Es dauerte nicht lange, bis der feiste Abt erschien. In seiner Begleitung befand sich ein Mönch, der offensichtlich noch nie seinen Teller leer gegessen hatte. Wahrscheinlich übertrieb er es auch mit den Fastentagen, so erschreckend dünn war er. Der erstbeste Sommerschnupfen würde ihn dahinraffen.

»Das ist Bruder Notker«, stellte der Abt den Klapprigen vor. »Unser Bibliotheks-Notker. Er wird Euch berichten, was die Chroniken preisgegeben haben.«

Bruder Notker feuchtete seine Lippen an.

»Aufgrund der Bedingungen, die in unserer alten Bibliothek herrschten, sind die Verzeichnisse teilweise in einem sehr schlechten Zustand.« Er sprach ungelenk und stockend, wie es Menschen tun, die nur selten Gelegenheit haben zu reden. »Dennoch ist es mir gelungen, die Eintragungen, die unseren Bruder Egmont betreffen, zu entziffern. Er trat dem Konvent im Jahre 800, genau am 13. Oktober, bei. Unmittelbar nach dem Weihnachtsfest des Jahres 818 verließ er ihn wieder.«

»Das war das Jahr, in dem unser Kloster das Recht der freien Abtwahl erhielt«, sagte der Abt schwärmerisch. »Ludwig dem Frommen sei Dank.«

»Was heißt, dass Egmont das Kloster wieder verließ?«, fragte Adrian. »Meint Ihr, mit den Füßen voran?«

»Wenn er verstorben wäre, hätte er es ja nicht verlassen«, kam der Abt Notker zuvor. »Dann wäre er auf dem Friedhof unter den Obstbäumen beigesetzt worden.«

Notker räusperte sich. »Er wechselte in unser Bruderkloster Reichenau. Damals wurden regelmäßig Mönche ausgetauscht, um die Verbrüderung inniger werden zu lassen.« Er räusperte sich noch einmal und sagte dann so leise, dass er kaum zu verstehen war: »Nur ist Bruder Egmont dort nie angekommen.«

»Was?«, entfuhr es Adrian und dem Abt wie aus einem Munde.

Es war Bruder Notker deutlich anzusehen, wie peinlich ihm die Geschichte war. Mit Sicherheit hätte er lieber drei Wochen aufs Essen verzichtet, als seinen Bericht fortzusetzen. Aber es half nichts.

»Zunächst nahm man an, Egmont sei vielleicht einem Überfall oder Unglück zum Opfer gefallen. Es wurden zahlreiche Nachforschungen angestellt, sowohl von Seiten Reichenaus als auch von Seiten St. Gallens. Dies ist in einem ungewöhnlich umfangreichen Schriftwechsel bezeugt. Schließlich fand man heraus, was ihm zugestoßen war.«

Notkers Stimme war nurmehr ein Hauch, als er weitersprach. »Egmont fiel der Lust des Fleisches zum Opfer.«

Adrian hätte beinahe aufgelacht. Weniger aus Erheiterung als vielmehr wegen der Irrwitzigkeit der Entwicklung. Während seiner Reise, vor allem in den Wochen, in denen er mit gebrochenen Beinen in der Bergbauernkate gelegen hatte, war er wie selbstverständlich davon ausgegangen, in St. Gallen den Schlusspunkt unter die Geschichte setzen zu können.

Und nun stellte sich heraus, dass Egmont das Kloster wieder verlassen hatte, wahrscheinlich mit einer Frau durchgebrannt war, und wenn es ganz dick kam, auch noch ein Kind in die Welt gesetzt hatte. Adrian war nahe dran, ein Stoßgebet loszulassen, damit wenigstens Letzteres nicht zutraf.

»Das solltet Ihr näher erläutern, Bruder Notker«, sagte der Abt.

»Egmont muss schon vor seinem Verschwinden ein Verhältnis mit einer Magd von einem der umliegenden Höfe gehabt haben«, sagte der Mönch und guckte dabei so schuldbewusst, als habe er derlei auch schon einmal erwogen. »Darüber, wie es zu Stande gekommen ist und wie er es gepflegt haben könnte, ist nichts bekannt. Jedenfalls hat er den Umzug nach Reichenau dazu benutzt, um mit der Frau zu fliehen. Ihr Name war Anni.«

»Ich wundere mich, dass ein derart unzüchtiger Vorgang in unseren Geschichtsbüchern verzeichnet ist«, sagte der Abt. »Nicht nur, weil dieses Ereignis eine Schande für unser Kloster ist. Es könnte darüber hinaus Brüder zur Nachahmung anstiften.«

»Vielleicht wurde der Vorgang wegen seiner abschreckenden Wirkung festgehalten«, sagte Notker. »In den Unterlagen wird nämlich auch über Egmonts Ende berichtet.«

Leise Hoffnung keimte in Adrian auf.

Notker befeuchtete noch einmal seine Lippen: »Egmont und Anni verließen die hiesige Gegend und gingen nach Thüringen. Dort gebar Anni einen Sohn. Kurz darauf starb Egmont am Wahnsinn.«

Und schon war das Pflänzchen verblüht.

»Niemand entgeht der gerechten Strafe des Herrn«, rief der Abt und bekreuzigte sich. Sicherheitshalber tat es ihm der Bibliotheks-Notker gleich.

»Wisst Ihr Genaueres über den Sohn?«, fragte Adrian. »Kennt Ihr seinen Namen?«

»Nein. Es wurde nur festgehalten, dass der Nachkomme männlichen Geschlechts war. Darüber hinaus ist nichts bekannt.«

»Tja«, sagte der Abt. »Das war es dann wohl.«

»Noch nicht ganz«, sagte Adrian und ließ ein silbernes Röhrchen von vielleicht einer halben Elle Länge aus dem Ärmel gleiten.

»Was habt Ihr vor?«, fragte der Abt. »Wollt Ihr Flöte spielen?«

»Flöte spielen ist gut.« Adrian lachte. »Wirklich gut.«

Gleichzeitig zog er eine der gefüllten Hohlnadeln aus dem Aufschlag seines Umhangs und führte sie in das Röhrchen ein. Dann setzte er es an die Lippen, visierte den Abt an und blies hinein. Die Nadel traf den Abt genau in die Halsschlagader.

Der Klostervorsteher guckte ungläubig und machte Anstalten, etwas zu sagen, aber es kamen keine Worte über seine Lippen, nur Schaum. Gleichzeitig traten seine Augen hervor. Schließlich gab er ein Furcht erregendes Röcheln von sich, kippte aus seinem Sessel und war tot, bevor er auf dem Boden aufschlug.

Bruder Notker hatte den Mund weit aufgerissen, als wolle er schreien. Aber auch er brachte keinen Ton heraus, zu groß war sein Entsetzen. Wie gelähmt war er, an eine Flucht war nicht zu denken.

Währenddessen schob Adrian in aller Seelenruhe die zweite Nadel in das Röhrchen, legte auf Notker an und traf ihn mitten in seinen zappelnden Adamsapfel. Der Mönch fuchtelte in der Luft herum, als werde er von Fliegen belästigt. Dann spie auch er Schaum, röchelte und starb.

Adrian stemmte sich aus dem Sessel, nahm den Schlüsselbund vom Arbeitstisch und humpelte damit zu einem Schränkchen. Dort probierte er so lange, bis er den passenden Schlüssel zu der Schublade gefunden hatte, in der der Abt den Beutel mit den Münzen deponiert hatte. Nachdem er das Geld eingesteckt hatte, klemmte er sich die Krücken unter die Arme, verließ den Raum, wobei er die Tür sorgfältig hinter sich abschloss, und begab sich zum Ausgang.

Vor der Tür des Hauses saß der Mönch, der ihn eingelassen hatte, auf einer Bank.

»Der Abt bat mich, Euch auszurichten, er möchte bis zur Sext nicht gestört werden«, sagte Adrian zu ihm.

»Selbstverständlich. Soll ich Euch zum Gästehaus begleiten?«

»Nein danke, ich komme schon zurecht.«

Kurze Zeit später verließ Adrian das Kloster zu Pferd in nordwestlicher Richtung.

Die beiden Leichen wurden am frühen Nachmittag entdeckt, nachdem besorgte Mönche die Tür aufgebrochen hatten. Der Verdacht fiel sofort auf den Gast mit den Krücken. Ein halbes Dutzend Brüder hatte ihn gesehen.

Aber keiner vermochte ihn zu beschreiben.

Im Burghof drängte sich ein Dutzend Reiter, alle aus dem Gefolge des Erzbischofs. Keines der Gesichter war Martin bekannt. Einige der Männer hatten die Hälse gereckt und suchten das Dach des Palas mit den Augen ab. Martin blickte ebenfalls nach oben, konnte aber nichts Außergewöhnliches entdecken. Zwischen den Pferden hasteten Wachleute von Burg umher. Auf dem Wehrgang erschollen Rufe.

In der Luft lag eine Gereiztheit, als würde jeden Augenblick eine Massenschlägerei ausbrechen. Vom Erzbischof selbst war nichts zu sehen. Dafür fiel Martins Blick auf den Stallburschen Egelmer, der an der Hauswand lehnte und wie immer auf einem Halm kaute.

»Was ist hier los?«, fragte er ihn.

»Dem Graf ist ’n Ziegel auf den Kopf gefallen«, sagte er,

ohne den Halm aus dem Mund zu nehmen. »Ich glaub, er ist tot.«

Martin musste schlucken. »Wo ist er jetzt?«

Egelmer zeigte zur Treppe. »Sie haben ihn raufgeschafft. Der Arzt ist auch da. Aber der Graf ist bestimmt tot.«

Martin zwängte sich zwischen den Pferden hindurch. Der Aufgang wurde von zwei Wachen versperrt, die die Spieße gekreuzt hatten. Der ältere der beiden erkannte Martin und ließ ihn passieren.

Im Palas herrschte hektische Aufregung. Martin ließ sich vom Hauptstrom in den Rittersaal spülen.

Mitten im Raum hatte sich eine Traube Menschen gebildet. Ein altes Weib, das er aus der Wäscherei kannte, wehklagte lauthals, als hätten die Ungarn ihre gesamte Familie dahingemetzelt. Martin wurde immer beklommener zu Mute. Um überhaupt etwas sehen zu können, musste er auf eine der Bänke in der nächstgelegenen Fensternische steigen.

Mitten in dem Knäuel saß Engelbert mit nacktem Oberkörper auf einem Stuhl und wirkte ausgesprochen lebendig. Nur wütend sah er aus. Ob es an dem hysterischen Getue um ihn herum lag oder an dem, was Hugo von Klistier ihm gerade ins Ohr flüsterte, war nicht auszumachen.

Plötzlich stieß der Erzbischof den Quacksalber zur Seite und sprang auf.

»Ruhe!«, brüllte er in einer Lautstärke, dass Martin beinahe aus dem Fenster gekippt wäre. »Man kann ja sein eigenes Wort nicht verstehen.«

Die Menge wich zurück. Wer nicht schnell genug reagierte, kam ins Stolpern. Die Alte aus der Wäscherei landete auf ihrem dicken Hintern.

»Thietmar! Gumpert! Schafft die Leute raus. Ich will niemanden mehr sehen.«

»Und was ist mit mir?«, fragte Hugo von Klistier und strich irritiert über seinen Ziegenbart.

»Euch lass ich für ein halbes Jahr bei Wasser und Brot in den Kerker werfen, falls Ihr mich noch einmal zur Ader lassen wollt. Ich habe nicht die Ruhr, sondern eine Schürfwunde. Folgerichtig brauche ich eine Wundsalbe. Schickt mir Eberhard her. Der Mönch versteht sich darauf, so etwas anzurühren.«

Während von Klistier sich im Rückwärtsgang entfernte, sah Martin auch, was geschehen war. Engelberts linker Oberarm war nur noch rohes Fleisch.

»Hättet Ihr ein Kettenhemd getragen, wäre das nicht passiert«, sagte Thietmar.

»Noch ein Ton, und Ihr könnt gleich mitgehen«, fuhr Engelbert ihn an. Dann entdeckte er Martin, und seine Gesichtszüge entspannten sich. »Komm her, mein Junge.«

Martin sprang von der Bank und eilte auf ihn zu. Sie reichten sich die Hände, und für einen Augenblick schien es, als würden sie sich umarmen. Der Wille war bei beiden erkennbar, nur traute sich keiner, den Anfang zu machen – und dann war es zu spät. Ein Hauch von Verlegenheit lag auf beider Gesicht.

»Lass dich anschauen, Martin«, sagte Engelbert. »Prächtig siehst du aus. Ein richtiges Mannsbild bist du geworden. Bodos Fürsorge scheint dir gut zu bekommen.«

»Ich kann nicht klagen. Was ist mit Eurem Arm geschehen?«

»Halb so wild. Nur eine Fleischwunde. Ein Dachziegel ist heruntergefallen und mir über den Arm geschrammt. Allerdings hätte er keine Handbreit weiter rechts herunterkommen dürfen.«

Unruhe entstand an der Tür. Die zurückgedrängte Meute bildete ein Spalier, durch das zwei Wachen einen Mann schubsten. Er war armselig gekleidet, an den Händen gebunden und hatte ein geschwollenes, bereits bläulich schillerndes Auge. Angst ließ ihn wie ein Idiot grinsen.

»Das ist er!«, sagte einer der Wachen und piekste dem Gefesselten mit dem Spieß in die Nieren.

Der Mann warf sich winselnd zu Boden. »Gna-Gna-Gnade, Exzellenz. Gnade!«

»Hoch mit dir, Ratte!«, sagte die Wache und setzte den Spieß erneut an.

»Schluss damit!«, rief der Erzbischof. »Was soll das? Was ist das für ein Mann? Martin, hilf ihm auf die Beine.«

Der Mann zitterte und roch sauer. Genauso riechen Schweine, dachte Martin, wenn man sie zum Schlachten in die Stallecke drängt. Wie ähnlich wir Kreaturen uns doch sind.

»Das ist der Schuldige«, sagte die Wache und blickte sich Beifall heischend um. Die Menge durchlief ein Raunen. »Wir haben ihn auf dem Gerüst geschnappt. Gerade, als er abhauen wollte.«

»Wie heißt Ihr?«, fragte Engelbert den Mann.

»Jo-Jo-Josef, Exzellenz.«

»Stottert Ihr immer?«

Josef nickte.

»Was hattet Ihr auf dem Dach zu suchen?«

»Ich ha-ha-hab gearbeitet. Au-Ausbesserungsarbeiten.«

»Wie ist das mit dem Ziegel passiert?«, fragte der Erzbischof weiter.

»Er ist mi-mi-mir aus der Hand gerutscht, Exzellenz. Ein Ver-Ver-Versehen.«

»Wenn es nur ein Versehen war, warum habt Ihr dann zu fliehen versucht?«

»Ich ha-ha-hatte Angst, dass mir keiner glau-au-auben würde, Exzellenz.«

»Wusstet Ihr, dass ich heute kommen würde?«

Josef schüttelte den Kopf, dass seine Ohren schlackerten. »Ich dachte, Ihr ko-ko-kommt morgen.«

»Er lügt doch«, sagte die Wache, die sich um ihren Erfolg

betrogen fühlte. »Wenn ich ihn ein bisschen in die Mangel nehme, wird er mit der Wahrheit schon rausrücken.«

»Nichts dergleichen wirst du tun. Du gehst zu Gero von Ueberholz und fragst ihn, ob er den Mann mit Arbeiten auf dem Dach des Palas beauftragt hat. Bestätigt er das, lässt du den Mann laufen. Wenn nicht, bringst du ihn noch einmal her. Dann darfst du auch eine Knute mitbringen.«

Josef machte Anstalten, Engelberts Hand zu ergreifen. Der winkte jedoch ab, woraufhin der Dachdecker ins Leere langte, und sagte: »Schon gut, schon gut.«

Kaum war der Unglücksrabe verschwunden, erschien Eberhard.

»Erst einmal werde ich Euch eine Salbe aus Maulbeerblättern auftragen«, sagte der Mönch. »Sie bringt Kühlung. Zur Wundheilung streichen wir dann ab morgen eine Mischung aus Rinderfett und Beifuß auf. Ich muss sie nur schnell anrühren. Ich bin gleich wieder da.«

Der Erzbischof grinste, als wollte er sagen: Na, hab ich das nicht gleich gesagt? Eberhard weiß, was zu tun ist.

Inzwischen hatten Thietmar und Gumpert auch die letzten Neugierigen hinausgedrängt. Im Gegenzug ließen sie Bodo herein. Als Martin ihn sah, musste er an sich halten, um nicht zu lachen. Noch nie hatte er den Hausmeister mit einer Kopfbedeckung gesehen, und dann gleich mit so einer. Bodo trug eine Leinenkappe, die aussah, als habe er sie sich von Johanna geliehen. Jedenfalls wirkte er damit sehr mädchenhaft. Auch Engelbert guckte verwundert.

»Kriegt Ihr auf Eure alten Tage kalte Ohren?«, scherzte er.

»Ich hab da eine Beule«, sagte Bodo. »Der Türstock, wisst Ihr.«

Martin machte, dass er wegkam, um nicht doch noch loszuplatzen.

*

Als Martin das Burgtor passierte, lief ihm Johanna über den Weg. Sie trug ein gebleichtes Obergewand, hatte sich eine getrocknete Kornblume ins Haar gesteckt. Gemeinsam schlenderten sie hinüber zur Siedlung, wo emsige Betriebsamkeit herrschte. Wer die Möglichkeit hatte, arbeitete bei dem schönen Wetter vor dem Haus.

»Weißt du, ob mein Vater schon bei Graf Engelbert war?«, fragte Johanna.

»Er spricht gerade mit ihm.«

»Was wird denn aus dir, wenn der Graf deine Fürsprache für mich zulässt? Du müsstest Burg verlassen.«

»Sofern Heinrich überhaupt zurückkommt.«

»Er kommt bald. Nächste Woche wird der Tross aufbrechen. Dann erwartet er mich im Diebesturm zu sehen. Nur unter der Bedingung hat er mich meinem Vater mitgegeben.«

»Darauf kann er lange warten. Außerdem – wieso muss eigentlich ich weichen? Er ist doch der Verschwörer und gehört zum Teufel gejagt.«

»Das wird Graf Engelbert nicht tun. Heinrich von Burg zu verjagen würde Krieg mit den Limburgern bedeuten. Er hat schon so mehr als genug Feinde, sagt mein Vater.«

»Viel Feind, viel Ehr, heißt es doch. Ich hätte nichts dagegen, Heinrich noch mal eine zu verpassen.«

»Du nimmst das zu leicht, Martin«, sagte sie und legte ihre Hand auf seinen Unterarm. »Wenn du wüsstest, wie sehr Heinrich dir noch immer wegen des Tritts zürnt. Eines Abends hab ich zufällig mit angehört, wie er schwor, dir die Haut in Streifen vom Leib zu ziehen. Da war er zwar sturzbetrunken, aber er hat es dennoch ernst gemeint.«

Sie hatten das Haus des Bäckers erreicht. Ein betörender Duft zog über die Straße.

»Soll ich dir eine Brezel kaufen?«, fragte Martin.

»Was so gut riecht, ist das Brot mit den Sonnenblumenkernen.«

»Das ist doch Vogelfutter.«

»Du Banause! Sag bloß, du hast noch nie Sonnenblumenkerne gegessen?«

»Seh ich aus wie ein Sperling?«

Johanna lachte. »Komm mit. Das musst du probieren.«

Hans spendierte ihnen zwei Schnitten und bestrich sie sogar dick mit Butter. Vergnüglich mampfend drehten sie eine Runde um die Kirche.

»Nun? Bist du noch immer der Meinung, das sei nur etwas für Vögel?«

»Ich leiste Abbitte.«

An der Mauer unterhalb des Diebesturms maunzte eine Katze aufs Kläglichste. Es hätte aber auch das Wehklagen eines Eingekerkerten sein können. Johanna schauderte.

»Lass uns gehen«, bat sie. »Mir graut's.«

Ihre Hände suchten und fanden sich. Martin kribbelte es mächtig im Bauch. Als er einen Blick auf Johanna warf, sah er, dass ihre Wangen gerötet waren.

Kurz vor dem Tor trafen sie auf Eberhard.

»Da steckt ihr also«, sagte er. »Der Erzbischof will euch sprechen. Beide.«

»Ich dachte, Ihr müsstet ihm erst noch die Salbe auftragen.«

»Das ist schon längst geschehen.« Er schmunzelte. »Wenn man verliebt ist, kommt einem schon mal das Zeitgefühl abhanden, wie?«

Wie ertappt ließen sie einander los.

»Wo ist er?«, fragte Martin.

»Noch immer im Rittersaal«, sagte Eberhard. »Ihr solltet Euch beeilen. Die Äbtissin des Stifts Essen wird jeden Augenblick erwartet.«

*

Die Diener hatten drei lange Tische herbeigeschafft und in Hufeisenform aufgestellt. Dahinter platzierten sie fünfzehn Stühle. Der mit der höchsten Lehne stand in der Mitte des Tisches, der die Grundlinie bildete, und war für den Erzbischof bestimmt.

Der Erzbischof erschien. Angetan mit Mitra, Pallium, Krummstab und einer mit goldenen Tressen verzierten Stola bot er einen wahrhaft imposanten Anblick. Martin hatte ihn noch nie so gesehen und war gleich ein wenig gehemmt.

Gut, dass Johanna wusste, was zu tun war. Sie kniete nieder und hauchte einen Kuss auf den bischöflichen Ring. Martin überlegte noch, ob er es ihr gleichtun sollte, als der Erzbischof abwinkte.

»Keine Förmlichkeiten«, sagte er und ging um die Tische zu seinem Lehnstuhl. »Kommt näher.«

Wie angewiesen stellten sich Johanna und Martin vor dem Tisch auf. Der Blick, mit dem der Erzbischof sie maß, war streng. Unwillkürlich beschlich beide das Gefühl, etwas ausgefressen zu haben.

»Ich muss dein Verhalten auf das Strengste rügen«, sagte Engelbert zu Martin. »Welche Beweggründe auch immer du gehabt haben magst, es ist für einen Knappen in höchster Weise unziemlich, die Unterredungen anderer Leute zu belauschen.«

Martin wollte ansetzen, aber die erhobene Hand des Erzbischofs gebot ihm Einhalt.

»Außerdem hast du dich durch dein törichtes Verhalten in eine höchst verzwickte Lage gebracht. Eine Aussage zu Johannas Gunsten schlösse deinen weiteren Verbleib auf Burg aus. Du müsstest noch vor Heinrichs Rückkehr abreisen, sonst wärst du deines Lebens nicht mehr sicher.«

»Nur auf Grund meiner angeblichen Torheit bin ich überhaupt in der Lage, Johannas Unschuld zu beweisen«, sagte Martin schnell, bevor es der Erzbischof erneut verhindern konnte. »Außerdem habe ich so Kenntnis von einer Verschwörung gegen Euch erhalten. Das sollte mein Lauschen hinreichend rechtfertigen.«

»Mit Verschwörungen muss ich seit meinem dreizehnten Lebensjahr zurechtkommen, als ich Probst von St. Georg wurde. Was ist aus all den finsteren Plänen geworden? Nichts. Was Heinrich und Dietrich planen, kümmert mich wenig. Es gibt eindeutige Verträge, an die sie sich zu halten haben. Sollten sie das nicht tun, bekommen sie das Schwert zu spüren.«

»Dann könnt Ihr Heinrich auch untersagen, an mir Rache zu nehmen.«

»Nein, das kann ich nicht. Heinrich von Limburg muss sein Gesicht wahren können.«

»Ob sich das bei dem Gesicht lohnt?«, sagte Martin.

»Unterlass gefälligst deine Albernheiten«, fuhr der Erzbischof auf. »Sollte ich das Bedürfnis haben, dumme Sprüche zu hören, werde ich mir einen Hofnarren zulegen. Zurück zu Heinrich. Nach dem Tritt in die Hoden könnte er keine weitere Demütigung hinnehmen, ohne den Respekt seiner Leute zu verlieren. Das hättest du dir vorher überlegen müssen. Wieso bist du ihnen überhaupt nachgeschlichen?«

Martin studierte einen Augenblick die Spitzen seiner Schnabelschuhe. »Ich wollte wissen, wie Dietrich von Kleve aussieht.«

Engelberts Blick war forschend und nachdenklich zugleich. »Und, wie sieht er aus? Wie ein Mörder?«

»Nein, nur wie der Verbündete eines Mörders.«

»Das macht die Sache noch schwieriger«, sagte Engelbert und beugte sich zur Seite, um an ihnen vorbeiblicken zu können.

Martin und Johanna drehten sich um. Einer der Diener stand im Türrahmen und machte ein Zeichen.

»Die Äbtissin ist eingetroffen«, sagte der Erzbischof. »Wir unterhalten uns später weiter.«

Die Äbtissin wurde mit Mutter Magdalena angesprochen. Sie war eine kleine, stupsnasige Person von ungefähr vierzig Jahren, die so schelmisch guckte, als warte sie nur auf eine Gelegenheit, einen Schwank aus ihrem Leben zu erzählen. Als sie den Mund auftat, wäre Martin beinahe vom Stuhl gekippt. Die zierliche Oberin hatte die Stimme eines Mannes.

Begleitet wurde Mutter Magdalena von zwei Schwestern. Die eine hatte schon etliche Jahre auf dem Buckel und guckte mürrisch unter ihrem Stirnband hervor. Die andere war blutjung und bildhübsch, aber so schüchtern, dass sie ausschließlich auf den Boden blickte. Gekleidet waren die drei gleich. Schwarze Kutte, weißes Brusttuch und weißer Schleier. Auffällig war die Sauberkeit ihrer Tracht, denn die Schwestern kamen an dem Tag aus Homburg und waren im offenen Wagen gereist.

Seine Anwesenheit bei der anstehenden Unterredung hatte Martin einem Einfall des Erzbischofs zu verdanken. Nachdem er ihn und Johanna weggeschickt hatte, ließ er Martin noch einmal mit dem Hinweis holen, er könne etwas lernen. So saß der angehende Knappe denn neben Thietmar am Ende der Tafel.

Einer der Diener klopfte auf den Boden, und alle verstummten. Nach dem üblichen Bergrüßungszeremoniell erteilte der Erzbischof der Äbtissin das Wort.

»Ich habe um diese Unterredung gebeten, weil ich Klage zu führen habe, Exzellenz«, sagte sie mit einer Miene, deren Heiterkeit im krassen Gegensatz zum Ernst ihrer Worte stand. »Unser Stift ist in den vergangenen Monaten in ernste wirtschaftliche Schwierigkeiten geraten. Nicht auf Grund von Müßiggang oder Misswirtschaft, sondern weil wir gezwungen sind, Abgaben zu leisten, die unsere Mittel übersteigen.«

»Die Höhe der Abgaben ist vertraglich festgelegt«, sagte Engelbert. »Ich sehe keinen Spielraum, eine Änderung nach unten vorzunehmen.«

»Oh, darauf wollte ich auch nicht hinaus. Die vereinbarte Abgabe ist annehmbar. Darüber haben wir uns auch noch nie beklagt. Es geht um Leistungen, die ein Vielfaches davon betragen und die uns abgepresst werden.«

»Werdet Ihr bedroht?«, fragte der Erzbischof und drückte mit seinen Brauen die Mitra ein Stück nach oben.

»Allerdings«, sagte Mutter Magdalena. »Von unserem eigenen Schutzvogt.«

»Friedrich von Isenberg«, raunte Thietmar Martin zu. »Engelberts Neffe.«

»Wie kann das angehen?«, flüsterte Martin zurück.

»Der Kerl ist ein ausgemachtes Arschloch und gleichzeitig so blöd, dass ihn die Schweine beißen. Ich bin auch schon mit ihm aneinander geraten. Wäre der Erzbischof nicht dazwischengegangen, hätte ich ihn abgeschlachtet.«

»Ruhe da!«, schnauzte Engelbert sie an. »Sind wir hier auf dem Jahrmarkt? – Bitte, Schwester Oberin, fahrt fort.«

Es folgte eine einschläfernde Aufzählung derjenigen Dinge, die von Isenberg dem Kloster allein in den letzten drei Monaten abgepresst hatte. Soundsoviele Hühner, Ziegen, Schafe, Schweine, Kühe und Forellen, Getreide, Mehl, Brotlaibe, Eier, Obst, Gemüse, Kräuter, Säcke gesponnenen Garns und Ballen gewebter Tücher.

So langweilig diese trockene Aufzählung für Martin war, so bewunderte er doch die Gedächtnisleistung der Oberin, die den einzelnen Zahlen auch gleich noch die vertraglich vereinbarten gegenüberstellte. Der Unterschied war erschreckend. Von Isenberg hatte von den meisten Posten das Drei- bis Vierfache dessen gefordert, was ihm zustand.

»Wir sind an einem Punkt angelangt«, schloss Mutter Magdalena ihre Ausführungen, »an dem unsere Gemeinschaft ernsthaft bedroht ist. Viele unserer Aufgaben werden wir nicht mehr lange wahrnehmen können. Ich spreche dabei insbesondere von den Bereichen Krankenpflege, Unterricht und Armenfürsorge.«

»Hat Euch Euer Schutzvogt eine Begründung für seinen – nennen wir ihn einmal – erhöhten Bedarf angegeben?«, fragte der Erzbischof. »Es könnte ja sein, dass es sich nur um zeitlich begrenzte Zusatzforderungen handelt.«

Die Oberin blickte drein, als würde sie gern ausspeien. »Exzellenz, auch wenn ich Euch nur die Zahlen des letzten Vierteljahrs vorgetragen habe – dieser so genannte erhöhte Bedarf des Vogts besteht schon seit einiger Zeit. Allerdings bewegte er sich bis Ende letzten Jahres noch in einem Rahmen, der uns verkraftbar erschien. Dies ist nun nicht mehr der Fall.«

Der Erzbischof wollte etwas sagen, aber Mutter Magdalena war noch nicht fertig.

»Außerdem vermag ich nicht einzusehen, dass unserer Hände Arbeit dazu dienen soll, das liederliche und ausschweifende Leben dieses angeblichen Schutzvogts zu ermöglichen. Er verprasst, versäuft und verhurt, was die Schwestern im Schweiße ihres Angesichts erwirtschaften.«

Jetzt zeigte zum ersten Mal auch die mürrische Alte eine Reaktion. Mit zustimmendem Nicken signalisierte sie, dass diese klaren, unmissverständlichen Sätze ganz nach ihrem Geschmack waren. Die Scheue hingegen hatte ihr Haupt mit jedem Wort tiefer gebeugt. Noch eine halbe Handbreit, und ihre Stirn hinge auf dem Tisch.

Allgemeines Gemurmel hob an. Jeder in der Runde, mit Ausnahme des Erzbischofs, tuschelte mit seinem Nachbarn. Aber diesmal schritt Engelbert nicht ein. Seine Augen mit der Hand abschirmend war er in Gedanken versunken. Schließlich räusperte er sich.

»Ihr habt sicher Verständnis, Schwester Magdalena, dass ich hier und heute keine Entscheidung treffen kann«, sagte er betont deutlich. »Das bedeutet nicht, dass ich an Euren Worten zweifle, aber ich habe die Pflicht, auch die gegnerische Seite zu hören, bevor ich mir ein Urteil bilde. Geht aber getrost davon aus, dass Euer Stift zukünftig nur mit den Abgaben belastet werden wird, die vertraglich festgelegt sind. Ob und in welcher Höhe Wiedergutmachung zu leisten sein wird, werden wir zu einem späteren Zeitpunkt klären.«

Spitzbübischer als die Oberin konnte man nicht aussehen. Sie hatte alles herausgeholt, was zu diesem Zeitpunkt möglich war, und verhehlte ihre Freude nicht.

»Kaiser und Papst wird es freuen, das zu erfahren«, sagte sie und lächelte.

Der Erzbischof versteinerte. »Wie darf ich das verstehen?«

»Wie meint Ihr, Exzellenz? Ich sagte, sowohl Kaiser als auch Papst wird es freuen, wenn ich ihnen diese Entwicklung mitteile.«

»Soll das etwa heißen, Ihr hattet Euch wegen der Erpressung durch den Isenberger bereits bei Friedrich und Honorius beklagt?«

»Ja«, sagte sie unbeirrt fröhlich. »Ich ließ ihnen eine Botschaft zukommen.«

Engelberts Schläfenadern schwollen an, dass Martin befürchtete, ihnen widerfahre das gleiche Schicksal wie Siedewürsten, die zu lange im heißen Wasser liegen.

»Was fällt Euch ein?«, brüllte er und schlug gleichzeitig mit der Faust auf den Tisch, dass Mutter Magdalena zurückwich, so weit es die Stuhllehne erlaubte. »Wie könnt Ihr es wagen, Euch bei Hofe und beim Heiligen Stuhl zu beschweren? Friedrich und Honorius müssen ja den Eindruck haben, ich könne meinen Pflichten nicht nachkommen. Oder wolltet Ihr mir Eure Beschwerden an die höchsten Stellen um die Ohren hauen, falls ich nicht wunschgemäß gehandelt hätte?«

»Ich –«

»Schweigt! Ihr habt mich völlig unnötig aufs Übelste verunglimpft. Ich bin es, an den Ihr Euch in solchen Dingen zu wenden habt, und nicht Apulien oder Rom.«

»Ich –«

»Schweigt! Wisst Ihr törichte Person nicht, dass Ihr damit meine Stellung im Reich schwächt? Sobald meine Gegner davon erfahren, werden sie versuchen, Kaiser und Papst weitere Beweise für angebliche Versäumnisse meinerseits zu liefern. Wohl wissend, dass ich unter besonderer Beobachtung stehe.«

»Aber –«

»Schweigt! Außerdem habt Ihr Euch damit ins eigene Fleisch geschnitten. Nur wenn meine Stellung gefestigt ist, kann ich Euch helfen. Ist sie erst einmal angeschlagen, wird Euch jeder dahergelaufene Strauchdieb ungestraft bestehlen können. Was habt Ihr Euch nur dabei gedacht?«

Jetzt, da sie reden sollte, brachte die Äbtissin keinen Ton heraus. Entgeistert starrte sie den Erzbischof an. Schließlich versuchte sie es doch, verlor aber die Nerven und brach in Tränen aus.

Die alte Nonne stand auf und legte ihrer Oberin beruhigend die Hände auf die bebenden Schultern. Gleichzeitig warf sie dem Erzbischof bitterböse Blicke zu. Der guckte genauso böse zurück, woraufhin die Alte vermied, ihn noch einmal anzusehen. Die junge Nonne tat, als sei sie nicht anwesend.

Es dauerte einige Zeit, bis Mutter Magdalena ihre Fassung zurückgewann. Alles Spitzbübische in ihren Zügen hatten die Tränen weggeschwemmt. Einer der Diener reichte ihr ein Leinentuch, mit dem sie ihre Augen trocknete. Dann wendete sie das Tuch und schnäuzte sich lautstark.

Der Erzbischof zeigte sich mitleidlos.

»Ihr habt meine Frage noch nicht beantwortet, Mutter Oberin«, sagte er.

»Ich weiß es nicht mehr«, sagte sie. Wenigstens der Bariton war ihr geblieben. »Ich weiß es wirklich nicht mehr. Vermutlich wollte ich alles besonders richtig machen und habe dabei alles falsch gemacht. Ihr habt ja so Recht mit Euren Vorwürfen, Exzellenz. Mein Vorgehen war ausgesprochen töricht.«

»Schön, dass Ihr das einseht. Zu Eurer Beruhigung kann ich Euch versichern, dass Euer Fehlverhalten keinen Einfluss auf meine Entscheidung haben wird. Selbige werde ich Euch nach meiner Unterredung mit Friedrich von Isenberg bekannt geben.«

Damit erhob sich der Erzbischof und verließ den Rittersaal ohne ein weiteres Wort. Ihm folgten die anderen Teilnehmer der Runde, Martin eingeschlossen.

Zurück blieben drei bedröppelte Ordensfrauen.

*

Martin fand den Erzbischof in der Rüstkammer. Dort stand er in Hemd und Strumpfhose und ließ sich vom Waffenmeister persönlich Beinschützer aus Kettenpanzern anlegen.

»Sieh nur genau hin«, sagte er. »Das wird demnächst deine Aufgabe sein, wenn wir unterwegs sind.«

»Wollt Ihr Burg schon wieder verlassen?«

»Ich will heute noch nach Elberfeld. Morgen muss ich weiter nach Münster. Dort werde ich eine Kirche weihen. Das sind die Pflichten eines Erzbischofs.«

»Erwartet Ihr Ärger?«

»Wieso?«

»Wegen der Panzerung.«

»Ach so. Nein, nein. Ich habe ein neues Streitross, das will ich bei der Gelegenheit einreiten. Ohne die Panzerung wäre es bequemer, aber das Tier soll das volle Gewicht spüren.«

Der Waffenmeister band die letzte Schlaufe und reichte dem Erzbischof anschließend die lange Tunika. Der legte sie an und setzte außerdem die Haube zur Polsterung der Kettenkapuze auf. Da der Erzbischof von sich aus nicht auf Martins Zukunft zu sprechen kam, ergriff der das Wort.

»Habt Ihr Euch bereits entschieden, was aus mir werden soll?«

»Allerdings. In spätestens vier Tagen bin ich wieder hier. Dann nehme ich euch mit.«

»Wer ist ›euch‹?«

Engelbert guckte, als habe Martin gefragt, ob der Himmel oben oder unten sei.

»Johanna und dich natürlich.«

»Und wohin?«

»Nach Köln. Du wirst im erzbischöflichen Palast wohnen, und Johanna bringen wir im St.-Ursula-Stift unter. Damit seid ihr erst einmal Heinrichs Zugriff entzogen. Noch Fragen?«

Martin schüttelte den Kopf. Als ihm doch noch ein Dutzend einfielen, war der Erzbischof bereits unterwegs.

Die Gruppe, die an jenem Freitag im April den Flecken Boddenberg auf der Handelsstraße nach Köln durchquerte, bestand aus insgesamt neunzehn Reitern.

Die Vorhut bildeten sechs Angehörige der erzbischöflichen Garde, die von Thietmar befehligt wurde. Dahinter ritten Engelbert, Johanna und Martin. Ihnen folgten mit etwas Abstand Eberhard, Gumpert und ein an Heuschnupfen leidender Prälat aus Iserlohn, der sich ihnen aus Angst vor Wegelagerern angeschlossen hatte. Die Nachhut machte ein weiteres halbes Dutzend Gardisten.

Der Erzbischof ritt diesmal seinen Zelter, ein auf Passgang abgerichtetes Pferd. Man musste schon geübt sein, um bei dieser Gangart, bei der das Tier die Beine einer Körperseite zugleich vorsetzt, eine gute Figur zu machen. Engelbert gelang das mühelos.

Auch Johanna und Martin kamen mit ihren Tieren gut zurecht, ebenso wie Gumpert. Angeblich war er auf einem Pferd zur Welt gekommen. Dafür tat Eberhard sich umso schwerer.

Bei seinen Versuchen, mit den Füßen die Steigbügel zu erreichen, war er ständig absturzgefährdet. Immer wieder rutschte er seitlich vom Pferderücken und musste sich mühselig wieder hochziehen. Noch schlimmer war es, wenn das Pferd in Trab fiel. Dann hüpfte der kleine Mönch im Sattel auf und ab wie eine mit Luft gefüllte und zugeschnürte Schweinsblase, die man auf den Boden schmettert. Trotz allem hielt er sich tapfer, auch wenn er über Gesäßprellungen klagte.

Die einzigen unfreiwilligen Abgänge aus dem Sattel hatte der verschnupfte Prälat gehabt. Beim ersten Mal war er das Opfer seiner seltsam vorgebeugten Reithaltung geworden. Er hatte seinem Pferd regelrecht ins Ohr geniest, woraufhin der Schecke hochgestiegen war und ihn abgeworfen hatte. Kurz hinter Burscheid war der Iserlohner eingenickt und von einem tief hängenden Ast aus dem Sattel gefegt worden. Seitdem saß er gerade, nieste zur Seite und kniff sich pausenlos in die Wangen, um wach zu bleiben.

Als sie die letzten Hütten passiert hatten, ließ Engelbert halten. Vor ihnen fiel das Gelände ab und bescherte ihnen eine überwältigende Aussicht auf die Kölner Bucht.

»Von hier aus kann man den Dom sehen«, sagte der Erzbischof.

Martin stellte sich in die Steigbügel, konnte ihn aber trotzdem nicht entdecken. »Wo steht er denn?«

Der Erzbischof streckte den Arm aus. »Das längliche Gebäude mit den beiden kleinen Türmen am Ende. Siehst du ihn jetzt?«

Martin schirmte die Augen mit der Hand ab. Dann blinzelte er und guckte zu guter Letzt abwechselnd mal mit dem linken, mal mit dem rechten Auge. Vergebens.

»Ich glaube, Ihr seht ihn nur, weil Ihr wisst, wo er steht«, sagte er. »Zu sehen ist er nicht. Es ist zu dunstig.«

»Vielleicht hast du Recht. Demnächst wird sowieso ein neuer Dom gebaut. Der wird besser zu erkennen sein.«

»Wann soll der Bau beginnen?«

»Das steht noch nicht fest. Ich habe dem Domkapitel aber schon bis zur Fertigstellung eine jährliche Spende von fünfhundert Silberdenaren in Aussicht gestellt. Ich nehme an, das wird die Herren ein wenig beflügeln.«

»Wie wäre es mit einer Rast?«, fragte Martin.

»Kommt nicht in Frage.« Engelbert ritt wieder an. »Ich will noch bei Tageslicht in der Stadt ankommen.«

Hinter ihnen stöhnten Eberhard und der Prälat im Duett.

*

Jetzt sah Martin den Dom auch. Allerdings war das auf eine Entfernung von fünfzig Doppelschritten auch kein Kunststück. Er stand am Fenster seiner Kammer im Dachgeschoss des erzbischöflichen Palastes am Domhof. Noch staute sich die Hitze des Tages unter dem Dach. Aber langsam wurde es kühler, denn draußen schüttete es wie aus Eimern.

Der Regen hatte bereits kurz vor Deutz eingesetzt, und so waren sie durchnässt, bevor sie über den Rhein gesetzt hatten. Durch das Trankgassentor, das sich noch im Bau befand und nicht besser aussah, als habe ein Riese ein Loch in die Mauer getreten, waren sie in die Stadt eingeritten und hatten zunächst einmal Johanna zum Gästehaus des St.-Ursula-Stifts gebracht.

Bevor sie im Haus verschwand, hatten sie sich noch schnell für den nächsten Tag verabredet. Dabei wusste Martin gar nicht, ob er die Verabredung würde einhalten können, denn der Erzbischof hatte ihm einen Plan verkündet, bei dem der Tag zwei Mal so lang sein müsste, wollte man ihn bewältigen.

Gegessen hatten sie gleich nach ihrer Ankunft, und Martin wusste nichts mit sich anzufangen.

Eberhard lag bereits im Bett und pflegte sein geschundenes Hinterteil, Johanna durfte um die Zeit nicht mehr aus dem Haus, und der Erzbischof war beschäftigt. Er hatte ein Treffen mit dem Abt von St. Pantaleon wegen eines Reliquienschreins. Martin hatte er angeboten, an der Unterredung teilzunehmen, aber den drängte es mehr, sich die Stadt anzusehen.

Zwei vermummte Gestalten schritten über den Hof. Thietmar war an seinem breitbeinigen, wiegenden Gang zu erkennen. Der andere musste Gumpert sein. Bestimmt waren sie auf dem Weg zu einem Wirtshaus. Bei dem Wetter war das nicht der schlechteste Zeitvertreib. Und ein paar Münzen hatte Martin schließlich auch in der Tasche.

Also steckte er zwei Finger in den Mund und pfiff, dass eine neben dem Dachfenster sitzende Taube erschreckt aufflog. Nur die beiden da unten hatten ihn nicht gehört. Der Regen war zu laut.

Flugs schnappte er sich seinen Umhang und sauste immer zwei Stufen auf einmal nehmend die Treppen runter. Als er vor die Hoftür trat, sah er sie gerade noch in dem Gässchen zwischen Dom und Hospital verschwinden. Er warf sich den Umhang über, setzte die Kapuze auf und rannte ihnen im Zickzack um die Pfützen nach.

Hinter dem Gässchen erstreckte sich der Hof des Domklosters. Dass der Platz so hieß, hatte Martin beim Essen gehört, als der Erzbischof einen Vortrag über die benachbarten Gebäude gehalten hatte. Martin überquerte den Platz und verließ ihn in westlicher Richtung durch eine weitere Gasse, die ihn auf eine von recht annehmbaren Häusern gesäumte Straße führte. Hier wohnten bestimmt nicht die Ärmsten. Von Thietmar und Gumpert fand sich allerdings keine Spur.

Im Norden verlief die Mauer, die angeblich schon die Römer gebaut hatten, und dahinter wurde es öde, das hatte Martin gesehen, als sie Johanna zum Stift gebracht hatten. Die Richtung hatten die beiden mit Sicherheit nicht eingeschlagen. Also wandte er sich nach links.

Die Straße machte eine Biegung, um sich dahinter scheinbar endlos bis zum Horizont zu erstrecken. Ein Ende war jedenfalls nicht abzusehen. Dafür sorgte nicht zuletzt auch die einsetzende Dämmerung.

Der Regen ließ zwar nicht nach, aber je weiter Martin kam, desto häufiger tauchten Menschen auf. Alle sahen übellaunig aus und hatten es eilig. Es goss jetzt in Strömen. Wahre Sturzbäche schossen über die Straße.

Unter einem Torbogen zur Linken, gut wettergeschützt, war ein kleiner Tisch aufgebaut. Dahinter saß ein Mann, der aufmerksam die Vorübereilenden beobachtete. Vielleicht hatte er ja Thietmar und Gumpert gesehen. Einen Versuch war es allemal wert. Martin trat an den Tisch und beschrieb die beiden.

»Kann schon sein«, sagte der Mann gedehnt.

Auf seiner Kartoffelnase saß eine gigantische Warze, fett wie eine nektarpralle Hummel. Obwohl das Ding eklig war, konnte Martin seinen Blick nur mühsam davon lösen.

»Was soll das heißen?«, fragte er. »Habt Ihr sie gesehen oder nicht?«

»Vielleicht ja, vielleicht nein.«

»Gebt Ihr immer so eindeutige Antworten?«

»Kommt drauf an.« Der Mann setzte drei halbe Walnussschalen auf den Tisch. »Wie wär's mit einem Spielchen?«

»Damit? Wie soll das gehen?«

»Ganz einfach. Seht Ihr das Kügelchen?« Das so genannte Kügelchen war nichts weiter als eine getrocknete Erbse, die der Mann zwischen Daumen und Zeigefinger hielt. »Das steck ich unter die mittlere Walnussschale. Dann tauschen die Schälchen ihre Plätze. Achtung – aufgebaut!«

Flink, aber durchaus nachvollziehbar schob der Mann die Walnusshälften ein paar Mal hin und her, bis sie schließlich wieder so lagen wie zu Anfang.

»Na, seid Ihr mitgekommen? – Schön, dann könnt Ihr mir ja auch sagen, unter welchem Schälchen sich das Kügelchen jetzt befindet.«

»Aber ja«, sagte Martin und deutete auf das mittlere. »Unter dem da.«

»Seid Ihr Euch sicher?«

»Allerdings.«

Der Mann grinste. Gerade mal einen Zahn hatte er über die Jahre gerettet, und der stand auch noch schief. »Würdet Ihr darauf wetten?«

»Wie ist der Einsatz?«

»Ein Pfennig.«

Das schien Martin vertretbar. Der Müller hatte ihn zwar

immer vor solchem Blödsinn gewarnt, aber die Sache war narrensicher. Da hätte selbst er gesetzt.

Martin legte den Pfennig auf den Tisch, und der Mann lüftete die Nussschale. Eine Überraschung war es nicht, Martin hatte gewonnen. So ging das drei Mal, dann verlor Martin zum ersten Mal. Beim nächsten Spiel riet er wieder richtig, um danach gleich fünf Mal in Folge den Kürzeren zu ziehen. Es dauerte nicht lange, da hatte er achtzehn Pfennige verspielt, seine gesamte Habe.

»Noch 'n Spielchen?«, fragte der Mann.

Martin schüttelte den Kopf. »Ich verstehe das nicht. Ich hätte wetten können, die Erbse liegt unter der linken Schale.«

»Genau das habt Ihr auch.«

»Wie? – Ach so, ja. – Zeigt mir doch mal, unter welcher Schale sie nun wirklich steckt.«

»Wozu? Ihr habt verloren. Die Runde ist vorbei.«

»Guter Mann, ich hab Euch all mein Geld überlassen, da könnt Ihr mir doch wenigstens diesen Gefallen erweisen.«

»Besorgt Euch neues Geld, dann können wir gern noch ein Spielchen machen. Ansonsten – schert Euch zum Teufel!«

Dabei streckte er die Hand aus und wollte die Schälchen wegräumen. Doch Martin war schneller. Er packte das Handgelenk des Spielers. »Ich bestehe darauf«, sagte er. »Eure beharrliche Weigerung nährt in mir den Verdacht, die Erbse könnte womöglich unter keiner der Nussschalen liegen.«

»Wollt Ihr mich etwa einen Betrüger schimpfen?«

»Noch nicht«, sagte Martin. »Dreht sie um!«

Für einen Augenblick schien es, als wolle der Spieler nachgeben. Doch plötzlich hielt er ein Messer in der linken Hand. »Wenn Ihr meinen Arm nicht sofort loslasst, schlitz ich Euch auf«, sagte er und grinste wie der Teufel.

Martin tat erschrocken und gab das Handgelenk frei, schlug dem Mann aber gleichzeitig mit der anderen Faust auf die Nase. Der Spieler kippte nach hinten und riss den Tisch mit sich. Die Nussschalen kullerten in den Dreck. Unter keiner hatte eine Erbse gelegen.

Das Messer beförderte Martin mit einem Fußtritt außer Reichweite, zog die Sichel aus dem Gürtel und setzte sie dem Betrüger an die Gurgel. Der wimmerte wegen seiner gebrochenen Nase oder weil er Angst hatte. Vielleicht auch wegen beidem.

Den Geldbeutel aus Leinen trug er am Gürtel. Martin riss ihn ab und schüttete den Inhalt auf die Erde. An die fünfzig Pfennige lagen dort. Achtzehn klaubte er auf und steckte sie ein.

»Jetzt noch mal zu meiner anfangs gestellten Frage«, sagte er. »Habt Ihr die beiden Männer gesehen, die ich Euch beschrieben habe?«

Erst hustete der Mann nur, aber als Martin ihm die Sichel ins Fleisch drückte, nickte er flink. »Sie sind links abgebogen. In Richtung Markttor.«

Martin steckte die Sichel weg, stand auf und ging. Er war noch keine zehn Schritte weit gekommen, als hinter ihm Gekreisch anhob.

»Haltet den Dieb! Da läuft er! Er hat mich bestohlen!«

Sonderlich beliebt schien der Spitzbube nicht zu sein, denn keiner beachtete ihn. Geschweige denn versuchte jemand, Martin aufzuhalten.

*

Als Martin den Alter Markt betrat, hörte es so schlagartig auf zu regnen, dass er verblüfft nach oben sah, ob der Platz überdacht sei. Dem war natürlich nicht so. Zurück blieb eine Luft, die einer Waschküche Ehre gemacht hätte. Wie auf Befehl öffneten sich sämtliche Türen und Tore, und allerlei Volk strömte heraus. So viel war in Hückeswagen nicht mal los, wenn Jahrmarkt war. Und hier hatte nur der Regen aufgehört.

Die meisten Leute trugen Holzüberschuhe, denn der Schlamm war knöcheltief. An manchen Stellen sogar noch tiefer, wie Martin feststellen musste. Daher suchte er sein Heil, indem er sich dicht an den Häusern hielt. Doch hier lauerte eine andere Gefahr.

Mehr sein Instinkt als ein Geräusch ließ ihn hochblicken. Keine Sekunde zu früh, um sich mit einem beherzten Sprung vor dem herabrauschenden Inhalt eines Pisspotts in Sicherheit zu bringen. Als er lauthals losschimpfte, tauchte aus dem Fenster nur eine Hand mit gestrecktem Mittelfinger auf.

»Habt Ihr mal 'nen Pfennig?«, sprach ihn plötzlich eine Stimme aus dem Dunkel eines Hauseingangs an.

Auf den Steinstufen hockte ein Bettler. Er steckte in einem Gewand, das nur aus Flicken bestand und schon wieder ein paar neue hätte gebrauchen können. Was auf seinem Kopf saß, musste mal ein Strohhut gewesen sein. An dem Exemplar hätte sich allerdings keine Ziege mehr vergriffen.

Martin hielt ihm eine Münze hin, zog sie aber wieder zurück.

»Erst müsst Ihr mir eine Frage beantworten«, sagte er. »Gibt's hier in der Nähe ein Wirtshaus, in dem die erzbischöfliche Garde verkehrt?«

»Könnte sein.«

»Ja oder nein?«

»Wie man's nimmt.«

Martin verdrehte die Augen. Der redete auch so drumherum. Das schien hier eine Krankheit zu sein.

»Falls es ein Geheimnis ist, ich sag's auch nicht weiter.

Aber gebt Euch um Himmels willen einen Ruck, bevor der Regen wieder anfängt.«

»Erst den Pfennig.«

Martin ließ ihn in die aufgehaltene Hand fallen. Der Bettler betrachtete ihn von allen Seiten, schließlich biss er darauf.

»Versucht's mal im ›Schwarzen Hund‹.«

»Wo ist der?«

Insgeheim rechnete Martin mit einer Nachforderung. Aber der Bettler zeigte die Richtung mit dem Daumen an.

»Ecke Steinweg/Bolzengasse. Könnt Ihr gar nicht verfehlen.«

*

Für diejenigen, die nicht lesen konnten, hatte der Wirt einen schwarzen Hund aufs Schild gemalt. Es konnte aber auch eine Katze oder ein Bär sein. Zumindest die Farbe stimmte. Drinnen wurde gegrölt, dass die Fassade wackelte.

Vor dem Eingang stieß Martin mit einem Mann in einem schwarzen Umhang zusammen. Nur für Sekunden wurden dessen Züge von der Laterne neben der Tür beleuchtet. Noch vor wenigen Tagen hatte das eine Auge ein satter, blauer Fleck geziert. Jetzt schimmerte er nur noch blassblau. Dazu roch der Mann säuerlich.

»Josef?«

»Das muss ein Irrtum sein«, sagte der Mann, senkte den Kopf und entfernte sich mit raumgreifenden Schritten.

»He, Augenblick mal«, rief Martin. »Natürlich seid Ihr Josef. So bleibt doch stehen!«

Der Angesprochene warf einen Blick über die Schulter und beginn zu rennen. Martin setzte ihm nach.

»Was soll das? Ich will doch nur mit Euch reden.«

Danach stand Josef offenbar nicht der Sinn. Er rannte in Richtung Alter Markt, als sei der mit dem Pferdefuß hinter ihm her. Schnell gewann er etliche Schritte Vorsprung. Dabei half ihm, dass er ortskundig war, denn er vermied die tiefen Lachen, in die Martin hineinstolperte.

Am Ende des Steinwegs war es besonders düster. Hier standen die Häuser so eng zusammen, dass die Giebel sich beinahe berührten und die Fenster sich nur wechselseitig öffnen ließen. Folglich drang von dem ohnehin kargen Rest des Tageslichts nichts mehr bis unten. Und ausgerechnet hier kam ihnen ein Wannenkrämer entgegen.

Zunächst schien alles gut zu gehen, denn der Bauchladenbesitzer drückte sich an die Hauswand und ließ den heranstürmenden Josef vorbei. Martin schien er nicht gesehen zu haben. Der Zusammenprall war fürchterlich.

Nicht nur der Schlag gegen die Wanne schmerzte, dass Martin die Luft wegblieb, sie knallten auch noch mit den Köpfen zusammen. Sämtliche Glocken der Stadt begannen zu läuten, und ein wahrer Sternschnuppenregen ging vor seinem geistigen Auge nieder. Dazu schmeckte er Metall. Als er ausspuckte, wusste er, dass es Blut war.

Dem Krämer tat vorläufig nichts weh. Er war ohnmächtig. Seine Ware, Holztäfelchen mit eingeritzten Sinnsprüchen, lagen im weiten Umkreis verstreut.

Martin rappelte sich auf und lief vor bis zur Ecke, von wo aus er den Alter Markt überblicken konnte. Unzählige Menschen in dunklen Umhängen bevölkerten den Platz. Einer von ihnen musste Josef sein. Nur welcher?

Martin gab auf und machte sich auf den Heimweg. Genauso gut hätte er in einem Opferstock nach dem Knopf suchen können, den er eingeworfen hatte.

Die Reihe schien endlos. Fünfzig bis sechzig Männer und Frauen standen an. Auch einige Kinder waren dazwischen. »Im Winter sind's noch mehr«, sagte die Alte, hinter die Martin sich stellte. Schritt für Schritt schob die Schlange sich vorwärts, während die Mittagssonne gnadenlos vom strahlend blauen Himmel brannte. Trotz der sintflutartigen Regengüsse vom Vortag waren die Wege – abgesehen von vereinzelten Pfützenresten – schon wieder knochentrocken.

Die Alte drehte sich noch mal um.

»Ihr steht umsonst an«, sagte sie und lachte wie eine Elster. »Ihr habt zu viel Fleisch auf den Rippen. Nur wer hungrig aussieht, kriegt was.«

»Macht Euch um mich keine Sorgen.«

»Ihr werdet noch an meine Worte denken. Die geben Euch nichts«, kicherte die Alte.

Während die Vettel ihren Spaß hatte, kippte weiter vorn einer um. Martin ging hin und half, den Mann wieder auf die Beine zu stellen. Er war gelb im Gesicht und wog gerade mal so viel wie ein schlachtreifer Hase.

»Seit Tagen hat er nichts im Magen«, sagte die Frau, die zu ihm gehörte. »Und dazu die Hitze heute.«

»Die Schwestern unterhalten auch ein Krankenlager«, sagte Martin. »Vielleicht nehmen sie Euch auf.«

»Ich bin nicht krank«, sagte der Mann unwirsch. »Kümmert Euch um Euren eigenen Kram.«

Martin reihte sich wieder ein. Stockend ging es weiter. Der Gelbe fiel erneut um. Diesmal hielt Martin sich raus. Zwei Burschen, die kaum kräftiger aussahen als der Gestürzte, schleppten ihn zur Pforte. Anscheinend hatten die Schwestern ein Bett frei, denn die Burschen kamen ohne ihn zurück.

Ein paar Schritte hinter der Pforte war die Durchreiche, an der man sich das Essen holen konnte. Es gab braunes Brot und einen Schlag Grütze. Jeder, der anstand, hatte einen Teller oder eine Schale dabei. Nur Martin nicht. Endlich war er an der Reihe.

»Habt Ihr keinen Teller?«, fragte Johanna. Dann erst sah sie hoch und erkannte Martin.

Sie trug das braune Kleid mit den engen Ärmeln und dem tiefen, eckigen Ausschnitt, von dem man aber nichts sah, weil sie ihr Schultertuch über der Brust zusammengeknotet hatte. Ihr Haar war hochgesteckt und unter einer Haube mit Barbe verborgen.

»Grüß dich«, sagte Martin. »Hast du Zeit?«

»Wenn ich mit dem Austeilen fertig bin.« Ihre Stimme klang ärgerlich. »Aber nicht hier. Unten an der Weggabelung steht ein Kreuz. Da kannst du warten.«

»Was wird das?«, fragte der Einäugige, der hinter Martin stand. »Hier sind Leute, die haben Hunger.«

Weiter hinten wurde sofort Zustimmung laut. Dann fielen auch schon die ersten Schimpfworte, und ein Stein flog knapp an Martins Kopf vorbei. Er ging, bevor die aufgebrachte Menge sich entschloss, ihn aufzuknüpfen.

»Hab ich's Euch nicht gesagt?«, krächzte die Alte, die ein Stück abseits im Schatten der Mauer saß und sich die Grütze in den Mund stopfte. »Ihr kriegt hier nichts. Hä-hä-hä!«

*

Martin lag mit geschlossenen Augen im Gras, hatte die Hände hinter dem Kopf verschränkt und döste. Plötzlich zog eine Wolke vor die Sonne. Er linste durch die Wimpern. Die Wolke hieß Johanna.

Sie hatte ihre Kopfbedeckung abgenommen und trug das Haar jetzt offen. Lediglich ein Stirnreif sorgte dafür, dass es ihr nicht ins Gesicht fiel. Sie lächelte. Martin guckte brummig.

»Tut mir Leid wegen eben«, sagte sie. »Ich will nur nicht,

dass die Schwestern uns zusammen sehen. Sie sind so freundlich und würden es womöglich falsch verstehen.«

»Was gibt es da falsch zu verstehen?«

»Sie könnten denken, ich missbrauche ihre Gastfreundschaft.«

Martin stand auf und gab ihr einen Kuss. Sofort blickte sie sich um, aber da war niemand, der sie hätte verpetzen können.

»Sollen wir ein wenig über die Felder spazieren?«, fragte er.

»Lass uns in die Stadt gehen. Ich bin neugierig, wie es da aussieht.«

»Willst du etwas Bestimmtes sehen?«

»Am liebsten die Märkte.«

Sie gingen die Marzellenstraße hinunter und durchschritten die Römermauer am Pfaffentor.

»Haben die Schwestern dich gezwungen, das Essen auszuteilen?«, fragte Martin.

»Aber nein! Ich hab mich freiwillig gemeldet. Mir ist es sonst zu langweilig. Zu Hause auf Burg hab ich auch immer gearbeitet.« Sie löste den Knoten ihres Schultertuchs und hielt sich an den Enden fest. »Mich wundert nur, dass du kommen konntest. Hast du keinen Unterricht?«

»Heute nicht. Thietmar hat gestern Abend zu viel gebechert und hat einen Mordsbrummschädel. Sein Kopf sei wie aus Glas, hat er gesagt. Bei der geringsten Berührung könne er zerspringen. Damit fielen die Vormittagsübungen schon mal aus. Und Eberhard kann weder sitzen noch stehen noch gehen. Das Einzige, was er erträgt, ist auf dem Bauch zu liegen. Deshalb hat er angeboten, den Unterricht auf einem Tisch liegend abzuhalten. Das habe ich abgelehnt. Ich hätte vor Lachen wahrscheinlich nichts gelernt.«

»Die Ärmsten«, sagte Johanna und hakte sich bei Martin unter. »Aber so haben wir wenigstens Zeit für uns.«

Sie nahmen den gleichen Weg, den Martin abends zuvor gegangen war. Beinahe hätte er die Straße nicht wieder erkannt. Im Tageslicht sah sie völlig verändert aus. Und es roch auch anders. Strenger. Martin suchte die Hausmauern nach offen stehenden Fenstern ab.

Dauernd zupfte Johanna an seinem Ärmel und machte ihn auf irgendetwas aufmerksam. Sie war völlig aus dem Häuschen. Selbst Banalitäten, wie es sie auch auf Burg gab, schienen ihr hier bemerkenswert. Zum Beispiel der kleine Junge, der zwei Schweine vor sich her trieb. Oder der dicke Mann, der ein riesiges Fass über die Straße rollte. Letzteren fand Martin auch lustig, weil ihm hinten die Hose geplatzt war.

So kam es, wie es kommen musste. Martin war einen Augenblick unaufmerksam, und schon ging ein Hagel Küchenabfälle auf sie nieder. Nur kurze Zeit später stürmten ihnen lauthals quiekend die Schweine zwischen die Beine. Sie hatten Glück, dass sie nicht zu Fall kamen. Aber das reichte lange nicht, um Johanna die Laune zu verderben.

Der Platz unter dem Torbogen, an dem der Spieler gesessen hatte, war leer. Bei seinem Gewerbe war es wahrscheinlich ratsam, häufiger den Standort zu wechseln.

»Du bist so still«, sagte Johanna plötzlich.

»Du redest ja auch für zwei.«

»Daran liegt es nicht. Du wirkst bedrückt.«

»Tut mir Leid.«

»Das braucht dir nicht Leid zu tun. Sag mir lieber, was los ist.«

»Ach, ich hatte gestern Abend eine seltsame Begegnung.«

»Was war denn?«

Martin erzählte, wie er den Dachdecker gesehen hatte und dieser vor ihm geflohen war, als er ihn angesprochen hatte.

»Bist du dir sicher, dass es derselbe Mann war?«

»Natürlich. Wieso hätte auch ein Unbekannter vor mir türmen sollen?«

»Vielleicht hat er dich für einen Straßenräuber gehalten.«

»Unsinn. Er war es eindeutig.«

»Was bedeutet das?«

»Das weiß ich noch nicht«, sagte Martin. »Dieser Josef stammt angeblich aus Quettingen und arbeitet für Gero von Ueberholz. Der hat auch bestätigt, den Mann mit dem Ausbessern des Dachs beauftragt zu haben. Daraufhin haben die Wachen ihn wieder laufen lassen. Ich frage mich nur, was er hier in Köln zu suchen hat.«

»Dafür kann es eine Reihe guter Gründe geben.«

»Aber auch einen verdammt schlechten. Und der erscheint mir schlüssiger, sonst wäre er nicht weggerannt.«

»Hast du Graf Engelbert von dem Vorfall erzählt?«

»Letzte Nacht war es schon zu spät, und heute Morgen hat er noch vor Sonnenaufgang den Palast verlassen. Zu einem Treffen mit diesem englischen Bischof, der gestern Abend mit uns gegessen hat.«

»Ein richtiger Engländer? Ich habe noch nie einen gesehen.«

»Was erwartest du? Denkst du, die tragen ihr Gesicht hinten? Er wohnt übrigens nicht im Palast. Der Erzbischof hat ihn in seinem Privathaus untergebracht. Warum auch immer.«

Johanna blieb plötzlich stehen. »Warum fragen wir nicht den Wirt von dieser Schenke? Vielleicht weiß er, wer Josef in Wirklichkeit ist.«

»Ich weiß nicht ...«

»Nun komm schon. Mehr als schief gehen kann es nicht.«

*

Sämtliche Fenster und die Tür vom ›Schwarzen Hund‹ standen weit offen. Trotz der großzügigen Durchlüftung stank es im Schankraum nach einer Mischung aus Bier, Urin und

Bohnensuppe. Hocker und Bänke standen auf den Tischen. Eine Frau fegte den Holzboden mit einem Reisigbesen. Käsig, wie sie war, litt sie vermutlich an Bleichsucht. Ihre Arbeit tat sie mit solchem Eifer, als müsse sie einem Hund die Flöhe zählen.

»Seid gegrüßt«, sagte Martin. »Ist der Wirt zu sprechen?«

»Ist noch geschlossen«, sagte die Frau, ohne aufzusehen.

»Ich will nicht zechen. Ich habe mit ihm zu reden.«

»Er ist hinten.«

Glaubte man ihrer Kopfbewegung, hieß ›hinten‹ hinter dem Vorhang. Der war ein unappetitliches Stück Leinen, das wie das Leichentuch eines an Pest Gestorbenen roch. Martin hielt ihn für Johanna auf.

In der Stube sah es aus, als fänden dort regelmäßig Schlägereien statt. Der Boden war übersät von Unrat, Scherben und irgendwelchen Gegenständen. Unter dem Fenster stand ein Bett, auf dem sich ein Berg von Decken türmte. Der Berg grollte, wobei er sich gleichmäßig hob und senkte. Martin zog die Decken zur Seite und legte einen Schläfer frei, der auf dem Rücken lag und mit weit aufgerissenem Mund schnarchte.

Der Mann verbreitete einen Geruch, als sei er zum letzten Mal bei seiner Taufe mit Wasser in Berührung gekommen. Sein Gesicht war von schwerem Trinken gezeichnet und starrte vor Dreck. Bart und Haare waren völlig verfilzt.

Neben dem Bett stand ein Krug. Martin schnupperte an dem Rest, der darin schwappte – abgestandenes Bier –, und kippte ihn dem Mann mit Schwung ins Gesicht. Der riss die Augen auf, fuhr in die Höhe und ließ einen Rülpser fahren, dass Martins Haare flatterten.

»Seid Ihr?«, bellte der Wirt.

»Mein Name ist Martin. Wie die Kirche.«

»Wollt Ihr?«

»Ich brauche eine Auskunft über einen Eurer Gäste. Ihr kennt ihn bestimmt, er –«

»Wasser!«

Johanna und Martin blickten sich suchend um. Wenn es hier Wasser gab, gab es hier auch Gold. Aber der Wirt hatte sie gar nicht gemeint. Sein Befehl hatte der Frau gegolten, die den Schankraum fegte. Mit schlurfenden Schritten trug sie eine Kanne herein. Der Wirt setzte sie an und soff sie in einem Zug leer. Danach rülpste er erneut. Die Blutarme schien es gewöhnt zu sein. Sie zuckte nicht einmal mit der Wimper.

Das Wasser hatte eindeutig des Wirtes Lebensgeister geweckt. Er hatte plötzlich etwas Lauerndes, Verschlagenes im Blick.

»Welcher Gast?«, fragt er.

Martin beschrieb den Dachdecker unter besonderer Erwähnung des blauen Auges. »Sein Name ist Josef. Kennt Ihr ihn?«

»Nie gesehen.«

»Erst gestern Abend war er hier. Wir sind uns vor dem Eingang begegnet.«

»War viel los gestern. Wollt Ihr von ihm?«

»Ich schulde ihm Geld«, sagte Martin. »Gestern hatte ich keines dabei. Und leider habe ich vergessen, ihn zu fragen, wo er wohnt.«

»Pech für ihn. Und jetzt verschwindet.«

»Seid Ihr Euch ganz sicher, dass Ihr ihn noch nie gesehen habt?«

Von einer Sekunde zur nächsten veränderte sich die Miene des Wirts von Verschlagenheit zu Gefährlichkeit. Gleichzeitig langte er hinters Bett und holte einen Knüppel hervor. Er ließ ihn ein paar Mal in seine linke Handfläche klatschen.

»Esche«, sagte er. »Verdammt hart.«

»War ja nur 'ne Frage«, sagte Martin, während Johanna ihn bereits am Ärmel durch das Gerümpel nach draußen zog.

Die Blutarme fegte noch immer den Boden. Sie bemerkte nicht einmal, dass sie gingen.

*

»Er hätte dir glatt den Schädel eingeschlagen«, sagte Johanna. Sie zitterte. »Und dieser schreckliche Gestank.«

»Wer wollte denn unbedingt zu ihm gehen?«, fragte Martin.

»Das konnte doch kein Mensch ahnen. Hm – hier riecht es aber gut.«

Sie waren zum Heumarkt gegangen und standen nun an der Ecke Saxenhof vor dem Stand eines Krudeners. Düfte unterschiedlichster Herkunft mischten sich zu einem nasenbetörenden Gemisch, das sie endgültig den Gestank des ›Schwarzen Hundes‹ vergessen ließ.

Der Kräuterhändler war freundlich. Wie er erzählte, hatte er bereits vormittags gute Geschäfte gemacht, und so hatte er nichts dagegen, dass Johanna auch ohne Kaufabsicht an allen Töpfchen, Tiegelchen, Beutelchen und Säckchen schnupperte. Als sie alles durch hatte, drehte sie sich beschwingt im Kreis.

»Sollte ich einmal einen Handel treiben, dann müsste es mit Kräutern sein«, sagte sie, und der Krudener strahlte.

Völlig unerwartet warf sie sich in Martins Arme.

»Dreh dich nicht um«, flüsterte sie. »Auf der anderen Seite geht der Wirt vom ›Schwarzen Hund‹.«

»Na und?«

»Er schleicht daher, als habe er vor, den Domschatz zu rauben.«

»Was?«

»So wie er sich bewegt, führt er was im Schilde.«

»Und du glaubst, das hat mit unserem Besuch zu tun?«

»Womit sonst? Jetzt kannst du dich umdrehen.«

Das tat Martin auch, nur sehen konnte er nichts. Ein Pferdewagen nahm ihnen die Sicht. Sie liefen zum Ende des Wagens und spähten über den Platz. Tatsächlich, da schlich der Wirt des ›Schwarzen Hundes‹ die Häuser entlang. Er ging leicht gebückt und blickte sich pausenlos um. Dümmer konnte man es nicht anstellen.

»Los, ihm nach«, sagte Martin. »Vielleicht führt er uns ja zu Josef.«

»Meinst du, er will ihn warnen?«

»Denkbar.«

Dem Wirt zu folgen war ein Kinderspiel. Auf der Ostseite des Marktes reihte sich Stand an Stand, und die sich davor drängenden Käuferscharen boten Martin und Johanna die nötige Deckung.

Plötzlich lief der Wirt quer über den Platz. Martin und Johanna duckten sich hinter das ausladende Hinterteil einer Magd. Die bemerkte sie, fuhr herum und hob an zu zetern. Martin legte den Zeigefinger auf seine Lippen, machte »Psst!« und zeigte zum Himmel. Die Dicke verstummte und guckte nach oben. Die zwei Weiber neben ihr ebenfalls. Da war nichts, aber bis sie das bemerkt hatten, waren Martin und Johanna bereits weitergehuscht.

Der Wirt war in der Rheingasse verschwunden. Noch immer bewegte er sich wie ein Meuchelmörder auf dem Weg zur Arbeit. Martin und Johanna konnten ihn nur von der Ecke Heumarkt aus beobachten, denn in der Gasse hätte er sie leicht bemerken können. Vor dem fünften Haus zur rechten blieb der Wirt stehen und klopfte an die Tür. Es war ein dreigeschossiges Giebelhaus mit Satteldach und Rundbogenfenstern. Er klopfte noch einmal, dann wurde die Tür so weit geöffnet, dass er hineinschlüpfen konnte. Wer ihn einließ, war nicht auszumachen.

»Ihr schon wieder«, trompetete plötzlich eine Stimme hinter ihnen, dass Martin das Herz in die Hose rutschte. »Was macht Ihr hier? Verfolgt Ihr gar jemanden?«

Es war nur die korpulente Magd, aber sie hatte die Stimme eines Marktschreiers. Johanna fasste sich als Erste.

»Ihr könnt uns doch sicher sagen, wem das Haus dort gehört«, sagte sie frech.

»Welches?«

»Das fünfte.«

Die Magd trat in die Gasse und zählte ab. Dann drehte sie sich um und sagte dröhnend:

»Das ist das Haus von Julius von Heyn. Ihm gehört die größte Kerzenzieherei der Stadt. Außerdem ist er eines der führenden Mitglieder der Patrizierpartei der Weisen. Wozu wollt Ihr das wissen?«

»Reine Neugier«, sagte Martin.

Die Burg klebte auf dem Felssporn wie ein Adlerhorst und war auch nur unwesentlich größer. Außerdem war sie in einem beklagenswert baufälligen Zustand. Hätte Adrian nicht gewusst, dass sie bewohnt war, er hätte sie für eine Ruine gehalten. Er zügelte sein Pferd am Rande des Burggrabens und stieg ab. Bereits von hier hatte man eine prächtige Aussicht über das Georgenthal. Vom Bergfried aus konnte man sicher bis Ohrdruf blicken.

Mit den Händen formte Adrian einen Trichter vor dem Mund und rief: »Graf von Finsterberg!«

Man hatte ihm gesagt, es könne einige Zeit dauern, bis er Antwort erhalte. So war es denn auch. Die Länge der Schatten hatte sich verdoppelt, bis endlich eine Gestalt zwischen den Zinnen erschien.

»Wer seid Ihr?«, rief der Mann mit brüchiger Stimme.

Finsterberg war ein Greis und wohnte allein auf der Burg. Auch das hatte man Adrian gesagt.

»Ich bin päpstlicher Legat in besonderer Mission. Ich muss Euch sprechen.«

»Sagt mir, was Ihr von mir wollt. Die Zugbrücke runterzulassen ist ein verdammtes Stück Arbeit, aber sie hochzukurbeln ist noch schwerer. Ich mache mir die Mühe nicht, nur damit Ihr mich nach dem Weg fragt.«

»Es geht um Eure Ahnengeschichte«, rief Adrian. »Ich bin beauftragt zu prüfen, ob es sich bei dem Mann, der in Kürze heilig gesprochen werden soll, um einen Eurer Vorfahren handelt.«

»Wie ist sein Name?«

»Egmont. Egmont aus St. Gallen.«

Finsterberg gab keinen Ton von sich. Er stand unbeweglich in der gleißenden Nachmittagssonne auf seiner Schildmauer und starrte über den Burggraben. Adrian wurde unruhig. Hoffentlich hatte den Alten nicht der Schlag getroffen. Sei es vor Freude oder Entsetzen. Aber anscheinend hatte er nur nachgedacht, ob die Angelegenheit die Anstrengung lohnte.

»Ich lasse die Brücke herunter«, rief er. »Tretet ein Stück zurück.«

*

Von innen war das Gemäuer noch baufälliger als von außen. Gesplitterte Balken, verwitterte Schindeln und herausgebrochene Mauerstücke lagen bergeweise im Burghof und waren von Gestrüpp überwuchert. Teile des Wehrgangs waren weggebrochen und auf die darunter liegenden Stallungen gestürzt. In dem einzigen Pferch, der noch heil war, stand ein klapperdürrer Gaul.

Der Wohnturm hatte bedenkliche Schieflage. Wie eine Kerze, die in der Sonne gestanden hat, krümmte er sich über die Burgmauer und hing über dem Abgrund. Baulich war das unmöglich, aber gerade deshalb war der Turm ein Beweis, dass es ein Dasein jenseits aller Berechenbarkeit gab.

Erfreulicherweise führte Finsterberg ihn nicht in den Turm, sondern in einen seitlich angebauten, einstöckigen Bruchsteinbau, der einmal als Wirtschaftsgebäude gedient haben mochte. Auch an ihm hatte der Zahn der Zeit genagt, aber das Dach schien dicht, und vor den Fenstern gab es sogar Läden, die bei dem Wetter allerdings offen standen.

Im größten Raum des Gebäudes hauste der Graf. Ein paar Stühle, ein Bett und eine offene Feuerstelle waren alles, was er zu seiner Bequemlichkeit besaß.

»Setzt Euch«, sagte er. »Aber nicht auf diesen Stuhl da, der trägt nur noch die Katze.«

Adrian nahm den nächsten, während Finsterberg sich in einen Sessel fallen ließ, der eine gewaltige Staubwolke ausstieß. Nachdem der Staub sich gelegt hatte, bot sich Adrian zum ersten Mal die Gelegenheit, den betagten Grafen in Ruhe zu betrachten.

Finsterberg war recht groß, höchstens einen halben Kopf kleiner als Adrian. Dazu war er dünn, wirkte aber zäh. Sein Haar war noch immer voll, wenn auch schneeweiß, und sein Schnauzbart beachtlich lang. Wettergegerbt, ledrig und voller Falten war sein Gesicht. Dafür hielt er sich kerzengerade. So richtig merkte man ihm die Jahre nur an, wenn er sprach.

Bekleidet war er mit einem abgerissenen Umhang von unbestimmbarer Farbe, der nur unvollkommen eine kurze Tunika und eine Hose bedeckte, die ursprünglich einmal weiß gewesen sein mochten. Dazu trug er Lederschuhe, deren Schnäbel so lang waren, dass er sie hochgebunden hatte.

Adrian war durstig, aber der Alte bot ihm nichts an, obwohl ein Krug voll Wein auf dem Tisch stand. Vermutlich brauchte Finsterberg wie viele Betagte nur wenig Flüssigkeit und hatte darüber vergessen, dass es den Jüngeren anders ging. Vielleicht war es auch der letzte Wein, den er noch hatte, und deshalb wollte er ihn nicht teilen.

»Eure Botschaft erstaunt mich«, sagte Finsterberg auf einmal. »Mein Urahn Egmont, der Stammvater unseres Geschlechts, war ein unverbesserlicher Sünder, weswegen unsere Ahnenchronik eigentlich erst mit seinem Sohn Helfrich beginnt. Warum sollte der Papst einen solchen Menschen heilig sprechen wollen?«

»Egmont hat vor seinem Sündenfall ein Wunder bewirkt«, log Adrian drauflos. »Er machte einen Lahmen wieder gehen.«

»Ist das verbrieft?«

»Würde der Papst sonst eine Heiligsprechung erwägen?«

»Vermutlich nicht«, murmelte Finsterberg, setzte den Ellbogen auf die Armlehne und stützte seinen Kopf mit dem Daumen und den beiden benachbarten Fingern ab. Das waren auch schon alle, denn an der rechten Hand fehlten ihm sowohl der Ring- als auch der kleine Finger.

Nachdem er eine Weile so gesessen und gegrübelt hatte, sagte er: »Ist mit einer Heiligsprechung eigentlich so etwas wie eine Zuwendung verbunden?«

»Wie meint Ihr das?«

»Na ja, ob es dafür eine Belohnung gibt.« Und da sein Gast noch immer nicht zu verstehen schien, schob er nach: »Ich rede von Geld.«

»Warum sollte es?«

»Also nicht?«

»Natürlich nicht. Ihr scherzt. Eigentlich müsstet Ihr noch was dafür bezahlen. Schließlich wird es für Euch nur von Vorteil sein. Zu Tausenden werden die Gläubigen zu Egmonts Grab pilgern, allen voran die Lahmen. Wo liegt er überhaupt?«

Finsterberg deutete über die Schulter. »Unten in Ohrdruf.«

»Das ist ungünstig. Ihr solltet seine Gebeine auf der Burg bestatten lassen. Sonst machen die im Dorf das Geschäft.«

»Das seh ich auch so«, brummte der Alte. »Ihr habt doch hoffentlich nichts davon verlauten lassen?«

»Selbstverständlich nicht. Ich erwähnte lediglich, dass ich ein Abgesandter Roms bin.«

»Sehr gut. Wann ist es denn soweit?«

»Das kann ich Euch nicht sagen, man wird Euch rechtzeitig Bescheid geben. Zunächst einmal muss ich mir ein Bild von Eurer Familie machen. Ist die Chronik schriftlich niedergelegt?«

Finsterberg zeigt auf seinen Kopf. »Hier ist alles drin. In meiner Familie hält man es noch mit der alten Tradition der mündlichen Überlieferung.«

Meistens hatte das aber weniger mit Traditionsbewusstsein als damit zu tun, dass niemand aus der Sippe schreiben konnte. Adrian sollte es recht sein. Wo es keine Unterlagen gab, da gab es auch keine Abschriften.

»Egmont starb im Jahre 819, ist das richtig?«

Finsterberg nickte. »Er hatte die Ruhr oder so was. Jedenfalls hat er sich die Seele aus dem Leib geschissen und ist von innen heraus vertrocknet. Da war Helfrich aber schon geboren.«

»Wer hat denn die Burg erbaut?«

»Die wurde 869 von Helfrich dem Zweiten erobert, Egmonts Enkel. Errichtet wurde sie bereits hundert Jahre zuvor von den Schwarzburgern. Ein übles Pack, von dem noch einige Nachkommen in Arnstadt hausen.«

»Wie ging es weiter?«, fragte Adrian. »Am besten, Ihr erzählt der Reihe nach.«

Das ließ Finsterberg sich nicht zwei Mal sagen. Offenbar hatte er nur selten Gesellschaft und nutzte die Gelegenheit, sich reden zu hören. Generation für Generation spulte er die Saga seiner Familie ab und reicherte sie immer wieder mit Anekdoten an. Adrian unterbrach ihn nicht. Die meisten Angaben waren ihm ohnehin unwichtig. Das Ende wollte er wissen. Und das kam wie erhofft.

»... leider kinderlos geblieben«, schloss der Graf seine Erzählung. »So bin ich der Letzte derer von Finsterberg.«

Adrian war, als vernehme er Schalmeienklänge, gleichzeitig begannen vor seinem inneren Auge Elfen zu tanzen. Mal wieder hatte er einen Auftrag erledigt. Trotz aller Widrigkeiten. Er langte in seinen Ärmel und griff nach dem Blasrohr.

»Zumindest, was diesen Zweig der Familie betrifft«, fügte Finsterberg hinzu.

Adrian gefror mitten in der Bewegung. »Was soll das heißen?«

»Na, was ich sage. Es gibt noch einen anderen Zweig.«

»In direkter männlicher Blutlinie zu Egmont?«

»Worüber rede ich denn die ganze Zeit? Natürlich blutsverwandt.«

Die Schalmei verstummte, und die Elfen platzten. Adrian nahm die Hand aus dem Ärmel.

»Das müsst Ihr mir genauer erklären«, sagte er und hatte einen unangenehm fauligen Geschmack in Mund.

Finsterberg seufzte. »Ich hatte Euch doch von den drei Brüdern Karl, Hermann und Adolf berichtet, Söhne Egmonts des Achten.«

»War das jener Egmont, der am Neujahrstag des Jahres 966 von einem Bären zerrissen wurde?«

»Genau der. Nach dem Tod des Vaters übernahm Karl die Burg, während Hermann und Adolf in die Dienste Kaiser Ottos des Ersten traten. Dort haben sie sich wohl recht verdient gemacht, denn Otto belohnte sie, indem er sie zu Gaugrafen im Rheinland ernannte. Natürlich mit dem Gedanken, durch die Einsetzung treuer Vasallen seinen Einfluss in diesem Gebiet zu festigen.«

»Wisst Ihr, um welche Gaue es sich handelte?«

Finsterberg schüttelte sein weißhaariges Haupt. »Die Namen sind mir entfallen, wenn ich sie überhaupt je gewusst habe. Lange hatten die Gaue ohnehin keinen Bestand, denn um das Jahr 970 herum wurden sie zu einer Grafschaft zusammengelegt. Deren erster Graf wurde Hermann, während Adolf eine andere Grafschaft zugeteilt wurde.«

»Sind Euch denn die Namen der Grafschaften bekannt?«

»Die ja. Hermann ließ das ›Finster‹ weg und nannte seine Grafschaft Berg oder de Monte. Adolf wurde Graf von Mark-Altena.«

»Hatten die Brüder Nachkommen?«

»Hermann hatte einen Sohn, der ebenfalls Hermann hieß, selbst aber keine Kinder hatte. Damit fiel das Erbe an die Nachfahren Adolfs, die natürlich alle Adolf genannt wurden. Adolf eins, zwei, drei – Ihr kennt das ja.«

»Hat die Linie bis heute Bestand?«

»Ich habe nichts Gegenteiliges gehört. Allerdings, seit das hier alles zum Teufel geht, lebe ich sehr zurückgezogen. Mein Kenntnisstand ist der von vor dreißig Jahren. Etwas veraltet.«

»Mit den Einnahmen, die Euch der Rummel um den heiligen Egmont bescheren wird, könnt Ihr die Burg aufs Vortrefflichste wieder aufbauen«, sagte Adrian und griff in seinen Ärmel. »Das ist doch eine schöne Aussicht.«

»In meinem Alter denkt man höchstens bis zum nächsten Tag, junger Freund«, sagte der Alte, und auf einmal hatte seine Stimme einen völlig anderen Tonfall. Hart. Bestimmend. »Was fummelt Ihr eigentlich ständig in Eurem Ärmel herum? Ich würde es begrüßen, Ihr ließet das.«

»Was stört Euch daran?«

Behände wie ein junger Spund schnellte Finsterberg aus

dem Sessel und zog seinen Dolch. Unheilvoll funkelte die Klinge im Sonnenlicht.

»Los, steht auf und zeigt mir, welche Waffe Ihr in Eurem Gewand versteckt habt. Aber langsam. Ich verstehe mich nämlich auch darauf, den Dolch zu werfen. Auf dreißig Schritte treffe ich einen rennenden Hund.«

Adrian erhob sich. Langsam, wie der Alte gesagt hatte. »Wie kommt Ihr auf den Gedanken, ich könnte eine Waffe verbergen?«

»Die ganze Zeit habe ich gegrübelt, was mir an Euch missfällt. Nun weiß ich es. Es sind Eure Augen. Diese verdammten toten Augen. Wenn Ihr ein päpstlicher Legat seid, bin ich der Papst. Was wollt Ihr in Wirklichkeit?«

»Hier«, sagte Adrian und zeigte das silberne Blasrohr vor. »Eine kleine Flöte. Das ist alles. Es tut mir Leid, wenn meine Augen Euer Misstrauen erregen, aber ich habe sie mir nicht ausgesucht.«

Finsterberg näherte sich Adrian bis auf zwei Schritte. »Legt die Flöte auf den Tisch. – So ist es recht. – Ihr habt die Augen eines Mörders. Und die hat man nicht von Geburt an. Sagt mir endlich, was Ihr von mir wollt.«

Adrian tastete die Falten seines Umhangs so unauffällig wie möglich nach dem Pfeil ab. Derweil starrte der Alte ihn aus zusammengekniffenen Augen an. Noch vor zwanzig Jahren, vielleicht sogar vor zehn, hätte Adrian Finsterberg als Gegner durchaus ernst genommen. Aber das war vorbei. Als er die Hohlnadel herauszog, wusste er, dass er so gut wie gewonnen hatte.

»Ich wollte nur Eure Ahnengeschichte hören«, sagte er. »Danke, dass Ihr sie mir erzählt habt.«

Noch während er sprach, täuschte Adrian einen Schlag an. Finsterberg fiel darauf herein, wich aus und versuchte den Dolch hochzureißen, doch Adrian war schneller. Mit links packte er den Unterarm des Alten, drückte ihn weg und stieß ihm gleichzeitig mit der anderen Hand die Nadel in den Hals.

Finsterberg erstarrte augenblicklich. Diesmal war es Adrian, der sich täuschen ließ. Viel zu früh lockerte er seinen Griff. Mit einem Ruck riss der Alte sich los und stieß ihm den Dolch in den Leib. Das war allerdings auch das Letzte, was er tat.

Adrian sank auf die Knie. In seinen Eingeweiden loderte ein Höllenfeuer. Mit beiden Händen umfasste er das Heft des Dolches und zog die Klinge aus seinem Leib. Der Schmerz, der ihm dabei durch den Körper jagte, ließ ihn beinahe das Bewusstsein verlieren. Sofort färbte sich die Kutte dunkel. Adrian presste seine Hände gegen den Leib.

»Nur nicht ohnmächtig werden«, beschwor er sich selbst. »Nur nicht ohnmächtig werden.«

Das Aufstehen war eine Qual. Aber wenn er am Leben bleiben wollte, musste er sein Pferd erreichen. In den Satteltaschen befanden sich Heilkräuter und Tücher. Nur damit konnte er die Blutung stillen.

Adrian taumelte über die Schwelle. Keine zwanzig Schritte waren es bis zu dem Tier. Die Sonne brannte, auch wenn sich am Horizont bereits Gewitterwolken ballten. Adrians Hals war trocken. Alles flimmerte. Das Blut pochte hinter seinen Schläfen und in seinem Unterleib.

Noch zehn Schritte. Gleich hatte er es geschafft. Noch fünf.

Als er die Hand bereits ausstreckte, wurde der Boden unter ihm weggerissen, und die Welt wurde schwarz.

Habt Ihr Eure Beobachtungen dem Erzbischof mitgeteilt?«, fragte Eberhard.

Martin ließ die Schultern hängen. »Gleich gestern Abend, nachdem ich Johanna zurück ins Stift gebracht hatte. Er meinte, ich solle mein Augenmerk gefälligst auf die Ausbildung richten und nicht irgendwelchen Hirngespinsten nachhängen. Schon gar nicht, wenn ich dadurch ehrenwerte Leute wie diesen von Heyn in Verruf brächte.«

»Er glaubt also, an der Geschichte sei nichts dran?«

»Er hat sie abgetan, als hätte ich ihm erzählt, was ich letzte Nacht geträumt habe.«

»Aber diesen Josef habt Ihr doch erkannt.«

»Natürlich. Und dass der Wirt auch mit der Sache zu tun hat, ist so sicher, wie es hier nach Fisch stinkt.«

Sie saßen zwischen dem Weinpförtchen und der Pickelspforte auf den Kieselsteinen am Ufer. Vor ihnen der Rhein, hinter ihnen die Stadtmauer und St. Martin. Die Heringsfässer standen ein Stück flussaufwärts, aber da der Wind aus Süden kam, hatten sie auch etwas davon. Martin warf einen Stein in den Fluss.

»Dass die nicht verfaulen«, sagte er.

»Sie sind eingesalzen.«

»Trotzdem. Hattet Ihr mir nicht erzählt, Barbarossas Leichnam hätten sie in ein Fass mit Essig gesteckt, um ihn nach Hause zu schaffen, und mussten nach ein paar Tagen doch das Fleisch von den Knochen schaben, weil es vor Gestank nicht mehr auszuhalten war?«

»Ich glaube kaum, dass sich das vergleichen lässt. Die Heringe sind ausgenommen. Das haben sie damals bei Barbarossa vergessen.«

Martin fragte sich, ob Barbarossas sterbliche Überreste die Reise ausgeweidet und eingesalzen besser überstanden hätten. Er hatte da so seine Zweifel. Vermutlich waren Kaiser und Heringe doch zweierlei Ding.

Eine Zeit lang sahen sie den Schauerleuten beim Entladen der Schiffe zu. Unmengen von Säcken, Fässern und Kisten wurden an Land geschleppt. Selbst Pferde schafften sie über Laufplanken von Bord.

»Treidelpferde«, sagte Eberhard. »Flussabwärts haben sie es gut. Auf dem Rückweg müssen sie die Schiffe ziehen.«

»Wer soll das alles essen?«, fragte Martin.

»Das ist nicht nur für die Stadt. Das meiste wird bloß umgeladen. Von den Niederrhein- auf die Oberrheinschiffe und umgekehrt. Deshalb das Durcheinander. Ich habe aber gehört, die Stadt soll das Stapelrecht beantragt haben. Dann können die Sachen eingelagert und feilgeboten werden.«

Eberhard merkte, dass ihm sein Schüler nicht zuhörte.

»Was ist los?«, fragte er deshalb. »Ich dachte, es würde Euch Freude bereiten, statt Latein zu pauken, den Schiffern bei der Arbeit zuzusehen. Man kann auch durch Beobachtung lernen.«

»Tut's ja auch«, sagte Martin mit einer Begeisterung, als sei ihm ein Tässchen Fischöl angeboten worden. »Mir geht nur die Sache mit diesem Dachdecker nicht aus dem Kopf. Irgendetwas ist da faul.«

»Soll ich mal mit dem Erzbischof reden? Manchmal hört er auf mich.«

»Zwecklos. Er ist heute Morgen in aller Herrgottsfrühe nach Siegburg geritten. Dort muss einer seiner Vorgänger begraben liegen. Vor morgen Abend ist er nicht zurück.«

»Du meinst Erzbischof Anno den Zweiten. An seinem Grab sollen immer wieder Mirakel geschehen.«

»Genau darum geht es«, sagte Martin. »Diesmal ist angeblich ein vom Blitz Erschlagener wieder zum Leben erweckt worden. Hätten wir das damals schon gewusst, hätten wir den alten von Tyvern nach Siegburg karren können. Jedenfalls soll Engelbert prüfen, ob an dem neuerlichen Wunder was dran ist.«

»Pah! Ich sage Euch, die Hälfte dieser so genannten Wunder haben sich die Mönche vom Michaelsberg selbst ausgedacht. Sie wollen mit Gewalt, dass das Grab zum Wallfahrtsort wird. Das bringt Geld und Ruhm.«

»Ihr redet aber ganz nett abfällig über Eure Brüder.«

»Die Siegburger sind nichts weiter als eine Bande von Angebern«, knurrte Eberhard. »Das weiß jeder.«

Ein Stück links von ihnen glitt die Fähre von Deutz an Land. Kies knirschte unter dem Rumpf, und eilig sprang der Gehilfe des Fährmanns von Bord und belegte die Halteseile an den dafür vorgesehenen Pflöcken. Ein gutes Dutzend Fahrgäste verließ das Boot. Der letzte führte einen Rappen an der Leine.

»Bodo von Bongard!«, rief Martin und sprang auf.

Sie kamen einander auf halbem Wege entgegen und begrüßten sich. »Was verschafft uns die Ehre?«, fragte Martin. »Wollt Ihr Euch vergewissern, dass Eure Tochter gut untergebracht ist?«

»Schön wäre es«, sagte Bodo. »Leider gibt es für mein Kommen einen ernsten Grund. Ich muss unverzüglich mit Graf Engelbert sprechen.«

»Da habt Ihr Pech. Er weilt in Siegburg.«

»Verdammt!« Bodo sah nach dem Stand der Sonne. »Wenn ich mich ranhalte, könnte ich es noch schaffen. Wo kriege ich auf die Schnelle ein frisches Pferd her?«

»Lasst Euch von Thietmar eins geben.«

»Hat er den Grafen nicht begleitet?«

»Gumpert führt den Geleitschutz an. Thietmar ist als mein neuer Lehrer an Eure Stelle getreten.«

»Wo finde ich ihn?«

»Im Palast. Was ist denn überhaupt los?«

»Friedrich von Isenberg ist auf dem Weg nach Köln«, sagte Bodo und sah sich um, als höre er schon den Hufschlag von dessen Pferd. »Gestern kam er überraschend nach Burg, um sich mit dem Grafen wegen des Stiftes Essen zu vergleichen. Als ich ihm sagte, Graf Engelbert sei nicht da, hat er sich voll laufen lassen und einen Aufstand gemacht. Er hat den Erzbischof verflucht und ihn als Verräter beschimpft, der es mit der Hure England treibe. Später hat er versucht, eine der Mägde mit Gewalt zu nehmen. Egelmer ist dazwischengegangen, wofür der Isenberger ihn halb tot geschlagen hat.«

»Der arme Kerl. Glaubt Ihr, nun will Isenberg Graf Engelbert an den Kragen?«

»Das weniger. Isenberg wird es nicht wagen, sich mit ihm anzulegen, obwohl man das bei seinem Jähzorn nie weiß. Ich für meinen Teil will, dass er dafür bestraft wird, was er Egelmer angetan hat. Der Junge wird nie wieder richtig laufen können.«

Bodo blickte hinüber zur Deutzer Seite. Am Fähranleger warteten ein paar Leute, aber keiner zu Ross.

»Nun muss ich aber«, sagte er und schwang sich in den Sattel. »Grüßt Johanna von mir.«

Während er in die Stadt ritt, ging Martin zurück zu Eberhard. Der kleine Mönch lag quer über einem von der Sonne ausgebleichten Baumstamm, den das Frühjahrshochwasser angeschwemmt hatte. Martin setzte sich davor und lehnte sich mit dem Rücken gegen einen Ast.

»Ihr hängt da wie zum Trocknen«, sagte er. »Oder schmerzt Euer Gesäß schon wieder?«

»Was heißt schon wieder? Es hat überhaupt noch nicht aufgehört. Wenn ich nicht so schamhaft wäre, würde ich Euch jetzt mein Hinterteil zeigen. Es schillert wie ein Regenbogen.«

»Ich hielt Euch für einen Alleskönner, aber als Reiter seid Ihr ein völliger Versager. Wie kommt's?«

»Unser Abt hat etwas gegen Pferderennen. Ohne Flachs – woher soll's kommen, wenn man's nie geübt hat? Denkt an Eure ersten Schreibversuche.«

»Ihr habt ja Recht«, sagte Martin und schloss die Augen. In der milden Maisonne zu sitzen machte wohltuend müde. So sehr, dass es keine zehn Wimpernschläge dauerte, bis er eingeschlafen war.

*

»Psst?«

»Was ist?«, fragte Martin, ohne die Augen zu öffnen.

»Bleibt bei dem, was ich Euch gleich sagen werde, so unbeteiligt sitzen, als würde ich Euch den Unterschied zwischen zwei- und siebenpunktigen Marienkäfern erklären«, sagte Eberhard.

Seine Stimme kam von links unten. Also hing er nicht mehr über dem Baumstamm, sondern saß oder lag auf der Erde.

»Worin besteht denn der Unterschied?«

»Mir hat man noch beigebracht, die einen seien die männlichen, die anderen die weiblichen Tiere. Durch Beobachtungen habe ich jedoch herausgefunden, dass das Blödsinn ist. Es sind einfach zwei verschiedene Arten. So wie es den nordischen und den alpinen Menschen gibt.«

»Sieh an. Und dafür weckt Ihr mich?«

Eberhard knurrte. »Eben ritt ein Mann in einem dunklen Umhang vorbei, dem man noch die Reste eines blau geschlagenen Auges ansah.«

»Welches Auge?«

»Das linke.«

»Hatte der Mann eine Höckernase?«

»In der Tat.«

»Wo ist er jetzt?«

»Er sitzt etwa dreißig Schritte flussabwärts auf einem großen Stein und späht nach Deutz hinüber.«

»Hat er mich gesehen?«

»Weder Euch noch mich. Als er vorbeiritt, hat uns der Baumstamm Deckung gegeben. Jetzt könnte er uns allerdings sehen, würde er sich umdrehen.«

Martin zog die Beine an, beugte sich vor und umschlang seine Unterschenkel. Erst dann öffnete er die Augen und hob den Kopf ein wenig. So war sein Gesicht bis zur Nase hinter den Knien verborgen.

Kein Zweifel, der Mann war Josef. Martin sah ihn zwar nicht von der Seite, sondern nur schräg von hinten, dennoch war er sich vollkommen sicher. Es sei denn, Josef hatte einen Zwillingsbruder. Das Pferd stand ein wenig abseits und versuchte sich durch Schweifwedeln die Mücken vom Leib zu halten.

»Wie kommt ein Dachdecker zu einem Pferd?«, fragte Martin.

»Wie ein Räuber zu einem Sack voll Gold.« Eberhard ruckte mit dem Kopf. »Auf der anderen Flussseite sind übrigens einige Reiter eingetroffen. Sie werden gleich übersetzen.«

Martin zählte fünf Pferde. »Friedrich von Isenberg nebst Gefolge?«

Eberhard zuckte die Schultern. »Wenn dem so wäre, schlösse sich der Kreis. Warten wir es ab.«

»Kennt Ihr ihn denn?«

»Er war einmal mit Graf Engelbert in Altenberg. Wenn man ihm zwischenzeitlich nicht Nase und Ohren abgeschnitten hat, werde ich ihn wieder erkennen.«

Sie beobachteten, wie der Fährmann überholte. Der Mann war nicht groß, hatte aber Oberarme wie Hirschkeulen. Die brauchte er auch. Zurzeit zwar weniger, weil der Wasserstand wieder niedrig war und der Fluss beinahe wie ein See dalag, aber bei Hochwasser, wenn die Strömung reißend war, hingen von diesen Oberarmen Gedeih oder Verderb der Fahrgäste ab.

Als die Fähre vertäut wurde, saß Josef auf und ritt zum Anleger. Martins und Eberhards Annahme bestätigte sich. Der angebliche Dachdecker hatte auf die fünf Reiter gewartet.

Alle fünf waren gleich gekleidet, trugen Kettenhemden und hatten ihre Kapuzen aufgesetzt. Ein unnötig martialischer Aufzug, es sei denn, sie rechneten jeden Augenblick mit einer Keilerei. Wie sollte man da jemanden wieder erkennen? Auf mehr als ein ›Vielleicht‹ und ›Könnte sein‹ wollte Eberhard sich nicht einlassen.

Als sie sich in Richtung Mühlengassentor in Bewegung setzten, sprang Martin auf.

»Was habt Ihr vor?«, fragte Eberhard.

»Was schon? Ich werde ihnen folgen.«

»Seid Ihr wahnsinnig? Wenn dieser Josef Euch entdeckt, macht die Bande Kleinholz aus Euch.«

»Ich muss wissen, was hier vorgeht. Schließlich gehört es zu den Pflichten eines Knappen, seinen Herrn zu beschützen.«

»Noch seid Ihr kein Knappe. Außerdem kann ich mir nicht vorstellen, dass der Erzbischof Eure lebensgefährlichen Schnüffeleien gutheißen würde.«

»Wir sehen uns im Palast«, sagte Martin und nahm die Verfolgung der Reiter auf.

»Verdammter Dickkopf«, knurrte Eberhard und lief ihm nach.

*

Die sechs ritten die Mauer entlang bis zum Frankenturm, um dort in die Neugasse einzubiegen. Ihnen zu folgen war nicht weiter schwierig. Die Pferde gingen im Schritt, und da zu der Stunde viel Volk unterwegs war, mussten Martin und Eberhard sich nicht um ihre Deckung sorgen.

Josef saß auffällig gut im Sattel. Auch wenn die Gangart

keine Reiterkünste verlangte, so sah man doch, dass er keiner war, der sich nur alle Jubeljahre mal ein Pferd lieh.

Die Verfolgung fand ihr Ende kurz hinter dem Erzbischöflichen Palast. Linker Hand stand ein prächtiger Hof, in dessen offen stehendem Tor die Reiter verschwanden. Unmittelbar hinter ihnen wurden die Flügel geschlossen. Martin und Eberhard schlenderten vorbei, machten weiter oben kehrt und gingen wieder zurück.

»Jetzt müsste man wissen, wem der Stall gehört«, sagte Martin, als sie das Tor erneut passierten.

»Das ist der Brabanter Hof«, sagte Eberhard. »Hier werden sie Quartier machen.«

»Man könnte meinen, Ihr seid in Köln geboren. Woher wisst Ihr das denn schon wieder?«

»Wenn ich mich aus dem Fenster meiner Kammer lehne, kann ich den Hof sehen. Da ich neugierig bin, habe ich die Palastwachen gefragt.«

Neben der Kellertür des Palastes standen Dutzende von leeren abholbereiten Fässern. Wein und Bier mussten mal wieder bevorratet werden. Der Erzbischof selbst trank zwar nie, aber er hatte ständig Gäste, die sich gern einen Tropfen gönnten. Martin und Eberhard nahmen die Gelegenheit wahr und hockten sich zwischen die Fässer. Von hier aus konnten sie den Brabanter Hof im Auge behalten, ohne selbst gesehen zu werden.

»Ein Gyrinus sulceatus«, sagte Eberhard plötzlich.

»Ein was?«

»Ein Taumelkäfer. Da, schaut her.«

Zwischen den Fässern irrte ein kleiner schwarzer Käfer auf der Suche nach einem Gewässer umher. Er hatte noch einen weiten Weg vor sich.

»Unter dem Namen kenn ich ihn auch«, sagte Martin und stupste das Tier mit dem Finger an. Für einen Augenblick stellte es sich tot, dann krabbelte es weiter.

»Das Besondere an ihm sind seine zweigeteilten Augen«, sagte Eberhard. »Während er an der Wasseroberfläche schwimmt, kann er gleichzeitig über und unter Wasser sehen. Man kann das sehr schön beobachten, wenn man ihn in ein gläsernes, mit Wasser gefülltes Gefäß setzt.«

Martin grinste. »Ihr lasst aber auch keine Gelegenheit zum Unterricht aus.«

»Wer weiß, wann ich wieder dazu komme.«

Die Schatten wurden länger und länger, und nichts tat sich. Niemand verließ den Hof, und niemand ging hinein. Martins Beine wurden steif. Außerdem hatte er Hunger.

»Ob es noch einen zweiten Eingang gibt?«, fragte er.

»Das glaube ich nicht. Alles hier ist umbaut.«

»Hoffentlich geschieht bald etwas. Sonst fallen mir noch die Beine ab.«

»Nun stellt Euch mal nicht so an. Das ist nur der Bewegungsmangel. Aber Ihr könnt auch im Sitzen die Muskeln anspannen. Das hilft.«

Martin tat, was sein Lehrer ihm geraten hatte, und bekam einen Wadenkrampf.

»Ihr habt den Fuß gestreckt«, sagte Eberhard. »Davon war nicht die Rede. Ich sagte anspannen.«

Martin packte die Zehen und bog sie nach oben. Für einen Augenblick wurde der Schmerz schlimmer, dann ließ er nach.

»Pinkeln muss ich auch«, sagte er.

»Das könnt Ihr erst mal vergessen«, sagte Eberhard. »Da kommen sie.«

Das Tor wurde geöffnet, und zwei Reiter verließen den Brabanter Hof. Ihre Gesichter waren unter den Kapuzen der Umhänge verborgen. Aber Martin erkannte Josefs Pferd. Er war also auf jeden Fall dabei.

»Los, hinterher«, sagte Martin, stand auf und knickte sofort um. Er hatte kein Gefühl mehr im rechten Bein.

»Eingeschlafen?«, fragte Eberhard.

Martin nickte. »So was Blödes. Lauft Ihr ihnen wenigstens nach.«

»Zwecklos. Sie beginnen zu traben. Da sehe ich keine Möglichkeit.«

So war es. Martin sah nur noch, wie die beiden Reiter in Richtung Quatermarkt entschwanden.

»Halb so schlimm«, sagte er und massierte sein Bein. »Ich habe so eine Ahnung, wohin die wollen.«

»Wollt Ihr mich dumm sterben lassen?«

»Lasst Euch überraschen.«

Kurze Zeit später waren sie unterwegs.

Das Gesicht der Frau, die sich über ihn beugte, wirkte bäuerlich. So roch sie auch. Als sie merkte, dass er wach wurde, lächelte sie und zeigte eine Reihe schwarzer Stummel, zwischen denen ihre belegte Zunge hervorlugte wie ein augenloses Reptil. Eine Schönheit war sie nie gewesen. Jetzt sah sie auf Grund schlechter Ernährung auch noch alt aus. Dabei war sie sicher keine dreißig.

»Wie geht es Euch?«, fragte sie schüchtern. Sie lispelte.

Adrian wollte antworten, aber seine Stimmbänder versagten den Dienst. Außerdem war sein Hals trocken, als hätte er seit Tagen nichts getrunken.

»Wollt Ihr Wasser?«, fragte die Frau.

Selbst zum Nicken war Adrian zu schwach. Er bejahte, indem er die Lider schloss.

Die Holzschale, die die Frau ihm an die Lippen setzte,

roch nach Ziege. Aber trotz des Gestanks und der Tatsache, dass er Wasser normalerweise verabscheute, trank er gierig. Erst nach der dritten Schale hatte er genug. Die Frau säuberte sein Kinn mit einem schmutzigen Lappen.

»Wo …«, brachte Adrian heraus, dann brach seine Stimme.

»Ihr wollt wissen, wo Ihr seid?«, fragte die Frau eifrig.

Wieder schloss er die Augen.

»In der Siedlung Catterfeld«, schnatterte sie. »Kurz vor Ohrdruf. Mein Mann, der Lorenz, und mein Schwager, der Edzard, haben Euch gefunden. Sie kamen vom Berg und haben gesehen, dass die Zugbrücke runtergelassen war. Das ist sie sonst nie. Da haben sie im Schlosshof nachgesehen und Euch gefunden. Viel hätte nicht gefehlt, und Ihr wäret verblutet. Das alte Scheusal.«

Verdattert riss Adrian die Augen auf. Die Frau schlug die Hand vor den Mund und wurde rot wie Klatschmohn.

»Ich mein natürlich nicht Euch, edler Herr«, plapperte sie eilig. »Ich mein den alten Finsterberg. Wie konnte er Euch nur so zurichten? Noch dazu, da Ihr ein Bote des Papstes seid, wie man in Ohrdruf erzählt. Aber irr waren die Finsterbergs ja schon immer.«

Die Frau glaubte also, Finsterberg sei auf ihn losgegangen. Welch glückliche Fügung. Anscheinend hatte er dem Alten die Nadel so tief in den Hals gedrückt, dass niemand sie entdeckt hatte. Oder sie war abgebrochen. Adrian hatte an den Kampf nur undeutliche Erinnerungen. Wie auch immer, Hauptsache, sie hielten ihn für unschuldig. Vielleicht sahen sie in dem Tod des Alten sogar eine gerechte Strafe Gottes.

Die Frau rührte am anderen Ende des Raums in einem Topf. Dabei schwätzte sie ununterbrochen. Adrian hörte nicht zu. Was wichtig war, hatte er erfahren. Jetzt musste er wieder zu Kräften kommen.

Als die Frau sich nur wenig später an seine Seite setzte, um ihn mit Hirsebrei zu füttern, schlief er bereits wieder.

Es war Dämmerung. Jene Zeit zwischen Tag und Nacht, in der das Licht nicht mehr zum Arbeiten reichte, es aber noch zu hell war, um die kostbaren Kerzen anzuzünden. Die beste Zeit für ein Schwätzchen über die Ereignisse des zurückliegenden Tages.

Den beiden Männern, die durch den Filzengraben schlichen, stand der Sinn allerdings nicht nach Plaudern. Sie waren lediglich um größtmögliche Unauffälligkeit bemüht. Der eine war groß und schlank, der andere ein kompakt gebauter Zwerg. Von weitem konnte man sie für einen Erwachsenen und ein gut genährtes Kind halten. An sie würde man sich erinnern wie an ein dreibeiniges Pferd.

Die Häuser zu ihrer Rechten waren samt und sonders im Besitz der Overstolzen, eines der einflussreichsten Patriziergeschlechter der Stadt. Dafür interessierten sich die beiden jedoch nicht. Ihr Augenmerk war vielmehr auf die Gebäude auf der anderen Straßenseite gerichtet, deren Fundamente auf der Mauer fußten, die einst die Rheinvorstadt begrenzt hatte.

Das Filzengrabentor war schon in Sicht, als die Häuserzeile plötzlich unterbrochen und auf einer Länge von zirka fünfzehn Schritten noch die ursprüngliche Mauer erhalten war. Das war die Stelle, nach der sie gesucht hatten.

»Ihr seid ein Narr, wenn Ihr über die Mauer steigt«, flüsterte Eberhard. »Es ist nicht einmal sicher, ob Josef und sein

Begleiter sich wirklich zum Haus des Kerzenziehers begeben haben. Wozu dann diese Gefahr eingehen?«

»Gespür«, sagte Martin ebenso gedämpft. »Das Gespür des Jägers. Ich weiß, wie man Wildschweinen beikommt. Man muss sich nur gegen den Wind anschleichen und darf kein Geräusch machen. Sie haben nämlich schlechte Augen.«

»Was Ihr da von Euch gebt, ist das aufgeblasene Geschwätz eines dummen Jungen. Hier geht es nicht darum, einen Sonntagsbraten zu erlegen. Auf der anderen Seite der Mauer können Wachen stehen.«

»Das werden wir ja sehen.«

»Oder Hunde lauern.«

»Auch das werden wir sehen.«

»Oder beides. Wenn Ihr Pech habt, stoßt Ihr sogar mitten in ein Hornissennest.«

»Hoffen wir das Beste.«

»Euer Hochmut wird Euch das Genick brechen.«

»Niemand verlangt von Euch, mich zu begleiten, werter Lehrer. Kauert Euch einfach an den Fuß der Mauer, und mimt einen schlafenden Bettler. Wenn sie mich massakrieren wollen, brüll ich laut, und Ihr holt Hilfe.«

»Welch Torheit! Da verschwende ich Wochen und Monate darauf, Euch ein bisschen Schmalz einzutrichtern, und was kommt dabei heraus? Ihr benehmt Euch genauso tölpelhaft wie an dem Tag, als Euch der Erzbischof aus der Wildnis mitgebracht hat.«

»Seid Ihr fertig mit Eurer Litanei?«

»Noch nicht ganz. Habt Ihr schon vergessen, in welche Not Euch Eure letzte Schnüffelei gebracht hat? Ihr haben wir es überhaupt zu verdanken, dass wir uns in diesem Sündenpfuhl herumtreiben müssen.«

»Ich würde noch lauter posaunen. Was heißt hier Sündenpfuhl? In Köln gibt es fast so viele Kirchen wie in Rom.«

»Das braucht Ihr mir nicht zu erzählen. Aber sitzen wir etwa in einem der Gotteshäuser und lauschen einer erbaulichen Predigt? Nein, wir schleichen irgendwelchem vermeintlichen Verbrechergesindel hinterher.«

»Genug der Klagen«, sagte Martin. »Spielt Ihr nun den schlafenden Bettler?«

»Nein!«

»Was tut Ihr dann?«

»Ich folge Euch.«

*

Jenseits der Mauer gab es weder Wachen noch Hunde. Allerdings waren sie auch im falschen Hof gelandet. Sie befanden sich keineswegs auf der Rückseite des von Heyn'schen Hauses, sondern gut drei oder vier Häuser weiter in Richtung Fluss. Gebückt schlichen sie in den Schutz eines in der Nähe stehenden Schuppens.

»Knapp daneben ist auch vorbei«, raunte Eberhard. »Besinnt Euch. Noch ist Zeit zur Umkehr.«

»Ihr schwätzt wie ein Endzeitprediger«, flüsterte Martin. »Wenn Ihr nur mitgekommen seid, um zu unken, könnt Ihr hier bleiben.«

»Der Erzbischof würde mich vierteilen lassen, wenn ich Euch im Stich ließe.«

»Dann folgt mir. Aber schweigend.«

Etliche Fenster an den Rückseiten der Häuser standen offen. Stimmen waren zu hören und Geräusche von Hausarbeiten. Irgendwo wurde gestritten. Hinter zwei Fenstern flackerten bereits Kerzen.

Ein Hasenstall, ein Häuschen für die Notdurft, ein Stapel Holz und ein Karren mit gebrochenem Rad boten ausreichende Deckung, bis sie die Mauer erreicht hatten, die das Grundstück von Heyns von den anderen trennte. Unmittelbar an der Mauer lag ein mannshoher Misthaufen, Dung für den Gemüsegarten, den sie soeben durchquert hatten.

Wie bei der ersten Mauer machte Martin die Leiter, und Eberhard stieg auf, um einen Blick auf die andere Seite zu werfen. Kaum spähte der Mönch über die Mauerkrone, winkte er ab. Martin ließ ihn wieder runter.

»Was ist?«

»Der Hof ist voller Pferde«, flüsterte Eberhard. »Außerdem sind da zwei Wachen. An denen kommen wir nicht vorbei.«

»Pferde. Also hatte ich Recht mit meiner Vermutung. Wo stehen die Wachen?«

»Vor der Hintertür.«

»Verflucht!«

»Lasst uns verschwinden! Es ist noch nicht zu spät.«

Martin warf Eberhard einen bösen Blick zu. Den hätte er sich schenken können, denn es war zu dunkel, als dass der Mönch ihn hätte bemerken können. Auf der anderen Seite schnaubte eines der Tiere.

Ohne große Hoffnung prüfte Martin, ob die rückwärtige Tür des Hauses, in dessen Hof sie standen, verschlossen war. Sie war es nicht, sie war sogar nur angelehnt. Er gab Eberhard ein Zeichen, und sie schlüpften hinein.

In dem Gang war es grottendunkel. Nur am Ende fiel ein wenig Licht aus einem Raum zur Linken und beleuchtete die Treppe, die in den oberen Stock führte. Martin lugte um die Ecke. Er sah in eine Küche, in der zwei Frauen die Speisenfolge des Abendessens besprachen. Auf dem Tisch lag ein gerupftes Huhn. Beide Frauen wandten ihm den Rücken zu.

Mit einem Satz war er an der Treppe. Eberhard folgte ihm. Sie hielten sich dicht an der Wand, denn da war das Risiko geringer, dass die Stufen knarrten. Im ersten Stock lagen die Gemächer der Herrschaften, im zweiten die Kammern des

Gesindes. Von da führte nurmehr eine Leiter auf den Dachboden.

»Was habt Ihr vor?«, fragte Eberhard.

Ohne zu antworten erklomm Martin die Sprossen. Auf dem Boden war es düster wie in einem zugestöpselten Fass. Nur auf allen vieren und geleitet vom Tastsinn ging es voran. Eberhard folgte, indem er sich mit einer Hand an Martins Ferse festhielt. Bei jeder Bewegung wirbelte Staub auf. Martin überkam Hustenreiz. Eine Weile konnte er ihn unterdrücken, dann wurde das Kratzen übermächtig. Er bellte los wie ein Kettenhund.

»Seid Ihr des Wahnsinns?«, zischte Eberhard. »Man hört Euch bis auf die Gassen. Atmet gefälligst durch die Nase.«

»Dann muss ich niesen. Haltet mal.«

»Was?«

»Die Schindel.«

Martin deckte eine Dachschindel nach der anderen ab, bis ein Loch entstanden war, durch das er sich nach draußen zwängen konnte. Die kühle Abendluft erfrischte. Als Eberhard den Kopf rausstreckte, war Martin bereits in die Traufe gerutscht, die von einem Zinnenkranz begrenzt wurde. Der Hausbesitzer spielte offenbar gern Burgherr. Eberhard schlidderte an Martins Seite.

»Und nun?«, fragte er.

»So, wie wir hier rausgekommen sind, klettern wir drüben rein«, sagte Martin. »Ganz einfach.«

»Dass die Dachkante des Nachbarhauses zwei Mannslängen tiefer liegt, seht Ihr.«

»Ist Euch das zu tief?«

»Zum Springen nicht. Nur, wie kommen wir zurück?«

»Ich halte es für völlig verfrüht, uns jetzt schon Gedanken darüber zu machen.«

»Euer Gemüt möchte ich haben.«

Die Landung war hart, ging aber für beide ohne verstauchte Knöchel ab. Martin versuchte sogleich, die hölzernen Schindeln abzudecken. Da sie festgenagelt waren, musste er sie einzeln mit Hilfe seiner Sichel lösen. Eberhard nahm sie an und stapelte sie in der Dachtraufe.

Plötzlich schrillte es laut »Kwiu! Kwiu!«, und ein Vogel flatterte aus dem Loch. Martin blieb beinahe das Herz stehen.

»Athene noctua«, sagte Eberhard. »Ein Steinkauz.«

»Ob von Heyn weiß, dass er einen Totenvogel unter dem Dach beherbergt?«

»Wohl kaum. Sonst hätte er ihn bestimmt ausräuchern lassen.«

»Auch wenn man ihnen nichts Gutes nachsagt – sie fangen mehr Mäuse als eine Katze«, sagte Martin, während er sich mit den Füßen voran durch die Öffnung schob. »In der Mühle waren wir immer froh, wenn wir ein Pärchen im Gebälk hatten.«

Anders als im Nebenhaus führte eine richtige Treppe vom Dachboden runter. Bevor sie die hinabstiegen, lauschten sie eine geraume Weile. Stark gedämpft war Stimmengemurmel zu vernehmen, das vermutlich aus einem der unteren Räume kam. Auf den Treppen hielt sich niemand auf.

So still es im zweiten Stock gewesen war, so laut wurde es auf einmal im ersten. Ansatzlos setzte in einer der Kammern ein Schnarchen ein, das geeignet war, einen Braunbären erblassen zu lassen. Da war jemand sehr früh zu Bett gegangen. Aber so, wie er sägte, hatte er es auch nötig.

Martin wollte gerade die letzte Treppe betreten, als er mitten in der Bewegung erstarrte. Auf der untersten Stufe saßen zwei Männer. Einer lehnte mit dem Rücken an der Wand und schlief. Der andere war wach. Er kratzte sich gerade am Hinterkopf. Martin stieß leise einen Fluch aus, bei dem einmal beichten nicht reicht.

»Da haben wir den Schlamassel«, wisperte Eberhard.

»So kurz vor dem Ziel gebe ich nicht auf.«

»Wollt Ihr die Männer etwa niederschlagen?«

»Das nicht. Aber es muss eine andere Möglichkeit geben, an ihnen vorbeizukommen.«

»Natürlich. Indem Ihr Euch in einen Geist verwandelt.«

»Eure Ideen werden immer besser.« Martin sah sich um. »Stand da nicht eben eine Kiste voll Werkzeug auf dem Dachboden?«

»Sicher. Ein Hammer, ein Beil, eine Bohrkurbel ...«

»Eine Bohrkurbel. Das ist es.«

Es dauerte gerade mal vier Atemzüge, bis Martin wieder da war. »Ich glaube, in der Kammer von dem Schnarchsack sind wir genau richtig«, sagte Martin und schob die Tür auf.

Beleuchtet von einer fast heruntergebrannten Kerze saß der Schnarcher von vier Kissen gestützt im Bett und erwies sich bei näherem Hinsehen als ältere Frau von üppiger Statur. Selbst im Schlaf sah sie aus wie eine Furie.

Martin beschloss, es zunächst einmal dicht an der Wand zu versuchen, denn was er vorhatte, war nicht ungefährlich. Dabei waren weniger die dicken Späne das Problem, denn die konnte er aufklauben, als vielmehr das Holzmehl, das nach unten rieseln würde.

Außerdem war da noch die Schnarcherin. Solange gebohrt wurde, war ihr Radau willkommen, übertönte er doch das Quietschen der Bohrkurbel. Nur wenn es ans Lauschen ging, musste Ruhe herrschen. Eine Aufgabe, für die Eberhard sich freiwillig meldete.

Die Dielenbretter waren dicker als erwartet, aber da das Werkzeug in erstklassigem Zustand war, war das Loch dennoch in Windeseile gebohrt. Martin blickte hindurch. Unter ihm stand ein Schrank, auf dem sich ein Häufchen Holzmehl abzeichnete. Das war alles. Er gab Eberhard ein Zeichen.

Der drückte der alten Schnarcherin die Kinnlade nach oben. Für einen Augenblick herrschte absolute Stille. Dann machte die Alte ein Geräusch, das nach Schluckauf klang, und atmete durch die Nase. Eberhard wartete noch einige Züge ab, dann ließ er das Kinn wieder los. Es klappte. Martin legte sein Ohr an das Loch.

»– eindeutiges Unrecht«, sagte eine männliche Stimme, die ihm unbekannt war. »Aber wo kein Richter, da kein Henker.«

»Deswegen haben wir ja beschlossen, die Sache selbst, gemeinsam mit dem geheimen Rat der Stadt, in die Hand zu nehmen.«

Hätte Martin nicht bereits gelegen, hätte es ihn glatt aus den Schuhen gehauen. Der da sprach, war niemand anderer als Dietrich von Kleve. Mit dem hatte er nun überhaupt nicht gerechnet.

Martin schnappte sich die Bohrkurbel und setzte ihn eine knappe Handbreit neben dem bereits gebohrten Loch erneut an. Diesmal jedoch nicht lotrecht, sondern schräg, und zwar in der Richtung, in der er die Gesprächsrunde vermutete. Anfangs rutschte er mehrfach ab, aber schließlich ging es beinahe so leicht wie beim ersten Mal. Wieder hatte er Glück, dass er kein Astloch traf.

Martin konnte nun gleichzeitig lauschen und sehen. Er legte sein Ohr wieder an das zuerst gebohrte Loch und spähte mit einem Auge durch das schräg verlaufende. Mehrere Männer saßen um einen runden Tisch, auf dem eine Kerze vom Durchmesser eines Pferdehufs brannte. Zwei der Männer konnte er nicht erkennen, weil er sie nur von hinten sah.

»– unweit der Furt durch die Sieg«, sagte Dietrich von Kleve. »Die Stelle ist die einzig richtige. Dichtes Unterholz steht beidseits des Weges. Meine Männer und ich werden morgen bei Sonnenaufgang aufbrechen.«

Einer der beiden, die Martin den Rücken zukehrten, räusperte sich. »Ihr vergaßt zu erwähnen, dass ich Euch begleiten werde. Auf diese Gelegenheit warte ich seit Jahren. Für keinen Preis werde ich sie mir entgehen lassen.«

Martin kam aus dem Staunen nicht mehr heraus: Es war Heinrich von Limburg. Hier war die ganze Bande versammelt.

»Zum gleichen Zeitpunkt werden wir hier zuschlagen«, sagte ein fetter Mann, der das Gesicht eines griesgrämigen Hundes hatte. Alles an ihm war schlaff. Er hatte gewaltige Tränensäcke, die bis auf seine Nasenflügel runterhingen. Die Mundwinkel waren abwärts gerichtet, und ein Doppelkinn vom Ausmaß eines prallen Euters verdeckte den Kragen seines Gewandes. Eigentlich sah er aus wie die Alte im Bett, nur jünger. Martin vermutete, dass es sich bei dem Mann um den Hausherrn, Julius von Heyn, handelte, und dass die Schnarcherin seine Mutter war.

»Der eine Teil unserer Leute wird das Privathaus des Erzbischofs stürmen und diesen englischen Bischof gefangen nehmen«, fuhr der Fettsack fort. »Dabei muss mit Augenmaß vorgegangen werden, denn wir brauchen den Mann lebend. Daher schlage ich für diese Aufgabe unseren werten Freund Dietrich von der Mühlengassen vor.«

Zustimmendes Gemurmel hob an, für das der Mann an von Heyns Seite sich artig nickend bedankte. Er war noch jung, vielleicht gerade zwanzig, hatte aber bereits schütteres Haar. Sein Gesicht war schmal, die Nase krumm und das Kinn fliehend. Dazu kamen ein Paar Segelohren, wie Martin sie noch nie gesehen hatte.

Julius von Heyn zeigte auf Josef. »Derweil wird Arno von Sinthern mit seinen Leuten den erzbischöflichen Palast umstellen und die Garde festsetzen, damit uns von dieser Seite nicht in den Rücken gefallen werden kann. Sind Eure Männer bereits in der Stadt?«

Josef alias Arno schüttelte den Kopf. »Die Männer sind ein wilder Haufen«, sagte er ohne einen Ansatz von Stottern.

»Sie lagern außerhalb bei Hemmersbach. In der Stadt würden sie nur unnötig Aufsehen erregen.«

»Ich sehe, Ihr denkt neuerdings mit und seid bemüht, Euer Versagen von Burg wieder gutzumachen«, sagte der Mann, der neben Heinrich von Limburg saß und von dem Martin nur den Hinterkopf sah.

»Ihr habt es gerade nötig zu tönen«, fuhr Arno von Sinthern auf. »Was habt Ihr denn bisher für unsere Sache geleistet? Einen Dreck! Ich hingegen habe mich als Speerspitze hergegeben und bei dem Anschlag meinen Kopf hingehalten.«

»Nun macht mal halblang, ja? Ihr tut ja gerade so, als hättet Ihr Euch freiwillig zum Kampf gemeldet. Dabei habt Ihr nur das Pech gehabt, dass das Los auf Euch gefallen ist. Außerdem, was heißt hier Kopf hingehalten? Gero von Ueberholz hat Euch doch gedeckt. Wofür wir ihn übrigens nicht schlecht bezahlt haben.«

»Die Wachen haben mich halb tot geschlagen.« Von Sinthern zeigte auf sein Auge. »Hier – der blaue Fleck ist noch immer zu sehen.«

»Elender Jammerlappen!«

»Mäßigt Euch!«, fuhr von Heyn dazwischen. »Sowohl Ihr, Arno von Sinthern, als auch Ihr, Friedrich von Isenberg. Unsere Sache kann nur gelingen, wenn wir zusammenstehen.«

»Ich lasse mir nicht unterstellen, ich hätte einen Dreck geleistet«, sagte von Isenberg. »Wer hat denn das meiste Geld gesammelt? Ich doch wohl.«

Bei seinen letzten Worten sprang er auf und lief durch den Raum. Dadurch entschwand er aus Martins Blickfeld.

»Aber wie?«, keifte von Sinthern. »Dem Stift Essen habt Ihr es abgepresst. Die Äbtissin hat sich bereits beim Erzbischof beschwert. Wenn ihn das mal nicht misstrauisch gemacht hat.«

»Wo sollte ich es denn sonst hernehmen?«, brüllte von Isenberg. »Sollte ich etwa auf Raubzug gehen? Plündern? Brandschatzen? Außerdem ist der Erzbischof doch viel zu sehr von sich eingenommen, als dass er damit rechnen würde, dass wir ihm ernsthaft nach dem Leben trachten.«

Er kam zum Tisch zurück und stützte sich mit den Armen auf. Bis auf den Kopf hatte Martin ihn damit wieder im Blick.

»Worüber wir noch nicht gesprochen haben, ist, welche Aufgabe Ihr eigentlich mir für den morgigen Tag zugedacht habt.«

»Das hättet Ihr schon lange erfahren, wenn Ihr nicht den Streit mit Arno von Sinthern angezettelt hättet«, sagte Julius von Heyn. »Ich denke, Ihr solltet Euch um diesen naseweisen Bengel kümmern, den der Erzbischof unter seine Fittiche genommen hat. Er und dieses Frauenzimmer haben im Schwarzen Hund herumgeschnüffelt. Wir können es uns nicht erlauben, sie davonkommen zu lassen. Die beiden wissen zu viel.«

War es Martin schon die ganze Zeit abwechselnd siedend heiß und eiskalt geworden, so nahmen die Temperaturschwankungen nun geradezu lebensbedrohliche Ausmaße an. Nicht nur, dass die Bande bereits für den kommenden Tag einen Aufstand bisher ungeahnten Ausmaßes plante, nein, jetzt hatte sie es auch auf Johanna und ihn abgesehen.

»Das ist ja die Höhe!«, rief von Isenberg, beugte sich vor und schlug auf den Tisch. »Während Ihr das Vergnügen habt, den Erzbischof einen Kopf kürzer zu machen, soll ich Kindermädchen spielen? Das kommt überhaupt nicht in Frage. Ich reite mit zu dem Hinterhalt bei Siegburg.«

Was von Heyn entgegnete, bekam Martin nicht mehr mit, weil für Augenblicke seine sämtlichen Sinneswahrnehmungen ihren Dienst versagten: Als von Isenberg sich über den Tisch gebeugt hatte, war sein Gesicht kurz in seinem Blickfeld aufgetaucht. Nur für die Länge eines Wimpernschlages, aber das hatte gereicht. Martin hatte den Mann sofort wieder erkannt.

Diese vor Jähzorn lodernden Augen, die breitgeschlagene Nase, der höhnische Mund – es war der Mann, der den Müller ermordet hatte. Daran gab es nicht den geringsten Zweifel.

Eberhard, der noch immer neben dem Bett der Alten stand, um ihr bei Bedarf den Mund zuzuhalten, bemerkte, dass mit Martin eine Veränderung vor sich ging. Er verließ seine Stellung und hockte sich an die Seite seines Schülers.

»Was habt Ihr?«, flüsterte er. »Ihr seht aus, als hättet Ihr den Leibhaftigen erblickt.«

Martin atmete tief durch. »Wenn Ihr wüsstet, wie nahe Ihr damit der Wahrheit kommt.«

»Was reden sie denn?«

»Später. Wir müssen schnellstens –«

Weiter kam er nicht, denn ein gellender Schrei zerriss die Luft. Martin wie Eberhard standen die Haare zu Berge. Die Alte war aufgewacht und saß senkrecht im Bett.

»Hiiiiilfe!«, krähte sie aus Leibeskräften. »Hier sind Männer!«

Martin hatte das Gefühl, noch nie schneller gewesen und trotzdem zu langsam gewesen zu sein. An der Treppe stieß er mit den Wachen zusammen, die die Stufen hinaufgestürmt kamen. Dem Vorderen verpasste er einen Tritt in den Magen, dass der im Fallen den anderen mit sich riss.

Während unten die Hölle losbrach, hetzten Martin und Eberhard hinauf zum Dach. Martin nahm immer zwei Stufen auf einmal, Eberhard jede einzeln. Trotzdem waren sie gleich schnell. Wie die Wiesel krochen sie über den Dachboden und krabbelten aus dem Loch aufs Dach.

Geschafft. Nur ragte jetzt der Zinnenkranz des Nachbarhauses senkrecht wie eine Felswand vor Ihnen auf.

»Haltet Ihr es noch immer für verfrüht, darüber nachzudenken, wie wir da raufkommen?«, japste Eberhard.

Vor und hinter dem Haus erschollen Rufe. Wenn Martin ehrlich war, musste er zugeben, dass sie auf dem Dach in einer verteufelten Falle steckten. Andererseits hatte er oftmals gerade in scheinbar ausweglosen Situationen die besten Einfälle.

»Der Misthaufen«, sagte er.

»Wie?«

»Der Misthaufen. Damit rechnen sie nicht.«

»Ich aber auch nicht. Der Haufen liegt auf der anderen Seite der Hofmauer, falls Ihr das vergessen haben solltet.«

»Ja und? Von hier oben ist das doch nicht schwer. Wenn Ihr Euch kräftig genug abstoßt, kommt Ihr genau jenseits der Mauer runter.«

»Oder ich stürze drauf und brech mir sämtliche Knochen.«

»Bedenkt die andere Möglichkeit«, sagte Martin. »Gevierteilt zu werden wäre ein Spaß gegen das, was die mit uns machen würden.«

»Wenn Ihr Recht habt, habt Ihr Recht. Auf geht's.«

Als sie an der Rückseite des Hauses in die Tiefe blickten, erhielt Martins Zuversicht einen satten Dämpfer. Es war bereits so dunkel, dass nichts mehr zu erkennen war. Keine Mauer, kein Misthaufen, rein gar nichts. Vor ihnen lag ein rabenschwarzer Abgrund.

»Das wird ein Sprung ins Ungewisse«, sagte Eberhard.

»Den Eindruck habe ich auch. Falls wir es nicht schaffen sollten – es war nett, Euch kennen gelernt zu haben.«

»Ebenso. Gott sei mit Euch.«

Martin überlegte, ob er seinen kleinen Lehrer noch kurz umarmen sollte, aber da schob bereits der erste Verfolger den Kopf durch die Dachöffnung. Keine Zeit für Gefühle. Martin ging in die Hocke und stieß sich mit aller Kraft ab.

Der Flug war länger, als er erwartet hatte, und er sah nichts. Dann klatschte ihm auf einmal Kuhscheiße ins Gesicht. Nie hätte er gedacht, dass er sich darüber einmal freuen würde.

»Es hat geklappt«, rief er nach oben und machte, dass er von dem Haufen runterkam. »Springt!«

Kaum hatte er sich zur Seite gewälzt, schlug Eberhard genau an der Stelle ein, wo er eben noch gelegen hatte. Martin half ihm aus dem Mist, und dann gaben sie auch schon Fersengeld.

Auf dem Dach erscholl das Wutgeheul der Verfolger.

Die erste Verschnaufpause legten sie am Buttermarkt ein. Martin hatte dem Gewirr der Gassen den Vorzug vor den großen Märkten gegeben. Auf dem Heumarkt und Alter Markt wären sie ihren berittenen Häschern ausgeliefert gewesen.

Die Tür des Hauses, unter dessen überkragendem Dach sie standen, wurde geöffnet, und eine Frau steckte den Kopf raus. Beim Anblick der beiden fuhr sie zusammen und schlug die Tür gleich wieder zu. Martin war schon dankbar, dass sie nicht geschrien hatte.

»Wir sehen aus wie Schweine, und genauso stinken wir auch«, keuchte Eberhard und spie aus. »Die Kutte ist dahin.«

»Eure Nase spielt Euch einen Streich«, sagte Martin. Er stand vorgebeugt und stützte sich mit den Händen auf den Oberschenkeln ab. »Das ist Kuh- und kein Schweinemist. Kann es weitergehen?«

»Nein, erst will ich wissen, was los ist.«

»Einverstanden. Das Recht habt Ihr.«

Vorsichtshalber begaben sie sich in den Durchgang zwischen den Häusern. Da stank es zwar nach Abfällen aller Art, aber das passte ja zu ihrem jetzigen Zustand. Das Wichtigste war, dass sie von der Straße weg waren.

Martin atmete einmal durch und gab dann eine Zusammenfassung dessen, was er gehört und gesehen hatte. Eberhard staunte nicht schlecht, unterbrach Martin aber nicht, sondern ließ es bei hoch gezogenen Augenbrauen und einem gelegentlichen Zungenschnalzen bewenden. Erst nachdem Martin seinen Bericht beendet hatte, fragte er nach.

»Glaubt Ihr, sie werden schon heute Nacht losschlagen, jetzt, wo sie wissen, dass sie belauscht wurden?«

»Unwahrscheinlich. Arno von Sintherns Männer lagern außerhalb der Stadt. Die brauchen sie aber, um die Garde angreifen zu können.«

»Dann könnten wir das Schlimmste verhindern«, sagte Eberhard mit grimmig entschlossenem Gesicht. »Wir müssen nur auf schnellstem Wege Thietmar in Kenntnis setzen. Zum einen muss er einen Boten losschicken, damit der Erzbischof vor dem Hinterhalt gewarnt wird. Zum anderen muss er dafür sorgen, dass Bischof von Carlisle aus dem Privathaus des Erzbischofs in den Palast gebracht wird. – Wo liegt das Haus eigentlich?«

»Keine Ahnung. Ich halte es aber für keinen guten Einfall, wenn wir uns alle im Palast verschanzen. Das Gebäude ist bei einem ernsthaften Angriff nicht zu halten. Ich jedenfalls werde Johanna aus dem Stift holen und sie außerhalb der Stadt in Sicherheit bringen.«

»Wohin wollt Ihr? Zur Rausmühle?«

»Da kenn ich mich wenigstens aus.«

»Dann sollten wir uns trennen. Ich laufe zum Palast, und Ihr lauft zum Stift.«

»Das bringt nichts. Zunächst muss ich auch zum Palast. Ich brauche ein Pferd. Zu Fuß wäre ich verloren.«

»Sie werden das Gebiet um den Palast herum aber verstärkt beobachten lassen.«

»Das kriegen wir schon hin«, sagte Martin. Die gelungene Flucht hatte ihm neuen Mut gegeben.

Auf einmal drang Hundegebell an ihr Ohr. Nur schwach, aber eindeutig. Und es kam näher.

»Ob das uns gilt?«, fragte Eberhard.

»Denkbar. Der Mistfährte, die wir hinterlassen, lässt sich bestimmt leicht folgen. Machen wir, dass wir weiterkommen.«

*

Ohne Vorwarnung riss die Wolkendecke auf, und der volle Mond hatte seinen Auftritt. Wenn es auch nicht taghell wurde, war es doch auch nicht viel dunkler als an manchen Regentagen. Eine neue Lage, die ausschließlich den Jägern einen Vorteil verschaffte.

Martin und Eberhard blieb nichts anderes übrig, als sich in den langen Schatten des Schusterladens zu drücken, der das Eckhaus zur Neugasse bildete. Gemeinsam riskierten sie einen Blick.

Tatsächlich, in der Gasse wachten zwei bis an die Zähne bewaffnete Reiter aus dem Gefolge Friedrich von Isenbergs. Von hier würde es kein Durchkommen geben.

»Wir müssen zurück«, sagte Eberhard.

»Unmöglich«, sagte Martin. »Dann laufen wir den Häschern mit den Hunden in die Arme.«

Das Gebell war noch immer zu hören, und es kam näher. Das zweite Mal an diesem Abend steckten Martin und Eberhard in einer bösen Klemme. Ein weiterer Blick um die Hausecke brachte keine Entspannung. Im Gegenteil: Die

Reiter hatten sich getrennt, und einer ritt auf ihr Versteck zu. Und da tauchte auch schon der erste Hund auf.

»Das war's dann«, seufzte Eberhard und bekreuzigte sich.

Hinter den kläffenden Hunden zog ein Dutzend wehklagender Männer die Stadtmauer entlang. Sie hatten ihre Gewänder bis zu den Hüften runtergerollt und schlugen sich mit Peitschen und Ruten auf die nackten Oberkörper. Brust und Rücken waren von blutigen Striemen überzogen. Einige von ihnen trugen Dornenkränze. Die meisten waren so mager, dass man ihre Rippen zählen konnte. Ausgerechnet der Ausgezehrteste von ihnen hatte ein riesiges Holzkreuz geschultert. Einige der Köter drehten bellend ihre Runden um die Gruppe.

»Flagellanten«, flüsterte Martin. »Das sind unsere Retter.«

In Windeseile schlüpfte er aus den Ärmeln seines Gewandes und rollte das Oberteil bis zum Gürtel runter. Dann zerkratzte er sich mit aller Kraft die Brust und die Oberarme.

»Tut es mir gleich«, sagte er zu Eberhard. »Beeilt Euch. Dann zerkratzen wir uns gegenseitig den Rücken.«

»Wenn das mein Abt wüsste«, jammerte der Mönch, tat aber, was Martin gesagt hatte.

Eberhard hatte scheußlich scharfe Fingernägel. Martin musste an sich halten, um nicht aufzujaulen. Warm rann ihm Blut über den Rücken. Im Gegenzug war es gar nicht so leicht, den Buckel des Mönches zu zerkratzen. Eberhards Haut war ledrig wie eine Schwarte. Martin brach sich beinahe die Fingernägel ab. Dann mischten sie sich unter die Geißler.

»Bruder, lasst mir eine Weile das Kreuz«, sagte er zu dem Ausgezehrten.

Der Mann war so erschöpft, dass er überhaupt nicht mitbekam, wie Martin ihm das riesige Kreuz von den Schultern nahm. Krumm wie zuvor schlich er weiter. Auch als Eberhard ihm die Knute aus dem Gürtel zog, reagierte er nicht. Die anderen ebenso wenig. Sie waren alle völlig entrückt.

Kaum hatten Martin und Eberhard in das eintönige Gejammer zur Vergebung der Sünden eingestimmt, sprengte der Gefolgsmann von Isenbergs heran. An Martins Seite zügelte er sein Pferd.

»Blödes Geißlerpack«, brummte er, wendete sein Pferd auf der Hinterhand und ritt wieder davon.

Noch ehe die Prozession den Frankenturm erreicht hatte, gingen mehrere Flagellanten auf die Knie und setzten den Weg kriechend fort. Hatten Martin und Eberhard ohnehin Schwierigkeiten gehabt, sich dem Schneckentempo der Gruppe anzupassen, waren sie jetzt schnell ein paar Schritte voraus. Einem ringelschwänzigen, schwarzweiß gefleckten Kläffer schien das nicht zu passen, denn er schnappte nach Martins Waden. Zur Strafe verpasste Martin ihm einen Tritt, dass er sich winselnd davonmachte.

»He, du da!«, rief jemand hinter ihnen. »Du mit dem Kreuz! Bleib stehen.«

»Das ist der Reiter von eben«, raunte Eberhard, der einen Blick zurück riskierte.

»Ich dachte, den wären wir los. Ist er allein?«

»Sonst ist niemand zu sehen.«

»Stehen bleiben, habe ich gesagt«, schnauzte der Mann. »Bist du taub?«

Martin dachte gar nicht daran. Unbeirrt marschierte er weiter. Der Reiter preschte an ihnen vorbei und verstellte ihnen den Weg. Er war ein kräftiger Kerl mit kantigem Gesicht und derben Zügen. Seine Augen waren vor Misstrauen schmal wie Schlitze.

»Wer seid ihr?«, bellte er und griff nach seinem Schwert. »Wenn ihr Geißler seid, fress ich 'nen Besen.«

»So etwas solltet Ihr nicht einmal denken«, sagte Martin und drehte sich zur Seite.

Das Kreuz schwang synchron zu seiner Bewegung mit, und die Traverse knallte dem Reitersmann vors Ohr, ähnlich wie ein Klöppel gegen eine Glocke schlägt, nur dass das Größenverhältnis in dem Fall umgekehrt war. Der Mann wurde regelrecht aus dem Sattel gemäht. Das Pferd witterte die große Freiheit und preschte davon.

Martin ließ das Kreuz fallen und zog dem Gestürzten das Schwert aus der Scheide, Eberhard bemächtigte sich des Dolches. Hinter ihnen stimmten die Flagellanten ein vielstimmiges Gezeter an. Ohne sich um sie zu scheren, liefen Martin und Eberhard los, an der Probstei von St. Maria ad Gradus vorbei und die Trankgasse hinauf.

Auf halbem Weg zwischen Probstei und St. Lupus zweigte linker Hand ein Gässchen ab. Durch das kam man auf den Gradenhof und damit zu den Treppen, die zum Domhügel hinaufführten. An St. Maria ad Gradus vorbei gelangte man dann in die Große Sporergasse, die unmittelbar in den Domhof mündete. Hätten sie den erst einmal erreicht, hätten sie es geschafft.

Martin blickte sich um. Niemand war ihnen auf den Fersen. Er lief vorneweg, Eberhard folgte ihm. Am Fuß der Treppe hatte der Mönch ihn eingeholt.

»Ihr kennt Euch hier aus, als sei das die Spielstätte Eurer Kindheit«, sagte er. »Ich weiß überhaupt nicht, wo wir sind.«

»Ich habe die Gegend gestern Morgen bei einem Spaziergang erkundet«, sagte Martin.

»Ich lobe Eure weise Voraussicht.«

»Nennt es lieber Zufall.«

Die Sporergasse war schmal wie eine Schlucht. An ihrem Ende bog sie nach rechts ab. Die Biegung hatten sie schon so gut wie umrundet, als sie wie angewurzelt stehen blieben. Auf dem Domhof warteten zwei Reiter. Selbst auf die Entfernung waren ihre Gesichter im Mondlicht zu erkennen. Der größere der beiden war Friedrich von Isenberg.

»Traut Ihr Euch einen schnellen Lauf bis zum Marstall zu?«, fragte Martin.

»Welche Entfernung?«

»Ich schätze hundertfünfzig Schritte.«

Eberhard schüttelte den Kopf. »Wenn ich Eure Länge hätte, würde ich es wagen. Aber meine Beine sind zu kurz. Ihr werdet allein laufen müssen.«

»Nein«, sagte Martin. »Meine Beine sind zwar länger, aber mir fehlt Eure Schnelligkeit.«

»Wie gut wir uns ergänzen, und doch nützt es uns nichts. Also werden wir uns wohl oder übel bis Sonnenaufgang verstecken müssen. Vor unzähligen Zeugen werden sie es kaum wagen, uns abzuschlachten.«

»Da wäre ich mir nicht so sicher. Außerdem können wir nicht so lange warten. Wenn wir Graf Engelbert retten wollen, müssen wir handeln.« Martin blickte sich um, als verberge sich die Lösung ihres Problems hinter einer der umliegenden Fassaden. »Ist nicht nachts ein Wächter im Dom?«

»Denkbar. Sogar wahrscheinlich. Warum?«

Martin zwinkerte. »Weil wir ihn um Hilfe bitten werden.«

*

Die Mauer neben St. Maria ad Gradus hatte es in sich.

Martin rammte das Schwert in den Boden und stieg, während Eberhard die Waffe festhielt, auf die Parierstange. Erst dann konnte er den wilden Wein packen, der über die Mauer wucherte. Gott sei Dank war die Pflanze kräftig und gesund und hielt sein Gewicht. Als er es geschafft hatte, legte er sich flach auf die Mauerkrone und streckte Eberhard den Arm entgegen.

»Kommt. Ergreift meine Hand.«

»Vergesst es. Ich bin zu kurz.«

»Dann versteckt Euch aber. Und falls sie Euch doch erwischen, schlagt Ihnen die Schädel ein.«

»Ich werde mein Bestes tun.«

Martin sprang auf der anderen Seite hinab. Einige Schritte schlich er an der Mauer entlang, die das Gelände zum Friedhof abgrenzte, und betrat dann den ehemaligen Kreuzgang von St. Maria ad Gradus. Nur noch wenige Schritte, und er stand vor dem Ostchor des Doms. Ein beeindruckendes Bauwerk mit wunderschönen Fenstern. Martin tat jetzt schon Leid, was er tun musste.

Der Stein, den er auswählte, steckte halb im Erdreich. Martin musste ihn erst ausbuddeln. Dafür hatte er dann aber auch ein Exemplar von der Größe eines Ziegels in der Hand.

Er vollführte eine halbe Körperdrehung und schleuderte den Stein durch das Mittelfenster des Marienchors. Das Splittern des Glases war lauter, als er erwartet hatte. Er wusste, es gab keine andere Möglichkeit, und doch hätte er sich nicht betretener fühlen können, hätte er den Dom in Brand gesteckt.

Es dauerte nicht lange, und Rufe waren zu vernehmen. Aber sie verhallten, und dann passierte überhaupt nichts mehr, schon gar nicht das, womit Martin gerechnet hatte. Es half alles nichts, er musste noch mal ran.

Der zweite Stein war etwas kleiner als der erste, erfüllte aber auch seinen Zweck. Ein weiteres Fenster des Ostchors ging mit lautem Getöse zu Bruch. Und diesmal reagierte die Wache schneller als erwartet.

Eine der Glocken, die auf dem Dach des Langschiffs saßen, wurde plötzlich Sturm geläutet. Immer schneller schwangen sie, und immer lauter hämmerte der Klöppel. Zumindest kam es Martin so vor. Ein rasender Rhythmus, zu dem er im Kreis tanzte wie ein Bauer beim ersten Regen nach langer Dürre.

Sie waren gerettet.

Es waren sieben Personen, die sich zu nachtschlafender Zeit an der Tafel im Speisesaal des erzbischöflichen Palastes eingefunden hatten.

Neben den frisch gewaschenen Martin und Eberhard waren dies Thietmar, Philipp von Altena, seines Zeichens Kanoniker des Doms, ein Nachtwächter namens Jakob, Bischof Walter von Carlisle und Johanna. Ferner anwesend waren Stephan der Stumme und zwei noch schlaftrunkene Diener, die Wasser, Wein, kalten Braten, Früchte und Brot brachten.

Philipp von Altena war ein Großneffe Engelberts, hatte aber keinerlei Ähnlichkeit mit seinem Onkel. Er war kleinwüchsig, hatte ein konturloses Gesicht voller Muttermale und schielte zum Gotterbarmen. Martin wusste nie, mit welchem Auge er ihn gerade ansah.

Jakob war der Domwächter, den Martin aufgescheucht hatte. Er war ein schlaksiger Kerl, dem vor lauter Schreck über die Ereignisse die Gesichtszüge in einer Mischung aus Grinsen und Todesangst erstarrt waren. Eine Ohrfeige würde das sicher wieder in Ordnung bringen.

Gleich nach Martins Bericht hatte Thietmar seine besten Leute ausgeschickt und den Bischof wie Johanna in den Palast bringen lassen. Jeder Zugang zum Gebäude wurde von mindestens zwei Gardisten gesichert, weitere Männer überwachten den Hof und die umliegenden Straßen. Aber Friedrich von Isenberg und seine Mitverschwörer waren wie vom Erdboden verschluckt.

Als Walter von Carlisle eingetroffen war, hatte er sich grußlos auf den erstbesten Stuhl fallen lassen und mit dermaßen weit aufgerissenem Mund gegähnt, dass man seinen Rachen sehen konnte. Er schien um Jahre gealtert, seit Martin ihn vor zwei Tagen beim Abendessen gesehen hatte. Offenbar war er es nicht gewohnt, aus dem Schlaf gerissen zu werden. In der Eile hatte er seinen Umhang mit dem Futter nach außen angezogen. Es dauerte nicht lange, und er war eingenickt.

Johanna war vom Läuten der Domglocken hochgeschreckt. Sie hatte sich keinen Reim darauf machen können und natürlich das Schlimmste befürchtet. Die Oberin von St. Ursula hatte die allgemeine Aufregung unter den Schwestern noch angeheizt, weil sie behauptet hatte, so werde nur geläutet, wenn die Stadt in Flammen stehe. Entsprechend erleichtert war Johanna, als sie Martin im Palast unversehrt vorfand. Jetzt saßen sie nebeneinander und hielten unauffällig Händchen.

»Oh, oh«, sagte Thietmar. »Das gibt Ärger.«

»Natürlich tut es mir Leid«, sagte Martin. »Aber es gab keine andere Möglichkeit.«

»Trotzdem. Der Erzbischof wird kochen. Hier ist ja schon so manches passiert. Aber das jemand die Fenster des Doms einschlägt, das ist neu.«

»Ein Albtraum«, stöhnte Philipp von Altena.

»Ich kann nur wiederholen, dass es mir wirklich Leid tut«, sagte Martin. »Andererseits, was soll's. Der Dom wird ohnehin bald abgerissen und ein neuer dafür gebaut. Angeblich ist er ja zu schäbig für die Gebeine der Heiligen Drei Könige.«

»Zum einen seid Ihr nicht mit dem Abriss beauftragt, und zum anderen werden bis dahin noch einige Jahre ins Land gehen.« Thietmar schlug sich mit der flachen Hand vor die Stirn. »Ich darf gar nicht daran denken, was alles hätte zu Bruch gehen können.«

»Ein bisschen Glück gehört eben dazu. Bis auf diesen einen blöden Becher ist alles heil geblieben. Und der hat nur eine Schramme.«

»Blöder Becher?« Dem Kanonikus traten fast die Augen aus dem Kopf. Jedes in eine andere Richtung. »Der Becher ist aus purem Gold und eine kostbare Reliquie. Aus ihm hat schon der heilige … der heilige …«

»Petrus«, flüsterte der Nachtwächter.

»Petrus getrunken. Jawohl.«

»Auch das noch«, stöhnte Thietmar. »Petrus persönlich. Der Erzbischof wird vor Wut schäumen.«

»Ich denke, seine Zufriedenheit wird überwiegen«, sagte Martin. »Immerhin habe ich ihm das Leben gerettet.«

»So weit sind wir noch nicht. Erst muss ich die Lage in der Stadt unter Kontrolle haben. Dann reite ich mit zehn, zwölf Leuten nach Siegburg. Das sollte genügen. Gumpert und fünf weitere sind ohnehin an der Seite des Erzbischofs. Gestern Abend müsste auch noch Bodo von Bongard zu ihnen gestoßen sein. So können wir schon eine Schlacht schlagen.« Es klang, als freue Thietmar sich darauf. »Ihr vier, damit meine ich Bischof Walter, Johanna, Eberhard und Euch, Martin, werdet morgen Früh von einem kleineren Gefolge zum Kloster Altenberg geleitet. Bei Abt Gottfried seid Ihr in Sicherheit. Burg solltet ihr vorerst meiden.«

»Warum erst morgen Früh?«, fragte Martin, ließ aber unerwähnt, dass er keineswegs beabsichtigte, im Kloster Zuflucht zu suchen. Das hätte nur zu einem überflüssigen Streit geführt.

»Weil nachts die Stadttore geschlossen sind. Außerdem treibt sich vor der Stadt allerlei Gesindel herum, dem man besser nur bei Tageslicht begegnet.« Nach einer Pause fügte er an: »Auch wenn sich derzeit das gefährlichere Gesindel innerhalb der Mauern aufhält.«

»Warum lasst Ihr die Verschwörer eigentlich nicht festnehmen?«, fragte Johanna.

»Genau«, sagte Martin. »Ich würde mir von Heyn und von der Mühlengassen allein schon aus Wut schnappen. Schließlich sind sie dafür verantwortlich, dass Ihr und andere Gardisten in Eurer Stammschenke bespitzelt und ausgehorcht wurdet.«

»Wenn es nach mir ginge, würde ich die Halunken liebend gern in der Luft zerreißen. Aber die Sache ist zu gefährlich. Die Verhaftung der beiden könnte zu einem Volksaufstand führen. Seit der Erzbischof vor neun Jahren den eigenmächtig gebildeten Rat abgeschafft hat, stehen er und die Bürger so zueinander.« Thietmar ballte die Fäuste und schlug sie gegeneinander. »Was mit ihnen geschieht, muss der Erzbischof entscheiden.«

Martin schnappte sich einen Apfel und teilte ihn mit der Sichel.

»Lauft Ihr noch immer mit diesem Bauerndolch durch die Gegend?«, fragte Thietmar. »Hier, ich schenk Euch meinen.«

Die Waffe war fast eine Elle lang und hatte ein sattes Gewicht. Der Griff war kunstvoll gedreht und lag perfekt in der Hand. Martin wusste gar nicht, was er sagen sollte.

»Er bringt Glück«, sagte Thietmar und erhob sich. »Mit ihm habe ich noch keinen Kampf verloren. Jetzt muss ich aber los. So bald wie möglich schicke ich einen Boten nach Altenberg, der Euch über die Lage informieren wird. Werdet aber nicht ungeduldig, es kann ein paar Tage dauern.«

Ehe Martin ihm die Hand reichen konnte, hatte er sich abgewandt und schritt davon.

*

Sie ritten durch die Maikammer, jenes Waldstück zwischen Dünnwald und Schlebusch, in dem so viele Eichen stehen. Martin erzählte Johanna von dem Pferd ohne Kopf, das hier nachts umging.

»Woher kennst du nur derart viele schauderhafte Geschichten?«, fragte sie. »Behalt sie wenigstens für dich. Mir ist der Wald auch so schon unheimlich genug.«

»Schade, dass du den Müller nicht kennen gelernt hast. Er hat zu jedem Erdhügel und zu jedem krummen Baum etwas zu erzählen gehabt. Als ich klein war, bestand für mich die ganze Welt aus Gespenstern.«

»Ich weiß, dass du große Stücke auf ihn hältst, aber ich hab so meine Zweifel, ob seine Erziehung die beste war.«

»Ich hatte keine Wahl. Du bist bei Vater und Mutter großgeworden. Das ist zweifellos besser.«

»Genauso sollen meine Kinder auch einmal aufwachsen.«

»Ich denke, das lässt sich machen«, sagte Martin und wurde nicht einmal rot.

Der Wald lichtete sich, bis in den Dhünn-Auen nur noch vereinzelte Bäume standen. Auch hier überwogen die Eichen. In der Ferne lag Thietmars Stammsitz.

»Was glaubst du, wie lange wir im Kloster bleiben müssen?«, fragte Johanna.

»Keinen Tag«, sagte Martin. »Ich gehe zurück zur Mühle.«

»Aber Thietmar hat doch gesagt –«

»Ich weiß. Aber ich brauche Ruhe. In Köln habe ich an einem Tag mehr Menschen auf der Straße gesehen als vorher in meinem ganzen Leben. Schon Burg war mir zu voll. Ich bin es nicht gewöhnt, ständig Leute um mich zu haben.«

»Der Müller war doch bei dir.«

»Er war aber nur einer.«

»Was ist, wenn die Sache bei Siegburg nicht gelingt? Dann wärst du Heinrich und seinen Kumpanen in der Mühle schutzlos ausgeliefert.«

»Glaubst du etwa, die Mönche könnten mich beschützen, wenn es darauf ankäme? In dem Fall muss ich ohnehin sehen, wie ich zurechtkomme.« Martin klopfte auf den Dolch. »Es muss einfach gelingen. Sobald der Erzbischof um den Hinterhalt weiß, ist er im Vorteil.«

Johanna schien nicht überzeugt.

»Du sorgst dich um deinen Vater, stimmt's?«, fragte Martin.

Sie nickte stumm und lachte dann kurz auf. »Er ist ein

Hitzkopf. Aber er will nicht wahrhaben, dass auch er in die Jahre kommt.«

»Vielleicht hat ihn der Schlag mit der Pfanne geheilt.«

»Da kennst du ihn aber schlecht.«

Eine Weile ritten sie schweigend. Hinter ihnen erörterten Eberhard und der englische Bischof leidenschaftlich ein theologisches Problem. Flankiert wurde die Gruppe von insgesamt vier Reitern.

Die zwei, die vorneweg ritten, hatten sie bereits vor drei Tagen nach Köln geleitet. Sie waren erfahrene Leute, die sich schon seit Jahren im Dienste des Erzbischofs befanden. Die beiden anderen, die die Nachhut bildeten, waren erheblich jünger. Sie waren missmutig, weil sie lieber mit nach Siegburg geritten wären. Dort konnte man Ruhm und Ehre erwerben. Bei einem Ritt nach Altenberg war nichts zu holen. Nicht einmal eine Kreuzotter kroch über den Weg.

»Würdest du mich mitnehmen?«, fragte Johanna plötzlich.

Martin war in Gedanken und antwortete mit Verzögerung. »Zur Mühle? Ich dachte, dort sei es dir zu unsicher.«

»Ich will sehen, wie du gelebt hast. Vielleicht verstehe ich dich dann in mancher Hinsicht besser.«

So sehr Martin sich gewünscht hatte, dass sie ihn begleiten würde, wurde ihm jetzt doch mulmig. Er räusperte sich.

»Was würde dein Vater dazu sagen?«

»Er weiß, dass ich kein Kind mehr bin.«

»Und deine Mutter?«

»Sie weiß das auch. Willst du auch noch wissen, was meine Tante sagen würde?«

Martin schwieg.

»Was ist nun?«, fragte Johanna.

»Natürlich«, sagte er.

*

Sie hatten die kleine Dhünnbrücke überquert und standen vor der Klosterpforte. Alle waren abgestiegen. Rechts erhob sich die Marienkapelle, links stand das Wirtshaus, das für seine saftigen Preise bekannt war. Der Konvent sparte auf eine neue Abteikirche.

»Ich habe Euch viel zu verdanken, junger Freund«, sagte Bischof Walter von Carlisle. »Ohne Eure Hilfe wäre ich bereits eine Geisel. Auch wenn ich gewiss nicht die Summe einbrächte wie einst Richard Löwenherz. Wann immer ich Euch etwas Gutes tun kann, lasst es mich wissen. Ich stehe in Eurer Schuld.«

»Nichts zu danken«, sagte Martin und schüttelte die dargebotene Hand. »Vielleicht komme ich tatsächlich einmal darauf zurück.«

»Jederzeit, junger Freund.«

Die Verabschiedung von Eberhard fiel um einiges herzlicher aus. Sie holten die Umarmung nach, zu der sie auf dem Dach des Hauses von Julius von Heyn nicht mehr gekommen waren. Martin hatte einen Kloß im Hals.

»Habt Dank für alles«, sagte er mit belegter Stimme.

»Schon gut.« Auch Eberhard klang nicht ganz so kernig wie sonst. »Es war mir ein Vergnügen. Das meine ich ernst. So Gott will, sehen wir uns ja in ein paar Tagen wieder. Gebt auf Euch Acht. Ihr seid jetzt erwachsen.«

Als er mit Johanna davonritt, hätte Martin sich gern noch einmal umgedreht und gewinkt. Aber dann ließ er es doch.

Schließlich war er jetzt erwachsen.

Wühlmäuse und Biber hatten die Sperre des kleinen Stausees durchlöchert und untergraben, und das Gelände stand knietief unter Wasser. Ein neuer See war entstanden, den Frösche und Enten bereits angenommen hatten.

Martin watete zunächst einmal allein zur Mühle, die mitten im See stand wie die Ruine einer Wasserburg. Die Fundamente waren aufgeweicht, es war nur eine Frage der Zeit, bis das Gemäuer in sich zusammenbrechen würde. Hier konnten sie unmöglich wohnen.

Johanna bestand mit einem Eifer darauf, die Mühle von innen zu sehen, als könne sie dadurch ein Rätsel lösen. Also tat Martin ihr den Gefallen, trug sie hinüber und setzte sie auf dem Tisch ab. Die Pritsche dümpelte durch den Raum wie ein losgerissener Kahn. Ein fauliger, von Tod und Verwesung kündender Geruch lag in der Luft. Johanna fröstelte, obwohl es gar nicht kalt war.

»Bitte bring mich zurück«, sagte sie, bevor Martin ihr erklären konnte, wie es früher einmal ausgesehen hatte.

Überraschenderweise war der Stall, der am Rande des neuen Gewässers stand, in sehr gutem Zustand. Das Dach war dicht, und auf dem Zwischenboden lag genug Stroh, um damit eine bequeme Schlafstatt herzurichten. Da hier seit Monaten keine Tiere mehr untergebracht waren, stank es auch nicht.

»Wo soll die Feuerstelle hin?«, fragte Johanna.

»Draußen«, sagte Martin. »Hier drin geht es nicht. Der Stall würde wie Zunder brennen. Ich trage ein paar Steine zusammen.«

*

Der See, der eigentlich nur ein Teich war, erwies sich als zusätzliche Nahrungsquelle. So gab es nicht nur den Hasen, den Martin erlegt hatte, sondern auch eine Forelle.

Den Fisch hatte er mit Johannas Umhängetuch gefangen. Eingerieben mit Salz, Majoran und Kerbel – Zutaten, die ihnen der erzbischöfliche Koch neben Brot und Schmalz mitgegeben hatte – steckte die Forelle nun auf einem Holzstöckchen und wurde sanft geräuchert. Derweil zog Johanna den Hasen ab, rieb ihn mit Schmalz ein und würzte ihn. Dazu würden sie geröstetes Brot essen.

»Früher gab es jeden zweiten Tag Hasenbraten«, sagte Martin. »Dort drüben, wo jetzt alles überwuchert ist, hatten wir Beete angelegt. Besonders auf Kohl und Steckrüben waren die Viecher scharf. Man konnte sie bequem vom Mühlendach aus erwischen.«

»Mein Vater meinte, du seist der beste Bogenschütze, den er je gesehen hat.«

»Das macht die Übung. Tausend Langohren können ein Lied davon singen.«

Während sie die Forelle verspeisten, hing der Hase über dem nun stärker geschürten Feuer und verbreitete einen betörenden Duft.

»Warum hast du ihn mit Schmalz eingerieben?«, fragte Martin.

»Meine Mutter macht es so«, sagte Johanna. »Dann wird das Fleisch nicht trocken. Eigentlich ist ein Hase zu mager zum Braten. Besser gelingt er, wenn man ihn nur kurz anbrät und dann schmort.«

»Wenn wir genug Geld hatten, haben wir Bier gekauft und das Fleisch zwei Tage lang eingelegt. Schmeckt auch ganz gut.«

»Und das Bier anschließend trotzdem getrunken.«

»Selbstverständlich. Verschwendung ist Sünde.«

»Bah!«

Eben noch hatten die Wipfel der Rotbuchen im Licht der Abendsonne golden geleuchtet. Kaum war die Sonne untergegangen, senkte sich Dunkelheit über das Tal. Hier und da raschelte es im Gebüsch. Die ersten Nachttiere wurden wach. Johanna rückte ein Stück näher an Martin heran.

»Im Eifgental soll es Bären geben«, sagte sie.

»Nicht im Winter.«

»Wir haben Mai!«

»Dafür gibt es im Sommer keine Wölfe.«

»Und Luchse?«

»Die sind harmlos. Solange man ihnen nicht an die Pinselohren will.«

Der Hase war soweit. Sie aßen schweigend.

»Du weißt nicht, wer dein Vater ist, stimmt's?«, fragte Johanna plötzlich.

»Der Müller war mein Vater«, sagte Martin.

»Ich spreche von dem Mann, der dich gezeugt hat.«

»Der ist mir allerdings unbekannt. Warum fragst du danach?«

»Wolltest du nie wissen, wer er ist?«

Martin warf den letzten Knochen zur Seite und wischte sich die Finger an den Hosenbeinen ab.

»Zuerst ja«, sagte er. »Falsch, zuerst nein. Solange ich klein war, dachte ich, der Müller sei mein Vater. Als ich zehn oder elf war, hab ich meine Mutter bei einem der wenigen Besuche im Kloster gefragt, warum sie nicht mit dem Müller zusammenlebe. Da hat sie mir gesagt, dass er nicht mein Erzeuger sei. Tagelang habe ich mit ihm kein Wort geredet und wollte nur weg, um meinen richtigen Vater zu suchen. Ich konnte nicht verstehen, dass der Müller mich all die Jahre belogen hatte. Dabei hatte er das gar nicht.«

»Wieso nicht?«

»Eines Abends kam er zu mir unter das Mühlendach, wohin ich mich zurückgezogen hatte. Er stellte mir nur eine Frage: Wann er mir je gesagt hätte, dass er mein Vater sei. Dann ging er wieder. Ich zermarterte mir das Hirn, aber mir wollte es nicht einfallen. Es konnte mir nicht einfallen, weil er es nie behauptet hatte. Ich hatte es nur immer als selbstverständlich angenommen. In dem Augenblick habe ich auch verstanden, das etwas anderes mehr zählt als Blut. Nämlich Liebe.«

Sie ließen dem letzten Wort Zeit, ungestört zu verklingen.

»Wieso hat deine Mutter dich gerade bei ihm in Pflege gegeben?«, fragte Johanna, als auch nicht mehr die leiseste Schwingung zu vernehmen war. »Hier war doch nicht einmal eine Frau, die sich um dich kümmern konnte.«

Martin schob zwei Scheite nach und stocherte ein bisschen in der Glut. Dann lehnte er sich wieder gegen den Baumstamm. Sie saßen unter der einzigen Ulme weit und breit.

»Der Müller hatte als junger Bursche für meinen Großvater gearbeitet. Daher kannten sie sich. Er war zwar ein launischer Eigenbrötler, aber er war gutmütig und zur damaligen Zeit wohl auch vermögend. Meine Mutter dachte vermutlich, ich hätte es gut bei ihm. Und so war es ja auch.«

»Seltsam.«

Johanna schmiegte sich an Martins Seite. Er schlang den Arm um sie. Durch den Stoff des Gewandes fühlte er ihre Brüste.

»Und warum nimmt sich Graf Engelbert deiner an?«, fragte sie.

Martin erzählte ihr die Geschichte des Dritten Kreuzzuges mit dem bekannt tragischen Ende für Kaiser Barbarossa und Engelberts Vater und von der Rolle, die sein Großvater, Harald von Hagen, dabei gespielt hatte.

»Das war der Grund, warum der Erzbischof meiner Mutter am Sterbebett versprochen hat, sich um mich zu kümmern«, schloss er.

»Das glaubst du?«

»Was gibt es daran nicht zu glauben? Die Geschichte ist verbrieft.«

»Daran zweifle ich nicht. Ich frage mich nur, ob das der wirkliche Grund ist.«

»Natürlich nicht«, sagte Martin belustigt. »Sein bisheriger Knappe ist letztes Jahr an der Ruhr gestorben.«

»Unsinn!« Johanna ergriff Martins Hand und barg sie in ihrem Ausschnitt. »Ist dir nie aufgefallen, wie ähnlich ihr euch seht?«

»Wir haben beide schwarze Haare. Ansonsten ähneln wir uns wie Kuh und Pferd.«

»Wer von euch ist die Kuh?«

»Das überlasse ich deiner Entscheidung.«

»Das meine ich aber auch gar nicht. Vom Gesicht schlägst du wahrscheinlich nach deiner Mutter. Aber deine Körpergröße, deine Haltung, deine Hände, dein Gang und vor allem die Art, dein Gegenüber mit gesenktem Kopf von unten herauf zu mustern, all das hast du von ihm.«

»Du redest dummes Zeug, mein Fräulein!«

»Du warst gerade einen Tag auf Burg, als genau das zwischen den Waschweibern getuschelt wurde.«

»Wahrhaft berufene Münder.«

»Sicher tratschen sie viel. Aber sie haben auch einen scharfen Blick. Von da an hab ich dich genauer beobachtet. Und heute bin ich mir sicher.«

»Weißt du eigentlich, was du da sagst?«

»Dass Engelbert dein Vater ist – ja.«

Martin stieß sie weg und sprang auf.

»Das ist eine gottverdammte Lüge!«, rief er, lief ein paar Schritte in die Dunkelheit und kam wieder zurück. »Wenn das wirklich so wäre, warum hat er sich nie dazu bekannt?«

»Seine Gründe kenne ich nicht. Vielleicht hat es mit seiner Stellung zu tun. Oder er hat es selbst erst am Sterbebett deiner Mutter erfahren.«

»Das ist doch hanebüchener Unfug! Wir haben uns erst nach Marias Tod kennen gelernt. Da hätte er es mir sagen können.«

Johanna erhob sich, ging zu Martin und lehnte sich an ihn.

Gemeinsam starrten sie auf die Reste der Mühle, die still im Mondlicht lagen. Martin kam es vor wie ein Symbol für sein bisheriges Leben.

»Es ist möglich, dass er es dir nur nicht gleich zu Anfang sagen wollte. Und dann hat er den richtigen Zeitpunkt verpasst.«

»Ganz gleich wie, ich lass nicht länger mit mir spielen«, sagte Martin. »Als Kind hast du keine Wahl. Du musst es nehmen, wie es kommt. Aber die Zeiten sind vorbei. – Stell dir vor, es wäre wirklich so, und Heinrich und Irmgard erführen davon. Sie müssten doch denken, sie würden ein zweites Mal um ihr Erbe betrogen.«

»Vielleicht hat das den Grafen bewogen zu schweigen. Heinrich würde dir sofort nach dem Leben trachten.«

»Das tut er doch eh. Jetzt versteh ich auch, warum der Erzbischof darauf bestanden hat, mich Heinrich gegenüber als Thietmars Sohn auszugeben.«

Martin nahm Johanna in die Arme und verbarg sein Gesicht in ihrem Haar. »Ich will darüber nicht mehr nachdenken.«

In dieser Nacht schliefen sie zum ersten Mal miteinander. Danach lag Martin bis zum Morgengrauen wach und grübelte.

Sie waren bereits den siebten Tag in der Mühle. Von Thietmar hatten sie noch nichts gehört. Johanna, die die Enge eines Tales nicht gewöhnt war und sich Sorgen um ihren Vater machte, wurde zunehmend trübsinniger.

Um ihr ein wenig Abwechslung zu verschaffen, hatten sie einen Ausritt zur Ketzberger Höhe südöstlich des Dorfes Dabringhausen unternommen. Von dort hatte man einen wunderschönen Blick über die bewaldeten Höhenzüge des Bergischen Landes. Mittlerweile waren sie auf dem Rückweg und lenkten ihre Pferde über das Matterfeld hinunter ins Eifgental. Der Erfolg der Unternehmung war bescheiden. Johannas Stimmung hatte sich nur wenig gebessert.

»Womit kann ich dich nur aufheitern?«, fragte Martin. »Wie wär's mit der Geschichte von den Zwergen, die einst die Rausmühle gebaut haben?«

»Ich mag keine Schauergeschichte hören«, sagte sie.

»Sie ist nicht schaurig, sie ist schön.«

»Nein, danke.«

»Soll das den ganzen Tag so weitergehen?«

»Entschuldige. Aber ich bin unruhig, weil wir ohne Botschaft sind.«

»Dabei hast du's noch gut. Du sorgst dich nur um einen Vater. Bei mir sind's gleich zwei – Thietmar und Engelbert.«

»Deine Scherze waren auch schon besser.«

»Ich gebe mich geschlagen«, sagte Martin. »Falls auch morgen kein Bote eintrifft, reite ich zum Kloster. Zufrieden?«

Johannas Gesicht hellte sich auf. »Ich komme mit.«

Nichts anderes hatte Martin erwartet.

Das Gelände fiel steiler ab, und sie mussten die Zügel kürzer fassen. Dann flachte der Hang wieder ab, und der Weg führte ein Stück nach Norden, um genau am Waldrand eine Kehre in südwestliche Richtung zu beschreiben. Vom Scheitelpunkt der Kehre aus war bereits die Uferbefestigung des ehemaligen Mühlteichs zu erkennen.

Das war aber nicht alles, was Martin sah. Am Bachlauf standen zwei Pferde und tranken. Sofort griff er Johanna in die Zügel und drängte ihr Pferd zurück in den Wald. Im Schutz der Bäume stiegen sie aus den Sätteln.

»Zwei Pferde«, sagte er und zeigte ins Tal. »Auf ihren Schabracken ist das Wappen derer von Berg zu erkennen.«

»Das wird mein Vater sein.«

»Unter dem gleichen Wappen kam seinerzeit Friedrich von Isenberg ins Tal geritten und hat den Müller getötet.«

»Was nun?«

»Ich werde mich anschleichen«, sagte Martin. »Du bleibst mit den Pferden hier. Falls irgendetwas schief geht, reitest du im Galopp zum Kloster. Aber nicht durchs Tal, sondern auf dem Höhenrücken bis Luchtenberg und von da runter zur Dhünn. Verstanden?«

Johanna nickte nur.

*

Der Waldrand verlief in einem Abstand von knapp hundert Schritten parallel zum Bachlauf. Erst in Höhe der Mühle zog er sich in einem Bogen bis tief ins Tal.

Martin huschte von Baum zu Baum. Stück für Stück kam der See mit dem Mühlhaus in Sicht. Drei Bäume weiter konnte er auch den Stall ausmachen. Allem Anschein nach waren sie wirklich nur zu zweit.

Beide trugen Kettenpanzer, ihre Überwürfe waren mit dem Wechselzinnenwappen gekennzeichnet. Wer sie waren, konnte Martin nicht erkennen. Den einen sah er nur von hinten, den anderen zwar von der Seite, aber der Mann hatte seine Kettenkapuze nicht abgesetzt. Sie saßen unter der Ulme und hatten ein stark qualmendes Feuer entfacht. Fraglos taten sie sich an einigen Forellen gütlich. Martin kam das gelegen, denn dadurch war ihre Wachsamkeit eingeschränkt.

Zudem stand der Wind günstig. Der Qualm des Feuers wehte in seine Richtung, also würde er eher ihr Schmatzen hören, als sie seine Schritte. Trotzdem passte er sehr genau auf, wohin er seine Füße setzte. Langsam pirschte er sich an.

Er hatte sich den Männern bis auf fünfzig Schritte genähert, als plötzlich die Pferde, die ein gutes Stück bachaufwärts angepflockt waren, unruhig wurden. Beide Tiere bäumten sich wild auf und versuchten sich loszureißen. Vermutlich wurden sie von ein paar Hornissen umschwirrt.

Weiter oben im Wald ertönte ein Schrei.

Johanna!

Martin fuhr erschrocken herum. Sie rief etwas, aber er konnte es nicht verstehen. Er sah nur, dass sie die Deckung der Bäume verlassen hatte und mit ausgestrecktem Arm in Richtung der tobenden Pferde zeigte.

Auch die Männer am Feuer hatten den Schrei gehört. Sie sprangen auf, wandten sich um und griffen nach ihren Schwertern. Der größere der beiden war Graf Engelbert. Den anderen hatte Martin noch nie gesehen. Derweil gebärdeten sich die Pferde immer toller. Und plötzlich erkannte Martin auch den Grund.

Ein wahrer Kaventsmann von Braunbär brach aus dem Unterholz auf der anderen Bachseite und stürmte auf die Pferde zu. Er war das mit Abstand gewaltigste Exemplar, das Martin je gesehen hatte. Es war erschreckend und faszinierend zugleich, mit welcher Leichtigkeit das Tier seine ungeheure Masse beschleunigte. Die Pferde waren verloren.

Der Bär stellte sich auf die Hinterbeine und schlug dem kleineren der Pferde, einem hübschen grauen Hengst, die Tatze auf den Widerrist. Der Graue brach zusammen wie vom Blitz getroffen.

Dem anderen Pferd, einer braunen Stute, gelang es, sich loszureißen. In Todesangst galoppierte das Tier in Richtung des Lagerfeuers. Graf Engelbert stellte sich ihm mit ausgebreiteten Armen in den Weg. Unter anderen Umständen hätte sich das Tier dadurch sicher aufhalten lassen, nicht aber in seiner jetzigen Kopflosigkeit. Die Stute versuchte noch auszuweichen, aber zu spät. Engelbert wurde überrannt und zu Boden geschleudert.

Das erregte die Aufmerksamkeit des Bären. Er ließ von dem zuckenden Hengst ab und bewegte sich brüllend auf den gestürzten Grafen zu. Der schien benommen, schüttelte den Kopf, als habe er Wasser im Ohr, und versuchte aufzustehen, fiel aber wieder hin. Im Liegen tastete er nach seinem Schwert, aber das lag gut vier Schritte entfernt.

Martin verstand nicht, dass der zweite Mann nicht eingriff. Noch war Zeit, dem Grafen aufzuhelfen und ihn außer Gefahr zu bringen. Oder ihm wenigstens das Schwert zu reichen. Aber der andere stand bloß da und ließ die Schultern hängen. Vermutlich hatte er die Hosen gestrichen voll.

Für Martin war der Weg zu weit. Bevor er auch nur den Staketenzaun erreicht hätte, der das Mühlengelände auf dieser Seite einfriedete, hätte der Bär den Grafen zerfleischt. Es gab nur eine einzige, allerdings winzige Möglichkeit.

Martin streifte den Bogen ab und zog einen Pfeil aus dem Köcher. Fünf hatte er insgesamt, aber der erste musste sitzen, sonst war der Graf verloren. Welch aberwitziger Streich des Schicksals, fuhr es ihm durch den Kopf. An selbiger Stelle, an der sein Ziehvater gestorben war, würde jetzt vielleicht auch sein mutmaßlich leiblicher Vater zu Tode kommen.

Der Bär blieb stehen und schnupperte. Dann kam er wieder etwas näher, wobei er seinen Kopf hin und her warf. Graf Engelbert hatte sich auf die Ellbogen gestützt, schien aber noch immer unfähig aufzustehen. Sein Begleiter wich Schritt für Schritt zurück. Nicht einmal durch Geschrei versuchte er, den Bären abzulenken. Martin legte den Pfeil an und spannte den Bogen.

Jetzt stand der Bär bedrohlich nahe. Mit einer eleganten Bewegung richtete er sich zu seiner vollen Größe auf. Was für ein Ungetüm. Der Graf versuchte, rückwärts kriechend der Gefahr zu entkommen. Martin zielte auf das Herz des Bären. Hoffentlich traf er keine Rippe. Er ließ die Sehne schnellen.

Der Pfeil drang dem Bären tief in die Brust. Als sei nichts geschehen, machte das Tier einen tapsigen Schritt nach vorn. Dann noch einen, und er stand unmittelbar vor Graf Engelbert.

Aber diesmal war sein Gebrüll nicht Furcht erregend. Es klang klagend. Plötzlich fuhr er sich mit den Tatzen durchs Gesicht. Es sah fast menschlich aus, als reibe sich einer die Augen, weil er befürchtet, einer Sinnestäuschung aufgesessen zu sein. Aber es war keine Täuschung. Der Bär knickte ein und stürzte.

Unglücklicherweise nach vorn, wobei er den Grafen unter sich begrub.

*

Der Bär war tot.

Von Graf Engelbert war nichts mehr zu sehen. Nur ein Zipfel seines Umhangs guckte unter dem Bären hervor. Martins Versuche, ihn von dem Tier zu befreien, scheiterten. Glücklicherweise war Johanna schnell mit den Pferden zur Stelle. Es war nicht einfach, Martins Braunen anzuspannen, um das tote Tier wegzuziehen. Der Hengst witterte den Bären und scheute. Erst als Martin in den Sattel stieg, beruhigte er sich.

Der hasenfüßige Begleiter, ein Vetter vierten oder fünften Grades namens Markus von Mark, begann lauthals zu wehklagen, als der Graf Stück für Stück zum Vorschein kam. Von Mark war zwar groß und kräftig, hatte aber ein Gesicht, als sei er erst am Vortag entwöhnt worden.

Martin stieß ihn zur Seite und legte sein Ohr an die Brust

des Grafen. Zweifellos, das Herz schlug. Engelbert lebte. Allerdings musste er ihm einen Kübel kalten Wassers ins Gesicht schütten, um ihn aus seiner Besinnungslosigkeit zu erwecken. Prustend setzte Engelbert sich auf.

»Hast du den Bären erlegt?«, fragte er nach einer Weile.

Martin nickte.

»Das dachte ich mir. Bodo sagte, kein Zweiter schießt mit Pfeil und Bogen wie du. Außer vielleicht unser kleiner Freund Eberhard. Von ihm soll ich dich recht herzlich grüßen. Er freut sich darauf, dich bald wieder unterrichten zu können.«

»Was ist mit Bodo von Bongard?«, fragte Martin.

Engelbert blickte kurz zu Johanna und fuhr sich mit den Händen durchs Haar. »Er hat einen Arm verloren.«

»Gütiger Himmel. Hat es noch mehr Verletzte gegeben?« Engelbert erhob sich über die Knie wie ein alter Mann. Als er stand, schwankte er. Martin wollte ihn stützen, doch er winkte ab.

»Ich habe einmal unter einem toten Streitross gelegen. Damals dachte ich, es gäbe keine Steigerung. Jetzt weiß ich's besser. Setzen wir uns ans Feuer, dann erzähle ich euch die ganze Geschichte.«

Als Markus ebenfalls Platz nehmen wollte, schüttelte Engelbert den Kopf. »Ihr solltet Euch aufmachen, werter Vetter, sonst schafft Ihr es vor Einbruch der Dunkelheit nicht mehr bis Altenberg.«

Das Milchgesicht erwies sich als außerordentlich begriffsstutzig. »Der Ritt dauert doch nicht lange.«

»Der Fußmarsch in Panzerkleidung hingegen schon.«

»Ich verstehe nicht«, stammelte Markus. »Ich dachte, wir könnten zusammen …«

»Folgt immer dem Bach, dann könnt Ihr Euch nicht verlaufen. Und nehmt den Sattel mit. Den hatte ich Euch nur geborgt.«

Damit war für ihn der Vetter Luft.

»Du musst das Fell des Bären selbst abziehen«, sagte Engelbert zu Martin. »Das ist deine Pflicht als Jäger und zugleich eine Ehre. Und du musst es heute tun. Sonst kommen über Nacht Füchse und Wölfe und zerfetzen es. Außerdem kann man die Tatzen braten. Selbst bei einem ausgewachsenen Tier schmecken sie hervorragend.«

Johanna wollte nur eins wissen. »Welchen Arm hat mein Vater eingebüßt, Graf Engelbert?«

»Den linken, er hatte noch Glück im Unglück. Sofern man das bei einem solchen Verlust überhaupt sagen kann.«

»Wie konnte es dazu kommen?«, fragte Martin. »Wusstet Ihr nicht um den Hinterhalt?«

»Doch, aber wir hatten nicht mit einer solchen Anzahl von Gegnern gerechnet«, sagte Engelbert und nahm eine Hand Sand auf, den er durch die Finger rieseln ließ. »Nachdem Eberhard und dir die Flucht gelungen war und die Verschwörer wussten, dass ihr ursprünglicher Plan verraten war, haben sie ihn geändert. Die Landsknechte, die Arno von Sinthern angeworben hatte, um den Palast zu stürmen, wurden ebenfalls an die Sieg geführt. Von Heyn und seine Kumpanen haben alles daran gesetzt, mich zu töten. Dadurch stand das Kräfteverhältnis zwei zu eins zu unseren Ungunsten. Der Kampf stand lange auf des Messers Schneide. Aber schließlich konnten wir den Feind mit Gottes Hilfe in die Flucht schlagen.«

Bevor Martin eine Frage einwerfen konnte, fuhr Engelbert fort.

»Thietmar und Gumpert und mit ihnen zwölf weitere Männer sind tot. Vier wurden schwer verletzt, darunter Bodo. Wir haben einen hohen Preis für den Sieg gezahlt.«

»Er hätte mir seinen Dolch nicht schenken dürfen«, sagte Martin.

»Wie?«

Martin zeigte die Waffe vor. »Er sagte, solange er den bei sich führte, hätte er nie eine Schlacht verloren.«

»Gräm dich nicht, mein Junge. Der hätte ihn diesmal auch nicht gerettet. Aber er hat wie ein Löwe gekämpft. Zuletzt mit links, weil sie ihm den rechten Unterarm abgeschlagen hatten.«

»Seid Ihr unversehrt geblieben?«, fragte Johanna.

»Dank Gottes gütiger Fügung – ja.«

»Was ist mit den Gegnern? Wurden alle niedergestreckt?«

Der Graf ergriff einen Stein. Er warf ihn hoch und fing ihn wieder auf. Das machte er einige Male.

»Beileibe nicht«, sagte er wie in Gedanken. »Sobald sich das Schlachtenglück uns zuneigte, haben sie die Flucht ergriffen. Sämtliche Rädelsführer außer Arno von Sinthern konnten entkommen.«

»Heinrich von Limburg?«, fragte Martin fassungslos. »Dietrich von Kleve? Friedrich von Isenberg? Sie alle?«

Der Graf nickte bei jedem Namen. »Ich habe gestern zu Köln einen Vergleich mit ihnen geschlossen. Ebenso mit den Patriziern. Die Angelegenheit ist damit erledigt.«

»Ihr habt was?« Martin sprang auf, als sei ihm eine Natter ins Hosenbein gekrochen. »Soll das etwa heißen, das ganze Pack kommt ungestraft davon?«

»Der Vergleich sieht vor, dass sie unbehelligt bleiben.«

»Das glaube ich nicht! Sie wollten Euch ermorden!«

»Es ist ihnen aber nicht gelungen, wie du siehst.«

»Was ist mit all den Opfern? Thietmar? Gumpert?« Martin schlug sich vor die Stirn und lachte irre. »Sollen sie vergebens gestorben sein?«

»Sie haben ihr Leben für den Frieden gegeben. Ein solcher Tod ist nicht vergebens.«

»Das ist doch Aberwitz! Hat Bodo Euch nicht erzählt, wie Friedrich von Isenberg Egelmer zugerichtet hat? Sagt nur, das ist damit auch abgegolten?«

»So ist es. Ich werde Egelmer eine Entschädigung zahlen.« Auch Engelbert sprang auf. »Glaubst du etwa, mir gefiele diese Lösung? Liebend gern sähe ich diese Halunken dort drüben am Baum hängen. Aber ich kann mir im Augenblick keinen Zwist mit ihnen leisten. Ich brauche einen freien Rücken, um meine anderen Pläne verwirklichen zu können. Deshalb habe ich diesen Vergleich geschlossen. Das ist Politik. Je eher du das begreifst, desto besser für dich.«

Martins Augen wurden schmal, seine Wangenmuskulatur trat hervor.

»Mit Euren Spielchen hab ich nichts zu schaffen«, sagte er unerwartet ruhig. »Gleich, ob sie nun Politik oder Ränke heißen. Wenn Ihr es nicht tut, werde eben ich Friedrich von Isenberg zur Rechenschaft ziehen. Was Ihr noch nicht wisst: Er ist der Mörder des Müllers.«

»Nichts dergleichen wirst du tun. Du kehrst zurück nach Burg und setzt deine Ausbildung fort. Friedrich von Isenberg wurde Sicherheit zugesagt. Auch gegen Übergriffe Dritter.«

»Wer will mich daran hindern?«

»Ich.«

»Mit welchem Recht?«

»Du bist mein Untertan.«

Martin musste schlucken, aber dann spielte er die Karte doch.

»Ich dachte, ich sei Euer Sohn«, sagte er.

Engelbert baute sich vor ihm auf. Der Größenunterschied zwischen ihnen betrug keinen Fingerbreit. Für einen Augenblick befürchtete Johanna, Engelbert würde Martin schlagen. Stattdessen musterte er ihn nur ruhig. Keine Regung im Gesicht seines Gegenübers entging ihm.

»Selbst wenn dem so wäre«, sagte er schließlich mit einer Stimme wie Eisregen, »wärest du trotzdem mein Untertan.«

Martin starrte ihn nur an. Sein Schweigen war lauter als jeder Schrei.

Als es nicht mehr zu hören war, wandte Martin sich ab, zog den Dolch und begann, dem Bären das Fell abzuziehen.

Auf den Tag genau eine Woche nach dem Tod des Braunbären betrat ein hoch gewachsener Mann in einem dunklen, pelzgefütterten Umhang das von der Bruderschaft geführte Wirtshaus an der Pforte des Altenberger Klosters. Es war kurz vor Mittag, und der Mann war der einzige Gast. Nachdem er etwas umständlich auf der Bank neben dem Eingang Platz genommen hatte, erschien der an diesem Tag Dienst habende Mönch in der Tür zur Küche.

»Seid willkommen, werter Herr«, sagte Bruder Justus. »Womit kann ich Euch dienen?«

Justus war mittelgroß und mager, was seine Pausbäckigkeit noch betonte. Außerdem war er ausgesprochen unsicher, was sich in meist fahrigen Bewegungen und einer verkrampften Mimik zeigte.

»Wie ist es um Euren Roten bestellt?«, erkundigte sich Adrian. Auch seine Züge wirkten hölzern. Seine Bauchwunde schmerzte nach dem Ritt.

»Meint Ihr Wein?«

»Gewiss kein Blut.«

»Hähä«, machte Justus vorsichtshalber, weil er sich nicht sicher war, ob das ein Scherz sein sollte. Dann guckte er betreten. »Wir führen keinen Wein aus Trauben, werter Herr.«

Adrian blickte sich um. »Ich dachte, dies sei ein Wirtshaus.«

»Ist es auch. Wir verkaufen aber nur, was wir selber herstellen.«

»Und dazu zählt kein Wein?«

Justus deutete nach oben. »Hier regnet es dreihundert Tage im Jahr, und ich habe noch keinen Boden gesehen, der weniger geeignet wäre, Wärme zu speichern, als der unsrige. Selbst im Sommer stößt man bei der Gartenarbeit hin und wieder auf gefrorene Regenwürmer. Das würde einen hundsmiserablen Tropfen geben.«

»Was reicht Ihr denn? Wasser?«

»Apfelwein.«

»Wein aus Äpfeln?«

»Unsere Spezialität«, sagte Justus und küsste die Spitzen von Daumen und Zeigefinger. »Einfach köstlich. Wir führen die unterschiedlichsten Sorten. Da wäre zum einen unser Wein aus dem rheinischen Bohnapfel, der ist etwas säuerlich und sehr verdauungsfördernd. Dann führen wir den vergorenen Saft aus dem schwäbischen Rosenapfel mit seinem weinsüß-säuerlichen Aroma. Weiter den Glockenapfel, der schmeckt säuerlich erfrischend. Und den weißen Klarapfel, der ist mäßig süß mit einem leicht säuerlichen Nachgeschmack. Perlt ein wenig auf der Zunge.«

Fehlt nur noch der Pferdeapfel, dachte Adrian. Laut sagte er: »Ihr habt mir nur säuerliche Sorten aufgezählt. Habt Ihr nichts Süßes im Angebot?«

»O doch. Den rheinischen Krummstiel. Der ist leicht würzig.«

»Ich meinte süß, nicht würzig.«

»Süß? Süß? Süß?« Justus schloss die Augen und ging in Gedanken an den Lagerfässern vorbei. »Ah, ich hab's. Wie wäre es mit dem roten Trierer?«

»Wie ist der?«

»Ausgesprochen süß. Nur im Abgang ein kleines bisschen sauer.«

»Das hatte ich befürchtet. Bringt mir einen Krug Wasser, Brot und etwas Fleisch.«

»Ich bedaure, werter Herr, aber Fleisch servieren wir nicht.«

»Kein Fleisch?«, fragte Adrian mit dem fassungslosen Blick eines gründlich Verirrten, der sich in einer fremden Welt noch schwer tut. »Von keinem einzigen Tier?«

»Nicht von einem«, sagte Justus mit einem gewissen Stolz in der Stimme und hob den Zeigefinger, um sich die volle Aufmerksamkeit zu sichern. »Aber jede Menge Fisch. Da wäre zum einen die Bachforelle, mit Äpfeln gekocht und leicht säuerlich im –«

»Halt!«, rief Adrian. »Spart Euren Atem. Wie wäre es mit Käse statt Fisch? Aber ohne irgendwelche Äpfel.«

»Käse?«, fragte Justus und machte ein Gesicht, als höre er das Wort zum ersten Mal.

Adrian, der sich selbst nicht als fromm bezeichnete, sandte ein Stoßgebet zum Himmel.

»Doch«, sagte der Mönch und lächelte schief. »Ein Stück hab ich noch.«

*

Der Käse war hart wie Stein, aber da Adrian gute Zähne hatte, focht ihn das nicht weiter an. Während er kaute, stand Bruder Justus neben ihm und sah ihm zu. In einem Wirtshaus, in dem es weder Wein noch Fleisch gab, war ein speisender Gast bestimmt eine Seltenheit.

»Wollt Ihr Euch nicht setzen?«, fragte Adrian, der es nicht mochte, beim Essen beobachtet zu werden, noch dazu von oben herab.

»Das ist mir nicht gestattet«, sagte Justus.

»Ich werd's auch nicht weitererzählen. – Nun macht schon, ich hab Euch was zu fragen.«

»Wenn Ihr meint.«

Nachdem er sich nach allen Seiten umgeblickt hatte, ließ Justus sich vorsichtig auf dem Rand eines der Schemel nieder. So, wie er sich dabei anstellte, tat er das zum ersten Mal.

»Ich bin auf dem Weg zu Graf Adolf von Berg«, sagte Adrian und schob sich einen weiteren Streifen Käse in den Mund. »Wisst Ihr zufällig, wo er sich zurzeit aufhält?«

»Graf Adolf? Welchen Graf Adolf meint Ihr? Etwa den Stifter unseres Klosters?«

»Kann schon sein. Wo finde ich ihn?«

Justus bekreuzigte sich. »Ja, wisst Ihr denn nicht ...«

»Was?« Die betretene Miene des Mönches ließ nur einen Schluss zu. »Ist er – verstorben?«

»Allerdings. Vor achtzig Jahren. Er ist in der Markuskapelle beigesetzt. Wollt Ihr sein Grab sehen?«

»Vielleicht später. Wie sieht es mit Nachkommen aus?«

»Er hatte zwei Söhne«, sagte Justus. »Adolf und Bruno. Adolf übernahm die Grafschaft, und Bruno wurde Erzbischof von Köln.«

»Ich setze mal voraus, dass Bruno kinderlos blieb«, sagte Adrian. »Aber was war mit Adolf? – Der Wievielte war er?«

»Das kommt darauf an, wie man rechnet.«

»Was soll das heißen?«

»Nun ja, wenn man alle zusammennimmt, war er der Vierte. Aber für uns ist er der Zweite.«

»Gibt es dafür einen Grund?«

»Unter den beiden ersten Grafen namens Adolf waren die Grafschaften Berg und Mark noch vereint. Erst Adolf der Dritte herrschte nur über Berg, während sein Bruder Eberhard Graf von Mark wurde.«

»Demnach betrachtet Ihr Adolf den Dritten als Adolf den Ersten.«

»So ist es.«

»Seltsame Rechnerei.«

»Nun ja, wir im Bergischen sind ein bisschen eigen.«

Woanders nennt man das verquer, dachte Adrian. Dann fragte er: »Wie viele Kinder hatte Eberhard, der Bruder Adolfs des Ersten?«

»Keine. Er war sehr fromm.«

»Sehr gut. Damit zurück zu meiner ursprünglichen Frage: Hatte Graf Adolf II. Nachkommen?«

»O ja«, sagte Justus. »Fünf Söhne. Friedrich, Bruno, Adolf, Eberhard und Engelbert.«

»Fünf?«, rief Adrian und hielt sich an der Tischkante fest. In Gedanken überschlug er, wie viele Nachkommen das bei einer durchschnittlichen Vermehrungsrate bedeutete. Die Zahl war gewaltig. Er würde zum Massenmörder werden.

»Ihr seid blass«, sagte Justus. »Der Käse ist nicht besonders nahrhaft. Ich werde Euch doch etwas Fisch –«

»Bleibt!« Adrian legte dem Mönch die Hand auf den Unterarm. »Erzählt mir nur, was aus den Söhnen Adolf des Zweiten wurde.«

Justus blies die Backen auf.

»Die drei ersten wurden Geistliche«, sagte er, nachdem er die Luft wieder abgelassen hatte. »Friedrich wurde Probst von St. Gereon, Bruno wie schon sein namensgleicher Onkel Erzbischof von Köln und Adolf Abt des Klosters Werden.«

Adrian legte drei Namen zu den Akten. Blieben noch zwei.

»Eberhard wurde Graf von Mark«, fuhr Justus fort, »während Engelbert die Grafschaft Berg übernahm.«

»Nachkommen?«, bellte Adrian wie ein Inquisitor, der in Eile ist.

»Jawohl.« Justus saß stramm. »Obwohl …«

»Was?«

»Nun ja, bei Eberhard, munkelt man, sei nicht alles mit rechten Dingen zugegangen.«

»Ihr sprecht in Rätseln.«

»Man sagt, seine Kinder seien nicht von ihm. Er sei auf Grund eines peinlichen Unfalls zeugungsunfähig gewesen, und da habe ein Vetter dritten Grades ausgeholfen. Aber wie gesagt, das ist nur ein Gerücht. Engelbert hingegen zeugte einen Stammhalter, der wiederum ist der Vater unserer allseits beliebten Gräfin Irmgard.«

»Keinen Sohn?«

Justus schüttelte den Kopf.

»Nun braucht Ihr mir nur noch zu sagen, wo ich den Grafen Adolf – wenn ich richtig mitgezählt habe, müsste es sich um den Dritten handeln – finde.«

»Er starb im Jahre 1219 vor Damiette am Fieber.«

Adrian erinnerte sich daran, dass er sich schon einmal zu früh gefreut hatte.

»Wer regiert die Grafschaft Berg seitdem?«, fragte er leise.

»Sein Bruder, Graf Engelbert«, sagte Justus.

»Also doch!«, rief Adrian und hätte dem Mönch am liebsten eine runtergehauen. »Verflixt und zugenäht. Und dieser Engelbert hat natürlich wieder ein Dutzend Söhne.«

»Keinen einzigen. Er ist der Erzbischof von Köln.« Justus schüttelte sein Haupt. »Sagt bloß, Ihr kennt ihn nicht?«

Und tatsächlich, erst jetzt klingelte es bei Adrian. Leise erst, aber schnell und heftig lauter werdend.

Erzbischof Engelbert von Berg.

Der Statthalter Kaiser Friedrichs. Er war der Gesuchte.

»Wenn der Kardinal und ich schon mal angeln gehen«, murmelte Adrian, »dann ziehen wir aber auch gleich den dicksten Fisch an Land.«

»Wie meint Ihr?«, fragte Justus.

»Nichts. Was bin ich schuldig?«

Erst als Adrian abends die Umrisse Kölns auf dem anderen Rheinufer auftauchen sah, fiel ihm auf, dass er völlig vergessen hatte, den Mönch zu töten.

Philipp von Altena, seines Zeichens Chorherr des Kölner Doms, stand am Fenster seines Arbeitszimmers. Die Hände hinter dem Rücken verschränkt und gemächlich auf den Fußballen wippend starrte er hinunter in den Hof des Domklosters.

In regelmäßigen Abständen seufzte er ergreifend wie ein Greis in einer antiken Tragödie, der am Ende seiner Tage erkennen muss, dass er alles falsch gemacht hat. Was auch immer er tun würde, niemals würde es ihm gelingen, aus Engelberts Schatten zu treten.

Engelbert war groß gewachsen, gut aussehend, intelligent und einflussreich. Philipp hingegen war klein, hässlich, von stumpfem Geist und kannte so viele einflussreiche Leute, wie er in seinem Leben Frauen gehabt hatte.

Dabei war es sein innigster Wunsch, sich aus der von ihm als Bevormundung empfundenen Abhängigkeit zu lösen. Allein schon, damit seine Mutter endlich aufhörte, ihm Engelbert ständig als Vorbild unter die Nase zu reiben. Aber das waren nur eitle Träume. Philipp musste froh sein über jeden Brosamen, der vom Tisch seines übermächtigen Großonkels für ihn abfiel.

Auch seine Arbeit brachte keine Abwechslung. Meistens war ohnehin nichts zu tun. Die eingeworfenen Fenster des Doms waren mit Brettern vernagelt und neue Glasscheiben in Auftrag gegeben worden. Der beschädigte Becher des Petrus stand beim besten Goldschmied der Stadt und wartete auf seine Ausbesserung. Für den Augenblick lag nichts weiter an, und somit tat Philipp wieder, was er meistens tat: Er langweilte sich.

Plötzlich verharrte er im Wippen und vergaß sogar zu seufzen. Im Hof rührte sich etwas.

Bodo von Bongard verließ das Heiliggeisthospital gestützt von seiner Tochter. Mit kleinen Schritten und öfter Halt machend begann der gräfliche Hausmeister, seine Runden auf dem Hof zu drehen.

Soweit Philipp wusste, war der Armstumpf gut abgeheilt. Nun galt es, das durch das lange Liegen träge gewordene Blut in Fluss zu bringen und die müden Glieder wieder aufzubauen. Bodo tat sich noch sichtlich schwer. Aber es war auch erst der zweite Tag, an dem er sich von seinem Krankenlager erhoben hatte.

Es klopfte. Philipp wurde ungehalten: Den ganzen Tag geschah nichts, und jetzt gleich zwei Dinge auf einmal. Der junge Seminarist, der ihm als Sekretär diente, meldete die Ankunft eines päpstlichen Legaten. Auch das noch. Das hörte sich nach einem Besuch an, den man nicht so einfach abwimmeln konnte.

Philipp überprüfte den Sitz seines Ornats, setzte eine gewichtige Miene auf und ließ bitten.

*

Der Gesandte Roms machte was her. Der Mann war groß, schlank, braun gebrannt und trug eine weiße, seidene Dalmatika, die ihn als Angehörigen des päpstlichen Stabes auswies. Nur seine Gesichtszüge waren unbestimmbar. Als er Platz nahm, presste er eine Hand gegen den Leib und verzog kurz das Gesicht. Besorgt erkundigte sich Philipp nach seinem Wohlbefinden.

»Ein altes Magenleiden«, sagte Adrian und reichte ein Schreiben über den Tisch. »Meine Vollmacht.«

»Ich bitte Euch«, sagte Philipp, las das Schreiben aber doch bis zum letzten Punkt. Der Inhalt war beeindruckend. Der Mann hatte alle Befugnisse. »Was kann ich für Euch tun?«

Nach einem kurzen Augenblick der Irritation beschloss Adrian, zu Philipps linkem Auge zu sprechen. »Sehr viel, denke ich. Zunächst muss ich Euch mitteilen, dass meine Mission der allerstrengsten Geheimhaltung unterliegt. Es gibt nur drei Menschen, die Kenntnis über die Gründe meines Aufenthaltes in Köln haben. Seine Heiligkeit Papst Honorius, Seine Eminenz Kardinal Hugolinus und – nach unserer Unterredung – Ihr.«

Welch Ehre! Dieser Gesandte hatte ihn in einem Atemzug mit den beiden höchsten Würdenträgern der Heiligen Kirche genannt. Philipp von Altena kniff die Schenkel zusammen. Vor Aufregung drohten seine Schließmuskeln zu versagen.

»Was immer Ihr anordnet«, stammelte er.

»Um es kurz zu machen: Meine Reise dient der Vorbereitung eines Besuchs Seiner Heiligkeit in Köln.«

Adrian ließ diese Lüge einen Augenblick wirken. Still lächelnd dachte er daran, was sein Gegenüber wohl sagen würde, wüsste er den wahren Grund für seine Anwesenheit in Köln.

»Meine besondere Aufgabe besteht darin, zu prüfen, wie es dabei um die Sicherheit Seiner Heiligkeit bestellt wäre. Das heißt, ob es in dieser Stadt Gesindel gibt, das eine Gefahr für Leib und Leben des Papstes darstellen könnte. Ich denke da insbesondere an Personen, die mit dem Erzbischof über Kreuz liegen und versuchen könnten, Ihren Unmut an Seiner Heiligkeit auszulassen.«

»Ha, da gibt's jede Menge«, sagte Philipp.

Im gleichen Augenblick hätte er sich am liebsten die Zunge abgebissen. Wenn die Gefahr zu groß war, würde der Papst vielleicht nicht kommen. Erschrocken schlug er die Hand vor den Mund.

»Na, na, na«, sagte Adrian väterlich. »Keine Scheu. Deshalb habe ich mich ja auch an Euch und nicht an den Erzbischof gewandt. Er könnte versucht sein, das wahre Ausmaß aus politischen Erwägungen herunterzuspielen. Außerdem – je offener Ihr mir gegenüber seid, desto leichter fällt es mir natürlich, mich für Eure Ernennung als Verantwortlichen für die hiesige Sicherheit einzusetzen.«

»Ist denn so etwas im Gespräch?«

»Das hängt ganz von meiner Empfehlung ab.«

So schwer Philipp sonst von Begriff war, diesmal verstand er sofort. Da war sie, die Gelegenheit, auf die er so lange gewartet hatte. Und die würde er sich nicht entgehen lassen. Endlich würde er ganz groß rauskommen.

Mit Verschwörermiene beugte Philipp sich vor. »Ich sage Euch, wenn Ihr wüsstet, was vor zwei Wochen hier los war, Ihr würdet es nicht für möglich halten.«

»Ich bin ganz Ohr«, sagte Adrian.

Wie jeden Tag hatte Julius von Heyn sein Mittagessen im ›Roten Ochsen‹ auf der Bach eingenommen. Heute hatte er sich eine gebratene Schweinshaxe mit saurem Kraut, brauner Soße und Brot bringen lassen. Runtergespült hatte er die Mahlzeit wie gewöhnlich mit zwei Krügen Bier. Nun schritt er von Sodbrennen und leisen, aber höchst übel riechenden Blähungen geplagt die

Wahlengasse entlang. Sein Ziel war der würfelförmige Bau gegenüber St. Pantaleon, in dem die Kerzen gezogen wurden.

Seit die von Heyn'sche Kerzenzieherei von Julius' Vater vor nunmehr dreißig Jahren gegründet worden war, hatte das Geschäft Jahr für Jahr satte Zuwachsraten erzielt. Inzwischen lieferte man bis Venedig. Mit der Zeit war das ursprüngliche Gebäude in der Rheingasse zu klein geworden. Zudem hatten sich die Beschwerden der Nachbarn über den Gestank gehäuft. Vor drei Jahren hatte Julius sich deshalb entschlossen, den Betrieb auf die grüne Wiese zu verlagern.

Das hatte natürlich auch Nachteile. Allen voran der tägliche Fußmarsch bei Wind und Wetter. Aber diese Anstrengung nahm Julius gern in Kauf, wurde sie doch hundertfach aufgewogen durch die Trennung von Gattin und Mutter. Endlich musste er sich zumindest tagsüber nicht mehr das Gekeife der beiden Weiber anhören.

Fröhlich pfeifend näherte er sich dem Quirinuskonvent, als plötzlich ein Mann aus dem Gebüsch am Wegesrand trat und ihm den Weg verstellte. Der Mann war groß, trug einen pechschwarzen Umhang und hatte unheimliche Augen.

Scheiße, ein Räuber, dachte Julius.

»Seid Ihr der Patrizier Julius von Heyn, Besitzer der Kerzenzieherei an St. Pantaleon?«, fragte der Fremde.

»Ja«, sagte Julius verdutzt. Deutlich war zu hören, dass der Mann nicht von hier war. »Was wollt Ihr von mir?«

»Das will ich Euch erzählen«, sagte Adrian. »Ich begleite Euch ein Stück.«

*

Obwohl Julius von Heyn sich für einen abgebrühten Hund hielt, musste er doch zwei Mal schlucken, bis er den Bissen unten hatte.

»Habe ich Euch richtig verstanden«, fragte er, wobei er

sich nach allen Seiten umsah und die Stimme zu einem Flüstern senkte, »dass der Heilige Stuhl an einer Beseitigung unseres Erzbischofs interessiert ist?«

»So ist es«, sagte Adrian.

»Aber warum?«

»Der Mann ist ein Ketzer.«

»Ein Ketzer? Erzbischof Engelbert? Mit Verlaub, nicht dass ich an Euren Worten zweifelte, aber mir ist nie zu Ohren gekommen, dass der Erzbischof Anschauungen zuneigt, die von der Lehrmeinung der Kirche abweichen. Ich wüsste keine Predigt, die dafür einen Beweis –«

»Das ist ja das Hinterhältige. Sein verabscheuungswürdiges Gedankengut wird nur in seinen Taten offenbar. Sich öffentlich dazu zu bekennen, ist ihm zu gefährlich.«

»Welche Taten meint Ihr?«

»Was glaubt Ihr, warum er sich anno 1211 so lange geweigert hat, am Kreuzzug gegen die Albigenser und Waldenser teilzunehmen? Papst Innozenz musste ihn sogar exkommunizieren, um seine Beteiligung zu erzwingen. Und wieso hintertreibt Engelbert derzeit die Pläne für einen erneuten Kreuzzug nach Jerusalem? Übrigens in enger Zusammenarbeit mit Kaiser Friedrich.«

»Wollt Ihr damit sagen, auch der Kaiser …«

Adrian nickte gewichtig. »Der Verdacht besteht.«

»Gütiger Himmel«, stieß Julius aus. »Wir werden von Ketzern regiert. Gut, dass der Heilige Stuhl beschlossen hat, etwas dagegen zu unternehmen.«

»Tja, und genau da liegt das Problem. Rom sind die Hände gebunden.«

»Wieso? Exkommuniziert die beiden doch.«

»Die Zeiten haben sich geändert und mit ihnen die Machtverhältnisse. Dem Papst weht ein eisiger Wind ins Gesicht. Teile des römischen Senats sind bestrebt, den Heiligen Vater aus der Stadt zu vertreiben. Wenn das nicht schon geschehen ist. Eine Exkommunikation des Kaisers verbietet sich angesichts dieser angespannten Lage. Aber selbst ein Ausschluss des Kölner Erzbischofs, der ein Stellvertreter des Kaisers in Deutschland ist, müsste von Friedrich zwangsläufig als Kampfansage aufgefasst werden. Der Heilige Stuhl würde einen zusätzlichen Gegner bekommen, dem er in seiner derzeitigen Verfassung nicht gewachsen wäre.«

»Ich verstehe«, sagte Julius. »Daher der Gedanke, den Erzbischof zu ermorden. Wer wird es tun? Ihr selbst?«

»Wofür haltet Ihr mich?«, fragte Adrian in einem Ton, dass Julius schon fürchtete, der Gesandte könnte Genugtuung verlangen. »Nein, nein, der Vollstrecker muss von außerhalb der Kirche kommen. Auf Rom darf nicht der leiseste Verdacht fallen.«

»Habt Ihr schon jemanden im Auge?«

»Allerdings.«

Da weiter nichts kam, blickte Julius zu seinem Begleiter hinüber und musste erkennen, dass der ihn freundlich lächelnd ansah. Jetzt nickte er auch noch.

»Was seht Ihr mich so an?« Julius' Stimme überschlug sich. »Ihr denkt doch nicht etwa an mich?«

»Natürlich nicht an Euch persönlich«, sagte Adrian mit sattem Abscheu in der Stimme. Fette Männer hatten ihn schon immer angewidert. »Ich denke da mehr an Eure … hm … Gruppe?«

»Gemeinschaft«, korrigierte Julius. »Wie stellt Ihr Euch das vor? Wir alle haben vor wenigen Tagen einen Vergleich mit dem Erzbischof geschlossen, der uns verpflichtet, Frieden zu wahren. Bei einem Verstoß drohen uns empfindliche Strafen.«

»Die wer vollstrecken würde?«

»Nun ja – zur Not der Kaiser.«

»Ihr müsstet ja nicht alle antreten. Ein Einzelner würde genügen.«

Julius lachte auf. »In unserer Gemeinschaft werdet Ihr keinen Märtyrer finden.«

»Davon war auch nicht die Rede. Jener Freiwillige würde fürstlich entlohnt und bekäme die Gelegenheit, ein neues Leben zu beginnen.«

»Würdet Ihr Euch für seine Sicherheit verbürgen?«

»Nicht ich. Die Kirche.«

So langsam sie das letzte Stück des Weges auch gegangen waren, jetzt waren sie doch da. Der Gestank der Kerzenzieherei quoll aus allen Ritzen des Gemäuers. Adrian drehte sich der Magen um.

»Ihr werdet verstehen, dass Euer Vorschlag zunächst in der Gemeinschaft besprochen werden muss. Eines kann ich Euch jedoch schon jetzt sagen: Sollte er eine Mehrheit finden, werden wir Sicherheiten benötigen. Von höchster Stelle.«

»Die sollt Ihr haben. Etwas anderes: Steht Euch jemand zur Verfügung, der eine Botschaft an den Heiligen Stuhl überbringen könnte?«

»Selbstverständlich. Binnen zehn Tagen wäre er in Rom.«

»Ausgezeichnet«, sagte Adrian und wandte sich ab. »Wir sehen uns morgen wieder.«

»Wo?«

»Lasst Euch überraschen.«

Tagsüber war es so schwül, dass einem sogar im Sitzen der Schweiß aus allen Poren brach. Selbst nachts kühlte es nicht richtig ab. An Schlaf war kaum zu denken. Das lag daran, dass Rieti von Bergen umgeben war.

Im Westen lagen die Monti Sabini, im Osten die Monti Reatini. Ein Luftaustausch fand so gut wie nicht statt. In Tivoli hatte man Honorius den Dritten nur eine Woche geduldet. Dann hatte man ihm auch dort zu verstehen gegeben, dass er eine Persona non grata war. Jedenfalls derzeit. Also war ihm nichts anderes übrig geblieben, als doch wieder nach Rieti auszuweichen.

Gleich am Tag der Ankunft hatte der Koch sich von seiner allerdümmsten Seite gezeigt. Das Fleisch – ein Kapaun – war zäh und versalzen, der Fisch – eine Dorade – so lange gekocht, dass er zerfallen war, und das Brot dermaßen hart, dass Honorius beinahe einen Zahn eingebüßt hätte. Als er daraufhin hungrig und verzweifelt ins Bett gehen wollte, hatte er unter der Bettdecke einen Skorpion entdeckt. Nachts gab es dann zu allem Überfluss ein Erdbeben. Gott sei Dank nur ein leichtes, aber immerhin. Nach diesem Auftakt würde es nicht einmal mehr Hugolinus wundern, dass Honorius den Ort von ganzem Herzen hasste.

*

Seine Heiligkeit hatte sich auf einer der Liegen ausgestreckt, die auf der überdachten Terrasse des gemieteten Palazzo standen. Es war elf Uhr morgens, und schon herrschte eine Schwüle, dass er das Gefühl hatte, durch ein Kissen zu atmen. Eine Weile hatte er versucht, die Heilige Schrift zu studieren, aber bei der Luft war an Lesen nicht zu denken. Nun lag er einfach da, grübelte über seinen Kreuzzug und fürchtete sich vor dem Mittagessen.

»Guten Morgen, Eure Heiligkeit«, rief Hugolinus schon von weitem. »Ich hoffe, Ihr habt gut geschlafen.«

»Hört mir bloß auf«, sagte der Papst. »Ich möchte wirklich mal wissen, mit was die Bettstatt gefüllt ist. Auf ihr liegt es sich wie auf einem Stoppelfeld.«

»Demnach vermutlich mit Stroh.« Hugolinus blieb am Fußende der Liege stehen. Er war erstaunt, woher der Papst bei seiner Herkunft und seinem Werdegang wusste, wie es sich auf einem Stoppelfeld lag. »Soll ich Euch eine andere bringen lassen?«

»Würde das etwas kosten?«

»Vermutlich.«

»Dann nicht. Wir müssen sparen.« Erst jetzt schien Honorius zu bemerken, dass der Kardinal nicht Platz genommen hatte. »Setzt Euch.«

»Bedaure, Eure Heiligkeit. Die Amtsgeschäfte rufen.«

»Es ist aber wichtig. Ich habe mit Euch zu reden.«

»Worüber? Wollt Ihr Euch wieder übers Essen beschweren?«

»Nein, nein, das dürfte sinnlos sein. Es geht vielmehr darum, dass ich eine Entscheidung getroffen habe.«

Hugolinus war so verblüfft, dass er ohne weitere Aufforderung auf die Liege sank. »Ihr habt was?«

»Eine Entscheidung getroffen. Was ist daran so außergewöhnlich?«

»Eigentlich nichts. Es kommt nur so selten vor.«

Der Papst legte den Kopf ein wenig schräg. »Ich gebe zu, dass ich gelegentlich dazu neige, die unterschiedlichen Seiten einer Sache ein wenig zu ausdauernd zu betrachten. Ich bin kein Mensch, der aus dem Bauch heraus entscheidet.«

»Da habt Ihr allerdings Recht. Was habt Ihr entschieden?«

»Ich weiß jetzt, wie wir Kaiser Friedrich dazu bewegen können, schon im nächsten Jahr gen Jerusalem zu ziehen.«

Natürlich ging es um den geplanten Kreuzzug, Honorius' Thema Nummer eins. Wie hätte es auch anders sein können. Schlagartig machte sich bei Hugolinus Besorgnis breit.

»Ihr habt doch wohl nicht vor, ihn zu exkommunizieren?«, fragte er. Der Papst guckte vielsagend. »Warum nicht?«

»Eure Heiligkeit, ich bitte Euch«, entrüstete sich der Kardinal. »Das kann unmöglich Euer –«

»Das war doch nur ein Scherz.« Honorius grinste spitzbübisch. »Und Ihr seid darauf reingefallen.«

Hugolinus schloss die Augen und atmete ein paar Mal tief durch. Als er sie wieder öffnete, fragte er: »Also habt Ihr gar nichts entschieden?«

»Doch. Mir ist eingefallen, dass Friedrichs Frau gestorben ist. Wie hieß sie noch gleich?«

»Konstanze. Aber das war vor drei Jahren.«

»Das ist unwichtig. Auf jeden Fall hat er keine Frau mehr.«

»Der Kaiser wird sich schon in irgendeiner Weise schadlos halten.«

»Es geht nicht um sein Liebesleben. Tatsache ist, dass er nicht verheiratet ist. Da setzen meine Überlegungen an.«

»Ihr wollt ihm eine Ehe vorschlagen?«

»So ist es. Und zwar mit Jolanthe. Was sagt Ihr dazu?«

»Jolanthe? Ihr meint die Tochter des Titularkönigs von Jerusalem?«

»Genau die.«

Hugolinus stülpte die Unterlippe vor und nickte anerkennend. »Ich muss schon sagen – kein schlechter Gedanke. Alle Achtung, Eure Heiligkeit.«

»Ich wusste, dass Euch mein Einfall gefallen würde«, sagte Honorius mit einem Kiekser in der Stimme. »Die Hochzeit findet natürlich in Jerusalem statt. Wenn Friedrich schon mal da ist, kann er auch gleich den Kreuzzug machen.«

»Geschickt, geschickt. Jetzt müssen wir ihm diese Jolanthe nur noch schmackhaft machen. Sie soll ein wenig reizvolles Frauenzimmer sein.«

»Deshalb müssen wir sparen. Wir legen bei der Mitgift etwas drauf.«

»Wovon wollt Ihr sparen? Wir geben mehr aus, als wir einnehmen.«

»Dann verkaufen wir einen Teil der Juwelen.«

»Die liegen in Rom. Da kommen wir vorerst nicht dran.«

»Dann ist ja der ganze schöne Plan für die Katz«, sagte Honorius.

»Sagen wir mal – wir behalten ihn im Auge.« Hugolinus gab sich munter. »Sobald wir nach Rom zurückgekehrt sind, setzen wir ihn in die Tat um. Was haltet Ihr davon?«

Es war ein Versuch, den Papst vor schwerem Trübsinn zu bewahren. Aber er war zu spät. In den Augen Seiner Heiligkeit spiegelte sich bereits der Weltschmerz eines Kindes, das von seiner Mutter verstoßen worden ist. Die nächsten Tage würde man mit ihm nichts anfangen können.

Ein Räuspern veranlasste Hugolinus, seinen Blick von dem geknickten Heiligen Vater abzuwenden. Einer der Diener hatte sich lautlos genähert.

»Was ist?«

»Eine Botschaft aus Rom, Eminenz.«

»Gebt her.«

Nachdem der Diener sich unhörbar entfernt hatte, brach der Kardinal das Siegel auf.

Die Botschaft kam keineswegs aus Rom. Abgeschickt worden war sie in Köln, und das vor mehr als zwei Wochen. Offenkundig hatte der Schreiber nicht gewusst, dass sie die Heilige Stadt hatten verlassen müssen. Leise vor sich hin murmelnd übertrug Hugolinus den verschlüsselten Text ins Reine. Mit jedem Wort wurde ihm wärmer, und seine Hände begannen zu zittern.

Adrian hatte es geschafft! Er hatte den letzten Nachkommen im Mannesstamm gefunden.

Als er las, bei wem die Spur endete, hätte er allerdings beinahe einen Pfiff ausgestoßen. Ein dickerer Fisch als der Erzbischof von Köln war kaum denkbar.

»Was habt Ihr da?«, fragte Honorius.

»Neuigkeiten«, sagte der Kardinal.

»Gute?«

»Im Gegenteil. Ich werde eine längere Reise unternehmen müssen.«

»Ihr wollt mich doch nicht etwa allein lassen?«

»Glaubt Ihr, das täte ich, wenn es nicht unbedingt notwendig wäre?«

»Nein. – Um was geht es denn?«

»Wollt Ihr das wirklich wissen?«

Für einen Augenblick schien der Papst entschlossen und voller Tatendrang. Doch dann ließ er die Schultern hängen.

»Nein«, sagte er. »Lieber nicht.«

Das Treffen fand unter den denkbar konspirativsten Umständen statt. Das eine Schiff, hoch beladen mit Tuchen, wurde von Köln rheinaufwärts getreidelt. Das andere, das wegen seiner Getreideladung tief im Wasser lag, segelte von Mainz stromabwärts. Der vereinbarte Treffpunkt war die Niederwerth bei Koblenz. Um zeitgleich einzutreffen, hatte das rheinaufwärts fahrende Schiff zwei Tage früher abgelegt.

Wie zufällig machten die beiden Kähne am Nachmittag des fünften Tages Seite an Seite an der Werth fest. Während die Schiffer beieinander standen, suchten die Gehilfen auf der Insel nach Treibholz für das abendliche Lagerfeuer. Man beschloss, sich zusammenzusetzen, denn man war sich sympathisch. Die eine Mannschaft gab Bier aus, die andere Wein, und was man an Bohnen, Speck und Brot hatte, teilte man. Eine Begegnung, wie sie Tag für Tag an den Ufern des Stromes stattfand.

Das wahre Gesicht dieses Zusammentreffens zeigte sich erst nach Einbruch der Dunkelheit. Laufplanken wurden angelegt, und vermummte Gestalten schlichen von den Schiffen.

*

Adrian übernahm es, die Männer, die sich um das Feuer geschart hatten, miteinander bekannt zu machen. Rechts von ihm saßen der Reihe nach Julius von Heyn, Dietrich von der Mühlengassen und Graf Dietrich von Kleve. Zu seiner Linken hatten Kardinal Hugolinus und einer seiner zwei Leibwächter Platz genommen. Der andere war als Wache abgestellt und ging sichernd über die Werth. Die Schiffer und ihre Leute hatten sich an Bord zurückgezogen. Nachdem die Förmlichkeiten beendet waren, ergriff Hugolinus das Wort.

»Hattet Ihr mir nicht gesagt, die Gruppe bestehe aus fünf Mitgliedern?« Die Frage war an Adrian gerichtet. »Ich sehe nur drei.«

Adrian gab die Frage an Julius weiter. Der machte gleich ein schuldbewusstes Gesicht, als sei er beim Löcherbohren in die Wand des Damenbades erwischt worden.

»Heinrich von Limburg und Friedrich von Isenberg lassen sich entschuldigen, Eminenz«, sagte er. »Heinrich ist erkältet, und Friedrich ist vom Pferd gefallen und hat sich den Fuß verstaucht.«

»Wegen solcher Nichtigkeiten bleiben sie dem Treffen fern?« In Hugolinus' Augen loderte der Zorn. »Wisst Ihr, welche Anstrengungen ich für dieses Treffen auf mich genommen habe? Seit zweieinhalb Wochen bin ich unterwegs. Die letzten Tage habe ich auf diesem stinkenden Kahn zugebracht. All das nahm ich in Kauf, weil ich dachte, uns verbänden lebenswichtige gemeinsame Interessen. Mit einer solchen Geringschätzung Eurerseits hätte ich nicht gerechnet. Ich hätte nicht übel Lust, auf der Stelle abzureisen.«

»Eminenz, verzeiht!«, flehte Julius. »Von Geringschätzung kann keine Rede sein. Ganz im Gegenteil. Unsere –«

»Seid ihr wenigstens voll beschlussfähig?«

»Selbstverständlich, Eminenz.« Alle drei nickten. »Wir verfügen über uneingeschränkte Vollmacht.«

»Dann lasst uns zur Sache kommen«, sagte Hugolinus versöhnlich und genoss still seinen Triumph.

Gleich zu Beginn war es ihm gelungen, die andere Seite in die Verteidigung zu drängen. Erfahrungsgemäß erleichterte das weitere Verhandlungen ungemein.

*

Erste Lichtfinger des Morgengrauens tasteten sich die Hänge des Westerwaldes hinab ins Rheintal, und noch immer saßen die Männer beieinander. Das Feuer war bis auf einen letzten glimmenden Scheit niedergebrannt. Allen hatte die schlaflose Nacht tiefe Furchen ins Gesicht gegraben. Nur Julius von Heyn nicht – dafür war er einfach zu fett.

»Die Flucht Friedrich von Isenbergs nach Chinon in der Grafschaft Anjou müsst Ihr schon selbst vorbereiten«, sagte Hugolinus. »Der dortige Graf wird ihm die vereinbarte Belohnung auszahlen und ihm ein kleines Chateau als Lehen zuweisen. Dort kann er sich unbehelligt zur Ruhe setzen.«

»Wie kommt Ihr auf Friedrich von Isenberg?«, fragte Dietrich von der Mühlengassen. »Wir hatten beschlossen, das Los entscheiden zu lassen.«

»Das könnt Ihr auch. Aber ihr werdet in der Lage sein, das Los so zu beeinflussen, dass es auf ihn fällt.«

»Gewiss. Aber warum sollten wir?«

»Wie Ihr wisst, darf kein Verdacht auf Rom fallen, und ein Täter braucht einen Grund für seine Tat. Der glaubwürdigste lässt sich für von Isenberg konstruieren. Er beginnt einfach wieder, das Stift Essen auszubeuten.«

»Davon wisst Ihr?«

»Seinerzeit wandte sich die Äbtissin mit einem Beschwerdebrief an den Papst. Mir ist bekannt, dass Erzbischof Engelbert sich zwischenzeitlich der Angelegenheit angenommen und den Isenberger gemaßregelt hat. Seitdem sinnt dieser auf Rache.«

»Das tut er doch gar nicht«, sagte Dietrich von Kleve.

»Ihr seid ein Schwachkopf.«

»Erlaubt mal! Ich –«

»Der Kardinal hat Recht«, sagte Julius. »Das Beste wird sein, Ihr haltet den Mund.«

Der Klever blickte vom einen zum anderen. Aber da war niemand, der ihm beisprang. Schließlich blieb ihm nichts weiter, als verlegen in seiner Schweinsnase zu polken.

»Sind wir uns nun einig?«, fragte Hugolinus.

Die auf der anderen Seite des Feuers saßen, nickten.

»Wann sollen wir losschlagen?«, fragte Dietrich von der Mühlengassen.

»Lasst Euch Zeit und bereitet alles gründlich vor.« Der Kardinal erhob sich mit steifen Beinen. »Entscheidend ist, dass der Anschlag nicht misslingt.«

Damit entfernte er sich, blieb aber nach wenigen Schritten noch einmal kurz stehen.

»Gott segne Euch«, sagte er, ohne sich umzudrehen.

*

»Soll ich sie unschädlich machen?«, fragte Adrian. »Natürlich erst nach dem Attentat.«

Er hatte sich zu Hugolinus gesellt, der am Heck des

Frachtkahns lehnte und auf den Fluss hinausstarrte. Im ersten zarten Licht glitzerte die Wasseroberfläche, als schwimme dort ein riesiger Schwarm silberhäutiger Fische.

»Nein«, sagte der Kardinal nach einer Weile. »Das wird nicht nötig sein. Ich will nicht, dass Ihr noch mehr Aufsehen erregt. Allenthalben ist man in Aufregung über das, was in St. Gallen geschehen ist.«

»Niemand wird eine Spur zurück zu Euch verfolgen können.«

»Trotzdem – es bleibt dabei.«

»Sie wissen zu viel.«

»Was wissen sie?«, fragte der Kardinal und blickte Adrian von der Seite an. »Gar nichts wissen sie. Sie glauben, sie töten mit dem Segen der Kirche einen Ketzer, der ihnen dazu selbst im Weg steht, und werden dafür auch noch belohnt. Im Diesseits wie im Jenseits. Diese Narren!«

Adrian bemühte sich, jeden Beiklang aus seiner Stimme herauszuhalten. »Wollt Ihr Friedrich von Isenberg nicht bezahlen?«

»Selbstverständlich nicht. Ich habe nichts zu verschenken.«

»Dann muss zumindest er beseitigt werden.«

»Sollte es ihm je gelingen, lebend aus Frankreich zurückzukehren, wird er denken, seine Spießgesellen hätten ihn betrogen.«

»Er wird plaudern.«

»Was soll er sagen? Er hat nur von Heyns und der anderen Wort, dass sie mich getroffen haben. Aber wer würde den dreien im Ernstfall eine Zusammenkunft unter derart aberwitzigen Umständen glauben? Zumal der Abt und mehr als dreißig Mönche des Stifts S. Benedetto in Pisa schwören werden, dass ich mich just in diesen Tagen hinter die Mauern ihres Klosters zurückgezogen hatte, um innere Einkehr zu halten.«

»Ihr habt vorgesorgt.«

»Wenn man in meinem Amt überleben will, muss man das.«

»Von Heyn und die beiden anderen könnten sich dem Kaiser als Zeugen anbieten.«

»Niemand würde ihnen glauben. Gleichzeitig würden sie damit zugeben, an einem Mordplan beteiligt gewesen zu sein. Schätzt Ihr sie so ein? Ich sage Euch, sie werden schweigen, um nicht auf dem Rad zu enden.«

»Dann ist ja auch mein Auftrag erledigt.«

»Nicht ganz. Ich traue diesen Dummköpfen nicht. Ihr bleibt in ihrer Nähe und passt auf, dass sie die Sache nicht noch im letzten Augenblick vermasseln.«

»Je länger ich bleibe, desto teurer wird es«, sagte Adrian.

»Wirklich teuer würde es nur dann, wenn Engelbert am Leben bliebe.« Von Südwesten her frischte es auf. Hugolinus hob den Kopf wie ein Wildtier, das Witterung aufnimmt. »Dass es ausgerechnet er sein muss.«

Es war der erste Sonntag im Oktober, und überall wurde Erntedank gefeiert. Die Altäre der Kirchen waren mit Blumen und Feldfrüchten geschmückt. Dabei hatte es in diesem Jahr nur eine mittelmäßige Ernte gegeben. Ein zu trockener Sommer hatte vieles verdorren lassen. Insbesondere bei Getreide war der Ertrag ausgesprochen mäßig. Im Schnitt hatten die Bauern gerade mal das Zweieinhalbfache der Aussaat eingebracht. Im kommenden Winter würde landauf landab lautes Magenknurren herrschen. Nur daran dachte an diesem Tag niemand.

Martin war seit dem frühen Morgen auf den Beinen und half überall, wo zwei kräftige Hände benötigt wurden. Schließlich sollte es das größte und schönste Fest werden, das je auf Burg stattgefunden hatte.

In den letzten Monaten hatte er sich verändert. Alles Jungenhafte war von ihm abgefallen, als habe er sich gehäutet. Auch wenn der Bartwuchs noch spärlich war, sein Gesicht war eckiger und die Züge markanter geworden. Zugelegt hatte er auch noch mal an Länge und Gewicht. Jetzt überragte er sogar Graf Engelbert.

Nach dem Vergleich, den der Graf mit seinen Widersachern geschlossen hatte, ging das Leben auf der Burg schnell wieder seinen gewohnten Gang. Heinrich und Irmgard waren zurückgekehrt, und man lebte nebeneinander her, als sei man sich nie spinnefeind gewesen.

Bodo von Bongard hatte seine Arbeit nach langer Genesung wieder aufgenommen. Er war erheblich ruhiger geworden, und da er auf Grund des fehlenden Arms eingeschränkt war, hatte ihm Engelbert für seine Hausmeistertätigkeit einen Gehilfen zur Seite gestellt. Martins Ausbildung an den Waffen überwachte Bodo noch immer, nur als Gegenspieler mussten jetzt reihum die Wachen herhalten. Die Arbeit war gefürchtet.

Seit einigen Wochen war auch Egelmer wieder auf den Beinen, sofern man das so nennen konnte. Jedenfalls war er in der Lage, sich selbstständig fortzubewegen. Wenn auch nur mit Hilfe zweier Krücken und indem er die Beine nachschleifte. Er nahm sein Schicksal bemerkenswert gelassen hin.

Camilla war von Graf Engelbert vor die Wahl gestellt worden, für unbestimmte Zeit im Diebesturm einzusitzen oder für den Rest ihres Lebens hinter Klostermauern zu verschwinden. Zuerst hatte sie doch tatsächlich den Turm gewählt, aber bereits am dritten Tag, von Ratten und Gestank zermürbt, aufgegeben. Nun saß sie in einem Kloster in der

Nähe von Fritzlar und hatte alle Zeit der Welt, ihre Sünden zu bereuen.

Zwei Tage nach Martin war auch Eberhard zurückgekehrt, und sie hatten den Unterricht fortgesetzt. Der Mönch hatte jede Menge Neues zu berichten, denn sein Abt hatte ihn in Altenberg zur Betreuung von Walter von Carlisle abgestellt. So grobschlächtig der Engländer manchmal wirkte, so gebildet und belesen war er. Vor allem die Erforschung der Natur lag ihm am Herzen, wodurch sie reichlich Gesprächsstoff gehabt hatten. Inzwischen hatte der Bischof die Heimreise angetreten.

Den Grafen hatte Martin in der ganzen Zeit nur zwei Mal gesehen, zuletzt kurz nachdem dieser den Kölnern das Bierbrauen verboten hatte, um das knappe und teure Getreide an die Not leidenden Klöster im Umland verteilen zu können. War das Verhältnis der Bürger zu ihrem Erzbischof schon immer zwiespältig gewesen, war es seitdem auf dem Tiefpunkt angelangt. Ein Aufstand war wahrscheinlicher als eine Huldigung.

Über ihr Verhältnis zueinander hatten Martin und Engelbert nie wieder gesprochen. Zum einen hatte es dazu keine Gelegenheit gegeben, zum anderen hätte Martin sich eher die Zunge abgebissen, als noch einmal einen Vorstoß zu unternehmen. Falls Engelbert wirklich sein Vater war, war es auch an ihm, sich dazu zu bekennen.

Inzwischen weilte Graf Engelbert wieder auf Burg. Tief in der Nacht, als Martin schon geschlafen hatte, war er in Begleitung einiger bedeutender Gäste eingetroffen. Bis jetzt hatte sich noch keiner von ihnen blicken lassen. Man rechnete zur Mittagszeit mit ihrem Erscheinen.

Die Kirchtürme Kölns hatte Martin nur noch einmal gesehen, als er Johanna abgeholt hatte. Sechs Wochen waren sie getrennt gewesen. Nun sahen sie sich wieder täglich. Auch Johanna war gereift und hatte an Weiblichkeit gewonnen, ohne dabei – glücklicherweise – nach ihrer Mutter zu geraten, die inzwischen so breit wie hoch war. Auch wenn Johanna und Martin nicht verlobt waren, wusste jeder in Burg, wie sie zueinander standen.

Weder den Klever noch den Isenberger noch einen der anderen Verschwörer – Heinrich von Limburg ausgenommen – hatte Martin wieder gesehen. Grollend hatte er sich Engelberts Weisung gefügt, auf seine Rache an Friedrich von Isenberg zu verzichten, der zu allem Überfluss auch noch ein Neffe des Erzbischofs war.

Martin fragte sich nur, ob er die Beherrschung behalten würde, wenn sie sich irgendwann einmal gegenüberständen.

*

Sie schlenderten zu dritt über den Jahrmarkt. Martin, Johanna und zwischen ihnen Eberhard. Von hinten hätte man sie für ein Elternpaar mit Kind halten können.

Während Eberhard sich an einem Stand anstellte, der geröstete Kastanien feilbot, gingen Martin und Johanna weiter zur nächsten Bude. Dort hockte Bodo mit erwartungsvollem Gesicht auf einem Schemel. Hinter ihm stand ein feister Kerl mit einem wilden blonden Schopf und massierte eine ölige Tinktur in seine Glatze. Die Finger des Feisten waren kurz und quallig und wanden sich auf dem kahlen Haupt wie fette, paarungsgierige Würmer.

»Was wird das?«, fragte Martin.

»Ein neues Haarwuchsmittel«, kam der Feiste Bodo zuvor. »Ein Wunderwerk der Alchimie.«

»Bald hab ich wieder Locken«, sagte Bodo. »Wie früher.«

»Seltsam«, sagte Martin.

»Was?«, fragte der Feiste.

»Ich frage mich, wenn das Zeug solche Wunder wirkt, warum Ihr selber keine Haare habt?«

Der Feiste griff sich an den Kopf. Dadurch verrutschte sein Schopf. Als er den Sitz korrigieren wollte, fiel er runter. Das Ganze war nichts weiter als ein Filzlappen mit aufgenähten Frauenhaaren. Die Umstehenden brachen lauthals in Gelächter aus. Die, die bereits für eine Behandlung bezahlt hatten, drohten dem Betrüger Prügel an.

»Woher wusstest du das?«, fragte Johanna.

»Eberhards Schule des richtigen Sehens«, sagte Martin. »Der Mann hatte blonde Haare, aber schwarze Augenbrauen.«

Eberhard tauchte mit einem geschnitzten Schälchen voller Maronen auf und fragte, was passiert sei. Martins Antwort machte ihn stolz. Er wuchs um drei Ellen. Die angebotenen Kastanien lehnte Martin ab, aber Johanna griff zu und verbrannte sich die Finger.

»Das Schälchen ist schön«, sagte sie. »War das im Preis inbegriffen?«

»Ich musste eine Münze als Pfand hinterlegen«, sagte Eberhard. »Wenn ich das Schälchen zurückbringe, erhalte ich sie zurück. Die Zeiten werden immer närrischer.«

Einige Schritte weiter gab es in einem kleinen Zelt einen glühenden Stein zu bestaunen. Natürlich nur gegen Bezahlung. Der Stein war faustgroß und leuchtete in dem dunklen Raum. Ein bisschen qualmte er auch. Eigentlich sah er aus wie ein Stück Holzkohle. Erst als der Aussteller ihnen ein kaltes Exemplar in die Hand drückte, an dem man sich keine Brandblasen holen konnte, erkannten sie den Unterschied. Der Stein war schwarz, bröselig und erheblich schwerer als Holzkohle. Außerdem machte er schmutzige Finger.

»Wo habt Ihr den her?«, fragte Eberhard.

»Den hab ich an der Ruhr gefunden«, sagte der Aussteller. »Wo genau, werde ich Euch aber nicht verraten.«

Auf ihrem weiteren Weg bestaunten sie einen Feuerschlucker, eine Gruppe Musikanten und zwei Gaukler, von denen der eine die ganze Zeit auf den Händen lief, während der andere zehn Holzkugeln gleichzeitig durch die Luft wirbelte. Nur einen Tanzbären gab es diesmal zu Johannas Enttäuschung nicht.

Dafür stand gleich neben Hans' Backstube, wo heute die Brezeln stangenweise verkauft wurden, ein Bottich voller Wasser und daneben ein Mann, der einen Brustkorb wie ein Fass hatte. Ein kleiner Marktschreier warb damit, dass jeder, der einen Pfennig setzte, diesen in einen Denar verwandeln konnte, wenn er es schaffte, den Kopf länger unter Wasser zu halten als der Fassbrüstige. Einige Figuren mit nassen Haaren standen herum, aber keiner spielte mit einem Denar. Trotzdem war Martin nicht zu halten.

Während er tief Luft holte, pumpte sich sein Gegner regelrecht auf. Auf ein Zeichen des Werbers hin traten sie gleichzeitig an den Bottich und tauchten ihre Köpfe ins Wasser. Es war eiskalt, sie mussten es frisch aus dem Brunnen geholt haben. Martin empfand die Kälte, als fahre ihm ein Messer in den Kopf. Er hatte auch nicht den Hauch einer Chance. Wenigstens hatte er sich erfrischt.

»Wie war das mit dem richtigen Sehen?«, fragte Johanna. »Ist dir nicht aufgefallen, dass dein Gegner nur aus Lungen bestand?«

Martin schlug sich mit der flachen Hand vor die Stirn. »Jetzt, wo du es sagst.«

Außer fahrenden Händlern und Gauklern hatte der Jahrmarkt natürlich auch allerlei zwielichtige Gestalten angezogen. So manch lauerndes Gesicht mochte gut zu einem Dieb passen, und die Bettler schlichen gleich im Dutzend umher. Einer saß neben dem Mitteltor. Martin übersah ihn und stolperte über seine Beine.

Der Mann steckte in Lumpen und war mit Schmutz überzogen wie von einer zweiten Haut. Und trotzdem sah er nicht aus wie ein Bettler. Zwar stellte er die Miene eines Leidenden zur Schau, aber seine Augen wollten nicht dazu passen. Ihr Blick war hart und kalt, und ihm ging jede Unterwürfigkeit ab. Die Münze, die Martin ihm hinstreckte, nahm der Mann entgegen, als stehe sie ihm zu. Martin empfand Unbehagen. Johanna zog ihn weiter.

»Was hast du?«, fragte sie.

»Nichts«, sagte er, warf an der nächsten Ecke aber noch einmal einen Blick zurück.

Einer der furchtlosesten Streuner aus der Siedlung, ein kleiner braun-weiß gefleckter Köter, schnüffelte die Mauer entlang. Als er sich dem Bettler bis auf einen Schritt genähert hatte, kniff er den Schwanz ein und umging ihn in weitem Bogen.

Martin beschloss, den Mann im Auge zu behalten.

*

Die Festtafel war im Schlosshof aufgebaut worden. Vierzehn Tische reihten sich aneinander und boten über hundert Personen Platz.

Am Fuß des Bergfrieds befand sich die Feuerstelle. Ein Ochse und drei Schweine steckten auf Spießen. Um den Ochsen zu wenden, mussten vier kräftige Männer antreten. Helene von Bongard führte wie immer bei solchen Anlässen das Kommando.

Martin wählte den Platz für Johanna und sich so, dass er sowohl die Bratspieße als auch das Schlosstor im Auge hatte. Die Tische waren bereits mit Brot, Wein, Bier und Met eingedeckt, aber noch wagte niemand zuzulangen, denn bisher hatten sich weder Engelbert von Berg noch Heinrich von Limburg eingefunden. Soweit Martin wusste, saßen sie zusammen mit Engelberts erlauchten Gästen im Rittersaal und machten Konversation. Martins Magen meldete sich. Außer einem Kanten Brot und einem Teller Suppe am Morgen hatte er noch nichts gegessen.

Endlich war es soweit. Trompeten kündigten den Auftritt der Herrschaften an. Engelbert schritt als Erster die Treppe hinunter. Martin staunte.

Über einer eierschalenfarbenen, langärmligen Tunika trug der Graf einen eisvogelblauen ärmellosen Überrock, auf dessen Brustteil das Familienwappen aufgestickt war. Hals- und Armausschnitte sowie der Saum des Rocks waren von goldenen Stickereien eingefasst. Spitze Lederschuhe vervollständigten die Aufmachung.

Mochte Engelbert elegant wirken, so war das nichts gegen den Putz des Mannes, der nach ihm kam. Martin hatte ihn nie zuvor gesehen, aber er wusste gleich, wer er war. Der Mann hatte ungewöhnlich langes blondes Haar, das sich über einen in Falten gepressten Schulterumhang mit Kapuze fächerte. Um den Hals trug er eine schwere Goldkette. Die Grundfarbe der engärmeligen Tunika war vor lauter Stickereien nicht mehr auszumachen. An dem Teil hatte ein Schneider ein halbes Jahr gesessen.

Der eng geschnürte Gürtel zeigte, dass der Mann auf seine Figur achtete. Überhaupt wirkte er auf die Entfernung erheblich jünger, als er war. Braun gebrannt und mit seinem werbenden Dauerlächeln hätte man ihn auf Mitte dreißig schätzen können. Dabei hatte Walther von der Vogelweide gut und gern zwanzig Jahre mehr auf dem Buckel.

Ihm folgte ein hoch gewachsener, hagerer Mann, der an seiner schlichten Aufmachung, die nur aus einem Umhang mit Kapuze, einem Skapulier und schwarzen Stiefeln bestand, unschwer als Mönch zu erkennen war. Er war blass wie ein Grottenolm und hatte einen ausgeprägten Hinterkopf.

Sein Gesicht war von Entsagung geprägt. Über einem gespitzten Mund kräuselte sich die Oberlippe, als lutsche der

Mann an einem Zitronenscheibchen. Auch ihn erkannte Martin, obwohl er ihm zum ersten Mal begegnete. Es war Caesarius von Heisterbach, der Verfasser des berühmten Werkes »Dialogus magnus visionum atque miraculorum«, den Engelbert zu seinem Biografen erkoren hatte.

Den Auftritt Heinrichs und seiner Gattin versäumten Martin und Johanna, weil Engelbert sie in dem Gewühl entdeckt hatte und zu sich winkte. Sie brauchten eine ganze Weile, bis sie sich durch die dicht gedrängte Menge geschoben hatten.

Die Begrüßung durch Engelbert war herzlich. Dann stellte er Martin und Johanna seinen Gästen vor. Aus der Nähe betrachtet hatte Walther das Gesicht eines alt gewordenen Schürzenjägers. Johanna schien das nicht zu stören, zumal Walther sie mit Handkuss begrüßte und gleich anfing, Süßholz zu raspeln. Caesarius stand daneben und machte ein Gesicht, als wünsche er sich an einen anderen Ort.

Engelbert legte Martin den Arm um die Schultern und führte ihn ein paar Schritte zur Seite.

»Ich habe mich bei Bodo über deine Entwicklung erkundigt«, sagte der Graf. »Er befürwortet, dich umgehend zu meinem Knappen zu ernennen. Sollte Eberhard keine Einwände haben, könntest du schon morgen in meine Dienste treten.«

»Mein Kettenhemd ist aber noch nicht fertig«, platzte Martin los. »Das kommt alles ein bisschen plötzlich.«

»Ich dachte, du freust dich.«

»Tu ich auch. Die Freude trifft mich nur unvorbereitet.«

Engelbert sah ihm in die Augen. »Das ist das erste Mal, dass ich einen Knappen bekomme, der größer ist als ich. Daran werde ich mich erst gewöhnen müssen.«

»Bedeutet das, dass ich Euch bereits morgen nach Köln begleiten muss?«

»Nein, nein«, sagte Engelbert. »Du hast Recht. Wir wollen nichts überstürzen. Den Oktober bleibst du noch hier. Sieh zu, dass in der Zeit dein Hemd fertig wird. Außerdem soll dir der Schmied einen Helm anfertigen. Schwert und Schild kannst du dir in der Rüstkammer aussuchen. Anfang November wirst du mich zur Synode nach Soest begleiten. Einverstanden?«

Bevor Martin antworten konnte, trat ein Diener hüstelnd an Engelberts Seite und flüsterte ihm etwas zu.

»Was?«, fragte der Graf.

»Sie wartet im Rittersaal, Exzellenz.«

»Komm mit«, sagte Engelbert zu Martin. »Die Äbtissin des Essener Stifts will mich sprechen. Mein sauberer Neffe, der gräfliche Schutzvogt, hat erneut das Kloster geplündert.«

Martin versuchte noch, Johannas Blick zu erhaschen, aber vergeblich. Sie stand ganz im Bann des herumscharwenzelnden Minnesängers.

Jetzt wusste Martin auch, was unter Eifersucht zu verstehen war.

*

Alles Schelmenhafte, das Mutter Magdalena noch bei ihrem ersten Besuch gehabt hatte, war aus ihren Zügen verschwunden. Nackte Verzweiflung prägte jetzt ihr Gesicht. Selbst ihre reibeiserne Stimme klang hohl. Sie war wieder in Begleitung von zwei Schwestern, aber es waren andere als damals.

Stockend berichtete sie, wie Friedrich von Isenberg mit einer Horde Wilder, wie sie sie nannte, ohne Vorankündigung im Stift erschienen war und nahezu die gesamten Vorräte geraubt hatte. Mit dem Wenigen, was ihnen geblieben war, würden sie den Winter niemals überstehen können.

Die Männer des Schutzvogts hatten wie die Normannen und Ungarn zusammen gewütet. Den zum Kloster gehörenden Fischteich hatten sie leer laufen lassen, und sämtliche

Forellen und Schleien waren verendet. Mühsam angelegte Beete waren zertrampelt worden, ein Vorratshaus war in Flammen aufgegangen. Das Schlimmste aber waren die Übergriffe gegen die Schwestern selbst gewesen.

Engelbert war außer sich. Martin konnte sich allerdings des Eindrucks nicht erwehren, dass den Grafen der Wortbruch seines Neffen mehr erboste als das, was er den Schwestern angetan hatte. Wie auch immer, Engelbert handelte umgehend.

Er ließ ein Schreiben an den Isenberger aufsetzen, in dem er diesen zwingend aufforderte, sich binnen einer Woche in Köln einzufinden. Dann ließ er Bodo rufen und beauftragte ihn mit der Zusammenstellung einer Truppe, die die Schwestern sicher nach Essen geleiten und vorerst das Kloster bewachen sollte. Ferner ordnete er an, unverzüglich aus den Vorräten der Burg eine Hilfssendung zusammenzustellen, um die schlimmste Not zu lindern.

Während die Schwestern angaben, was sie am dringendsten benötigten, verließ Martin seinen Platz und trat an eines der Fenster. Draußen herrschte ausgelassener Trubel. Die Menschen drängten sich an den Buden.

Martin entdeckte Heinrich von Limburg, der in Richtung Mitteltor schlenderte. Mit ihm hatte er, seit sie wieder unter einem Dach wohnten, vielleicht zehn Worte gewechselt. Falls der Limburger noch immer Groll gegen Martin hegte, ließ er es sich nicht anmerken.

Beim Tor angekommen, lehnte Heinrich sich gegen den Bogen und begann, mit sich selbst zu reden. Das dachte Martin zumindest, denn er konnte sonst niemanden sehen. Schließlich nickte der Limburger, sagte noch etwas und ging.

Kaum hatte er seinen Platz verlassen, trat eine Gestalt aus dem Dunkel der Nische, die von Torbogen und angebautem Rundturm gebildet wurde. Sie war dunkel gekleidet und starrte vor Dreck, weshalb sie in der düsteren Nische nicht aufgefallen war. Sie blickte kurz nach beiden Seiten und verschwand dann in der Menge.

Martin sah noch eine ganze Weile aus dem Fenster und stellte sich immer wieder dieselbe Frage: Was in drei Teufels Namen hatte Heinrich mit einem falschen Bettler zu bereden, vor dem sich sogar die Hunde fürchteten?

Die letzten Tage des Oktobers waren düster und ungemütlich. Es war noch nicht richtig kalt, aber die Luft war ständig feucht, und diese Feuchtigkeit kroch in die Knochen. Martin fror. Da half auch wenig, dass er sich mit seinem Bärenfell zugedeckt hatte. Eher wärmte Johannas Umarmung.

»Was sagt Eberhard eigentlich dazu, dass seine Arbeit als dein Lehrer beendet ist?«, fragte sie. »Ist er nicht traurig, wieder zurück ins Kloster zu müssen?«

»Teils teils. Sicher hat ihm das freie Leben auf der Burg gefallen. Er ist aber, glaube ich, auch wieder froh, in klösterlicher Ruhe seine Studien fortsetzen zu können. Auf jeden Fall wird ihm der Abschied versüßt. Engelbert hat ihm erlaubt, uns nach Soest zu begleiten, als eine Art Belohnung für seine guten Dienste.«

»Der Ärmste«, lachte Johanna. »Ich denke dabei an sein Hinterteil.«

»Ich glaube, die blauen Flecken nimmt er gern in Kauf, um einmal das Münster zu sehen.«

Eine Zeit lang lagen sie schweigend nebeneinander. Einer lauschte dem Herzschlag des anderen, um sich dessen Takt einzuprägen. Ein unsichtbares Andenken für die kommenden einsamen Nächte.

»Ich wollte, du müsstest nicht mit Graf Engelbert reiten«, flüsterte Johanna plötzlich.

»Das ist meine Aufgabe«, sagte Martin. »Durch Rumsitzen wird man kein Ritter. Außerdem bin ich ja in ein paar Tagen wieder da.«

»Wenn alles gut geht. Meinem Vater wurde zugetragen, in Köln drohe Aufruhr.«

»Soest liegt in der entgegengesetzten Richtung.«

»Die Soester sollen dem Erzbischof auch nicht eben wohlgesinnt sein.«

»Mit denen werden wir schon fertig. Danach geht's noch nach Schwelm, eine Kirche weihen, und schon sind wir wieder hier.«

»Von wegen. Ihr reitet bestimmt auf geradem Weg nach Köln. Wir werden uns ewig nicht sehen.«

»Als Engelberts Knappe muss ich natürlich dahin, wohin er geht. In Köln wird es schon nicht so arg werden. Engelbert hat mit seinen Widersachern einen Vergleich geschlossen. An den werden sie sich halten.«

»Ich habe trotzdem ein ungutes Gefühl.« Johanna zupfte an Martins Brusthaaren. »Du hast doch selbst gesagt, es sei etwas im Schwange. Denk an diesen seltsamen Bettler.«

»Im Nachhinein glaube ich, was den Burschen betrifft, habe ich mir etwas eingebildet. Er hat sich nie mehr hier blicken lassen. Würde er etwas im Schilde führen, wäre er noch mal aufgetaucht.«

»Und was ist mit Friedrich von Isenberg? Ihn trefft ihr doch in Soest.«

»Aber nicht, um uns mit ihm zu prügeln, sondern um mit ihm zu verhandeln. Er hat sich geweigert, nach Köln zu kommen. Allerdings würde ich viel darum geben, ihm nicht gegenübertreten zu müssen.«

Vor dem Fenster flatterten Fledermäuse vorbei. Tagsüber schliefen sie kopfüber hängend im Gebälk des Bergfrieds.

»Die bringen Unglück«, flüsterte Johanna.

Martin stand auf, schloss die Läden und löschte die Kerze.

Nachdem er wieder unter das Fell gekrochen war, liebten sie sich mit fast verzweifelter Kraft.

Zwei Tore ließen sie links liegen, erst durch das dritte ritten sie in die Stadt hinein. Engelbert meinte, vom Grandwegertor sei der Weg zur Pfalz am kürzesten.

In der fernen Stadtmitte erhob sich das St.-Patrokli-Münster. Mit seinem hohen, massigen Turm wirkte es beeindruckender als der Kölner Dom. Martin hütete sich allerdings, das zu sagen, zumal sich Engelbert, seit sie sich Soest genähert hatten, in gereizter Stimmung befand. Er hatte sogar von seinem Zelter auf das Streitross gewechselt. Offenbar erwartete er Anfeindungen. Das war auch der Grund, warum sie den kürzesten Weg durch die Stadt nahmen.

Pöbeleien und Bewurf mit faulem Obst blieben ihnen jedoch erspart. Die wenigen Menschen, die unterwegs waren, verdrückten sich in die nächstbeste Gasse, sobald sie den Trupp gewahrten. Außer Engelbert, Martin und Eberhard bestand er aus fünfzehn bis an die Zähne bewaffneten Reitern, unter ihnen Markus von Mark, der Hosenscheißer von der Rausmühle.

Vor zwei Tagen hatten sie Burg verlassen. Der erste Tag war nichts als Qual gewesen. Dauerregen hatte sie bis auf die Haut durchnässt und die Wege aufgeweicht, sodass sie nur im Schritt vorangekommen waren. Der Einzige, der das begrüßt hatte, war Eberhard.

Der heutige Tag hatte sie entschädigt. Es war trocken, und sie waren gut vorangekommen. Wenn Eberhard unter der zumeist scharfen Gangart gelitten hatte, hatte er darüber nicht geklagt. Als sie sich der erzbischöflichen Pfalz näherten, trug der Wind ein immer wiederkehrendes Klappern zu ihnen herüber.

»Was ist das?«, fragte Martin. »Es hört sich beinahe an wie eine Schar Störche.«

»Das sind Webstühle«, sagte Eberhard. »Soest ist die Stadt der Wollenweber. An die tausend soll es hier geben. Sie fertigen feinste Tuche aus Schafswolle. Das hat die Stadt reich gemacht.«

»Wenn die Bürger so reich sind, warum meckern sie dann über die Steuern, die der Erzbischof erhebt?«

»Je mehr die Leute haben, desto geiziger sind sie. Teilen können nur die Armen.«

Die Pfalz war klein und ohne jegliche Annehmlichkeiten. Dafür ließ sie sich gut verteidigen. Martin schätzte, dass man sie zur Not mit zehn Mann würde halten können. An der benachbarten kleinen Kirche, St. Thomä, wurde noch gebaut. Angeblich sollte sie noch in diesem Jahr fertig gestellt werden, aber das bezweifelte er. Nicht einmal der Dachstuhl war errichtet.

Kaum waren sie aus dem Sattel gestiegen, erschien ein Bote Friedrich von Isenbergs. Die Herausforderungen durch den Schutzvogt gingen weiter. Er ließ ausrichten, er lehne es ab, die Pfalz zu betreten, und bestand auf einem Treffpunkt seiner Wahl.

Für Martin überraschend, willigte der Erzbischof ein.

*

Weit nach Sonnenuntergang machten sie sich auf. Der Weg führte vorbei am Plettenberg, wo die Metallhandwerker siedelten. Trotz der vorgerückten Stunde wurde in einigen Häusern noch gehämmert. Jenseits der Siedlung überquerten sie den Kützelbach und erreichten kurz darauf das Wirtshaus ›Zum Schwarzen Raben‹, eine in der ganzen Stadt gefürchtete Spelunke. Dem Schild nach zu urteilen, musste der ›Schwarze Rabe‹ vormals ›Fette Gans‹ geheißen haben. Bei der Namensänderung war dann die Gans einfach schwarz angemalt worden.

Engelbert ließ absitzen. Zwei Männer seines Gefolges beließ er bei den Pferden, während die beiden anderen Martin und ihn ins Haus begleiteten. Eberhard schlief bereits, und der Rest der Truppe sicherte die Pfalz.

Ganze drei Gäste und der Wirt verloren sich im Schankraum, der gut und gern vierzig bis fünfzig Leuten Platz bot. Die drei waren Friedrich von Isenberg und zwei seiner Männer. Einer der beiden war der Kräftige mit den derben Zügen, den Martin mit dem Kreuz der Flagellanten aus dem Sattel geholt hatte. Seiner Miene war nicht anzusehen, ob er Martin wieder erkannte.

Ohne jede Förmlichkeit nahmen der Erzbischof und sein Knappe am Tisch des Isenbergers Platz, während die beiden Wachen sich einen Tisch weiter niederließen. Kaum saßen sie, tauchte auch schon der frettchenhafte Wirt auf und erkundigte sich kriecherisch nach den Wünschen. Schwarze Haarbüschel sprossen ihm aus Nase und Ohren. Bis auf den Erzbischof bestellten alle Wein.

Martins Haltung war tadellos, obwohl ihm beim Anblick Friedrich von Isenbergs das Herz bis zum Hals schlug. Dem Mörder des Müllers von Angesicht zu Angesicht gegenüberzusitzen forderte von ihm das Äußerste an Selbstbeherrschung. Zu gegenwärtig waren noch immer die schrecklichen Bilder. Glücklicherweise trafen sich ihre Blicke nie.

»Gut, dass Ihr ein Einsehen hattet, Onkel«, sagte Friedrich. »Ich hätte meinen Fuß niemals über die Schwelle Eurer Pfalz gesetzt.«

»Habt Ihr Sorge, ich hätte Euch in den Kerker werfen lassen?«, fragte Engelbert.

»Bei Euch weiß man nie.« Mit seinem Grinsen konnte Friedrich ein Wolfsrudel in Schach halten. »Mein Vater sagte immer, wenn es um Gerechtigkeit geht, ist Euch alles zuzutrauen.«

»Auch er war kein anständiger Mensch, aber er hat sich im Gegensatz zu Euch wenigstens an Verträge gehalten. Insofern wusste man bei ihm, woran man war.«

»Vertragstreue! Solche Spielereien könnt Ihr Euch natürlich erlauben, Ihr seid ja wohlbestallt. Mein Vater hat es sich nicht leisten können, war aber dumm genug, es trotzdem zu tun. Entsprechend dürftig fiel das Erbe aus.«

Der Wirt schleppte die Getränke heran. Nur den Wein schenkte er ein, Wasser einzugießen war offenbar unter seiner Würde. Martin füllte Engelberts Becher, dann kostete er vom Wein. Der Rote war blass und schmeckte wie schon mal getrunken. Das hinderte Friedrich nicht daran, seinen Becher mit einem Zug zu leeren. Der Mann zu seiner Rechten schenkte ihm nach.

»Aus dem vermeintlich törichten Verhalten Eures Vaters habt Ihr dann die Lehre gezogen, dass nur Geld zählt«, sagte Engelbert, nachdem der Wirt sich wieder entfernt hatte. »Das beschafft Ihr Euch zur Not sogar, indem Ihr Euer Amt als Schutzvogt missbraucht.«

Friedrich kübelte auch den Inhalt seines zweiten Bechers weg. »Ihr habt mir keine andere Wahl gelassen. Früher konnte ich meinen Lebensunterhalt bestreiten, indem ich mich an den vorbeiziehenden Händlern schadlos hielt. Aber das habt Ihr bei Androhung des Todes untersagt.«

»Raubrittertum!«, schnaubte Engelbert.

»Nun spielt hier nicht den Heiligen!« Friedrich beugte sich über den Tisch. »Ihr habt es selbst lange genug bunt getrieben. Erst seit Ihr das einträgliche Amt des Erzbischofs bekleidet, wollt Ihr davon nichts mehr wissen. Außerdem habe ich nie einen Händler ausgeraubt. Ich habe Wegezoll erhoben. Als Gegenleistung hatten die Reisenden auf meinem Grund und Boden nichts zu befürchten.«

»Demnächst behauptet Ihr noch, die Leute hätten Euch gedrängt, ihr Geld zu nehmen.«

Friedrich warf die Arme hoch und sank auf seinem Stuhl zurück. »Ihr wollt mich nicht verstehen, scheint mir.«

»Doch, doch«, sagte Engelbert. »Ich verstehe Euch besser, als Ihr denkt. Zum Beispiel könnte Euch nicht schaden, würdet Ihr Eure Lebensart etwas bescheidener gestalten. Ihr seid der einzige mir bekannte Vogt, der eine eigene Pferdezucht und eine Falknerei unterhält. Das sind kostspielige Leidenschaften für einen Mann Eurer Stellung.«

»Das ist es doch nicht«, sagte Friedrich und machte ein Gesicht, als leide er an Sodbrennen. »Ich habe drei Kinder, und alle sind Weiber. Zu allem Überfluss sehen die beiden älteren aus wie Gurken. Was glaubt Ihr, was die mich kosten werden.«

»Ihr wollt mir doch nicht allen Ernstes weismachen, Ihr plündert das Stift, um Euren Töchtern eine ordentliche Mitgift mitgeben zu können«, polterte er. »Wenn Ihr sie nicht unter die Haube bringen könnt, dann steckt sie in ein Kloster.«

»Als ob das umsonst wäre.«

»In jedem Falle billiger.« Engelbert drosselte seine Stimme. »Alles, was Ihr bisher vorgebracht habt, entschuldigt in keiner Weise die Ekel erregenden Übergriffe auf die Ordensfrauen. Was habt Ihr Euch dabei gedacht?«

Friedrich setzte eine schuldbewusste Miene auf.

»Die Männer waren erhitzt«, sagte er. »Vom Wein. Vom Anblick der Schwestern, die sie im Badehaus vorfanden. Ich hatte sie nicht mehr im Griff.«

»Das ist der Preis, wenn man sich zum Anführer einer Meute tollwütiger Hunde macht.«

Isenbergs Männer sahen aus, als hätten sie nicht übel Lust, zum Schwert zu greifen. Im Gegenzug begannen die Wachen am Nebentisch mit den Füßen zu scharren. Auch Martin legte die Hand an seinen Dolch. Er war alles andere als ein Streithammel, aber nach den Wochen und Monaten des Übens hätte er gegen ein gediegenes Hauen und Stechen nichts einzuwenden gehabt. Soweit kam es aber nicht.

»Auch wenn ich es beklage, wir sind vom selben Blut«, sagte Engelbert mit einem Seufzer, dessen Inbrunst erkennen ließ, wie sehr er diesen Umstand bedauerte. »Aus diesem Grund fühle ich mich verpflichtet, noch ein letztes Mal Gnade vor Recht ergehen zu lassen. Eure Vergehen der Vergangenheit werden nicht weiter verfolgt, sofern Ihr die Vogtei zukünftig verwaltet, wie es das Gesetz vorsieht. Darüber hinaus werde ich Euch eine Jahresrente aus meinen eigenen Einkünften aussetzen, damit Ihr in der Lage seid, ein angemessenes Leben zu führen. Jetzt liegt es an Euch.«

Martin traute seinen Ohren nicht. Mit allem hatte er gerechnet, zur Not sogar damit, sein Leben einsetzen zu müssen, und nun das. Wie konnte der Erzbischof Achtung von Kreaturen wie Friedrich von Isenberg erwarten, wenn er sich so nachgiebig zeigte? Das forderte die nächste Schandtat geradezu heraus. Offenbar war Martin sein Unmut anzusehen, denn von Isenbergs Begleiter grinsten hämisch.

Aber auch der Schutzvogt reagierte anders als erwartet. Hier wurde nach Regeln gespielt, die Martin nicht verstand.

»Wie weit wollt Ihr Eure Demütigungen noch treiben?«, schrie Friedrich, wobei sein Speichel wie Gischt über den Tisch sprühte. »Da könnt Ihr mich gleich entmannen lassen. Bisher war ich in der Lage, mir meinen Lebensunterhalt selbst zu verdienen. Als ob ich Almosen aus Eurer Hand annähme!«

Eindeutiger konnte man nicht um Prügel bitten, fand Martin, und hätte Isenberg den Wunsch zu gern erfüllt. Aber hier ging es nicht nach ihm, sondern nach Engelbert. Der Erzbischof blieb gelassen, als hätte ein Hund mit leerer Blase versucht, ihm ans Bein zu pinkeln.

»Wollt Ihr eine gütliche Einigung, oder sucht Ihr den offenen Kampf?«, fragte er seinen Neffen. »Mir scheint, Euch treibt die Sehnsucht, am Galgen zu enden.«

»Wagt es doch«, höhnte Friedrich.

Da sprang Engelbert mit einer Urgewalt und Plötzlichkeit auf, dass selbst Martin erschrak, packte den Tisch, hob ihn an und schleuderte ihn auf Friedrich und seine Männer. Die drei stürzten samt ihrer Bank nach hinten und wurden unter dem Tisch begraben. Ehe sie sich befreien konnten, zog Engelbert sein Schwert und setzte es Friedrich an den Hals.

Martin zog ebenfalls blank und hielt die Hintertür im Auge, während die beiden Wachen den Vordereingang sicherten. Falls dort Männer von Isenbergs lauerten, wagten sie zumindest nicht einzugreifen.

Engelbert sagte keinen Ton, aber in diesem Schweigen lag eine Drohung, wie sie eindringlicher nicht sein konnte. Erst nach einem Zeitraum, der Martin unendlich erschien, ließ der Erzbischof genauso überraschend, wie er angegriffen hatte, wieder von Friedrich ab. Wortlos schob er sein Schwert in die Scheide und verließ den Schankraum. Martin und die beiden Wachen folgten ihm.

*

»Verfluchter Hund!«, schrie Friedrich und befreite sich strampelnd und um sich schlagend von dem Tisch. »Hinterher! Lasst diesen Hundsfott nicht entkommen!«

Nur halbherzig bewegten sich seine Männer in Richtung Eingang, als die Tür zum Nebenraum geöffnet wurde und ein hoch gewachsener Mann in einem purpurnen Gewand heraustrat. Auf sein Zeichen machten die Männer kehrt.

»Ihr habt Eure Rolle hervorragend gespielt, Graf von Isenberg«, sagte der Mann, der das Geschehen durch ein Loch in der Wand beobachtet hatte. »Alle Ehre. Macht jetzt nicht durch eine Unbedachtheit alles zunichte.«

»Ich werde ihn zerfleischen!«, schnaubte Friedrich.

»Das sollt Ihr auch«, sagte Adrian. »Aber erst in drei Tagen.«

Schräg links oberhalb von Kassiopeia, das ist Andromeda«, sagte Eberhard. »Seht Ihr sie? Die schöne und hochmütige Andromeda.«

Martin hatte bereits einen steifen Nacken vom in den Sternenhimmel Starren. Dazu kam die beißende Kälte einer klaren Novembernacht.

»Ihr redet von den Sternen, als seien sie Menschen«, sagte er.

»Für die Griechen waren sie das auch. In ihrer Mythologie war Andromeda die Tochter des äthiopischen Kaisers Kepheus und seiner Frau Kassiopeia. Andromeda muss recht hübsch gewesen sein, aber leider war sie auch sehr von sich eingenommen. Ständig hat sie damit geprahlt, sie sei schöner als die fünfzig Nereiden zusammen.«

»Nereiden?«

»Die Töchter eines göttlichen Meergreises«, sagte Eberhard. »Es ist aber nicht weiter wichtig. Jedenfalls gerieten die Götter über Andromedas aufgeblasenes Getue in Zorn. Um sie zu besänftigen, schmiedete Kepheus seine Tochter an eine Klippe, wo sie einem scheußlichen Ungeheuer preisgegeben war.«

»Wie herzlos. Hat das Vieh sie gefressen?«

»Nein, die Sache ist noch mal gut gegangen. Ein Mann namens Perseus hat Andromeda gerettet, woraufhin Kepheus sie ihm zur Frau gab. Athena, die Lieblingstochter des Zeus, der seinerseits der Göttervater bei den Griechen war, hat sie später alle unter die Sterne versetzt. Da sitzen sie nun für immer und ewig beisammen. Andromeda und Perseus, Kassiopeia und Kepheus.«

Martin hob noch einmal den Kopf.

»Eigentlich eine schöne Vorstellung«, sagte er. »Nach dem Tod als Stern am Himmel zu leuchten. Das hat etwas Tröstliches.«

»Lasst das nur niemanden hören«, sagte Eberhard. »Alles, was ich Euch eben erzählt habe, ist gotteslästerlich. Eine Sage – mehr nicht.«

»Aber eine schöne.«

Es war der dritte und letzte Abend in Soest. Der sternenklare Himmel hatte sie auf die Zinnenmauer zwischen Wartturm und Torhaus der Pfalz gelockt. Der morgige Ritt nach Schwelm bedeutete, dass der endgültige Abschied näher rückte. So waren denn beide ein wenig wehmütig gestimmt.

Vor dem Tor wurde es auf einmal laut. Ein Betrunkener machte Rabatz. Als Eberhard und Martin zwischen den Zinnen nach unten blickten, sahen sie, wer da tobte.

Es war Graf Engelbert.

*

»Trinkt das«, sagte Eberhard zu Engelbert. »Und vor allem seht zu, dass es unten bleibt.«

Die Mischung war abenteuerlich. Als Martin die Zutaten erfuhr, dachte er, das sei das geeignete Gebräu, ein totes Pferd ins Leben zurückzuholen. Laut Eberhard handelte es sich lediglich um eine anerkannte Rezeptur, einen Volltrunkenen nüchtern werden zu lassen.

Der Erzbischof schluckte tapfer, obwohl man ihm ansah, welche Überwindung es ihn kostete. Kaum hatte er den Becher geleert, kam ihm die Brühe wieder hoch. Da er sich den Mund zuhielt, sprudelte sie aus der Nase. In weiteren Schwällen erbrach er dann alles, was er getrunken hatte. Für jemanden, der enthaltsam lebte, war es eine beachtliche Menge.

»So geht es natürlich auch«, sagte Eberhard. »Wenn's auch besser gewesen wäre, er hätte den Trunk bei sich behalten.«

Gemeinsam führten sie Engelbert zu dem bequemsten Sessel, den die kleine Kemenate zu bieten hatte. Als er saß, schoben sie ihn näher an den Kamin.

»Ich besorge ihm eine Decke«, sagte Eberhard. »Gleich wird er anfangen zu frieren.«

Danach sah es angesichts der Schweißperlen auf Engelberts Stirn nicht aus, aber schließlich hatte der Mönch Erfahrung. Während Eberhard unterwegs war, nahm Martin sich einen Stuhl und setzte sich dem Erzbischof rittlings gegenüber. Engelberts Haut war grau, die Haare hingen ihm wirr ins Gesicht. Der Mund stand halb offen, die Lippen waren geschwollen und aufgeplatzt wie bei einem Verdurstenden. Aus leblosen Augen starrte er vor sich hin.

Plötzlich ruckte Engelberts Kopf, und sein Blick wanderte suchend umher. Als er Martin erkannte, blieben seine Augen auf ihm hängen. Er versuchte sich an einem Lächeln, aber es misslang. Mit der Zunge feuchtete er seine Lippen an und hob an, etwas zu sagen, brach aber ab, bevor er auch nur ein einziges Wort gesprochen hatte. Pünktlich, als der Erzbischof zu zittern begann, brachte Eberhard die Decke und legte sie ihm über. Dann zog er sich wieder zurück.

Schweigend saßen sich Engelbert und Martin gegenüber. Da sie sich nichts zu sagen wussten, sahen sie sich auch nicht an. Gemeinsam und doch jeder für sich starrten sie ins Kaminfeuer, als könnten ihnen die Flammen Antworten auf all die ungestellten Fragen geben.

»Ich vermisse deine Mutter«, sagte Engelbert plötzlich.

Obwohl er sehr leise gesprochen hatte, klang der Satz wegen der tiefen Stille zuvor schrill wie ein Schrei. Martin fuhr zusammen. Darauf entgegnen konnte er nichts, dafür wogen die vier Worte zu schwer.

»Ich habe sie all die Jahre vermisst, ohne es zu wissen«, fuhr der Erzbischof nach einer Weile fort. »Das wurde mir erst gewahr, als sie in meinen Armen starb. Ich wollte es ihr noch sagen, aber da war es schon zu spät.«

Martin wartete, bis der letzte Satz verklungen war, dann räusperte er sich behutsam.

»Vielleicht hat sie es gespürt«, sagte er. »Einfach, weil Ihr bei ihr wart.«

Engelbert löste seinen Blick von den Flammen und sah Martin an. »Glaubst du das?«

»Wenn Menschen stark füreinander empfinden, bedarf es nur weniger Worte.«

»Sprichst du von Johanna und dir?«

»Auch.«

Nach einer Pause, die etwa so lange währte, wie eine geübte Magd braucht, ein Huhn zu rupfen, sagte Engelbert: »Hüte dich, denselben Fehler zu machen wie ich.«

»Was meint Ihr?«

»Wenn ich noch einmal die Wahl hätte, würde ich mich für deine Mutter entscheiden und alle Ämter aufgeben.«

Langsam, aber nachdrücklich schüttelte Martin den Kopf. »Das würdet Ihr nicht.«

»Wie?«

»Würde Euch ein Leben als gemeiner Lehnsherr auf einer

unbedeutenden Burg behagen? Mitnichten. Ich habe gesehen, wie Ihr Euren Auftritt vor drei Tagen im Schwarzen Raben genossen habt. Das war pure Macht. Das ist Euer Spiel. Das ist Euer Lebenselixier.«

»Ich glaube, da täuschst du dich.«

»O nein. Dabei zweifle ich nicht an der Aufrichtigkeit Eurer Gefühle für meine Mutter. Aber es hätte kein Jahr gedauert, und Ihr wärt dieses beschaulichen Daseins überdrüssig geworden.«

»Im Gegenteil«, beharrte Engelbert. »Es ist mein derzeitiges Leben, das mir Verdruss bereitet.«

»Nur, weil nicht alles so läuft, wie Ihr es gern hättet, und weil Euch die Zahl Eurer Feinde über den Kopf wächst.«

»Ich bin des Kämpfens so müde.«

»Dann zieht Euch zurück.«

»Das geht nicht. Ich muss meinen Weg gehen. Außerdem – was bliebe mir ohne die Ämter? Deine Mutter ist tot, ich habe niemanden.« Engelbert war so mit sich selbst beschäftigt, dass er nicht merkte, wie verletzend seine Äußerung war. Martin reichte es allmählich. Wie hatte der Müller immer gesagt? Wenn man das Saufen nicht verträgt, soll man es sein lassen.

Er erhob sich von seinem Stuhl, drehte eine Runde durch den Raum und blieb schließlich vor Engelbert stehen.

»Ihr trefft die falschen Entscheidungen, Exzellenz«, sagte er. »Das ist Eure Schwäche.«

»Was erdreistest du dich? Schwingst hier große Reden, dabei ist es noch kein Jahr her, da bist du noch auf einem Maultier geritten.«

Martin wischte den Einwand mit einer Handbewegung weg. »Ihr hättet Friedrich von Isenberg einen Kopf kürzer machen sollen. Er hat es verdient wie kein Zweiter, und gleichzeitig hättet Ihr ein abschreckendes Beispiel für die anderen gesetzt. Eure Nachgiebigkeit führt nur dazu, dass er

Euch bei der nächsten Gelegenheit erneut auf der Nase herumtanzen wird.«

Engelbert stieß ein verächtliches Lachen aus. »Dir geht es doch nur um deine kleinliche Rache für den Tod des Müllers, deinen geliebten Ziehvater. Du begreifst doch überhaupt nicht, in welches Wespennest ich hineinstieße, würde ich den Isenberger einfach töten lassen. Ich habe es dir schon einmal gesagt: Politik erfordert Feingefühl.«

»Es gibt Gelegenheiten, die kommen nicht wieder. Hoffentlich müsst Ihr den verpassten nicht irgendwann einmal nachtrauern.«

»Es geht dich zwar nichts an, aber Friedrich und ich haben heute während der Synodalversammlung auf die Vermittlung des Bischofs von Minden hin vereinbart, am zehnten November zu Köln einen endgültigen Vergleich zu schließen. Wie du siehst, kommt alles ins Lot.«

»Was Ihr Lot nennt, nenne ich eine faule und feige Einigung.«

»Jeden anderen würde ich für eine solche Frechheit auspeitschen lassen«, sagte Engelbert. »Mach, dass du rauskommst.«

Martin zögerte. Er spielte mit dem Gedanken, sich zu entschuldigen, aber Engelbert nahm ihn schon nicht mehr wahr. Die Decke stramm um die Schultern gezogen, starrte der Erzbischof in das langsam niederbrennende Feuer.

Als Martin auf den Wehrgang hinaustrat, war Andromeda hinter einem Vorhang aus Wolken verschwunden. Auch wenn er sie nicht mehr sehen konnte, war es trotzdem schön zu wissen, dass es sie gab.

Die Zusammenstellung des Trosses fand in den Mauern der Pfalz statt. Martin traute seinen Augen nicht, wer sie alles nach Schwelm begleiten wollte. Da war zunächst Bischof Konrad von Dortmund mit einem zehnköpfigen Gefolge. Dann kam Bischof Gernot von Aachen mit seiner Leibwache und schließlich auch noch Frère Canisius, der Abt eines Klosters irgendwo in Lothringen, nebst fünf Ordensbrüdern. Waren sie mit achtzehn Reitern in die Stadt gekommen, verließen sie sie nun mit zweiundvierzig. Und das sollten noch nicht alle sein.

Noch bevor die Gruppe das Jakobitor passiert hatte, sprengte Friedrich von Isenberg mit fünfzehn Mann heran und bat, sich ihnen anschließen zu dürfen. Engelbert hatte nichts dagegen, was Martin ausnahmsweise vernünftig fand, hatten sie auf diese Weise doch den Isenberger im Blick.

Sie hatten gerade den Gerlinger Grund erreicht, als es wie aus Eimern zu schütten begann. Tumultartiges Durcheinander entstand, als jeder seinen Umhang aus den Satteltaschen zerrte und sich überwarf. Auch Martin verlor die Stellung, die er bisher eingenommen hatte, und fand sich plötzlich an der Seite Bischof Konrads von Dortmund wieder.

Der Bischof sah aus, wie Martin sich als Kind Gott vorgestellt hatte. Er war groß und breit, hatte schlohweißes Haar, buschige Brauen und einen Vollbart. Sein Gesicht war Fleisch gewordene Güte. Dabei galt er als furchtloser Schwertkämpfer. Er lenkte sein Pferd dicht an Martins Braunen heran.

»Auf ein Wort, junger Freund«, rief er.

Martin lehnte sich zur Seite. »Was kann ich für Euch tun, Exzellenz?«

»Ich wollte nicht zu Erzbischof Engelbert aufschließen, um Aufsehen zu vermeiden«, sagte der Bischof. »Daher begrüße ich, dass Euch die Umstände zu mir geführt haben.

Vielleicht ist es nicht wichtig, aber die Gerüchte, die in letzter Zeit im Umlauf waren, haben mich doch etwas verunsichert.«

»Was meint Ihr, Exzellenz?«

»Friedrich von Isenberg. Mir wurde zugetragen, er plane, gewaltsam gegen den Erzbischof vorzugehen.«

Martin musste sich ungemein anstrengen, um den Bischof zu verstehen. Zum einen prasselte der Regen ohrenbetäubend auf die Kapuze seines Umhangs, zum anderen nuschelte Konrad, als habe er eine gelähmte Zunge.

»Habt Ihr begründeten Anlass zur Sorge?«, fragte Martin.

»Ich denke, ja. Friedrich war mit mehr als dreißig Männern in der Stadt. Jetzt begleitet ihn nur noch knapp die Hälfte. Wo sind die anderen? Insbesondere, wo ist Heribert von Rückerade, der sonst keinen Schritt von Isenbergs Seite weicht? Ich halte es für möglich, dass sie vorausgeritten sind, um uns aufzulauern.«

»Bei diesem Wetter werden wir keine Spuren finden, die das bestätigen könnten. Andererseits sind wir in der Überzahl. Sie werden es kaum wagen, uns anzugreifen.«

»Nur bis zur Ruhr«, sagte der Bischof und wischte einen dicken Wassertropfen von seiner Nasenspitze. »Da werden uns Bischof Gernot und Frère Canisius mit ihren Männern verlassen und in Richtung Arnsberg reiten.«

Martin dankte dem Bischof und schloss wieder zu seinen Leuten auf. Der Regen fiel so dicht, dass die Sicht gerade mal fünf, sechs Pferdelängen betrug. So erkannte er erst im letzten Augenblick, wer da an Engelberts Seite ritt. Es war der Isenberger höchstpersönlich. Martin zügelte sein Tier und reihte sich neben Eberhard ein.

»Der Herr erlegt mir viele Prüfungen auf«, jammerte der kleine Mönch. »Aber ich gedenke, sie allesamt zu bestehen.«

»Seid doch froh, dass es im Schritt geht«, sagte Martin. »So wird Euer verlängerter Rücken geschont.«

Dann berichtete er ihm vom Verdacht des Dortmunder Bischofs.

»Das würde zu dem Isenberger passen«, sagte Eberhard. »Ein heimtückischer Anschlag, auf so was versteht er sich.«

»Solange sie Seite an Seite reiten, kann ich nicht mit dem Erzbischof sprechen.«

»Es wird sich schon eine Gelegenheit ergeben. Haltet ihn nur im Auge. Ich setze derweil Markus von Mark in Kenntnis.«

Martin fröstelte und spürte, wie der Regen anfing, ihm den Rücken runterzulaufen.

*

Der anhaltende Wolkenbruch hatte die Ruhr in einen reißenden Strom verwandelt. Die Furt, die sie auf dem Hinweg benutzt hatten, war unpassierbar. Man saß ab und beratschlagte, was zu tun sei.

»Ihr reitet am besten auf dieser Seite flussaufwärts bis auf die Höhe von Arnsberg«, sagte Engelbert zu Bischof Gernot. »Dort ist eine Furt, die selbst bei diesem Wasserstand gangbar sein müsste.«

»Und was habt Ihr vor?«, fragte Gernot. »Sicher wäre es ein Umweg für Euch, aber wollt Ihr uns nicht begleiten?«

»Nein, nein. Wir werden unser Glück flussabwärts versuchen. In der Nähe der Lennemündung gibt es eine Stelle, an der man den Fluss durchqueren kann. Wenn wir heute überhaupt noch so weit kommen.«

Nachdem sie sich verabschiedet hatten, nutzte Martin, der die Zügel von drei Pferden hielt – seines eigenen und die der beiden Rösser Engelberts – die Gelegenheit, den Erzbischof anzusprechen. Der wurde zu Martins Verblüffung ärgerlich.

»Gerüchte, nichts als Gerüchte«, sagte er und stieg wieder

in den Sattel. »Bring mir einen handfesten Beweis, und wir schlagen einen anderen Weg ein.«

»Das sollten wir in jedem Fall tun«, sagte Martin. »Nur so können wir sichergehen, dass wir nicht in einen Hinterhalt geraten.«

»Ich reite mit Gott, das ist am sichersten. Aber wenn es dich beruhigt, werde ich meinen Neffen fragen, wo sein Schatten von Rückerade abgeblieben ist.«

Sprach's und setzte sich wieder an die Spitze des Trupps.

*

Noch im Laufe des Vormittags ließ der Regen nach, und sie konnten die verlorene Zeit größtenteils aufholen. Martin hielt sich in Engelberts Nähe auf, brachte aber das Gespräch nicht noch einmal auf den möglichen Hinterhalt.

Gleichzeitig versuchte er, Friedrich von Isenberg im Auge zu behalten. Soweit er es mitbekam, benahm sich der Schutzvogt unauffällig. Vielleicht hatte Engelbert ja Recht, und er gab wirklich zu viel auf Gerüchte.

Die Furt bei der Lennemündung war tatsächlich passierbar. Sicherheitshalber ließ Graf Engelbert ein Seil über den Fluss spannen, aber wirklich notwendig war es nicht. Selbst Eberhard kam ohne Schwierigkeiten hinüber. Am anderen Ufer hielten sie Rast. Das Brot in den Vorratsbeuteln war aufgeweicht und ungenießbar. So erhielt jeder nur ein Stück Speck.

»Habt Ihr mit Markus von Mark gesprochen?«, fragte Martin Eberhard.

»Meine greise Mutter hat mehr Saft in den Knochen als der Kerl«, sagte der Mönch. »Er sagte, solange der Erzbischof ihm keine Anweisung erteile, werde er nichts unternehmen.«

»Er soll ja auch keinen Streit vom Zaun brechen, er soll den Isenberger lediglich im Auge behalten.«

»Dazu braucht er aber eine Anweisung.«

»Mein Gott, was für ein Tor.«

Bischof Konrad gesellte sich zu ihnen. Sein Haar hing ihm strähnig ins Gesicht. Er musste es auseinander schieben wie einen Vorhang. Martin berichtete ihm von der Reaktion des Erzbischofs.

»Ich habe meine Männer zu erhöhter Wachsamkeit angewiesen«, sagte Konrad, als Martin geendet hatte. »Mehr können wir im Augenblick nicht tun. Die Entscheidung liegt beim Erzbischof.«

»Ich beobachte Friedrich von Isenberg auch«, sagte Martin. »Bisher benimmt er sich unverdächtig.«

»Er schon. Aber ist Euch aufgefallen, dass einer seiner Männer, seit wir Soest verlassen haben, nicht ein einziges Mal seinen Helm abgenommen hat?«

»Nein. Wo ist der Mann?«

Der Bischof deutete mit dem Kopf über seine Schulter. »Er lehnt dort drüben an dem großen Findling.«

Martin warf einen Blick in die angegebene Richtung. Der Mann trug einen Topfhelm, der sein Gesicht völlig bedeckte. Auch sonst ließ sich nicht viel über ihn sagen. Er war leidlich groß gewachsen und gekleidet wie alle anderen aus von Isenbergs Gefolge.

Da bemerkte der Mann, dass Martin ihn beobachtete. Anstatt sich abzuwenden, starrte er zurück, wohl wissend, dass er unkenntlich war. Dann warf er den Kopf zurück, als lache er, und wandte sich ab.

Martin spürte, wie sich seine Nackenhaare sträubten.

*

Martin traute sich durchaus zu, hinüberzugehen und den Mann zu zwingen, den Helm abzunehmen. Wer auch immer er war, mit ihm würde er fertig werden. Aber sicher war auch, dass dies eine Kampfansage an von Isenberg wäre, die dieser nicht unbeantwortet lassen würde. Und ob Martin in dem Fall auf Engelbert würde zählen können, war fraglich.

Während er noch mit sich rang, stand plötzlich der Erzbischof vor ihm, warf einen prüfenden Blick zum Himmel und sog vernehmlich Luft ein. Er behauptete stets, er hätte eine Wetternase. Und tatsächlich lag er mit seinen Vorhersagen meistens richtig.

»Die nächste Zeit bleibt es trocken«, sagte er. Mit dem Wetter hatte sich auch seine Laune gebessert. »Also schaffen wir es heute noch bis Schwelm. Aber du solltest mit ein paar Männern vorausreiten und schon mal Quartier machen.«

»Ich würde lieber bei Euch bleiben«, sagte Martin und erzählte von dem Mann mit dem Topfhelm.

Engelbert lachte auf. »Lieb von dir, dass du sich sorgst, aber der Mann ist entstellt. Deshalb nimmt er den Helm nicht ab.«

»Woher wisst Ihr das?«

»Von Friedrich. Bei einem Brand wurde sein Gesicht versengt.«

»Und das glaubt Ihr?«

»Natürlich.« Engelbert verdrehte in gespieltem Unmut die Augen. »Ich habe dir doch gesagt, wir haben vor der versammelten Synode vereinbart, uns in drei Tagen endgültig zu vergleichen. Eine Abkehr davon würde Friedrich im gesamten Reich zum Geächteten machen. Und er würde seinen Ruf niemals derart aufs Spiel setzen.«

»Habt Ihr ihn auch nach dem Verbleib von Rückerades gefragt?«

»Heribert von Rückerade und die übrigen Männer sind in Soest geblieben. Sie haben verdorbenes Fleisch gegessen, und jetzt werden sie von ihren Gedärmen geplagt. In ein paar Tagen kommen sie nach.«

»Das klingt mir alles zu glatt. Und Ihr seid so sorglos.«

»Man muss auch an das Gute glauben können.«

»Aber nicht bei Friedrich von Isenberg.«

»Ich kenne deine Vorbehalte gegen ihn«, sagte Engelbert und legte Martin den Arm um die Schultern. »Und ich teile sie überwiegend. Aber wenn ich wegen jeder möglichen Gefahr einen Umweg reiten würde, bräuchte ich zwei Leben, um an mein Ziel zu gelangen.«

»Ihr habt bei Eurer Machtfülle noch Ziele? Was wollt Ihr denn noch erreichen?«

Engelbert wiegte den Kopf. »Irgendwann wird der Stuhl Petri zu besetzen sein. Ich halte mich für einen geeigneten Kandidaten.«

»Ihr wollt Papst werden?!«

»Nicht so laut. – Erst einmal Kardinal, dann Papst. Warum nicht?«

»Gestern klangt Ihr noch ganz anders. Da spracht Ihr von Verdruss.«

»Gestern ist gestern, und heute ist heute.« Engelbert gab Martin einen Klaps. »Und nun mach dich auf den Weg, mein Sohn. Sonst müssen wir noch auf freiem Feld lagern.«

Erst als Martin im Sattel saß, wurde ihm bewusst, wie Engelbert ihn zum Abschied genannt hatte.

Die Vierergruppe, die vorausritt, um das Nachtlager vorzubereiten, bestand aus Martin, Markus von Mark und zwei weiteren Gardisten.

Martin hätte statt des drögen Markus lieber Eberhard an seiner Seite gehabt, aber der Mönch hätte das Tempo, das sie anschlugen, niemals durchgehalten. Wie im Fluge ritten sie an Hagen vorbei, wo Martins Mutter geboren worden war, und zum Gevelsberg hinauf. Je bergiger das Gelände wurde, desto schmaler wurden die Wege. Zum Schluss blieb ihnen nichts anderes übrig, als hintereinander zu reiten.

Jenseits der Bergkuppe fiel das Gelände leicht ab, und der Weg verengte sich weiter zu einem Hohlweg. Sie mussten ihre Tiere an die Kandare nehmen, denn der Boden war nach dem Regen glitschig. Nur noch im Schritt ging es voran. Beidseits drängte sich dichtes Gebüsch bis an den Wegrand. Dazu war es wegen der eng stehenden Bäume dunkel wie in einer Grotte. Wer sich gern gruselte, war hier richtig. Fehlte nur, dass ihnen ein Luchs auflauerte.

Unerwartet kreuzte ein zweiter Hohlweg, und Martin war unsicher, welche Richtung sie einschlagen sollten. Der bedeckte Himmel ließ keine Orientierung zu. Markus zu fragen war zwecklos, denn der guckte wie ein Schaf bei Gewitter. Also entschied er aus dem Bauch heraus.

Eine Meile weiter riss der Wald plötzlich auf, und vor ihnen lag das Tal der Ennepe. Sie ritten ein Stück flussabwärts, bis sie eine geeignete Stelle zum Übersetzen gefunden hatten. Beim Sprung auf das andere Ufer kam das Pferd eines der Gardisten unglücklich zu Sturz und brach sich beide Vorderläufe. Der Reiter selbst wurde aus dem Sattel geschleudert und prallte mit voller Wucht gegen einen Baumstumpf.

Während der zweite Gardist dem Pferd die Kehle durchschnitt, kümmerten sich Martin und Markus um den Gestürzten. Er schrie wie am Spieß. Aus seinem rechten Unterschenkel ragten Schien- und Wadenbein weiß aus dem Fleisch wie frisch abgeschlagene Äste.

»Da hilft alles nichts«, sagte Martin. »Wir müssen ihn auf ein Pferd setzen. Hier kann er nicht bleiben, sonst wird er zum Fraß der Wölfe.«

Das war leichter gesagt als getan, denn der Mann brüllte

nicht nur, er sträubte sich auch. Martin musste ihm einen Kinnhaken verpassen. Der arme Teufel verlor die Besinnung, und endlich konnten sie ihn quer über den Pferderücken legen.

»Weiter oben im Wald haust ein Köhler«, sagte Markus. »Da kann er bleiben, bis der Tross kommt. Unter unseren Leuten sind einige, die verstehen sich darauf, so etwas zu richten.«

Während der Gardist bei seinem verletzten Kameraden blieb, setzten Martin und Markus den Ritt fort. Da der Weg bergan führte, ließen sie die Pferde Schritt gehen.

»Das ist ein böses Zeichen«, sagte Markus.

»Was meint Ihr?«, fragte Martin.

»Brüche, bei denen die Knochen rausgucken. Da stirbt bald einer.«

»Er wird es schon überleben.«

»Er ja. Aber ein anderer wird daran glauben müssen.«

»Wo habt Ihr denn die Weisheit her?«

»Vor Jahren ist mein Vater die Treppe hinuntergestürzt und hat sich einen offenen Bruch des Arms eingehandelt.« Er machte eine bedeutungsschwere Pause. »Noch in der gleichen Nacht ist meine Mutter gestorben.«

»Das wird ein Zufall gewesen sein, glaubt Ihr nicht?«

»Es gibt keine Zufälle.«

Der Spruch war saublöd. Trotzdem wollte er Martin nicht mehr aus dem Kopf gehen. Mit einem Mal schien er ihm so wahrhaftig wie die Zehn Gebote.

Es gibt keine Zufälle.

Er musste an den Gefolgsmann von Isenbergs denken, der seinen Helm nicht abgesetzt hatte.

Es gibt keine Zufälle.

Martin wusste, dass er den Mann schon einmal gesehen hatte. Er wusste nur nicht, wo, ja, er konnte nicht einmal sagen, woran er ihn erkannt hatte. War es seine Körperhaltung gewesen? Oder die Art, wie er sich bewegt hatte? Oder hatte ihn die hochmütige Kopfbewegung verraten, als er gelacht hatte?

Es gibt keine Zufälle.

Martin fragte Markus, ob ihm der Mann aufgefallen sei.

»Ach der«, sagte Markus. »Sicher. Als ob es gegen die Sarazenen ginge. Nur zum Speckfressen hat er den Eimer abgenommen.«

»Wie? Ihr habt ihn ohne Helm gesehen?«

»Nun ja, mit Helm ist schlecht essen.«

»Er ist entstellt«, sagte Martin, obwohl er im selben Augenblick wusste, dass das nicht stimmte.

»Unfug«, sagte Markus. »Der Kerl sieht ganz gewöhnlich aus. Er hat nur einen unangenehmen Blick.«

Martin war, als werde er bei lebendigem Leib gesotten. Der Mann war der falsche Bettler. Der, vor dem der Hund Angst gehabt hatte. Der, mit dem Heinrich in aller Heimlichkeit gesprochen hatte. Und plötzlich wusste er auch, warum der Mann gelacht hatte.

Er hatte einen Auftrag, und er freute sich darauf, diesen noch heute auszuführen. Und niemand, auch Martin nicht, würde ihn daran hindern können.

Martin riss den Braunen auf der Hinterhand herum und hieb ihm seine Fersen in die Seiten. Auf dem Hinweg hatte er einen Platz gesehen, der geeignet war, einen Anschlag durchzuführen.

Die Kreuzung der Hohlwege.

*

War Graf Engelbert davon überzeugt, dass ihm seitens des Isenbergers keine unmittelbare Gefahr drohte, so hieß das nicht, dass er mit Scheuklappen unterwegs gewesen wäre. Als der Zug sich Mann für Mann den Hohlweg hinab bewegte, waren seine Sinne hellwach. Sollte wider alle Erwartungen doch etwas geschehen, dann hier. Kaum hatte er als einer der Ersten die Stelle erreicht, wo sich die beiden Wege kreuzten, winkte er Friedrich an seine Seite.

»Auf dem weiteren Weg reitet Ihr unmittelbar vor mir«, sagte Engelbert.

»Wieso?« Friedrich guckte beleidigt. »Misstraut Ihr mir etwa?«

Bevor Engelbert antworten konnte, gellte ein Pfiff aus dem Wald, dass einige Pferde hochstiegen. Gleichzeitig hob ein Geheul an, als seien tausend Teufel los. Von allen Seiten brachen Bewaffnete aus dem Gebüsch.

Friedrich zückte sein Schwert und brüllte: »Schlagt ihn nieder, den Räuber, der die Edlen ihres Erbteils beraubt und keinen verschont!«

Engelbert sprang aus dem Sattel seines Zelters und schwang sich auf sein Streitross. Nur auf dem kampferfahrenen Tier würde er eine Chance haben. Kaum saß er im Sattel, spürte er einen stechenden Schmerz. Einer der Angreifer hatte ihm einen Dolch in den linken Oberschenkel gestoßen. Engelbert ritt den Mann nieder, zog das Schwert und stürzte sich auf Friedrich.

»Gott bewahre dich und mich!«, brüllte er. »Er sei Richter zwischen uns!«

Der größte Teil des Trosses steckte im Hohlweg fest. Auf der engen Kreuzung der beiden Wege drängte sich ein Dutzend Reiter, wovon genau die Hälfte zu Engelbert stand. Es waren Konrad von Dortmund, zwei seiner Leibwachen sowie zwei erzbischöfliche Gardisten namens Sebastian und Giso. Die sechs standen von Anfang an auf verlorenem Posten.

Mann gegen Mann hätten sie sich gewiss behaupten können, aber gegen die Angriffe der bewaffneten Kämpfer zu Fuß waren sie machtlos. Wie Ameisen, die über einen Käfer in Rückenlage herfallen, quollen die Angreifer in immer neuen Wellen aus dem Unterholz.

Giso fiel als Erster, von einer Lanze durchbohrt. Dann wurden einem der Leibwächter Konrads beide Unterschenkel abgetrennt, und er stürzte vom Pferd. Als er zwischen die Angreifer fiel, wurde er regelrecht in Stücke geschlagen. Auch den zweiten Leibwächter zerrten sie vom Pferd und zerschmetterten ihm mit einem Morgenstern den Schädel. Die Meute war im Blutrausch.

Das war der Augenblick, in dem Martin heransprengte.

Laut brüllend fuhr er zwischen die Bewaffneten wie eine Sense in ein Kornfeld. Sein Pferd ständig im Kreis drehend verschaffte er sich Raum und schwang sein Schwert nach beiden Seiten. Ein Angreifer nach dem anderen sank zu Boden.

Aus dem Augenwinkel sah Martin, wie Sebastian vom Pferd fiel und niedergemetzelt wurde. Aber er sah auch, dass sowohl Konrad als auch Engelbert sich ausgezeichnet hielten. Mit Hilfe seines erfahrenen Pferdes, das immer wieder auskeilte, hatte der Erzbischof sich Luft verschafft und brachte jetzt Friedrich in arge Bedrängnis.

Plötzlich zwängte sich ein weiterer Reiter durch den Pulk – Heribert von Rückerade. Die eigenen Leute niederreitend lenkte er sein Pferd an Engelberts Seite, richtete sich im Sattel auf und sprang den Erzbischof an. Gemeinsam gingen sie zu Boden.

Engelbert kam schneller wieder auf die Beine, war aber hilflos angesichts der Übermacht um ihn. Ihm wurde die rechte Hand abgeschlagen. Seines Schwertes beraubt, konnte er sich nur noch mit dem Dolch in seiner Linken zur Wehr setzen.

Während sowohl Konrad als auch Martin versuchten, ihm zur Hilfe zu eilen, warf sich einer der Reiterknechte auf den Rücken des Erzbischofs und riss ihn zu Boden.

»Schlagt den Hund tot!«, kreischte von Isenberg.

Ohne an seine eigene Sicherheit zu denken, trieb Martin den Braunen in das tobende Menschenknäuel, das sich gebärdete wie eine Meute Hunde, die einen Eber zerreißt. Wie von Sinnen hieb Martin nach allen Seiten, als sein Pferd plötzlich hochstieg und ausbrach.

Einer der Fußknechte hatte dem Tier einen Spieß in die Flanke gerammt. Der Braune schoss davon, mitten zwischen die Bäume. Martin riss an den Zügeln, aber das Tier war nicht zu halten. Je enger die Bäume standen, desto schneller wurde der Braune. Als Martin abspringen wollte, traf ihn ein tief hängender, doppelt armdicker Ast am Kopf. Ohne seine Kettenkapuze wäre er tot gewesen.

So verlor er nur die Besinnung.

Das Erwachen war schmerzhafter, als geboren zu werden. Martin schlug die Augen auf, und sein ganzer Leib bereitete ihm Pein. Sein Schädel dröhnte, und er spürte Wunden von Stichen und Hieben, von denen er nicht wusste, dass sie ihm zugefügt worden waren. Den rechten Arm konnte er kaum bewegen.

Er lag auf einem Moosbett. Um ihn herum wucherten Farne und Brennnesseln. Hoch über ihm reckten sich kahle Buchenäste wie Hexenfinger in einen schmutzig grauen Himmel. Es war diesig und still. Martin fror.

Es dauerte eine ganze Weile, bis er wieder wusste, was geschehen war. Als die Erinnerung mit einer Hitzewallung zurückkehrte, wollte er aufspringen, aber die Schmerzen hielten ihn am Boden. War das Liegen eine Qual, so war das Aufstehen die reinste Folter.

Nach einiger Zeit schaffte er es, obwohl ihm mehrmals die Sinne zu schwinden drohten. Von Baum zu Baum, sich immer wieder anlehnend, schleppte er sich zurück zu der Stelle, an der sich die Wege kreuzten. Bodennebel lag wie ein Leichentuch über dem Schlachtfeld.

Im Hohlweg türmten sich die Leichname und verstopften ihn wie Unrat eine Abflussrinne. Martin hinkte quer durchs Unterholz.

Eberhard entdeckte er als Ersten. Der kleine Mönch lehnte aufrecht an einem Baum, festgenagelt von einer Lanze. Martin ging zu ihm und drückte ihm die Augen zu.

An einer Buche saß wie schlafend Konrad von Dortmund. Als Martin sich umdrehte, entdeckte er den Erzbischof.

Engelbert lag in einer Lache geronnenen Blutes. Sein Leib war übersät von Verletzungen. Hieb-, Stich- und Schnittwunden reihten sich in unvorstellbarer Dichte aneinander. Sein Schädel war zertrümmert und das Gesicht fast bis zur Unkenntlichkeit zerschlagen.

Martin sank auf die Knie und streckte seine Hand aus. Behutsam strich er über das, was einmal Stirn und Wangen seines Vaters gewesen waren. Sanft, als könne eine zu heftige Berührung dem Toten Schmerzen bereiten. Dann begann er zu weinen.

Er weinte wie einer, der soeben festgestellt hat, dass er der letzte Mensch auf Erden ist.

TEIL 3 – DER BASTARD

Wer auch immer der Reiter war, der sich der Rausmühle näherte, er tat es mit großem Geschick. Er mied den eigentlichen Weg und kam gleich den Hang herunter. Dort standen die Bäume sehr dicht, und entsprechend schlecht einsehbar war das Waldstück. Dazu kam, dass der Mann dunkel gekleidet war und einen Rappen oder zumindest einen Braunen ritt. Nur ab und zu blitzte sein Gesicht als kleiner heller Fleck auf. Zu erkennen, wer er war, war unmöglich. Aber wenigstens schien er allein zu sein.

Martin kletterte auf den Zwischenboden des Stalls und kroch zur Seitenwand. Dort zog er die Keile heraus, entfernte ein Lattenstück und griff zu Pfeil und Bogen. Die entstandene Öffnung diente ihm als Schießscharte, durch die er das gesamte Gelände bis zum Waldrand im Blick hatte. Sobald der Reiter den Schutz der Bäume verließ, würde Martin auf ihn anlegen.

Es dauerte einen Augenblick, bis ihm bewusst wurde, dass er den Reiter aus den Augen verloren hatte. Wo er ihn zuletzt gesehen hatte, rührte sich nichts mehr, und welche Richtung er eingeschlagen hatte, hatte Martin verpasst. Wenn der Kerl schlau war, umging er das offene Gelände und näherte sich der Mühle bachaufwärts. Martin kroch zur Rückwand und spähte durch einen Spalt zwischen zwei Latten. Auf bestimmt hundert Schritte hatte er den Bachlauf im Blick, bis er sich zwischen den Bäumen verlor. Aber da war niemand. Die Sache begann ihm zu missfallen.

Er sprang vom Zwischenboden, durchquerte den Stall und öffnete die Tür einen Spaltbreit. Dabei verfolgte ihn der

Gescheckte, den er neuerdings ritt, mit einem Blick, als habe sich der Pferdemetzger zu Besuch angesagt. Zu sehen war nichts und zu hören noch weniger. Also drückte er die Tür so weit auf, dass er durchpasste, und schlich an der Wand entlang. Er hatte fast die Ecke des Stalls erreicht, als sich plötzlich seine Nackenhaare sträubten.

Ihn befiel das irritierende Gefühl, als würde er von einer einzelnen Person aus einer Menschenmenge heraus angestarrt. Er hatte nichts Verdächtiges gesehen noch gehört noch gerochen, und doch wusste er bestimmt, dass der andere unmittelbar hinter der Ecke stand. Alle seine Sinne waren bis auf das Äußerste geschärft. Jede Faser seines Körpers war angespannt. Langsam zog er den Dolch.

»Martin?«, fragte eine ihm bekannte Stimme leise. »Seid Ihr das?«

Mit einem Seufzer sank Martin gegen die Wand. Am liebsten hätte er gelacht.

»Allerdings«, sagte er. »Seid willkommen, Bodo von Bongard.«

*

Sie saßen unter der Ulme und aßen ein Stück gebratene Lende, das Helene ihrem Mann mitgegeben hatte. Dazu gab es Brot, Käse mit Kümmel und Wein aus dem Lederschlauch.

»Euren Braunen haben wir verendet im Tal der Ennepe gefunden«, sagte Bodo. »Wir befürchteten daher, er hätte Euch irgendwo unterwegs abgeworfen, und Ihr würdet verletzt im Unterholz liegen. Zwei Tage lang haben wir vergeblich den Wald durchkämmt.«

»Ich weiß nicht, wie lange ich an Engelberts Seite gekniet habe«, sagte Martin. »Rückblickend kommt es mir wie eine Ewigkeit vor. Dann hab ich eines der umherirrenden Pferde eingefangen und bin einfach drauflos geritten. Erst als ich hier ankam, hab ich gemerkt, wo ich war. Von dem ganzen Ritt weiß ich nichts mehr, als wäre ich in einer fremden Welt gewesen.«

»Ihr habt Euch verhalten wie ein verwundetes Tier, das seinen Bau aufsucht. Das Pferd ist nicht zufällig ein Schecke?«

»Doch. Wieso?«

»Bischof Konrad von Dortmund vermisst so ein Pferd.«

»Das ist sein Pferd, ich weiß. Aber ich dachte, der Bischof sei tot.«

»Nein, nein, er hat überlebt«, sagte Bodo. »Er war nur eine Zeit lang besinnungslos. Gemeinsam mit einigen Versprengten, die nach und nach zurückkehrten, hat er den Leichnam des Erzbischofs noch am gleichen Abend nach Schwelm und am nächsten Tag nach Burg gebracht. Auf der Burg wurde ihm jedoch auf Geheiß Heinrichs der Einlass verwehrt. Daraufhin ließ Bischof Konrad die sterblichen Überreste nach Altenberg überführen. Auf Bitten von Johanna bin ich noch in der gleichen Nacht mit einigen Männern aufgebrochen, um Euch zu suchen.«

»Das ist wie lange her? Zwei Wochen?«

»Ziemlich genau.«

»Wie geht es Eurer Tochter?«

»Sie befindet sich in Köln, in Obhut der Schwestern des Stifts St. Ursula, die sie schon einmal aufgenommen hatten. Es geht ihr schlecht. Sie ist verzweifelt, da Euer Schicksal ungeklärt ist. Aber sie hat nie die Hoffnung aufgegeben, dass Ihr am Leben seid. Ohne Unterlass hat sie mich gedrängt, zur Rausmühle zu reiten, weil sie Euch hier vermutete. Ich wäre auch schon eher gekommen, hätte ich nur die Zeit gehabt. Aber es hat sich so viel verändert seit dem Tod des Grafen.«

»Ist sein Leichnam noch im Kloster Altenberg?«

Bodo schüttelte den Kopf. »Die Mönche entnahmen dem

Körper nur Herz und Eingeweide und bargen sie in einem Schrein. Anschließend haben sie den Leichnam gekocht, um das Fleisch von den Knochen zu lösen. Die Gebeine wurden dann als Reliquien nach Köln überstellt, wo sie vorläufig im Dom ihre Ruhe gefunden haben.«

»Was heißt vorläufig?«

»Der neue Erzbischof wird sie voraussichtlich mit zum Königstag nach Frankfurt nehmen, damit der König die Acht gegen die Mörder erneuert.«

»Es gibt bereits einen neuen Erzbischof? Das Domkapitel konnte es wohl nicht abwarten.«

»Was die Herren des Kapitels betrifft, mögt Ihr Recht haben. Aber der neue Erzbischof, Heinrich von Müllenark, hat sich als Mann von Charakter erwiesen. Unmittelbar nach seiner Wahl hat er geschworen, den Tod seines Vorgängers zu rächen. Auch hat er umgehend die mittelbar Beteiligten gemaßregelt, wie auch jene, die versucht haben, aus dem Ableben des Erzbischofs Vorteile zu ziehen.«

»Die Limburger und der Klever«, sagte Martin bitter.

»Nicht nur«, sagte Bodo. »Zunächst einmal hat er den Kölner Bürgern seine Huld versagt, weil diese die von Engelbert der Stadt gegebenen Satzungen verbrannt und mit Herzog Walram von Limburg ein Bündnis geschlossen haben. Die Rädelsführer, allen voran Dietrich von der Mühlengassen und die anderen Mitglieder der Patrizierpartei der Weisen, wurden vor ein Gericht zitiert. Wer nicht erschien, dessen Haus wurde dem Erdboden gleichgemacht. So das Heim von der Mühlengassens, der nach Frankreich geflohen ist.«

»Was ist mit Julius von Heyn?«

»Der hatte Glück im Unglück, wenn man so will. Am Tag der Ermordung Engelberts ist er beim Verzehr einer Schweinshaxe an einem Stück Schwarte erstickt und hat sich so der irdischen Gerechtigkeit entzogen.«

»Was ist aus Heinrich von Limburg geworden?«

»Ihm und seinem Vater hat Heinrich von Müllenark die Belehnung mit den kölnischen Lehen verweigert, weil die beiden unmittelbar nach dem Bekanntwerden von Engelberts Ableben dessen Burg Valdenz erobert und zerstört haben. Walram sitzt nun schmollend auf der Limburg, während Heinrich sich nach Burg zurückgezogen hat, wo er sich um seine gramgebeugte Schwester kümmert, die Gemahlin Friedrich von Isenbergs.«

»Ist man Isenbergs habhaft geworden?«

»Nein. Er ist auf der Flucht. Wohin, weiß niemand. Über ihn wie auch die übrigen Tatbeteiligten wurden Acht und Bann verhängt sowie für ihre Ergreifung beachtliche Belohnungen ausgesetzt. Einige seiner Schergen konnten in den letzten Tagen aufgegriffen werden. Sie wurden umgehend aufs Rad geflochten.«

»Der neue Erzbischof legt sich ja mächtig ins Zeug«, sagte Martin. »Meine Anerkennung.«

»Das könnt Ihr ihm persönlich sagen. Er hat mich angewiesen, Euch nach Köln zu bringen, um Euch unter seinen Schutz zu stellen. Ihr seid ein wichtiger Zeuge.«

Martin stand auf, ging zum Stall und kam mit einigen Scheiten Holz zurück. Hier im Tal brach die Nacht schnell herein. Binnen kurzem würde es dunkel sein. Das Holz war nass, und so dauerte es eine Weile, bis Martin das Feuer in Gang brachte.

»Ich bleibe hier«, sagte Martin, als sie wieder saßen. »Dankt dem Erzbischof in meinem Namen für sein Angebot, aber ich muss es ablehnen.«

»Das dürft Ihr nicht. Ihr seid hier draußen in großer Gefahr. Nur der Erzbischof kann Euch den nötigen Schutz bieten.«

»Ich war nie in größerer Gefahr als seinerzeit in Köln oder unterwegs mit Graf Engelbert. Hier, in meinem Tal, fühle ich mich sicher. Und dank der Kenntnisse, die Ihr mir vermittelt habt, kann ich besser denn je auf mich Acht geben.«

»Ich verstehe Euch nicht, Martin. Seid Ihr denn nicht an der Ergreifung der Täter interessiert? Mit Eurer Aussage könntet Ihr dazu einen wertvollen Beitrag leisten.«

»Offenbar versteht Ihr mich wirklich nicht. Ich will mit der Welt da draußen nichts mehr zu tun haben. Ich bin fertig mit all den Spielchen der Mächtigen. Das war nie mein Ding und wird es auch nie werden.«

»Was wollt Ihr denn tun? Wollt Ihr als Einsiedler leben?«

»Vielleicht. Vielleicht baue ich die Mühle wieder auf. Ich weiß es noch nicht. Im Augenblick versuche ich nur, alles zu vergessen.«

»Auch Johanna?«

Martin beobachtete, wie die Flammen an den Scheiten emporzüngelten. Das sah so harmlos aus, und doch würden sie sie letztendlich verzehren.

»Ich liebe Eure Tochter«, sagte er nach einer Weile. »Aber sie ist ein Teil jener Welt, die ich hinter mir gelassen habe. Sie hält es hier im Tal so wenig aus wie ich da draußen. Der Platz, an dem wir zusammen leben könnten, müsste erst noch geschaffen werden.«

»Vielleicht gibt es ihn ja, und ihr habt ihn nur noch nicht gefunden.«

»Diese Hoffnung hab ich nicht.«

Bodo erhob sich etwas mühsam, weil er sich nur mit einem Arm aufstützen konnte und ging zu seinem Pferd. Dort entnahm er der Satteltasche ein Schreiben, das er Martin reichte.

»Den Brief soll ich Euch von Johanna geben«, sagte er und ging zurück zu seinem Rappen. »Ich stelle das Pferd unter und lege mich schlafen, wenn's Euch recht ist.«

»Wie Ihr wollt«, sagte Martin.

Das gerollte Pergament war mit dem Medaillon gesiegelt, das sie stets an ihrer Halskette trug. Als Martin das Siegel erbrach, zitterten seine Hände. Es war aber auch verdammt kalt geworden.

Es war der erste Brief, den er in seinem Leben bekam, und dann handelte es sich gleich um einen Liebesbrief. Er musste ihn drei Mal lesen, bevor er begriff, was sie schrieb, so aufgeregt war er. Dann rollte er ihn zusammen und steckte ihn in sein Wams.

Das Feuer brannte bis tief in die Nacht. So lange blieb Martin wach und grübelte über das, was gewesen war, und das, was sein würde.

Die Hochzeit fand in Groß St. Martin statt. Geleitet wurde die Zeremonie von Erzbischof Heinrich von Müllenark höchstpersönlich. Immerhin war der Bräutigam trotz seiner Jugend stellvertretender Kommandant der erzbischöflichen Garde.

Nach einem Räuspern, das dank der vorzüglichen Akustik der Kirche wie ein Geröllschlag klang, kam der Erzbischof zu den entscheidenden Fragen.

»Wollt Ihr, Martin von Hagen, die neben Euch stehende Johanna von Bongard zur Ehe nehmen, so antwortet mit – hmm – ja.«

»Ja«, sagte Martin, der im ärmellosen Wappenrock der Gardisten mit umgebundenem Schwertgehenk erschienen war.

»Sehr gut – hm. Dann frage ich Euch, Johanna von Bongard: Wollt Ihr den neben Euch stehenden – hm – Martin von Hagen zur Ehe nehmen, so antwortet mit ja.«

»Ja«, sagte Johanna.

Sie hatte für den Tag ein weißes, weit ausgestelltes Gewand mit langen Ärmeln gewählt. Als Kopfbedeckung trug sie ein besticktes Stirnband mit langem Schleier und gemusterter Bordüre. Eine Aufmachung, die sie höchst geheimnisvoll erscheinen ließ. Martin hatte sie deshalb schon seine Sarazenenbraut genannt.

Nach dem eindeutigen »Ja!« atmete der Erzbischof hörbar Luft auf, als hätte er bis zuletzt gefürchtet, einer der beiden könne es sich noch anders überlegen. Dann nestelte er einen Ring aus seinem Ärmel und steckte ihn Johanna an den Finger.

»Hiermit erkläre ich Euch – hm – gemäß dem heiligen Sakrament der Ehe – hm – für Mann und Frau.«

Auf ein diskretes Zeichen von Müllenarks hin setzte Gesang ein. An den Stellen, an denen die Sänger Luft holen mussten, hörte man das Schluchzen Helene von Bongards.

Noch lieber als in St. Martin wären Martin und Johanna im Dom getraut worden, aber ihre Bitte war abschlägig beschieden worden. Trotz aller Verdienste, die Martin sich nun schon erworben hatte, war ihm vom Domkapitel die Sache mit den eingeworfenen Fenstern noch immer nicht verziehen worden.

Im Anschluss an die Zeremonie ging man zu dem für die meisten Gäste wichtigeren Teil über, der im Speisesaal des erzbischöflichen Palastes stattfand.

Zunächst hatte Martin geplant, in einem der großen Wirtshäuser zu feiern, aber der Erzbischof hatte ihm den Speisesaal angeboten. Der Weg von St. Martin zum Palast war nicht weit, was die meisten Gäste bei dem höchst ungemütlichen Februarwetter zu schätzen wussten, und außerdem ließ sich der Saal vorzüglich beheizen.

Darüber hinaus standen Martin die erstklassige Küche

und die flinke Bedienung unter der Leitung von Stephan dem Stummen zur Verfügung. Eigentlich war alles wie früher.

Nur dass Engelbert, Eberhard, Thietmar und all die anderen fehlten.

*

»Ich bin heilfroh, dass ihr nicht einfach eine Friedelehe führt«, sagte Bodo von Bongard. »Ich glaube, Helene hätte schwer daran zu knabbern gehabt.«

Das ›L‹ und hin und wieder auch das ›R‹ fehlten in seiner Aussprache, was nach sechs Krügen Wein – und es war nicht der schlechteste – aber kein Wunder war. Mitternacht war nicht mehr fern, und das Gelage neigte sich langsam seinem Ende zu. Die Ersten lagen unter den Tischen und schnarchten. Abgesehen davon war das allgemeine Benehmen recht manierlich, wohl auch, weil die Anweisung an die Diener ergangen war, jeden Pöbler an die Luft zu setzen. Was das bei Schneetreiben und eisigen Temperaturen hieß, konnte sich jeder ausmalen.

Zu dieser vorgerückten Stunde hatte Bodo Martin auf ein Wort unter vier Augen gebeten. Um ungestört zu sein, hatten sie sich in einen der Nebenräume zurückgezogen. Erst hier merkte man, wie überheizt der Speisesaal war.

»Erzbischof Heinrich auch«, sagte Martin. »Eine Ehe ohne seinen Segen hätte mich gewiss die Stellung und die Dienstwohnung gekostet, und wir hätten zurück ins Eifgental gemusst.«

»Fürwahr. Eigentlich muss man dem Herrn dafür danken, wie alles gekommen ist. Auch wenn der Tod des Grafen Engelbert ein entsetzlicher Verlust ist.«

»Macht Heinrich Euch das Leben so schwer?«

»Nicht schwerer, als ich erwartet habe. Solange sein Weib

Irmgard ihre Hand über uns hält, kommen Helene und ich zurecht.«

»Das hätte ich Irmgard gar nicht zugetraut.«

»Sie hat ihrem Mann nicht verziehen, dass er – wenn auch nur mittelbar – an der Ermordung ihres Onkels beteiligt war. Auch wenn sie dadurch endlich ihr Erbe antreten konnte.«

Es folgte eine Pause, in der beide Erinnerungen nachhingen an eine Zeit, wie sie so nie wieder kommen würde. Martin fand als Erster zurück in die Gegenwart. Vielleicht, weil er jünger war, vielleicht, weil er weniger getrunken hatte.

»Ist Euch zu Ohren gekommen, ob Heinrich seit jenen Novembertagen noch in Verbindung zu Friedrich von Isenberg steht?«, fragte er.

Bodo war anzusehen, dass ihm die Frage Unbehagen bereitete. Da Martin nicht weiter in ihn dringen wollte, öffnete er das Fenster und sah dem Schneetreiben zu. Dichte Flocken, groß wie Münzen, fielen herab. Morgen Früh würde alles zugeschneit sein.

»Ich weiß es nicht«, sagte Bodo, als Martin fast schon nicht mehr damit gerechnet hatte. »Das schwöre ich bei meinem verlorenen Arm. Ich bin mir aber nicht sicher, ob ich Euch auch dann die Wahrheit sagen würde, wenn ich von einer solchen Verbindung wüsste.«

Martin schloss das Fenster. Es klemmte, und er musste den Flügel anheben.

»Fürchtet Ihr, ich könnte alles stehen und liegen lassen und losreiten, um Rache zu nehmen?«

»Niemand könnte Euch deswegen einen Vorwurf machen.« Bodos vom Wein unsteter Blick wurde auf einmal ruhig. »Aber Ihr habt mein einzig Fleisch und Blut gefreit. Wer würde Johanna beschützen, stieße Euch etwas zu? Ich kann es nicht mehr, bin ich selbst von Gnade abhängig. Und Verwandte haben wir nicht. Ihr bliebe nur der Eintritt in ein armseliges Stift. Und das ist ein Leben, das ich meiner Tochter nicht wünsche.«

»Wisst Ihr, was ich merkwürdig finde? Ich glaube, würde ich heute erfahren, wo Friedrich von Isenberg sich aufhält, behielte ich kühlen Kopf und würde warten, bis er dingfest gemacht und abgeurteilt wäre. Aber wirklich sicher bin ich mir dessen nicht. Deshalb bedaure ich nicht, dass Ihr keine Neuigkeiten habt.«

Die Tür flog auf, und Johanna und Helene traten ein.

»Da seid ihr ja«, sagte Helene. »Wir hatten schon befürchtet, die Diener hätten euch wegen ungebührlichen Benehmens an die Luft gesetzt.«

»Darf man nicht einmal mehr ein Gespräch unter Männern führen?«, brummte Bodo.

»Worüber habt ihr euch denn unterhalten?«

»Bodo äußerte, Ihr seid froh, dass Johanna und ich keine Friedelehe führen, sondern uns den kirchlichen Segen geholt haben.«

»So ist es«, sagte Helene und strahlte über ihre geröteten Wangen. Den einen oder anderen Becher hatte auch sie geleert. »Aber eine Ehe in Keuschheit braucht ihr auch nicht zu führen.«

»Dafür wäre es auch schon zu spät«, sagte Johanna, zwinkerte Martin zu und strich sich über den Bauch. »Im Juli ist es soweit. Wenn es ein Knabe wird, lassen wir ihn auf den Namen Engelbert taufen.«

Angeblich lag auf der Spitze des Monte Terminillo nordöstlich von Rieti Schnee. Unten im Tal regnete es bloß. Aber das seit drei Monaten ohne nennenswerte Unterbrechung.

Als Folge hatte es vor zwei Wochen einen Erdrutsch gegeben, der den Palazzo, der unmittelbar neben dem des Papstes lag, weggerissen hatte. Zwölf Menschen waren dabei ums Leben gekommen, und seitdem hatte Seine Heiligkeit nicht mehr richtig geschlafen. Die ersten Tage nach dem Unglück war er nachts in voller Montur durchs Haus gelaufen, wachsam wie ein Erdhörnchen, ständig horchend, ob der Berg sich rührte, und jederzeit bereit, aus dem nächstbesten Fenster zu klettern.

Das hatte er nicht lange durchgehalten, zumal er nur wenig feste Nahrung zu sich nahm. Er erlitt einen Schwächeanfall und stürzte die Stufen zur Halle hinunter. Erstaunlicherweise kugelte er sich dabei nur die Schulter aus und handelte sich eine Beule am Hinterkopf ein. Seitdem lag er im Bett, haderte mit Gott und der Welt und betete für besseres Wetter.

*

»Guten Morgen, Eure Heiligkeit«, rief Hugolinus fröhlich, als er das päpstliche Schlafgemach betrat. »Ich bringe gute Neuigkeiten.«

Honorius saß mit von Albträumen verwirrtem Gesicht aufrecht im Bett.

»Der Koch ist tot«, sagte er ohne rechten Glauben.

»Viel besser.« Hugolinus räumte Albe, Dalmatika, Gürtel, Stola und was der Papst tagsüber sonst so trug, aus dem Lehnstuhl, warf die Sachen aufs Bett und setzte sich. »Was glaubt Ihr, wer zurückgetreten ist?«

Honorius hob die schmalen Schultern und blies die Backen auf. »Keine Ahnung. Der Kaiser?«

»Dann wäre ich wohl kaum in derart guter Stimmung. Mit Friedrich sind wir doch derzeit verbündet.«

»Davon weiß ich nichts.«

»Ich habe es Euch erst letzte Woche erzählt.«

»Das wüsste ich.«

»Nun gut, lassen wir das.« Hugolinus räusperte sich. »Parentius ist zurückgetreten.«

»Wer?«

»Parentius, Euer ärgster Feind im Senat. Er hat seinen Platz geräumt.«

»Ach so, Parentius«, sagte Honorius und spielte mit den Falten seiner Bettdecke. »Das weiß ich schon.«

»Was?«

»Livio, mein Kammerdiener, hat es mir erzählt, als er mich geweckt hat. Im Palazzo rede man von nichts anderem, sagte er.«

»Und ich dachte, ich sei der Erste, der Euch diese freudige Mitteilung macht«, sagte Hugolinus mit säuerlicher Miene. Dazu saß er so aufrecht, als habe er ein Schwert veschluckt. »Hat Euch Livio auch erzählt, wer Parentius' Nachfolger ist?«

»Irgendein Angelo de sowieso. Ich hab den Namen vergessen.«

»Angelo de B-e-n-i-n-c-a-s-a. Ihr solltet Euch den Namen besser merken, Eure Heiligkeit. Der Mann befürwortet Eure Rückkehr nach Rom.« Es dauerte in etwa so lange, wie ein mittelmäßig intelligenter Mensch benötigt, um ein zehnzeiliges Gedicht auswendig zu lernen, bis Honorius die Bedeutung dessen begriff, was der Kardinal gesagt hatte. Dann erhellten sich seine Züge zaghaft, als gehe die Sonne unter Vorbehalt auf. Er sagte aber nichts.

»Ihr erinnert Euch doch an Rom?«, fragte Hugolinus besorgt. »Die große Stadt am Tiber mit den vielen Kirchen.«

»Natürlich erinnere ich mich an Rom«, blaffte der Papst. »Was soll das? Haltet Ihr mich für vertrottelt?«

»Ihr wisst genau, dass ich mir das niemals erlauben würde. Eure Reaktion war nur so verhalten, dass ich …«

»Ja?«

»Nichts.« Hugolinus winkte ab. »Wirklich nichts.«

Honorius äugte misstrauisch. »Die Sache hat doch einen Haken, stimmt's?«

»Wie meint Ihr das?«

»Man lässt mich doch nicht so mir nichts dir nichts zurück in die Heilige Stadt.«

»Doch. Kaiser Friedrich hat zwischen uns und dem Senat vermittelt. Alles ist geregelt, man freut sich auf Euch. Und wenn es nicht gerade regnet, wird man Euch einen schönen Empfang bereiten.«

»Wird man mir auch huldigen?«

»Nun ja … Für den Anfang solltet Ihr vielleicht nicht zu viel erwarten.«

»Das hat er bestimmt nicht umsonst getan.«

»Wer hat –?«

»Friedrich. Was hat er dafür verlangt, dass er den Vermittler spielt?«

»Was soll er verlangt haben? Er weiß, dass unsere Kassen leer sind.« Honorius schlug ärgerlich durch die Luft wie ein Kind nach einem Löffel Lebertran. »Ihr wisst genau, dass ich nicht von Geld rede. Was ist mit seinem Gelöbnis, gen Jerusalem zu ziehen?«

»Es existiert nach wie vor. Es wurde sogar erneuert.«

»Was gab es da zu erneuern?«

»Friedrich bat um Aufschub, den ich ihm gewährt habe.«

»Ihr? Bis wann?«

»Laut seinem neuen Gelöbnis wird er im August nächsten Jahres antreten. Falls nicht, dürft Ihr ihn exkommunizieren.«

»Seid Ihr wahnsinnig?«, kläffte der Papst. »Wie konntet Ihr es wagen, eigenmächtig solch eine Entscheidung zu treffen? – Schaut mir gefälligst in die Augen.«

Das tat Hugolinus, und zwar so bösartig und drohend, dass Seine Heiligkeit es mit der Angst zu tun bekam.

»Was starrt Ihr mich so an?«

»Ich bin es ein für alle Mal leid«, knurrte Hugolinus. »Während Ihr im Bett liegt und Euch wegen dieses albernen Bergs hinter dem Haus graust, schufte ich Tag und Nacht, um einen Weg zu finden, wie wir nach Rom zurückkehren können. Endlich, nach Monaten diplomatischer Schwerstarbeit, gelingt mir dies zu einem vertretbaren Preis, und was macht Ihr? Ihr meckert.«

»Ihr hättet mich fragen müssen«, sagte Honorius trotzig.

»Hättet Ihr etwa einem Aufschub zugestimmt?«

»Nein. Selbstverständlich nicht.«

»Da habt Ihr es. Deshalb habe ich Euch nicht gefragt. Sonst säßen wir in zehn Jahren noch hier.«

Lange Zeit schwiegen sie verdrießlich. Keiner wollte zugeben, dass der andere auch Recht hatte. Schließlich war es Seine Heiligkeit, die einen Annäherungsversuch unternahm.

»Wann reisen wir?«, fragte er leise.

»Nächste Woche«, gab Hugolinus noch immer schmollend zurück. »Ach, dann kommen wir ja rechtzeitig zur Blüte des spanischen Flieders.«

»Der blüht erst im April.«

»Nein, da irrt Ihr Euch, mein lieber Hugolinus. Im März. Pünktlich zu Beginn des Frühlings.«

»Wenn Ihr meint.«

»Allerdings. Da fällt mir noch was ein: Ich bat Euch doch, in Erfahrung zu bringen, ob es Neuigkeiten bezüglich der Ergreifung des Mörders von Erzbischof Engelbert gibt. Konntet Ihr etwas erreichen?«

Hugolinus warf die Arme hoch und seufzte. »Leider nein. Man ist ja hier in Rieti wie abgeschnitten von allem. Sobald wir nach Rom zurückgekehrt sind, werde ich mich darum kümmern.«

»Schade um Engelbert«, sagte Honorius. »Wirklich schade. Ein tüchtiger Mann. Ihn hätte ich mir gut als meinen Nachfolger vorstellen können.«

»Der Mann war nicht einmal Kardinal, Eure Heiligkeit!«

»Dann hätte ich ihn eben dazu ernannt. So was geht von Montag auf Dienstag.« Als er Hugolinus' entsetzten Blick gewahrte, fügte er hinzu: »Keine Angst, Kardinal. Lieb, dass Ihr Euch um mein Wohlbefinden sorgt, aber so weit ist es noch lange nicht. Ein paar Jährchen gedenke ich noch durchzuhalten.«

»Auch das noch.«

»Wie meint Ihr?«

»Nichts«, sagte Hugolinus. »Ich hatte nur was im Hals.«

*

Am Abend vor ihrer Abreise stürzte der Koch die Kellertreppe hinab und brach sich ein Bein. Angeblich hatte ihn jemand geschubst, nur konnte nicht ermittelt werden, wer.

Später erzählte einer der Diener hinter vorgehaltener Hand, er hätte unmittelbar nach dem Sturz des Kochs seltsame Geräusche aus der Küche vernommen. Als er durch das Schlüsselloch gespäht habe, hätte er Seine Heiligkeit gesehen, wie sie schenkelklopfend um den Tisch getanzt sei.

Niemand glaubte ihm.

»Der Hengst hat einen Ramskopf«, sagte Mathias von Röttgen. Als erzbischöflicher Stallmeister war er zuständig für sämtliche Vierbeiner der Gardisten. Mathias war klein, schmächtig, vom vielen Reiten o-beinig und hatte weniger Haare auf dem Kopf als ein Neugeborenes. Aber mit Pferden konnte er umgehen wie kein Zweiter.

»Trotzdem ist er das schnellste Pferd, das ich je geritten habe«, sagte Martin und tätschelte den Hals des Hengstes. »Und dazu gutmütig.«

»Ich weiß nicht. In Eurer Stellung mit so einem missgebildeten Gaul daherzukommen. Die anderen werden Euch nicht für voll nehmen.«

»Bis sie das erste Wettreiten verloren haben. Ich behalte den Burschen.«

»Dann nehmt wenigstens zum Paradieren den Schimmel.«

»Einverstanden«, sagte Martin, wendete das Pferd und jagte mit ihm noch einmal über die Felder.

Sie befanden sich nördlich von Köln, außerhalb der Stadtmauern, an der Straße nach Worringen. Das Gelände zwischen der Straße und dem Strom war eben und weitläufig, also bestens geeignet, um angebotene Tiere zu prüfen, neu erworbene zuzureiten oder den Kampf zu Ross zu üben. Obwohl es nicht seine Aufgabe war, war Martin fast immer dabei.

Das hing nur bedingt mit seiner Liebe zu Pferden zusammen. Mehr hatte es damit zu tun, dass er jede Gelegenheit nutzte, aus der Stadt rauszukommen. Er wohnte jetzt schon fast ein Jahr in Köln und hatte sich noch immer nicht daran gewöhnt. Er vermisste seine Berge und Wälder, wofür ihm die platte Gegend zwischen Köln und Neuss auch nur ein unvollkommener Ersatz sein konnte. Aber besser als das Gedränge und der Gestank in der Stadt war es allemal.

Im Gegensatz zu ihm genoss Johanna es, in der Stadt zu leben. Sie faszinierte es noch immer, über die Märkte zu laufen, die Auslagen der vielen Stände zu bestaunen, Neues zu entdecken und jederzeit über ein Angebot verfügen zu können, vom dem sie vor anderthalb Jahren noch nicht einmal gewusst hatte, dass es überhaupt existierte. Daran hatte auch die Geburt von Klein Engelbert vor vier Monaten wenig geändert, der übrigens weder seinem Vater noch seinem Namensgeber ähnlich sah, sondern ganz nach seiner Mutter schlug.

Als Martin zurückkam, hatte Mathias Gesellschaft bekommen, einen Boten aus dem erzbischöflichen Palast. Der Mann schien das Reiten nicht gewohnt zu sein, denn er war mehr außer Puste als sein Pferd.

»Ihr sollt Euch umgehend bei seiner Exzellenz melden«, hechelte er. »Es ist dringend.«

»Ich bin schon unterwegs«, rief Martin, drückte dem Pferd die Fersen in die Flanken und stob davon.

»So könnt Ihr doch nicht in die Stadt reiten«, rief Mathias ihm hinterher. »Mit einem Ramskopf.«

*

Heinrich von Müllenark, der bereits gewählte, aber noch nicht geweihte Erzbischof zu Köln, war ein mittelgroßer, hühnerbrüstiger Mann, der nur deshalb so verdrießlich guckte, weil er unter einer lästigen Blasenschwäche litt. Keine halbe Stunde überstand er, ohne Wasser abzuschlagen. Zwar kamen meist nur ein paar Tröpfchen, aber die konnte er einfach nicht halten. Ein Problem, das ihn nachts bis zu sechs Mal aus den Federn trieb. In der Folge war er tagsüber müde, fahrig und unkonzentriert. Da er außerdem ausgesprochen kleinlich war, war die Zusammenarbeit mit ihm nicht immer leicht.

»Exzellenz, Ihr habt mich rufen lassen?«, fragte Martin beim Betreten des erzbischöflichen Arbeitszimmers und machte gleich große Augen.

Der Erzbischof saß wie gewohnt an seinem Arbeitstisch, hatte aber den rechten Fuß auf die Tischplatte gelegt und mit einem Tuch bedeckt. Dazu machte er ein Gesicht, als stochere jemand mit einem glühenden Kamineisen in seinen Eingeweiden.

»Setzt Euch, setzt Euch«, sagte er. »Den Fuß dürft Ihr gar nicht beachten. So mach ich es auch.«

»Was ist geschehen?«, fragte Martin, während er sich auf einem der Stühle vor dem Tisch niederließ. »Ist er verstaucht?«

»Schlimmer.«

»Gebrochen?«

»Viel schlimmer.«

»Ist er noch dran?«

»Natürlich, sonst hätte ich ja nicht solche Schmerzen. Seht ihn Euch ruhig an.«

Martin stand auf und lüftete das Tuch. Ein schöner Fuß war das nie gewesen, was da zum Vorschein kam, aber jetzt sah er übel aus. Alle Zehen außer dem großen waren geschwollen und blauschwarz verfärbt.

»Das ist ja entsetzlich«, sagte Martin. »Wie ist das passiert?«

»Deckt ihn wieder zu, ich mag ihn gar nicht sehen«, sagte Heinrich von Müllenark. »Die Bibel war's.«

»Die Bibel?«

»Ich pflege abends immer im Sessel sitzend in der Heiligen Schrift zu lesen. Gestern bin ich dabei eingenickt. Plötzlich schreckte ich hoch, weil mich ein dringendes Bedürfnis überkam, und sprang auf. Da ist mir die Bibel vom Schoß gerutscht und auf die Zehen gefallen.«

»Habt Ihr den Fuß gekühlt?«

»Nein. Wieso?«

»Am besten stellt Ihr ihn in eine Schüssel mit Wasser, das frisch aus dem Brunnen kommt. Je kälter, desto besser. Dann geht die Schwellung zurück, und die Schmerzen lassen nach. Nach dem Abtrocknen müsst Ihr die Zehen mit Kamillenöl einreiben. Sonst lösen sich die Nägel ab.«

»Gütiger Himmel«, stöhnte Heinrich und guckte so entsetzt, als habe Martin ihm den nahen Tod geweissagt. »Aber sagt, woher wisst Ihr das?«

»Das hat mich ein inzwischen verstorbener Freund gelehrt.«

»Oh – hm – wie bedauerlich. Dass er verstorben ist, natürlich.«

»Soll ich Euch Wasser und Öl holen?«

»Nein, nein, das machen wir später. Ich halte das schon so lange aus, nun geht es auch noch einen Augenblick länger. Nehmt wieder Platz. Ich habe Euch etwas Wichtiges mitzuteilen.«

Martin deckte den Fuß wieder zu, damit er ihn nicht die ganze Zeit vor der Nase hatte, und tat, wie ihm geheißen.

Der Erzbischof stützte die Ellbogen auf und legte die Fingerspitzen zu einem Dachstuhl zusammen, über dessen imaginären Firstbalken hinweg er Martin anblickte.

»Gerade einmal vier Tage ist es her, dass sich der Todestag meines hoch geschätzten Vorgängers Engelbert des Ersten jährte, da trifft in aller Herrgottsfrühe ein Bote mit einer für uns alle sehr erfreulichen Meldung ein«, sagte er und schnalzte mit der Zunge. »Gestern wurde Friedrich Graf von Isenberg gefangen genommen.«

Die Nachricht traf Martin so unerwartet wie eine Backpfeife im Schlaf. Er war froh, dass er saß.

»Ihr seid überrascht«, sagte Heinrich. »Ich sehe es Euch an.«

»Allerdings«, sagte Martin. »Ich muss ehrlich sagen, dass ich damit nicht mehr gerechnet hatte.«

»Gottes Mühlen mahlen langsam, aber dafür umso gründlicher. Niemand entgeht seiner verdienten Strafe.«

»Wo wurde er gefangen genommen? Und von wem?«

»In der Nähe von Lüttich, sagte ich das nicht? – Wir haben es der Aufmerksamkeit Ritter Balduins von Gennep zu verdanken, dass die drei Isenberger aufgegriffen wurden.«

»Gleich drei?«

»Friedrich war in Begleitung seiner Brüder Engelbert und Dietrich, die Bischöfe von Osnabrück und Münster, als er gefangen genommen wurde. Die drei befanden sich auf der Rückreise von Rom.«

»Was wollten sie denn da?«

»Das entzieht sich meiner Kenntnis. Aber morgen werden wir es wissen.«

»Sonst wurde niemand aufgegriffen?«

»Wen meint Ihr?«

»Einen weiteren Komplizen.«

»Davon ist mir nichts bekannt. Wie kommt Ihr darauf?«

»Es war nur ein Gedanke. Werden sie überstellt?«

»So ähnlich. Ihr werdet sie holen.«

Am liebsten hätte Martin den Auftrag abgelehnt. Aber er wusste, dass das nicht möglich war.

»Wenn Ihr geht, wird Euch mein Sekretär zweitausend Mark auszahlen. Das ist die Belohnung, die Ritter Balduin sich verdient hat. Das Geld übergebt Ihr und bringt den Verbrecher und seine Brüder unverzüglich nach Köln.«

Heinrich sah Martin eindringlich an. »Ich kann mich doch darauf verlassen, dass Ihr ihn nicht lynchen werdet?«

Martin ließ sich Zeit, bis er Antwort gab.

»Ihr habt mein Wort, Exzellenz«, sagte er.

*

Während Martin das Feuer im Herd schürte, saß Johanna am Küchentisch und legte Klein Engelbert an ihre Brust. Lautstark begann der Kleine zu saugen.

»Dieser Mann schwebt über unserem Glück wie eine schwarze Wolke«, sagte sie. »In einigen Tagen wird es vorbei sein, und darüber bin ich sehr froh.«

Martin legte das Schüreisen zu Seite, schloss die Feuerklappe, ging zu ihr und setzte sich auf die Tischkante. Zarter Flaum bedeckte den Kopf des Jungen. Hellblond, wie das Haar seiner Mutter. Martin fuhr mit den Fingerspitzen darüber.

»Zwei Väter hatte ich, und beide hat dieser Mann getötet«, sagte er. »Zwischenzeitlich dachte ich, ich hätte den Hass überwunden. Aber ich hatte ihn nur verdrängt. Jetzt ist alles wieder da.«

»Ich weiß, dass es nicht einfach ist, aber du musst stark sein, Martin. Rede dir ein, du würdest einen beliebigen anderen abholen. Vielleicht hilft dir das.«

Martin beugte sich hinab und küsste sie auf die Stirn.

»Du hast Recht«, sagte er. »Morgen abend bin ich wieder da, und dann ist alles vorbei.«

Friedrich von Isenberg war ein abschreckendes Beispiel dafür, was zwölf Monate Flucht durch fremder Herren Länder aus einem Menschen machen können. Aus dem einst kaltschnäuzigen Fiesling war ein schreckhaftes Nervenbündel geworden.

Sein Blick flackerte wie der eines gehetzten Tieres, und an den Winkeln seines Mundes, den er früher so höhnisch zu verziehen verstanden hatte, zerrte ein Zucken, das nicht mehr enden wollte. Er hatte erheblich an Gewicht verloren, und ihm schlabberte nicht nur sein Gewand um die Knochen, auch der Helm rutschte ihm ständig über die Augen. Der Isenberger konnte nicht einmal mehr einem Karnickel Angst einjagen.

Seine beiden Brüder waren in eindeutig besserer körperlicher Verfassung. Aber sie lagen ja auch nicht in Ketten und hatten keine Prügel bezogen. Trotzdem war ihnen anzusehen, dass auch sie ihre Zukunft bereits hinter sich hatten. Ein zufällig in Lüttich anwesender päpstlicher Legat hatte sie kurzerhand suspendiert. Ohne Bischofstitel waren sie wieder ganz gewöhnliche Isenberger, und auf den Namen gab es derzeit im gesamten Reich nicht einmal ein Stück Brot umsonst. Ihre Aussichten waren mehr als düster, und genauso guckten sie.

Die Überstellung nach Köln am nächsten Tag ging problemlos vonstatten, sah man vom Nebel ab, der teilweise so dicht war, dass sie Schritt reiten mussten. Aber schließlich war Nebelung, der Monat des Nebelmondes. So erreichten sie die Domstadt nicht wie vorgesehen bei Tageslicht, sondern erst tief in der Nacht.

Diese Strapazen und dazu das jämmerliche Bild, das Friedrich abgab, ließen in Martin Rachegelüste gar nicht erst aufkommen.

Erst als er im Bett lag, merkte er, wie sehr ihm die Sache an die Nieren ging. Obwohl er hundemüde war, bekam er kein Auge zu.

*

Das große Spektakel fand am Mittag des folgenden Tages statt. Friedrich von Isenberg wurde vom erzbischöflichen Palast, wo er die Nacht im Verlies verbracht hatte, quer durch die Stadt bis vors Severinstor geführt.

Obwohl es nieselte und ungemütlich kalt war, waren

sämtliche Einwohner Kölns auf den Beinen und säumten die Straßen. Martin und seine Männer hatten alle Hände voll zu tun, den Weg zu sichern. Zwar war der überwiegende Teil der Gaffer friedfertig und beschränkte sich darauf, den Isenberger zu beschimpfen. Aber es gab auch eine ganze Reihe von Pöblern, die versuchten, ihn zu bespeien, mit Unrat und Steinen zu bewerfen oder ihm an den Kragen zu gehen. Mehr als einmal musste Martin von der Knute Gebrauch machen.

Vor dem Tor befand sich bereits eine dicht gedrängte Menschenmenge. Zum Teil hatten sich die Leute gleich nach Sonnenaufgang auf den Weg gemacht, um sich die besten Plätze zu sichern. Ein pfiffiger Wirt, der sonst eine Kneipe am Alter Markt betrieb, hatte eine Feuerstelle eingerichtet und einen provisorischen Schanktisch aufgebaut, wo er gebratenes Fleisch vom Spieß und Bier verkaufte. So wie er dreinblickte, machte er gerade das Geschäft seines Lebens.

Mitten aus der Menschenmenge ragte die hohe gemauerte Säule, auf der das Rad befestigt werden sollte. Martin und sein Trupp drängten die Leute aus einem Umkreis von zwanzig Schritten zurück, was nicht ohne Murren und Gekeife abging. Im Gegenzug setzte es Hiebe. Friedrich wurde herangeführt und aufs Rad gebunden.

Dann hatte der Henker seinen Auftritt. Trotz der Witterung hatte er es sich nicht nehmen lassen, mit nacktem Oberkörper zu erscheinen. Er war muskulös gebaut und auf der Brust wie auf dem Rücken schwarz behaart. Der Kopf steckte unter einer spitzen, schwarzen Kapuze, die als einzige Öffnungen zwei Augenlöcher aufwies. Ein riesiges Beil schwingend schritt er die Reihen der Zuschauer ab, wobei er immer wieder Drohgebärden machte oder plötzlich losbrüllte. Besonders dann, wenn Kinder oder hübsche Frauen in der ersten Reihe standen. Die einen fingen an zu weinen, während die anderen in gespieltem Entsetzen aufkreischten. Es war das übliche Tamtam.

Von Isenberg lag derweil auf seinem Rad und guckte, als ob ihn das Ganze nichts anginge. Er wirkte weder panisch noch irr, einfach nur gleichgültig, als schlage nicht sein letztes Stündlein, sondern das irgendeines anderen. Das änderte sich, als ihm der Scharfrichter den ersten Knochen brach.

Mit dem rechten Schienbein fing er an. Er durchschlug den Knochen knapp unterhalb des Knies, und Friedrich heulte auf wie ein Wahnsinniger. Es floss erstaunlich wenig Blut. Die Menge applaudierte und drängte wieder vor, um ja nichts zu verpassen. Martin und seine Leute hatten Schwerstarbeit zu leisten, die Gaffer auf Distanz zu halten.

Nach Schien- und Wadenbein kam der Oberschenkel an die Reihe, danach das andere Bein. Nach jedem Schlag machte der Henker eine kleine Pause, damit das Volk das Gebrüll des Todgeweihten mitbekam. Manche Delinquenten fielen beizeiten in Ohnmacht, eine Gnade, die dem Isenberger nicht zuteil wurde. Er blieb bei Bewusstsein, bis ihm der Scharfrichter auch den letzten Knochen gebrochen hatte. Die Schmerzensschreie waren markerschütternd.

Martin spürte als Erster, dass der Druck der Massen nachließ. Hatte das Volk anfangs noch lauthals gejohlt und den Henker angefeuert, wurden die Leute nun zunehmend stiller. Einige hielten sich die Ohren zu, andere gingen. Es bedurfte nun keiner Anstrengung mehr, die Menge zu bändigen. Den Todeskampf eines Menschen aus nächster Nähe mitzuerleben, war doch mehr, als mancher verkraftete.

Noch einmal richtig laut wurde Friedrich, als das Rad auf die Säule hochgezogen wurde. Er stand dabei fast senkrecht, und sein ganzes Körpergewicht lastete auf den gebrochenen Beinen. An manchen Stellen schauten die Knochen aus dem Fleisch. Ein kleiner Junge erbrach sich auf die Schuhe eines Patriziers.

Als das Rad hoch oben auf der Säule verzurrt war, wurde Friedrich leiser. Nicht weil seine Schmerzen nachließen, er hatte einfach seine Stimmbänder überbeansprucht. Schließlich konnte er nur noch heiser krächzen. Als auch das nicht mehr ging, wimmerte er.

Martin empfand nichts. Keine Freude, keine Genugtuung, nicht einmal Erleichterung. Ihn berührte nicht, was geschah, und das wunderte ihn. Nach dem Tod des Müllers und erst recht nach Engelberts Ermordung hatte er sich nichts sehnlicher gewünscht, als den Isenberger auf dem Rad zu sehen. In seiner Vorstellung hatte er sogar selbst mit Hand angelegt. Als es nun endlich soweit war, war es ihm gleichgültig. Was übrig blieb, waren unzählige unbeantwortete Fragen.

Das Volk zerstreute sich, der Wirt baute seinen Schanktisch ab, das Spektakel war zu Ende. Für alle, außer für Friedrich. Denn auf der Stadtmauer warteten die Krähen.

*

Auf dem Rückweg über die Severinstraße sah Martin Friedrichs Brüder Engelbert und Dietrich in der kleinen Pfarrkirche St. Maria Magdalena verschwinden, die unmittelbar gegenüber St. Severin lag. Er schickte seine Männer voraus zum Palast, stieg aus dem Sattel und wartete vor dem Eingang. Es dauerte nicht lange, bis die beiden wieder herauskamen.

»Wir haben für das Seelenheil unseres Bruders gebetet«, sagte Engelbert. Seine Stimme klang belegt. »Mehr können wir ja nicht mehr für ihn tun.«

»Ich möchte, dass Ihr mich begleitet«, sagte Martin. »Ich habe mit Euch zu reden.«

Hundert Schritte weiter lag der ›Goldene Reiter‹, ein kleines Wirtshaus, das von der Witwe eines ehemaligen Gardisten betrieben wurde. Hier ging es sauber und freundlich zu. Das Essen war ausgezeichnet, und die Preise waren maßvoll. Trotzdem war der ›Reiter‹ immer schlecht besucht. Selbst heute, wo die halbe Stadt vorbeizog, saßen nur drei Männer im Schankraum. Martin war es recht, so konnten sie sich ungestört unterhalten. Hunger hatte niemand, also bestellte er nur Wein und Wasser.

Von den drei Isenberger Brüdern, die er kannte, glich keiner dem anderen. Engelbert war ein pockennarbiger, fleischiger Riese, Dietrich hingegen ein froschgesichtiger, krummbeiniger Zwerg. Friedrich hatte irgendwo dazwischen gelegen.

Die Witwe brachte die Getränke. Während die Brüder den Wein pur tranken, verdünnte Martin den seinen eins zu eins.

»Gestern war keine Gelegenheit«, sagte er, nachdem alle getrunken hatten »Aber heute müsst Ihr mir ein paar Fragen beantworten.«

»Warum sollten wir?«, fragte Dietrich.

»Weil ich Euch sonst den Schädel einschlage.«

»Schon gut, schon gut. Nun seid doch nicht gleich so ungehalten.«

»Stellt ruhig Eure Fragen«, sagte Engelbert. »Wir wollen keinen Ärger.«

»Sehr schön.« Es dauerte einen Augenblick, bis Martin seine Gedanken sortiert hatte. »Das Verhalten Eures Bruders gibt mir noch immer Rätsel auf. Ich frage mich, warum er damals nicht den Vergleich angenommen hat, den Graf Engelbert ihm angeboten hatte. Stattdessen setzte er alles auf eine Karte, von der er wissen musste, dass sie ihn letztendlich Kopf und Kragen kosten würde.«

»Was geht Euch das jetzt noch an, wo er da draußen liegt und wie ein Stück Vieh verreckt?«, fragte Engelbert bitter.

»Es macht keinen Sinn, wie er sich verhalten hat. So etwas verwirrt mich.«

»Damals hatte sein Verhalten sehr wohl einen Sinn«, sagte Dietrich. »Er konnte ja nicht ahnen, dass man ihn nur benutzen und betrügen würde.«

»Wer hat das getan?«

Beide antworteten gleichzeitig. Da sie unfähig waren, sich zu einigen, bestimmte Martin Engelbert zum Sprecher.

»Friedrich wurde durch eine Intrige zu dem Mord an Erzbischof Engelbert angestiftet. Dass man ihn nur benutzt hat, hat er erst begriffen, als er in Frankreich mittellos dastand. Entgegen aller Zusagen wurde er dort nämlich nicht erwartet, und es lag auch keine Belohnung für ihn bereit.«

»Das müsst Ihr mir näher erläutern. Wer soll ihn angestiftet haben?«

»In erster Linie Julius von Heyn, ein hiesiger Patrizier, der aber inzwischen verstorben ist. Er stand diesem Geheimbund vor, der gegründet wurde, um Erzbischof Engelbert zu stürzen.«

»Die Brut kenne ich. Bis auf Dietrich von Kleve und Heinrich von Limburg, denen man nichts nachweisen kann, sind alle tot oder auf der Flucht. Erzählt weiter.«

Zum wiederholten Male zerrte Engelbert an seinem Kragen, der eindeutig zu eng war und ihm ins Fleisch schnitt. Seine belegte Sprechweise rührte also nicht nur von der Betroffenheit über das Schicksal seines Bruders her.

»Bei der geheimen Zusammenkunft, auf der man den endgültigen Mordplan beschloss, wurde durch Los entschieden, wer die Tat ausführen sollte. Das Los fiel auf Friedrich. Später war er davon überzeugt, die Ziehung sei von Julius manipuliert gewesen.«

»Hm. Wie war das mit dem Blutgeld?«

»Da Friedrich nach der Tat unmöglich nach Hause zurückkehren konnte, hatte die Gruppe für seine Zukunft vorgesorgt. Der Graf von Anjou sollte ihm eine hohe Belohnung auszahlen und ihm ein Lehen anweisen. Als Friedrich bei ihm vorstellig wurde, wusste der angeblich von nichts und hat ihn in den Kerker werfen lassen. Dort hat er drei Monate geschmachtet, bevor er entkommen konnte. Ohne einen Heller in der Tasche hat er sich zu mir nach Osnabrück durchgeschlagen. Seine eigene Burg war inzwischen geschleift worden.«

»Diese haarsträubende Geschichte habt Ihr ihm geglaubt?«

»Selbstverständlich. Ich kenne meinen Bruder gut genug, um zu wissen, dass er niemals aufs Geratewohl nach Frankreich geflohen wäre. Eher hätte er den Mordplan fallen lassen und sich mit dem Erzbischof verglichen. Aber die anderen haben ihn dazu gezwungen. Sie hatten ihm sogar einen Aufpasser zur Seite gestellt. Einen Römer.«

Martin musste sofort an den falschen Bettler denken. »Wer war der Mann?«

»Du bringst uns mit deinem Geschwätz noch um Kopf und Kragen«, mischte Dietrich sich ein. »Wenn wir jemals wieder ein Bein auf die Erde kriegen wollen, solltest du jetzt besser den Mund halten.«

»He, he, he, hier wird nichts verschwiegen, ja?«, sagte Martin. »Sonst gibt's Ärger.«

»Dietrich hat Recht«, sagte Engelbert gequält. »Es gibt Dinge, über die können wir nicht sprechen«.

»Hier kann Euch niemand etwas anhaben.«

»Wenn Ihr wüsstet. Der Arm des Kardinals ist lang.«

»O Gott, kannst du denn nicht das Maul halten!«, fuhr ihn Dietrich an. Martin zog den Dolch und hielt ihn den beiden geschassten Bischöfen unter die Nase. »Die unmittelbare Bedrohung bin ich. Darüber solltet Ihr Euch im Klaren sein.«

»Da siehst du, wohin du uns gebracht hast«, zischte Dietrich.

Engelbert machte ein Gesicht, als stehe er kurz vor einem Heulkrampf.

»Was soll ich denn tun?«, jammerte er.

»Reden«, sagte Martin. »Einfach nur reden.«

Es dauerte einen Augenblick, dann nickte Engelbert überraschend. »Einverstanden«, sagte er. »Unter einer Bedingung.«

»Die wäre?«

»Wenn ich Euch alles sage, müsst Ihr versprechen, unseren Bruder zu erlösen. Ihr dürft ihn nicht den Vögeln überlassen.«

»Das darf doch nicht wahr sein«, fuhr Dietrich auf. »Du gefühlsduseliger Schwachkopf. Friedrich ist schon so gut wie tot.«

Jetzt platzte auch Engelbert der Kragen.

»Schweig, herzloser Hund!«, fauchte er. »Hast du nicht gesehen und gehört, wie er leidet? Das ist das Einzige, was ich noch für ihn tun kann. Und daran wirst du mich nicht hindern. – Also, was ist? Versprecht Ihr es?«

»Ihr habt mein Wort«, sagte Martin. »Die ganze Wahrheit gegen Friedrichs Tod.«

Wer war dieser Römer?«, fragte Martin. »Das wissen wir nicht«, sagte Engelbert. »Mauert Ihr schon wieder?« »Nein, nein, wir haben wirklich keine Ahnung, das müsst Ihr mir glauben. Wir wissen nur, dass der Mann sich Adrian nannte. Für wen er gearbeitet hat, entzieht sich unserer Kenntnis.«

»Woher wisst Ihr dann, dass er aus Rom stammte?«

Engelbert trank hastig einen Schluck und bekleckerte sich.

»Das hat Friedrich zufällig herausgefunden«, sagte er. »Dieser Adrian sprach mit fremdländischer Färbung, aber woher er kam, hat er nicht gesagt. Eines Tages erschien ein

Bote mit einer Nachricht von Julius von Heyn auf der Isenburg. Adrian war nicht anwesend oder schlief gerade, jedenfalls hat Friedrich mit dem Boten gesprochen. Da hat der ihm gesagt, die Nachricht sei am Vortag aus Rom gekommen.«

»Friedrich hat Adrian aber nie gefragt, in wessen Diensten er steht?«

»Nein. Der Mensch war ihm unangenehm. Einmal sagte Friedrich sogar, er habe sich regelrecht vor ihm gefürchtet. Und das will was heißen.«

»Aufgrund dieses einen Hinweises seid Ihr dann mit Friedrich nach Rom gereist?«

»Hier war ja niemand mehr, der hätte bezeugen können, dass Friedrich nur das Werkzeug einer Gruppe von Verschwörern war«, sagte Engelbert. »Alle waren tot oder geflohen. Da blieb nur dieser Adrian. Außerdem denkt man bei Rom immer gleich an den Heiligen Stuhl. Erzbischof Engelbert war ein mächtiger Kirchenfürst, der gewiss auch Feinde in der Kurie hatte. Da vermuteten wir einen Zusammenhang.«

»Verstehe ich Euch richtig, dass Ihr annahmt, die Verschwörergruppe um Julius von Heyn wurde von Rom aus gesteuert? Dass die eigentlichen Rädelsführer womöglich im Lateran zu finden waren?«

Beide nickten mit dem Eifer streberischer Schüler. Aber nur kurz.

»Leider hat sich das als falsch erwiesen«, sagte Engelbert. »Diesen Adrian kannte niemand, und von einer Verschwörung wusste auch keiner etwas. Alle Schuld blieb an Friedrich hängen, und wir mussten unverrichteter Dinge wieder abreisen. Den Rest kennt Ihr ja.«

»Mit wem habt Ihr denn gesprochen? Mit dem Papst?«

»Nein, der Heilige Vater war unpässlich. Wir sind von Kardinal Hugolinus empfangen worden. Er ist so etwas wie die rechte Hand des Papstes und zuständig für die Belange der Kirche in Deutschland. Außerdem strebt er selbst nach dem Stuhl Petri, sagt man.«

»Wenn einer Kenntnis von einer Ränke innerhalb der Kirche gehabt hätte, dann er«, mischte sich Dietrich ein. »Der Kardinal gilt als ausgesprochen gut informiert.«

»Aber er wusste von nichts?«

»Nein«, sagte Engelbert. »Friedrich musste sich geirrt haben.«

Es gab noch eine andere Möglichkeit, die Martin jedoch für sich behielt: Der Kardinal gab deshalb vor, nichts zu wissen, weil er selbst in die Sache verstrickt war. Martin musste daran denken, wie sein Vater ihm gesagt hatte, er könne sich durchaus vorstellen, einmal die Nachfolge des amtierenden Papstes anzutreten. Gleiches galt für den Kardinal. Engelbert und Hugolinus waren also Konkurrenten gewesen.

»Wieso hat Euch der päpstliche Legat in Lüttich eigentlich Eurer Ämter enthoben?«, fragte Martin.

»Wir wissen es nicht«, sagte Dietrich. »Es kann sich nur um einen Irrtum handeln. Wäre es im Sinne des Heiligen Stuhls, hätte man uns ja gleich in Rom suspendieren können. Nun hoffen wir, dass der Kardinal, wenn er davon erfährt, die Suspendierung wieder aufhebt. Wir haben schließlich nichts verbrochen.«

Das glaubte Martin ihnen sogar. Zumindest bis zu einem gewissen Grad.

»Wir haben Euch alles gesagt, was wir wissen«, sagte Engelbert. »Nun ist es an Euch, Euren Teil der Vereinbarung einzuhalten.«

»Sobald es dunkel ist«, sagte Martin. »Vorher geht es nicht.«

*

»Du willst nach Rom«, sagte Johanna.

Martin sah sie an, als hätte sie ihm vorgeschlagen, aus dem Fenster zu springen. »Wie kommst du denn darauf?«

»Du willst wissen, wer die Hintermänner sind. Also willst du nach Rom.«

Sie saßen am Küchentisch der Dienstwohnung in der Kleinen Sporergasse und aßen zu Abend. Das heißt, Johanna aß, während Martin nur mit seinem Messer im Essen herumstocherte. Klein Engelbert schlief im Nebenzimmer.

»Von wollen kann keine Rede sein«, sagte Martin.

»Meine Mutter hat immer gesagt: Halte dich raus, wenn die Herren sich streiten. Gleich, wie es ausgeht, als Untertan ziehst du immer den Kürzeren.«

»Das ist eine jener wunderschönen goldenen Lebensregeln, die so viel wert sind wie eine verhagelte Ernte. Meistens wird man nämlich nicht gefragt, ob man will oder nicht. Es bleibt einem einfach nichts anderes übrig.«

»In diesem Fall schon. Friedrich von Isenberg ist tot –«

»Noch lebt er.«

»Aber nicht mehr lange. Damit sind die Morde am Müller wie an deinem Vater gesühnt. Das war es doch, was du immer wolltest.«

»Ja, das wollte ich.«

»Und auf einmal reicht dir das nicht mehr.«

»Verstehst du das denn nicht? Ich will endlich begreifen, was wirklich geschehen ist. Wer aus welchen Gründen ein Interesse an der Ermordung Engelberts hatte.«

Johanna ließ sich Zeit mit ihrer Antwort. »Was ich verstehen kann, ist, dass dich diese Ungewissheit quält. Aber ich hatte erwartet, dass du damit leben kannst. Außerdem, wer sagt dir, dass du in Rom wirklich Antworten auf deine Fragen finden wirst? Wahrscheinlich bringst du dein Leben vergeblich in Gefahr.«

»Natürlich ist das Gelingen nicht sicher. Aber ich muss es einfach versuchen.«

»Dann geh.«

Martin stützte die Unterarme auf den Tisch und blickte sie von unten herauf an. »Dazu hätte ich aber gern deinen Segen.«

Langsam, aber nachdrücklich schüttelte Johanna den Kopf. »Nein, Martin von Hagen, darauf kannst du lange warten. Ich werde dich zwar nicht daran hindern, nach Rom zu gehen, aber ich werde dir dafür nicht auch noch meinen Segen erteilen. Das wäre zu viel verlangt.«

Es folgte ein Schweigen, so gemütlich wie der Nebel, der vor den Fenstern hing.

»Was sagt eigentlich der Erzbischof dazu?«, fragte Johanna nach einer Weile.

»Nichts. Weil er davon nichts weiß.«

»Brauchst du denn nicht sein Einverständnis?«

»Würde ich ihn um Erlaubnis bitten, würde er sie mir ganz bestimmt verweigern. Allein schon aus Angst, ich könnte ihn durch meine Nachforschungen in Misskredit bringen.«

»Du riskierst deine Stellung.«

»Schon möglich.« Martin sah sie lange an. »Was wäre, wenn ich nicht zurückkäme?«

»Mir würde das Herz brechen, weil ich dich sehr liebe. Aber ich würde es überleben. Schon um unseres Sohnes willen.«

»Wer würde für dich sorgen?«

»Ich würde dem Kräuterhändler vom Alter Markt schöne Augen machen. Er ist hässlich, aber reich und ledig.«

»Da bin ich ja beruhigt.« Martin schmunzelte. »Gib mir einen Monat, bevor du mit ihm anbandelst.«

»Von mir aus auch bis Weihnachten«, sagte Johanna. »Aber keinen Tag länger.«

Als sie sich zum Abschied umarmten, waren ihnen die

Scherze vergangen, und beide konnten sich ihrer Tränen nicht erwehren.

*

Nach seiner Unterredung mit den Brüdern Isenberg hatte Martin die Wachen an der Steinsäule von den beiden größten Trunkenbolden der Garde ablösen lassen. Später am Nachmittag ließ er ihnen ein Fässchen Wein zukommen. Als er nach Einbruch der Dunkelheit vor dem Severinstor eintraf, ruhten beide neben dem heruntergebrannten Lagerfeuer sanft in Morpheus' Armen.

Die Planke, über die das Rad auf die Säule gezogen worden war, lag auf der Erde. Auf der einen Seite war sie glatt, auf der anderen waren Leisten aufgenagelt, an denen man hochklettern konnte. Martin lehnte die Planke an die Säule, entzündete einen Span an der Glut und stieg auf.

Die Krähen hatten Friedrich übel zugerichtet. Sein linkes Auge hatte er bereits verloren, rund um das andere zeichneten sich Verletzungen von Schnabelhieben ab. Die Tiere hatten in den offenen Wunden gepickt; inzwischen tummelten sich darin die ersten Maden. Dennoch – Friedrich lebte und war bei Bewusstsein. Mit seinem verbliebenen Auge sah er Martin an.

Es war selten, dass jemand gleich am ersten Tag auf dem Rad starb. Die meisten hielten zwei bis drei Tage durch. Einer hatte es sogar mal auf fünf gebracht, aber das war eine Ausnahme gewesen.

»Wasser«, krächzte Friedrich so überraschend, dass Martin beinahe das Gleichgewicht verloren hätte.

»Ich habe etwas Besseres«, sagte Martin und zog seinen Dolch.

Friedrich nickte. Martin ekelte sich plötzlich vor sich selbst, weil er Mitleid empfand, und zwang sich, daran zu denken, was der Mann ihm angetan hatte. Ohne ein weiteres

Wort setzte er den Dolch an und stieß ihn Friedrich ins Herz. Der Isenberger starb lautlos.

Noch in dieser Nacht ritt Martin gen Rom.

Der Weg vom Stadttor Porta S. Giovanni bis zu den Gärten des Lateran war nicht weit, aber brandgefährlich. Selbst in einer wolkenverhangenen Nacht, in der man kaum die Hand vor Augen sah.

Die Dunkelheit schützte vor einer Entdeckung durch die Posten auf den Wachttürmen der Stadtmauer oder die auf dem Gelände des Laterans ihre Runden ziehende päpstliche Miliz. Aber sie sorgte auch dafür, dass man gute Chancen hatte, auf dem felsigen, zerklüfteten, mit Dornenbüschen gespickten Untergrund ins Straucheln zu geraten und sich bei einem Sturz in einen unsichtbaren Abgrund das Genick zu brechen.

Vor zwei Tagen war Martin in Rom eingetroffen. Zwei Wochen hatte die beschwerliche Reise von Köln gedauert. Vor allem die Überquerung der Alpen war eine einzige Quälerei gewesen. Für Martin wie für den Ramskopf, der sich mehr als einmal als ausgezeichnetes Reisepferd bewährt hatte.

Gleich nachdem er in einer kleinen Herberge im Gassengewirr in der Nähe des Tiber Quartier gefunden hatte, war Martin im Lateran vorstellig geworden und hatte gebeten, von Kardinal Hugolinus empfangen zu werden. Ohne Angabe von Gründen war ihm dies abschlägig beschieden worden. Man hatte ihm nicht einmal gestattet, im Palast auf seine Eminenz zu warten. Deswegen kam er heute durch die Hintertür. Bewaffnet war er lediglich mit seinem Dolch und einem fingerlangen Dorn, den er im Fersenstück seines rechten Schuhs verbarg.

Plötzlich stand er vor einer mannshohen, aus Bruchsteinen aufgeschichteten Mauer. An die konnte er sich beim besten Willen nicht erinnern, obwohl er gestern das gesamte Gelände vom Caelius aus in Augenschein genommen hatte. Oder sollte das etwa das Mäuerchen sein, das er von oben für eine kniehohe Beetumrandung gehalten hatte?

Es half alles nichts, er musste da hinüber. Dabei stellte weniger die Höhe der Mauer ein Problem dar als ihre Bröseligkeit. Steine rutschten weg oder brachen entzwei, und einzelne Stücke oder ganze Brocken fielen polternd zu Boden. Hätte er sich mit einem Hammer den Weg durch die Mauer gebahnt, hätte er kaum mehr Lärm veranstalten können. Auf der anderen Seite hielt er erst einmal den Atem an und lauschte. Laut rauschte das Blut hinter seinen Schläfen, aber das war auch alles.

Gerade als er losmarschieren wollte, nahm er eine Bewegung unmittelbar vor seinen Füßen wahr. Zu sehen war nichts. Aber eindeutig war dort etwas. Vermutlich ein Tier. Aber was für eins? Martin stupste es mit dem Fuß an. Es winselte. Also ein Hund. Aber größer als eine Ratte war er nicht. Jetzt knurrte er auch noch.

In dem Augenblick sah Martin halb links von sich ein Licht. Es wanderte mal nach links, mal nach rechts, verharrte, schwankte, verharrte erneut, bewegte sich wieder und tat vor allem eins: Es kam näher. Dazu ertönte leises Rufen.

Nach wenigen Schritten durch ein blätterloses Gesträuch stand Martin auf einem breiten gekiesten Weg. Die Steinchen hoben sich hell gegen ihre Umgebung ab und boten die erste Orientierungshilfe in dieser finsteren Nacht. Vor ihm tanzte der kleine Hund und biss ihm in die Schuhe. Martin schubste ihn aus dem Weg. Von links nahte das Licht. Also wandte er sich nach rechts.

Der Weg führte eine Zeit lang geradeaus. Links plätscherte ein Bach, rechts standen ein paar hohe Bäume. Dann beschrieb der Weg eine scharfe Rechtsbiegung, und Martin stand vor einer Mauer. Sie hatte in etwa seine Höhe und bestand aus Bruchsteinen. Eine Wette abzuschließen, dass es sich um die gleiche Mauer wie vorhin handelte, nur diesmal von der anderen Seite, war überflüssig.

Und da war auch schon wieder der kleine Köter. Er hatte einen Narren an Martins Schuhen gefressen. Unentwegt schnappte er nach den hochgebogenen Spitzen, als ob es so etwas in Italien nicht gäbe. Martin warf einen Blick zurück. Das Licht war näher gekommen und jetzt mühelos als Fackel zu identifizieren. Und wieder ertönten die Rufe. Nunmehr lauter und damit verständlicher.

»Catulus«, rief eine brüchige Männerstimme. »Catulus, wo bist du?«

Martin überkam die unheilvolle Ahnung, dass es sich bei dem gesuchten Catulus um den kleinen Schuhschnapper handelte. Das hatte ihm noch gefehlt. Er griff sich den Köter, der nicht mehr wog als eine Schnitte Brot mit Speck, schüttelte ihn ordentlich und warf ihn in die Dunkelheit.

Das Spiel gefiel dem Hund. Sofort war er wieder da und stellte sich hechelnd vor Martin, um erneut geschüttelt zu werden. Jetzt kläffte er auch noch. Martin packte ihn und hielt ihm das Maul zu. Doch zu spät. Der Fackelträger hatte etwas gehört. »Catulus? Warst du das gerade?«

Martin suchte nach einem Versteck. Bäume und Büsche waren kahl, und was auf den ersten Blick noch nach Blattwerk aussah, erwies sich bei näherem Augenschein als halb entlaubt. Hier gab es nichts, wohinter er hätte in Deckung gehen können. Ihm würde nichts anderes übrig bleiben, als wieder über die Mauer zu klettern.

Die andere, wenn auch gefährlichere Möglichkeit bestand darin, den Fackelträger zu überwältigen. Dazu müsste er den Mann kurz ablenken. Am besten, indem er ihm den Hund vor die Füße warf.

Martin verließ den Weg und suchte Deckung hinter einem dünnen Baumstamm. Als Versteck war der Platz ungeeignet, aber hier war er zumindest nicht auf den ersten Blick auszumachen. Der kleine Köter strampelte und wand sich nach Kräften. Offenbar hatte er begriffen, dass aus dem Spiel Ernst geworden war. Nur hatte er gegen Martins eisernen Griff keine Chance. Vor Wut begann er zu pinkeln. Martin hielt ihn weit von sich und hätte dadurch beinahe die Ankunft des Fackelträgers verpasst.

Der Mann war klein, rundlich und so vermummt, als habe er vor, die Nacht im Freien zu verbringen. Eine Mütze, darüber die Kapuze seines dicken wollenen Umhangs und schließlich noch ein Schal um den Hals tarnten ihn bis zur Unkenntlichkeit. Als er bis auf fünf Schritte herangekommen war, trat Martin hinter dem Baum hervor.

»Sucht Ihr den hier?«, fragte er.

»Catulus!«, rief der Mann und zog sich den Schal vom Gesicht. Er war hochbetagt. »Da bist du ja.«

Martin setzte das Hündchen auf die Erde. Mit drei Sprüngen war es bei seinem Herrn und gebärdete sich wie wild. Immer wieder sprang es um den alten Mann herum.

Jetzt wäre es für Martin ein Leichtes gewesen, den Mann zu überwältigen. Aber dessen hohes Alter und gutmütiges Gesicht hielten ihn davon ab.

Irgendwann ebbte die Wiedersehensfreude ab, und der alte Mann klemmte sich das Hündchen unter den Arm.

»Gelobt seid Ihr, dass Ihr meinen Catulus gefunden habt«, sagte er. »Ich weiß gar nicht, wie ich Euch danken soll.«

»Der kleine Kerl hatte sich ordentlich verlaufen«, sagte Martin. »Wer weiß, ob er allein zurückgefunden hätte.«

»Da sagt Ihr etwas. Er ist noch sehr jung und verspielt. Der Kardinal hat ihn mir erst vor drei Monaten geschenkt.« Der alte Mann hielt die Fackel ein wenig höher, um Martin besser sehen zu können. »Euch hab ich hier noch nicht gesehen. Ihr seid nicht von der Wache, und wie ein Gärtner seht Ihr mir auch nicht aus.«

»Nein, ich bin eigentlich nur auf der Suche nach Kardinal Hugolinus. Aber anscheinend habe ich mich genauso verlaufen wie Euer Catulus.«

»Das kann man wohl sagen«, sagte der alte Mann. »Wir befinden uns hier am Ende der Gärten. Der Palast ist da vorn. Kommt, ich zeige Euch den Weg.«

Unterwegs übernahm Martin die Fackel, da sie dem alten Mann zu schwer wurde. Außerdem trug der ja schon das Hündchen.

»Eurer gefärbten Sprache nach stammt Ihr nicht von hier, junger Freund«, sagte der alte Mann. »Aus welcher Gegend hat es Euch nach Rom verschlagen?«

»Ich stamme aus Köln.«

»Köln!«, rief der alte Mann. »Das Rom des Nordens. Wie geht es dem dortigen Erzbischof, dem ehrenwerten ... dem ehrenwerten ... Wie heißt er noch gleich?«

»Erzbischof Heinrich von Müllenark.«

»Richtig.«

»Bis auf ein paar gequetschte Zehen recht gut.«

»Gequetschte Zehen?«

Martin erzählte dem alten Mann, was dem Erzbischof widerfahren war. Der hörte aufmerksam zu.

»Wisst Ihr, was ich in solchen Fällen neuerdings immer mache?«, fragte der Alte, nachdem Martin seinen Bericht beendet hatte. »Einerlei, ob Wunde, Quetschung, Prellung oder was auch immer?«

»Ich hoffe, Ihr werdet es mir sagen.«

Der alte Mann dämpfte seine Stimme, als steckten die Büsche voller unerwünschter Lauscher. »Ich pinkel mir auf die betroffenen Stellen. Das hilft.«

»Harn?«, fragte Martin.

»Ich habe vollstes Verständnis dafür, dass Ihr entsetzt seid, junger Freund. Noch vor nicht allzu langer Zeit habe auch ich diesen Gedanken weit von mir gewiesen. Aber dann zog ich mir eine üble Fleischwunde zu, die einfach nicht heilen wollte. Die Ärzte ließen mich so oft zur Ader, bis ich fast kein Blut mehr hatte, aber nichts half. In meiner Verzweiflung suchte ich schließlich heimlich eine dieser Kräuterhexen auf. Eine gewisse Carmen – sie stammt übrigens wie Ihr aus Deutschland –, die drüben an der Via Lata wohnt. Sie gab mir den Rat mit dem Harn. Und wisst Ihr was? Es hat keine sieben Tage gedauert, und die Wunde hatte sich geschlossen.«

»Erstaunlich«, sagte Martin.

»Wenn Ihr zurück in Köln seid, müsst Ihr das unbedingt dem Erzbischof mitteilen. Vermutlich weiß er davon nichts.«

»Davon gehe ich aus.«

»Habt Ihr überhaupt die Möglichkeit, ihn zu sprechen?«

»Ich denke, das lässt sich machen. Ich bin der stellvertretende Leiter seiner Garde.«

»Wie schön«, sagte der Alte. »Ach, da sind wir schon.«

Sie steuerten auf einen Seiteneingang des Lateranpalastes zu, der von zwei weiß gekleideten Milizionären bewacht wurde. Martin zögerte. Die würden ihn genauso wenig reinlassen wie die Wachen am Haupteingang. »Was bleibt Ihr zurück?«, fragte der Alte. »Nun kommt schon.«

Mehr als schief gehen konnte es nicht, sagte sich Martin, und schloss wieder zu dem Alten auf.

Als die Wachen sie erblickten, nahmen sie sofort Haltung an. Der eine eilte herbei und nahm Martin die Fackel ab. Martin traute seinen Augen nicht.

»Ihr da«, sagte der alte Mann zu dem Wächter, der jetzt die

Fackel hatte. »Ihr geleitet meinen jungen Freund hier zu Kardinal Hugolinus.« Dann wandte er sich an Martin. »In dem schrecklichen Palast kann man sich leicht verlaufen. Sollte es irgendwelche Probleme geben, meldet Euch einfach bei mir. Ich bin bestimmt noch ein Stündchen wach. Solange spiele ich mit Catulus.«

»Danke. Gern. Und nach wem soll ich ...«

»Fragt einfach nach dem Papst«, sagte der alte Mann. »Dann wird man Euch den Weg schon zeigen. So, und nun komm, Catulus. Schön bei Fuß.«

Martin war unfähig, sich zu rühren. Kopfschüttelnd starrte er Seiner Heiligkeit nach. Eine Weile schaute ihm der Wächter dabei zu, dann räusperte er sich.

»Verzeihung, werter Herr, dürfte ich Euch bitten, Euren Dolch abzulegen? Wenn Ihr wollt, geleite ich Euch danach zu Seiner Eminenz.«

Martin gab seine Waffe ab. Natürlich wollte er. Deswegen war er schließlich gekommen.

Der Sekretär hatte eine Frisur, als hätte man ihm einen Topf über den Kopf gestülpt und alle überstehenden Haare abgeschnitten. Nur war der Topf, bevor die Schere angesetzt wurde, verrutscht. Mit dem Ergebnis, dass die Haare vorn bis auf die Nase hingen, während der Hinterkopf bis zum Wirbel rauf kahl war. Der Mann sah aus wie ein Idiot.

»Ich habe Euch doch bereits gestern gesagt, dass der Kardinal nicht zu sprechen ist«, sagte er schrill und ruckte dann mit dem Kopf nach links und rechts wie ein aufgeregter Hühnervogel. »Wie seid Ihr überhaupt hereingekommen?«

»Seine Heiligkeit, Papst Honorius, bat mich herein.«

»Wie?« Der Kopf des Sekretärs fuhr zu der Wache herum. »Stimmt das?«

»Jawohl.«

»Übrigens sagte Seine Heiligkeit, wenn es Schwierigkeiten gäbe, solle ich mich bei ihm melden«, fügte Martin hinzu.

»Was für Schwierigkeiten?«, fragte der Sekretär.

»Vielleicht dachte er dabei an Euch.«

Das saß.

»Wenn Ihr einen Augenblick Geduld haben wollt«, sagte der Sekretär und öffnete die Tür in seinem Rücken. »Ich bin gleich wieder da.«

Bevor Martin einen Blick in den Nebenraum erhaschen konnte, fiel die Tür ins Schloss. Fünf tiefe Atemzüge, und der Sekretär war wieder da. Diesmal ließ er die Tür gleich offen.

»Seine Eminenz lässt bitten«, sagte er.

Der Nebenraum war eigentlich schlicht, sah man von Marmor, Gold und edlen Hölzern ab, ebenso von den Edelsteinen, die an sämtlichen Sesseln, Liegen und Tischen, an allen Behängen und Keramiken prangten. Beleuchtet wurde die Pracht von so vielen Kerzen, wie sie beim Tod des Papstes angezündet werden würden. Wer hier wohnte, hatte keine Scheu zu zeigen, was er besaß.

Der Herr über all den Reichtum thronte in einem Lehnsessel unweit des Kamins und spielte Schach. Er war am Zug, und er führte Schwarz. Der schwarze König stand im Schach, war aber nicht matt. Der gegenüberstehende Sessel war unbesetzt. Aber erst seit kurzem, denn das Sitzpolster wies noch eine Mulde auf.

Selbst im Sitzen sah man dem Kardinal seine Körpergröße

an. Dazu war er hager, und sein Gesicht wurde von einer eindrucksvollen Hakennase dominiert. Den Blick aus dem darüber liegenden pechschwarzen Augenpaar spürte Martin geradezu körperlich. Jetzt wusste er, wie sich ein Kaninchen in Gegenwart einer züngelnden Natter fühlte.

»Versteht Ihr es, Schach zu spielen?«, fragte der Kardinal.

»Ich beherrsche die Regeln«, sagte Martin.

»Ihr beherrscht die Regeln?«, spöttelte Hugolinus. »Dann gebt mir einen guten Rat für meinen nächsten Zug.«

Martin trat an den Spieltisch und prüfte die Stellung.

»Soll ich Euch nur den nächsten Zug vorschlagen, oder wollt Ihr auch gleich wissen, wie Ihr Euren Gegner matt setzen könnt?«, fragte er.

»Ihr nehmt den Mund recht voll.«

»Es war nur ein Angebot. Als nächsten Zug würde ich Euch raten: Schlagt den Schach bietenden Läufer mit der Dame.«

Der Kardinal schüttelte den Kopf. »Ich habe es doch geahnt – Ihr seid ein Aufschneider. Schon im Gegenzug schlägt Weiß meine Dame mit seinem Turm.«

»Genau. Und damit geht Weiß in die Falle.«

»Wie?«

»Die schwarze Dame ist ein Köder, dem Weiß nicht widerstehen kann.«

»Ihr sprecht in Rätseln.«

»Wenn der Turm die Dame schlägt, gibt er die Sicherung der siebten Linie auf. Damit bietet sich Weiß die Möglichkeit, seinen Springer von C6 auf E7 setzen. Das bedeutet gleichzeitig Schach und Garde. Um seinen König zu retten, muss Schwarz seine Dame opfern.«

Hugolinus ließ ein anerkennendes Zungenschnalzen hören. »Nicht schlecht. Weiß schlägt also die Dame und –«

»Verzeiht, wenn ich Euch unterbreche, Eminenz, aber Weiß macht nicht den gleichen Fehler wie Schwarz. Weiß verzichtet darauf, die gegnerische Dame zu schlagen, und setzt stattdessen seinen Läufer auf G7.«

Der Kardinal spielte die von Martin vorgeschlagenen, aber nicht gezogenen Züge mit den Augen nach.

»Damit wäre Weiß matt«, sagte er. »Aber Schwarz könnte vorhersehen, was Weiß vorhat.«

»Sicher«, sagte Martin. »Aber Euer Gegner müsste schon ein recht guter Spieler sein, um der Verlockung widerstehen zu können, die Dame zu schlagen.«

»Ihr meint einen Gegner wie Euch selbst.«

»Ihr habt mich bereits einmal einen Aufschneider genannt, Eminenz. Ich werde Euch keine Vorlage für eine Wiederholung liefern.«

Hugolinus lehnte sich in seinem Sessel zurück und musterte Martin wie ein Viehhändler ein Kalb.

»Ihr seid ein erstaunlicher Bursche, Martin von Hagen«, sagte er. »Verratet mir doch, wie es Euch gelungen ist, den Heiligen Vater als Fürsprecher zu gewinnen.«

»Das ergab sich zufällig. Ich fand das entlaufene Hündchen des Papstes.«

»Oh, dieser Kläffer! Wie oft habe ich es schon bereut, Seiner Heiligkeit den geschenkt zu haben. Alle Nase lang ist der halbe Palast in Aufregung, weil der Köter verschwunden ist. Letztens war er sogar im Archiv und hat eine wertvolle Bibel zerfetzt.« Der Kardinal schüttelte den Kopf über den Unverstand des Hundes. »Da habt Ihr also die Dankbarkeit des betagten Heiligen Vaters ausgenutzt, um doch noch zu mir vordringen zu können. Nicht schlecht.«

»Ihr habt mich abweisen lassen. Warum?«

»Ich bin ein viel beschäftigter Mann«, sagte Hugolinus. »Wollte ich jeden empfangen, der mich sprechen will, bräuchte ich ein zweites Leben.«

»Leider ist es wichtig«, sagte Martin. »Ich bin auf der Suche nach vielen Antworten und nach einem Mörder.«

»Das alles hofft Ihr bei mir zu finden?« Der Kardinal machte eine umfassende Geste. »Sieht das hier etwa aus wie das Schlupfloch eines Mörders? Um welchen Mord geht es überhaupt?«

»Um die Ermordung des Kölner Erzbischofs Engelbert vor etwas mehr als einem Jahr. Ich war sein Knappe.«

»Richtig, richtig. So hattet Ihr Euch ja auch gestern bei meinem Sekretär angemeldet. Ein entsetzlicher Vorfall. Aber meines Wissens ist doch bekannt, wer den Mord begangen hat. Berichtigt mich, wenn ich damit falsch liege.«

»Ihr habt Recht. Friedrich Graf von Isenberg hat die Tat ausgeführt. Er wurde vor zwei Wochen gefangen genommen und in Köln hingerichtet.«

»Dann ist doch alles in bester Ordnung. Ich verstehe nicht, was Ihr von mir wollt.«

»Von Isenberg war nur der Handlanger einer Gruppe von Verschwörern. Es gibt Anhaltspunkte, dass diese Gruppe von Rom aus gesteuert wurde.«

»Diesen Unsinn hab ich mir schon einmal anhören müssen. Es ist gar nicht so lange her, da waren die Bischöfe von Osnabrück und Münster, beides Brüder Friedrich von Isenbergs, hier bei mir. Sie haben mir fast wortwörtlich das Gleiche erzählt. Nur fehlte ihnen jeder Beweis. Wie sieht es bei Euch damit aus?«

»Einen Beweis habe ich nicht. Nach ihm suche ich noch. Aber um einen Grund für die Tat bin ich nicht verlegen.«

»Ach? Lasst hören!«

»Erzbischof Engelbert sagte mir kurz vor seinem Tod, er könne sich durchaus vorstellen, dereinst die Nachfolge von Papst Honorius anzutreten.«

Kardinal Hugolinus hatte deutlich Mühe, die Kontrolle über seine Gesichtszüge zu behalten.

»Ich vermag darin noch keinen Grund für einen Mord zu erkennen«, sagte er blechern.

»Nein? Ich denke, es gibt den einen oder anderen Kardinal, der ähnlich ehrgeizige Pläne hat.«

»Ach, und dann denkt Ihr, einer dieser Kardinäle hat eine Verschwörung angezettelt, um seinen Widersacher aus dem Weg zu räumen? Ist es das, was Ihr denkt?«

»So in etwa.«

Hugolinus schüttelte nachdrücklich den Kopf. »Was habt Ihr nur für eine schlechte Meinung von der Kirche. Ihr solltet Euch schämen.«

»Ich kann mir nicht vorstellen, dass die Kurie ein Tummelplatz für Chorknaben ist.«

»Ich rate Euch ernsthaft: Mäßigt Euch!«

»Alle Welt weiß, dass Erzbischof Engelbert ein enger Vertrauter des Kaisers war«, sagte Martin unbeirrt. »Ebenso ist bekannt, dass Kaiser und Papst sich derzeit geradezu feindlich gegenüberstehen. Da liegt der Gedanke doch nahe, der Kaiser könnte seine Macht in die Waagschale werfen, damit bei der nächsten Gelegenheit ein ihm genehmer Papst den Stuhl Petri einnimmt. Damit hätte Erzbischof Engelbert einen mächtigen Förderer gehabt. Nimmt man dazu seinen Ehrgeiz und seine Ausstrahlung, hätte es jeder Gegenspieler schwer gegen ihn gehabt.«

Hugolinus bemühte sich, einen amüsierten Gesichtsausdruck zur Schau zu stellen. Das gelang ihm sogar recht gut.

»Alle Achtung, da habt Ihr für einen Knappen regelrecht hochfahrende Überlegungen angestellt. Nur, was nützt Euch das? Nehmen wir einmal an, es wäre, wie Ihr sagt. Glaubt Ihr ernsthaft, der Schuldige, sei er nun ein Kardinal oder sonst jemand, würde seine Untat Euch gegenüber zugeben?«

»Diese Frage stellt sich für mich noch nicht. Ich bin zunächst einmal auf der Suche nach dem Verbindungsmann, den der Rädelsführer der Verschwörergruppe zur Seite gestellt hatte. Der Mann soll Adrian hießen.«

»Den Namen nannten mir, glaube ich, auch schon die

Brüder Friedrich von Isenbergs. Ein magerer Hinweis, sie wussten nicht einmal, wie der Mann aussah.«

»Ich habe ihn gesehen«, sagte Martin.

»Würdet Ihr ihn wieder erkennen?«

»Selbstverständlich.«

»Und wenn Ihr ihn gefunden hättet, was wäre dann?«

»Dann würde ich ihn zwingen, mir den Namen seines Auftraggebers zu nennen.«

»Seid Ihr Euch bewusst, dass Ihr dabei Euer Leben in Gefahr bringen könntet?«, fragte der Kardinal und lächelte. »Warum tut Ihr das? Aus Rachsucht?«

Martin verneinte. »Ich bin es Graf Engelbert schuldig.«

»Ein treuer Knappe«, spottete Hugolinus.

Wieder schüttelte Martin den Kopf. »Nein. Nur ein Sohn, der den Mörder seines Vaters finden will.«

Es dauerte, bis die Botschaft ankam, dann machte der Kardinal ein Gesicht wie jemand, der mitten beim Abendessen merkt, dass er gerade vergiftet wird. Sein Mund klappte auf, und seine Lider begannen zu flattern.

»Sohn?«, fragte er mit einer Stimme, die nicht seine war.

»Ja. Graf Engelbert war mein Vater. Ihr schaut so ungläubig. Zweifelt Ihr an meinen Worten?«

»Nein, nein«, sagte der Kardinal und begann leise vor sich hin zu kichern wie ein Schwachsinniger. »Nur ändert das alles.«

»Ich verstehe nicht …«

»Alles. Einfach alles.«

»Wie?«

Statt seine Äußerung zu erklären, klatschte der Kardinal zwei Mal in die Hände. Martin rechnete mit dem Kommen eines Dieners oder des Sekretärs. Aber es erschien ein anderer.

Der Vorhang an der Stirnwand teilte sich, und ein Mann in einem wallenden, purpurnen Gewand betrat den Raum. Er war groß und kräftig, hatte wenig markante Züge, dafür Augen, die man nicht mehr vergaß. Als Martin den Mann zuletzt gesehen hatte, lehnte er an einem Findling am Ufer der Ruhr. Wenige Zeit später war Graf Engelbert ermordet worden.

Keine Frage, Martin stand dem Mann gegenüber, der sich Adrian nannte.

Ein Diener brachte getrocknetes Obst und frischen Wein und schaffte einen Stuhl für Martin herbei. Adrian nahm seinen Platz am Schachtisch ein. Es hätte ein gemütliches Beisammensein sein können, wäre die Interessenlage nicht derart unterschiedlich gewesen.

»Zunächst einmal sollte ich, glaube ich, darauf hinweisen, dass sowohl Adrian als auch ich mit Dolchen bewaffnet sind«, ergriff Hugolinus das Wort. »Zudem warten jenseits des Vorhangs mehrere Diener. Das nur, um Euch vor Dummheiten zu bewahren.«

»Im Augenblick hat niemand von Euch etwas zu befürchten«, sagte Martin.

»Da fällt mir aber ein Stein vom Herzen«, sagte Adrian.

»Spottet nicht«, sagte der Kardinal. »Noch eben sagte mir unser junger Freund hier, er würde den Verbindungsmann dazu zwingen, ihm den Namen des Hintermannes preiszugeben.«

Adrian zog die Brauen hoch und nickte anerkennend. »Alle Achtung, Ihr habt Mut. Verratet Ihr mir, wie Ihr das anzustellen gedenkt?«

»Ich verspreche Euch, wenn es so weit ist, seid Ihr der Erste, der es erfährt«, sagte Martin.

Der anschließende Kampf, wer als Erster den Blick senkt, endete unentschieden, da der Kardinal mit einem Räuspern um Aufmerksamkeit bat. Zunächst einmal wandte er sich an Adrian.

»Sagtet Ihr mir nicht, Graf Engelbert von Berg habe keine Nachkommen? Mit ihm würde die Blutlinie versiegen?«

»Davon bin ich ausgegangen, und so wurde mir das auch bestätigt.«

»Von wem?«

»Von Graf Heinrich von Limburg. Er ist mit der Nichte des Erzbischofs verheiratet. Wenn einer von Nachfahren Kenntnis haben müsste, dann er. Womöglich will sich der Bengel hier nur wichtig tun.«

»Ihr habt den Vorwurf gehört«, sagte Hugolinus. »Was sagt Ihr dazu?«

»Nichts, weil es Euch völlig gleichgültig sein kann, wessen Sohn ich bin. Das ist nur für mich von Belang. Euch braucht lediglich zu kümmern, dass ich hier bin.«

»Oh, da irrt Ihr Euch. Eure Abstammung ist von alles entscheidender Bedeutung. Nicht wahr, Adrian?«

»Allerdings, Eminenz.«

»Verratet Ihr mir, wieso?«, fragte Martin.

Die beiden Schachfreunde tauschten viel sagende Blicke. Schließlich gab der Kardinal sich seufzend einen Ruck.

»Der Stein kam vor nunmehr beinahe zwei Jahren ins Rollen, als einer unserer Übersetzer eine geradezu unbeschreibliche Entdeckung machte. Bei der Übertragung eines Briefes des Evangelisten Lukas war er auf einen Hinweis auf einen Mann gestoßen, den es eigentlich gar nicht hätte geben dürfen.«

»Wen meint Ihr?«, fragte Martin, weil ihm die Atempause des Kardinals zu lang war.

»Später, Martin von Hagen. Um Schaden von der Heiligen Kirche abzuwenden, war ich gezwungen herauszufinden, ob diese – nennen wir sie mal – Person ohne Daseinsberechtigung Nachfahren hatte, und falls ja, ob diese Nachfahren um ihre Abstammung wussten. Mit dieser Aufgabe betraute ich den Euch bekannten Adrian. In mühevoller Kleinarbeit gelang es ihm, beginnend mit den Grundbesitzlisten aus dem Galilea jener Zeit, durch die Jahrhunderte hindurch der Spur der Nachfahren jenes Mannes bis in unsere Tage hinein zu folgen. Der vermeintlich Letzte in dieser Reihe war Euer Vater, Graf Engelbert von Berg.«

»Deshalb musste mein Vater sterben? Weil er der Urururnachfahre irgendeiner zwielichtigen Gestalt war? Wahrscheinlich wusste er nicht einmal davon. Jedenfalls hat er mir nie etwas von besonderen Vorfahren erzählt.«

»Ich bin mir sogar sicher, dass er davon nichts wusste.«

»Aber warum habt Ihr ihn dann töten lassen?«

Der Kardinal seufzte. »Vorbeugend. Er hätte es herausfinden können, und das hätte eine Katastrophe bedeutet.«

»Eine Katastrophe für wen? Für Euch?«, fragte Martin und kratzte sich an der Wade. Er vergewisserte sich, dass der Dorn noch da war.

»Nein! Für die Kirche. Für die Menschheit.«

»Das sind große Worte, Eminenz. Aber solange Ihr mir nicht sagt, wer dieser Mensch war, den es eigentlich gar nicht hätte geben dürfen, sind sie hohl wie ein leeres Fass. Und ich bezweifle, dass es einen einzelnen Namen gibt, der im Stande wäre, diese Leere zu füllen.«

Hugolinus sog scharf Luft ein. »Ich gäbe etwas darum, Ihr würdet mich nicht nach dem Namen fragen.«

»Deswegen aber bin ich gekommen. Ich will den Grund wissen, und wenn der Name der Grund ist, dann will ich den Namen wissen.«

Der Kardinal bedeckte sein Gesicht mit der Hand, scheinbar mit sich ringend. Adrian zog wie beiläufig eine kleine silberne Flöte aus dem Ärmel seines Gewandes und wog sie in der Hand. Endlich hob Hugolinus den Kopf. Sein Blick war ernst, als müsse er sich entscheiden, einen Krieg zu erklären oder nicht.

»Nun denn«, sagte er. »Ihr würdet ja doch keine Ruhe geben. Ist es nicht so?«

»Ich würde mich bis zum Äußersten bemühen«, sagte Martin.

Wieder juckte seine Wade. Derweil spielte Adrian mit dem Kragen seines Gewandes.

»Der Mann, der den Stein ins Rollen brachte, hieß Samuel von Capharnaum und war Getreidehändler«, sagte der Kardinal. »Das sagt noch wenig, ich weiß. Interessant wird es erst, wenn man weiß, wer Samuels Vater war.«

Hätte in dem Augenblick eine Fliege ihre Beine aneinandergerieben, man hätte es gehört.

»Sein Vater hieß Josua, Josua von Nazareth. Uns besser bekannt als Jesus, der Sohn Gottes.«

Jesus.

Jesus!

Es war nicht so, dass Martin die Sinne schwanden und er vom Stuhl kippte, aber einige Male schlucken musste er schon. Er hatte mit dem Namen eines Feldherrn oder Machthabers gerechnet, mit einem Namen, der ihm unter Umständen nicht einmal etwas sagen würde. Und dann das.

Jesus.

Er schüttelte den Kopf. Göttliches Blut sollte also in seinen Adern fließen. Davon hatte er nie etwas gespürt. Aber vielleicht merkte man das auch erst, wenn man es wusste. Er horchte in sich hinein. Da war nichts Besonderes.

So unfassbar das war, irgendwie passte es dennoch. Vor zwei Jahren hatte ihn das Schicksal von heute auf morgen vom Sohn eines Müllers zum Nachfahren eines der mächtigsten Erzbischöfe befördert, und nun wurde er eben noch einmal geadelt.

So war das Leben. Man musste sich nur darauf einlassen.

Und plötzlich begriff Martin, was das außerdem bedeutete. In diesem Kreis war das nichts anderes als sein Todesurteil. Erstaunt war er nur, wie gelassen er es zur Kenntnis nahm.

»Also hatte ich Recht«, sagte er. »Es ging Euch einzig und allein um die Nachfolge auf dem Thron Petri. Denn wer wäre berechtigter gewesen, ihn zu besteigen, als ein nachweislicher Nachfahre Jesu?«

»Ihr reduziert das auf so unschöne menschliche Eigenschaften wie Neid und Habgier«, sagte Hugolinus. »Ich bezweifle, dass Ihr damit der Tragweite dessen gerecht werdet.«

Hohles Geschwätz, dachte Martin, und meinte aus dem Augenwinkel mitbekommen zu haben, dass Adrian irgendetwas in seine Flöte gesteckt hatte. Sicher war er sich aber nicht. Wieder kratzte sich Martin, aber diesmal zog er den Dorn aus dem Schuh und barg ihn in seiner Handfläche.

»Ich frage mich nur«, sagte er, »warum diese Geschichte über die Jahrhunderte nie ans Licht gekommen ist. Sie wäre schon damals Aufsehen erregend gewesen.«

»Diese Frage haben auch wir uns gestellt«, sagte der Kardinal, erhob sich aus seinem Sessel und ging gemessenen Schrittes durch den Raum. »Vielleicht durfte sie schon damals ebenso wenig bekannt werden wie heute. Vielleicht hat Theophilos Lukas in einem Antwortschreiben zu Stillschweigen verpflichtet. Wer weiß das schon?«

»Hätte in dem Fall Theophilos den Brief des Lukas nicht vernichtet?«

»Nicht unbedingt. Vielleicht glaubte er ihn für alle Zeiten sicher verwahrt.«

»Ihr erwähntet Grundbesitzlisten aus Galilea. Also gibt es

außer dem Brief noch andere Unterlagen, die man zum Beweis heranziehen kann.«

Hugolinus unterbrach seinen Marsch und drehte sich um. Er stand unmittelbar hinter Adrian und blickte Martin über dessen Kopf an.

»Nein, da irrt Ihr«, sagte er. »Nur wer den Brief kennt, weiß, wonach er zu suchen hat. In den Grundbesitzlisten ist der Getreidehändler als Samuel, Sohn eines Josua, wohnhaft in Carphanaum, verzeichnet. Zu jener Zeit war der Name Josua jedoch ähnlich häufig wie … wie … ja, wie heutzutage Engelbert.«

»Gibt es diesen Brief noch?«

»Nein, er wurde vernichtet.«

»Und die anderen Unterlagen?«

»Desgleichen. Es gibt keinen Beweis mehr.« Hugolinus seufzte. »Nur wir drei – Ihr, Adrian und ich – kennen die Wahrheit.«

Das nachfolgende Schweigen hatte etwas von der gespannten Stille des letzten Augenblicks, bevor man die Sehne eines Bogens loslässt.

Plötzlich ging alles ganz schnell.

Mit einer flüssigen Bewegung setzte Adrian die Flöte an die Lippen. Martin begriff augenblicklich, was das bedeutete. Er warf sich mit dem Stuhl zur Seite, rollte über die Schulter ab und sprang auf. Dann erstarrte er in der Bewegung.

Der Kardinal hatte Adrian ein Seil um den Hals geschlungen und strangulierte ihn. Der Scherge trat um sich und versuchte seine Finger zwischen Kehle und Seil zu schieben, aber er hatte keine Chance. Mit vor Anstrengung und Entschlossenheit hochrotem Kopf hielt der Kardinal dagegen. Dick wie Würste traten seine Schläfenadern hevor. Es sah aus, als müsse ihm jeden Augenblick der Schädel platzen.

Adrian rutschte tiefer im Sessel, trat den Schachtisch um, aber an ein Entkommen war nicht zu denken. Die harten, kalten Augen quollen aus ihren Höhlen. Im Schlund des aufgerissenen Mundes wand sich die Zunge wie ein Tier in einer Höhle.

Nach einer Zeit, die Martin unendlich vorkam, wurden Adrians Bewegungen langsamer. Schließlich erstarben sie und waren nur noch als Zucken wahrnehmbar. Martin sah, wie sich das purpurne Gewand im Schritt verfärbte.

»Es ist gut«, sagte er zu Hugolinus, der noch immer mit allen Kräften an den Seilenden zog. »Er ist tot.«

Der Kardinal blickte erschrocken auf, als erwache er aus einem Albtraum. Schweiß lief ihm über das Gesicht, und er rang keuchend nach Luft. Martin steckte den Dorn zurück in den Schuh, richtete seinen Stuhl wieder auf und setzte sich.

Plötzlich grinste Hugolinus wie einer, der eine große Gefahr mit Glück und Geschick gemeistert hat. Körperlich erschöpft, aber zufrieden mit seiner Leistung.

»Was sagt Ihr nun?«, fragte er lobheischend und deutete auf Adrians Leiche. »Ich habe Euch soeben das Leben gerettet.«

»Das überrascht mich«, sagte Martin. »Ich hatte erwartet, Ihr würdet mich töten. In mir fließt göttliches Blut.«

»Eben.« Hugolinus ging zu seinem Sessel und ließ sich schwer in die Polster fallen. »Das brächte ich nicht übers Herz. Einen Nachkommen aus der Blutlinie unseres Herrn zu töten, das wäre ja, als würde ich den Herrn ein zweites Mal ans Kreuz nageln. Außerdem hab ich Großes mit Euch vor.«

Martin beschloss, sich damit abzufinden, dass das der Tag der Überraschungen war, und sagte: »Ihr macht mich neugierig, Eminenz.«

Das hörte der Kardinal gern und richtete sich auf. Dass er gerade eben erst einen Menschen ermordet hatte, schien trotz der Anwesenheit des Toten so unwirklich wie eine Reise zum Mond.

»Bei aller Bescheidenheit kann ich sagen, dass es niemanden gibt, der sich im Gestrüpp der Machtverhältnisse Roms und der Kirche besser auskennt als ich«, sagte Hugolinus. »Außerdem bin ich der Einzige, der beweisen kann, dass Ihr einen natürlichen Anspruch auf den Heiligen Stuhl habt. Selbstverständlich erst, nachdem Ihr das für Päpste vorgeschriebene Mindestalter von fünfunddreißig Jahren erreicht habt. Zusammen wären wir ein geradezu unschlagbares Gespann. Uns würden Gegenwart und Zukunft gleichermaßen gehören.«

»Habe ich Euch richtig verstanden, dass ich meine nach Bekanntwerden meiner Abstammung zweifellos wachsende Bekanntheit in die Waagschale werfen soll, damit Ihr zum nächsten Papst gewählt werdet? Woraufhin Ihr mich im Gegenzug während Eures Pontifikats unterstützen würdet, damit ich eines Tages Eure Nachfolge auf dem Thron Petri antreten könnte?«

»Ihr seid ein Mann von rascher Auffassungsgabe. Ich hätte es nicht treffsicherer ausdrücken können.«

»Nur, wie wollt Ihr meine Herkunft beweisen? Ich denke, alle Unterlagen sind vernichtet.«

»Jetzt enttäuscht Ihr mich aber«, sagte Hugolinus und zog einen Schmollmund. »Gerade habe ich noch Eure Auffassungsgabe gelobt, und nun erweist Ihr Euch als derart einfältig. Glaubt Ihr wirklich, ich hätte Unterlagen von derartiger Bedeutung so einfach beseitigt? Sie liegen sicher verwahrt an einem geheimen Ort.«

»Findet Ihr nicht, dass Ihr ein bisschen viel verlangt? Ihr könnt doch nicht ernsthaft erwarten, dass ich mit dem Mörder meines Vaters gemeinsame Sache mache.«

»Ihr solltet vernünftig denken. Euer Vater ist tot, daran ist nun mal nichts mehr zu ändern.«

»Ihm hättet Ihr das Geschäft anbieten sollen. Er wäre der richtige Mann für solch einen Handel gewesen.«

»O nein. Ich bin Erzbischof Engelbert zwar nie begegnet,

aber ich weiß, dass er ein schwieriger Mensch war. Zudem war er kaisertreu und stand zeitlebens der Kirchenpolitik Roms sehr kritisch gegenüber.«

»Nach den Eindrücken, die ich bisher gewonnen habe, zu Recht«, sagte Martin und erhob sich.

»Wo wollt Ihr hin?«

»Nach Hause.«

»Das geht nicht. Ihr habt eine Bestimmung zu erfüllen.«

»Das habe ich nicht. Ich weigere mich schlicht, ein Nachkomme Jesus zu sein. Daran könnt auch Ihr nichts ändern.«

»Wenn Ihr Euch da mal nicht täuscht. Ich brauche nur die Unterlagen, die Eure Abstammung belegen, öffentlich zu machen, und die gesamte christliche Welt wird Euch jagen, bis Ihr ihr erlaubt, Euch zu Füßen zu liegen.«

»Ich werde mich verkriechen.«

»Glaubt mir, es gibt kein Loch, das tief genug ist, als dass Ihr Euch in ihm vor den Glaubenshungrigen aus aller Welt verbergen könntet. Die Menschen sehnen sich nach einer Fleischwerdung des Herrn, und sei es nur in der Form eines Ururururenkels. So bleibt Euch denn nur eine Wahl, die keine ist: Entweder Ihr nehmt Eure Rolle an, oder sie wird Euch aufgezwungen.«

Im Vorzimmer, in dem der Sekretär saß, hob plötzlich lautstarkes Gezeter an, das vom Bellen eines kleinen Hundes beantwortet wurde. Dann jaulte der Kläffer auf, und erneut wurde laut geschimpft, diesmal jedoch von einer anderen Person. Wenn Martin sich nicht täuschte, war der, der sich zuletzt empört hatte, der Heilige Vater.

Bevor der Kardinal sich aus seinem Sessel erheben konnte, flog auch schon die Tür auf, und Papst Honorius stürmte mit Catulus auf dem Arm und einem Papyrus in der Hand herein. Des Heiligen Vaters Gesicht glühte vor Zorn. Hinter ihm tauchte der Sekretär auf und machte hilflose Gesten.

»Dieser Idiot von Schreiberling hat es gewagt, meinen Catulus zu treten«, schrie Honorius mit sich überschlagender Stimme und wedelte mit der zerfledderten Schriftrolle. »Und das nur, weil mein kleiner Liebling mit ein paar albernen Papieren gespielt hat.«

»Wie könnt Ihr es wagen!«, herrschte Hugolinus seinen Sekretär an und fuhr aus dem Sessel hoch. »Ihr wisst doch, wie Seine Heiligkeit an dem Tier hängt.«

Der Heilige Vater hatte inzwischen Adrian entdeckt, der mit weit aufgerissenen Augen und heraushängender Zunge quer im Sessel hing.

»Was ist denn mit dem Mann los?«, fragte er.

»Er schläft«, sagte der Kardinal und blaffte dann erneut den Schreiber an. »Ich erwarte eine Erklärung!«

»Das Hündchen hat ja nicht irgendwelche Papiere zerrissen«, sagte der Sekretär kleinlaut und krümmte sich, als fühle er bereits die Peitsche.

»Was heißt das?«

Honorius kam dem Sekretär zuvor.

»Eine Auflistung mit Namen von Grundeigentümern«, las er von dem löcherigen Papyrus ab, die er in der Hand hielt, »aus dem Galilea des Jahres … da fehlt der Text. Das ist uraltes nichtiges Zeug. Ich weiß gar nicht, wozu Ihr den aufgehoben habt.«

Des Kardinals Gesicht erstarrte von einem Augenblick zum nächsten zu einer kalkweißen Maske.

»Soll das etwa heißen, der Hund war am … Geheimschrank?«, fragte er mühsam.

Der Sekretär biss sich auf die Lippen, dass es Martin vom Zusehen wehtat, und nickte.

»Wie konnte das passieren?«

»Ihr hattet mir doch spätabends noch einige Papiere gegeben, die ich wegschließen sollte«, sagte der Sekretär hastig, als könne er dem drohenden Unheil durch schnelles Sprechen entrinnen. »Damit war ich gerade beschäftigt, als …«

»Als was?«

»Mein Darm ist zurzeit in Unruhe. Ich bin nur eben schnell raus auf die Necessaria, und …«

»Stand während der Zeit der Geheimschrank offen?«

»Ja, Eminenz«, hauchte der Sekretär und sank auf die Knie.

»Was hat der Hund zerfetzt?«

»Nur was im untersten Fach war«, sagte Honorius. »Ich hab einen Blick darauf geworfen. So weit man's überhaupt noch entziffern kann, war's nichts von Bedeutung. Jedenfalls rechtfertigt das in keiner Weise, wie Euer Schreiber meinen kleinen Liebling –«

»Nur was im untersten Fach war?!« Schnaubend und die Finger zu Krallen gekrümmt ging Hugolinus auf den Papst los. »Wisst Ihr, was ich mit Eurem kleinen Liebling machen werde? Dem verdammten Mistvieh werde ich den Hals umdrehen!«

»Wagt es ja nicht!«, fauchte der Papst und barg das Tier in seinem Mantel. »Solltet Ihr meinem Catulus auch nur ein Härchen krümmen, werdet Ihr mich von einer Euch bisher unbekannten Seite kennen lernen!«

»Dieser Köter hat die Zukunft der Kirche auf dem Gewissen!«

»Wenn Ihr so nachlässig seid, die Zukunft der Kirche offen herumliegen zu lassen, braucht Euch das nicht zu wundern!«

»Rückt das Vieh heraus!«, schrie der Kardinal und griff dem Papst in den Mantel.

»Nehmt gefälligst Eure Pfoten weg!«, rief der Heilige Vater und schlug dem Kardinal auf die Finger.

Der ließ sich jedoch nicht beirren. »Na warte, gleich hab ich dich. Autsch! – Jetzt hat mich das Mistvieh auch noch gebissen.«

»Das geschieht Euch ganz recht.«

»Ich blute.« Hugolinus zeigte seinen Finger vor.

»Am besten pinkelt Ihr drauf«, sagte der Papst.

»Wie?!«

»Pipi. Das schützt vor Entzündungen.«

Der Blick, mit dem der Kardinal den Heiligen Vater bedachte, sprach ihm eindeutig die Zurechnungsfähigkeit ab. Anstatt die Hose aufzuknöpfen, steckte er den Finger in den Mund und saugte daran. Dann brabbelte er irgendetwas.

»Ich versteh Euch nicht«, sagte der Papst.

Hugolinus nahm den Finger aus dem Mund. »Was treibt Euch eigentlich mitten in der Nacht in meine Gemächer? Sonst liegt Ihr doch um diese Zeit schon immer im Bett.«

»Ich wollte mich lediglich vergewissern, ob der junge Freund aus Deutschland wohlbehalten bei Euch angekommen ist. Den Wachen kann man ja inzwischen auch nicht mehr trauen.«

»Ja, ja. Er ist hier.«

Der Heilige Vater blickte nach allen Seiten. »Und wo?«

Irritiert sah sich auch der Kardinal um. »Tatsächlich. – Wo ist er eigentlich?«

Martin hatte den Tumult genutzt, die Gemächer seiner Eminenz unbemerkt zu verlassen. Er durchquerte das Sekretariat, schritt den Gang hinunter und stieg die Treppen hinab. Unbehelligt gelangte er zum Ausgang und verließ den Lateran.

Als er vor die Tore des Palastes trat, setzte Schneefall ein. Es war die erste Nacht des Monats, in dem die Christen den Geburtstag seines Urahnen feierten.

Höchste Zeit, nach Hause zu reiten.

England? Wieso England?« »Weil es dort jemanden gibt, der mir noch einen Gefallen schuldig ist.« »Aber warum müssen wir überhaupt weg?«

»Hier sind wir nicht sicher genug. Solange der Papst lebt, wird der Kardinal es nicht wagen, Hand an mich zu legen. Aber der Heilige Vater ist ein alter Mann. Außerdem habe ich keine Stellung mehr.«

»Nach allem, was du mir erzählt hast, wundert es mich ohnehin, dass du lebend zurückgekommen bist.«

»Das klingt ja, als täte dir das Leid.«

»Also wirklich!«

»Du hast ja Recht. Ich hatte großes Glück.«

»Die Welt ist schlecht.«

»Es gibt aber auch gute Menschen. Dich, mich, unseren Sohn.«

»Sein Schwesterchen oder Brüderchen.«

»Wie? – Bist du …«

»Ja.«

»Wann ist es so weit?«

»Nach neun Monaten, wie immer.«

EPILOG

Er litt entsetzliche Qualen.

Sein Körpergewicht lastete auf den drei Nägeln, mit denen sie ihn ans Kreuz geschlagen hatten. Sein unter Peitschenhieben aufgeplatzter Rücken brannte wie Feuer. Schwärme von Fliegen fielen über die offenen Wunden her.

Dazu kamen die Hitze und der unvorstellbare Durst. Seine Zunge war geschwollen und klebte am Gaumen, die Lippen waren spröde und rissig wie Sandstein. Er hatte gewusst, dass es schwer werden würde. Aber dass es so schwer würde, hatte er sich nicht vorzustellen vermocht.

Ganz Golgatha war bevölkert von Neugierigen, allen voran die Oberpriester und Schriftgelehrten. Ihr Spott war beißend und voller Häme. Das einfache Volk begnügte sich mit Gaffen, als sei er ein gefangenes wildes Tier.

»Mein Gott, mein Gott, warum hast du mich verlassen?«, stöhnte er in seiner Not, und die Menge brach in Gelächter aus.

Sein Blick wanderte zu den Frauen, die auf dem Hügel in Richtung der Grabeskirche standen. Unter anderem gewahrte er Maria Magdalena, und auch Maria, die Mutter von Jakobus und Joses. Sie alle weinten.

Dann sah er sie.

Sie stand etwas abseits, für sich allein. Ihren Kopf hielt sie schräg, wie fragend, bis sie sicher war, dass er sie erkannt hatte. Dann drehte sie sich ein Stück und strich mit beiden Händen über ihren gewölbten Bauch.

Als er das sah, lächelte er. Dann schloss er die Augen und starb in Frieden.

NACHTRAG

Honorius III. verblieb nur wenig mehr als ein Vierteljahr, um sein verwirrendes Leben fortzuführen und von »seinem« Kreuzzug zu träumen. Dann verwechselte ein päpstlicher Milizionär den herumschnüffelnden Catulus mit einer Ratte und spießte ihn mit der Lanze auf. Nur drei Tage später, am 18. März 1227, starb der Heilige Vater an gebrochenem Herzen.

Kardinal Hugolinus erreichte sein Lebensziel, als das Konklave ihn nach Honorius' Tod zum Papst wählte. Unter dem Namen Gregor IX. erlangte er durch seine Einführung des kirchlichen Inquisitionswesen, dem schon bald Tausende, zumeist Unschuldige zum Opfer fielen, schaurige Berühmtheit. Während in Europa noch für Jahrhunderte die Scheiterhaufen loderten, starb Gregor am 21. August 1241 an einem Schlaganfall, den er auf dem Lokus erlitt.

Erzbischof Heinrich I. von Müllenark wurde nach vier Jahren im Amt als Opfer einer groß angelegten Verschwörung öffentlich sittlicher Verfehlungen und wiederholter Geldverschwendung bezichtigt. Eine Amtsenthebung konnte er durch persönliche Intervention in Rom verhindern, musste sich aber in den folgenden Jahren immer wieder vor verschiedenen Untersuchungskommissionen verantworten. Am 26. März 1238 starb der Kölner Erzbischof im Schlaf.

Heinrich von Limburg beteiligte sich mit mäßigem Erfolg am fünften Kreuzzug 1228–29 unter der Führung Friedrichs II.

Aus dem Heiligen Land zurückgekehrt, befehdete er sich noch einige Jahre mit den Grafen von Mark-Altena, bis er am 7. November des Jahres 1244 an Syphilis verstarb. Nach seinem Ableben übernahm seine Gattin Irmgard unter Missachtung der Erbfolge die Regentschaft über die bergischen Besitztümer. Das führte zu erbitterten Streitigkeiten mit ihrem erstgeborenen Sohn Adolf – dem mit dem Glöckchen am Gugel –, die erst mit Irmgards Tod am 14. September 1247 endeten.

Bodo von Bongard wurde am 13. Februar 1228 in Hückeswagen von zwei betrunkenen Bauern erschlagen, zwischen denen er Streit zu schlichten versucht hatte. Nach der Beisetzung ihres Gatten verließ Helene von Bongard Schloss Burg und trat in das Stift Essen ein, in dem sie am 25. Oktober 1251 im Alter von einundsechzig Jahren starb.

Martin und Johanna erhielten von Bischof Walter von Carlisle als Lehen ein kleines Gut am Fuß des ehemaligen Hadrianswalls, gelegen an den Ufern eines Flüsschens namens Eden. Mit Fleiß und Geschick brachten sie es als Viehzüchter und Kräuterhändler zu Reichtum und Ansehen, und Johanna schenkte außer Klein Engelbert noch drei Söhnen und zwei Töchtern das Leben. Martin starb am 30. Juni 1283 im Alter von fünfundsiebzig Jahren nach einem Sturz vom Pferd. Johanna folgte ihm fünf Jahre später am gleichen Tag. Beigesetzt wurden sie Seite an Seite unter der einzigen Ulme auf ihrem Grund.

BJÖRN LARSSON

Der schwedische Angestellte Ulf führt ein geruhsames Leben, bis ihn eines Tages auf ungewöhnlichem Weg ein Manuskript erreicht, das von einer mysteriösen Vereinigung namens »Keltischer Ring« erzählt. Kurz entschlossen macht sich Ulf mit seinem Freund Torben in einem Segelboot nach Schottland auf, um dem geheimnisvollen Ring auf die Spur zu kommen.

»Eine actionreiche, komplex gebaute Geschichte, randvoll mit packenden seglerischen Gefahrenszenen.«

Der Standard

44692

GOLDMANN